EL ASCENSO DE LA REVOLUCIÓN

EL CREDO DEL CAMPEÓN
LIBRO 3

A.R. KNIGHT

CAPÍTULO 1
EL MOSQUITO Y EL ELEFANTE

UN MUNDO libre para ser conquistado, y los rostros alrededor de Wexley se preocupaban por las acciones. Amplificados y proyectados en los finos ventanales que observaban el floreciente horizonte de Chicago, el conjunto de semblantes reunía sus vastos poderes industriales, tecnológicos y humanos para quejarse de cómo hacer estallar un estadio lleno de Paragones era malo para los negocios.

—Te apuntaste a esto —dijo Wexley, interrumpiendo una diatriba a la que no había estado prestando atención—. Todos ustedes sabían lo que Zhan-Yo quería. Ahora está aquí y miran la oportunidad como si fuera a matarlos.

—¡Aparentemente podría hacerlo! —exclamó Akash Reddy, proveedor mundial de víveres, cuya cadena de supermercados estaba muy molesta por las regulaciones de precios de los Paragones.

Hace unas semanas, Akash había estado allí mismo pidiendo una revolución. Ahora el hombre tenía sudor en la frente y los ojos inquietos recorriendo la cámara, leyendo sobre una interrupción tras otra en su preciosa carga perecedera.

—La estabilidad no es una característica común en las revoluciones, Akash —dijo la contraparte del hombre, Adriana, una mujer de carácter fuerte, alguna magnate de la moda que Wexley había ignorado hasta la reunión de hoy, cuando ella decidió ponerse del lado correcto—. Sabemos lo que viene al final de todo esto.

—¿Lo sabemos? —replicó Akash—. Pensé que queríamos una negociación, una oportunidad de equidad entre todos nosotros. ¿Cómo es eso posible ahora?

—Nunca fue posible —dijo Wexley, proyectando desde su escritorio. Una pequeña línea en la superficie cerca de su codo le recordó la hora, cuánto preferiría estar en cualquier otro lugar. Se puso de pie, una señal de que este tedioso asunto llegaría a su fin—. Sin embargo, tenemos la oportunidad de lograr algo más grande. ¿Por qué compartir lo que podemos tener para nosotros mismos?

No fue su mejor cierre, pero Wexley no les dio a las cabezas reunidas la oportunidad de disputarlo. Con un gesto, Wexley envió la llamada al cubo de basura digital, devolviéndole su horizonte. Uno que se vio empañado en segundos por una nueva llamada.

—Permítanla —dijo Wexley, moviéndose al centro de la habitación. La inminente demostración de poder exigía algo más que un escritorio y una silla—. Adriana, ¿dónde te habías estado escondiendo?

La persona más interesante de la reunión volvió a aparecer borrosa, aunque sus labios rectos y ojos fijos mostraban que no tenía ningún interés en bromas juguetonas. Está bien, entonces. Wexley podía prescindir de ellas.

Lo había hecho durante mucho tiempo.

—No excuses lo que pasó en esa llamada por paciencia —dijo Adriana—. No te estoy defendiendo por mi salud, ni por la tuya. El estadio fue un desastre.

—No fue mi idea —dijo Wexley, haciendo una mueca mientras lo decía.

Los líderes no deberían arrastrarse, no deberían poner excusas.

—¿Y?

—No sé dónde está —respondió Wexley—. Si todavía está vivo, Zhan-Yo no ha intentado contactarme. Sus cuentas están congeladas, sus tarjetas rastreadas. O ha cortado todas sus conexiones, o el hombre es víctima de su propio éxito.

—Lo que deja a una compañía muy importante sin líder.

Wexley se dirigió hacia la cabeza de Adriana, la proyección haciendo que su imagen del cuello hacia arriba fuera tan grande como el cuerpo de Wexley. Sin embargo, él enfrentó la enorme mirada sin pestañear.

—No hay un vacío aquí. Nuestro plan continúa. —Cuando Adriana no lo interrumpió, Wexley se permitió continuar. Hoy no habría una gran prueba de voluntades—. Mientras los Paragones se reagrupan, nos acercaremos a ellos con una oferta para compartir el poder.

—¿Un retorno a la democracia, como quería Zhan-Yo?

—Un retorno al liderazgo apropiado, como todos merecemos. Cuando los Paragones se nieguen, no nos quedará otra opción que intensificar el conflicto.

Afuera, el brillante sol primaveral parpadeó cuando un óvalo oscuro cruzó por las ventanas. Más grande que una cápsula y mantenido en el aire por zumbantes motores, la máquina no notó el ceño fruncido de Wexley, no sintió su impulso de extender la mano y abofetearla fuera del cielo.

—¿Cómo lo harás? —preguntó Adriana—. ¿Otra bomba? ¿Más vidas inocentes alimentando tu campaña?

Wexley siguió al dron, caminando a lo largo de sus ventanas mientras flotaba, —Zhan-Yo optó por la grandilocuencia. Yo prefiero los resultados. Lo que presenta un problema, Adriana.

—¿Cuál?

—Los resultados son caros.

—Como si necesitaras los representantes.

Wexley le dio a la mujer un asentimiento, —Demasiado de las cuentas de cualquier compañía sería notado. Los Paragones pueden estar en problemas, pero no están muertos. Todavía no.

Si las palabras mordaces de Wexley molestaron a Adriana, ella no lo demostró. En cambio, continuó con su mirada característica, haciendo que Wexley se preguntara qué estaba buscando exactamente.

—Dime lo que necesitas y lo tendrás —dijo Adriana—. Puedo trabajar con los demás también. Pero Wexley, le dimos a Zhan-Yo una correa larga porque lo conocíamos. A ti, no te conocemos. Si nos perjudicas, no tendrás una segunda oportunidad.

Una vez más, Wexley optó por un humilde asentimiento.

—Si esto no funciona, Adriana, dudo que esté vivo para pedir perdón.

Wexley canceló su tarde, saliendo apresuradamente de la oficina después de la llamada. Se paró al frente del ascensor, viendo a todos los que tenían que deslizarse a su alrededor mientras el elevador hacía su viaje hacia el primer piso y más allá. Todas esas personas dándole asentimientos, sonrisas, creyendo que sus esfuerzos les darían sus cheques de pago, les darían satisfacción. Dependían de Wexley, y aunque él no dependía de ellos, los salvaría de todos modos.

En un futuro no muy lejano, estas personas que llevaban sus archivos, revisando sus Tamas para ver qué nueva regulación habían implementado los Paragones hoy, se encontrarían liberadas de sus cadenas genéticas. La oportunidad una vez más viviría dentro de sus esfuerzos, no con la suerte aleatoria del ADN.

El ascensor llegó al nivel más bajo del estacionamiento, muy por debajo de las calles y desierto. Los diseñadores habían construido la estructura para una sociedad que ya no existía, con autos dominando las calles. Ahora todos tomaban trenes, autobuses, cápsulas mientras los Paragones limitaban el tráfico en la ciudad. Las filas vacías de concreto molestaban, eficiencias perdidas mientras las luces zumbantes dejaban un resplandor fantasmal en el gris.

Sin embargo, un espacio estaba ocupado. Arrinconada en una esquina, una furgoneta negra decorada con logotipos corporativos. Sus neumáticos estaban desinflados, pero Wexley se aseguró de que la furgoneta fuera ignorada de todos modos. Si alguien le preguntaba, Wexley declaraba que el vehículo era de Zhan-Yo, confiado al garaje para su custodia mientras el líder fugitivo luchaba por sus sueños.

Nadie se atrevía a preguntar por qué las cerraduras de la furgoneta de Zhan-Yo estaban atadas al Tama de Wexley, por qué el cable de carga seguía enchufado si no iba a ser movida. Echando un último vistazo al garaje y confirmando su vacuidad —se oían ruidos desde arriba mientras los pocos conductores hacían su éxodo a la hora del almuerzo—, Wexley deslizó y tecleó un código particular en un programa específico. Las cámaras que salpicaban el garaje parpadearían en una secuencia preestablecida, mostrando una furgoneta solitaria sin humanos, sin actividad.

Cualquiera que estuviera observando, cualquiera que se preguntara por qué Wexley había desaparecido de la cinta, sabría que era mejor no preguntar. Si no lo hacían, entonces Rhimes resolvería el problema de manera permanente.

Conseguida su invisibilidad, Wexley abrió las puertas traseras de la furgoneta. Allí, limpio y planchado, pulido y perfeccionado, se encontraba un arsenal que Wexley había dejado solo durante varios días. Desde que esa rastreadora, Kat, lo había atacado en unos tejados no muy lejos de aquí. Wexley había adoptado una postura discreta, había esperado para ver si su enemiga cometía algún error.

Enemiga.

Wexley se rio, una risa baja mientras cambiaba su traje de

negocios por su compañero más letal. Kat Collins, una famosa rastreadora en Chicago pero en ningún otro lugar, tenía tanto que ver con Wexley como un mosquito con el elefante sobre el que aterriza. Había interrumpido su juego, había alertado a los Elementales de su verdadera amenaza.

Y cuando le había hecho una oferta que cualquier humano cuerdo, cualquier humano *normal* aceptaría, Kat había rechazado la propuesta y había puesto fin de manera fatal a todo un equipo de ataque en el proceso.

La mujer no era una amenaza para la operación de Wexley. No, definitivamente no. Pero le molestaba de todos modos, había llevado a Wexley cerca de su propia muerte en ese tejado, con el dron de Paragon acercándose. Insultos como ese no podían quedar impunes, o se expandirían como un gas, ocupando todo el aire en la cabeza de Wexley hasta que no quedara nada más que una venganza hirviente.

Los matones en la escuela primaria habían sentido lo mismo. Su primer jefe, entregando edictos laborales como un dictador de pacotilla, había sentido lo mismo. Innumerables malas citas, negociadores frustrados y desafortunados transeúntes habían empujado a Wexley de la manera equivocada y, como resultado, tuvieron que ser limpiados.

No siempre muertos, aunque las armas que Wexley colocaba en el cinturón y las fundas de los muslos del traje eran capaces de tal desenlace, solo pagados. Errores corregidos, cuentas saldadas, el término que eligieras. Una vez que Wexley hubiera hecho eso, una vez que hubiera puesto a Kat en la misma situación en la que ella lo había puesto a él, entonces esa presión desaparecería y él podría concentrarse de nuevo.

Concentrarse en Adriana, y en el plan que susurraba en su mente.

—¿Cuál es su estado? —habló Wexley en el micrófono mientras caminaba por las calles de Chicago en dirección oeste. Envuelto en una gruesa gabardina hasta los tobillos, la cabeza cubierta por un gorro de punto azul profundo, Wexley parecía alguien a quien evitar. Cuando los ojos captaban el destello de una empuñadura, el cañón del arma larga asomando desde su correa trasera, la gente se apartaba lejos —. Tengo curiosidad.

Las palabras golpearon con vaga precisión, significándolo todo para su objetivo y nada para los oyentes. Y siempre había oyentes.

—Fuera del tablero —respondió Rhimes al instante, aunque Wexley no había programado una llamada, no había hecho nada excepto cambiar su Tama a cierto canal y empezar a hablar—. Hay una reunión en curso, algo los ha sacado a todos de las calles.

—¿No sabemos qué?

—La transmisión ha estado oscura últimamente.

Wexley respiró hondo, sintiendo el aire frío lacerar sus pulmones. A su alrededor, una creciente multitud esperaba que cambiara el semáforo y ofreciera la oportunidad de cruzar al otro lado. La temprana primavera de Chicago tenía nieve negra aferrándose a la vida a lo largo de las calles, charcos embarrados como sopa genética que darían paso a nueva vida en un mes. El agua goteaba de las líneas de tren elevadas, mezclándose con el constante susurro de los neumáticos fundiéndose con el asfalto mojado.

A unas cuadras de distancia, un sonido particular rebotaba entre los edificios. Uno que habría hecho sonreír a Wexley si le importara. Las protestas en la sede de Paragon en Chicago continuaban a buen ritmo, una rabia contra la violencia en la ciudad, violencia en la que el propio Wexley jugaba un papel no pequeño en perpetrar. Desorganizados y diezmados por Mynx, el único Campeón restante de Norteamérica, los Paragons de Chicago carecían de un líder fuerte, carecían de organización.

Otra sombra flotó por encima, el dron lavando a la multitud con sus escáneres mientras el semáforo cambiaba y los pies comenzaban su tembloroso arrastre. Sin héroes en las calles, los drones llenaban el espacio. A diferencia de un Paragon, con sus poderes y su personalidad, los drones operaban en una escala brutal. Ofrecían poca comprensión y resultados duros, dando a los manifestantes más munición para sus luchas.

Qué tragedia.

—¿Qué otras opciones tenemos? —preguntó Wexley—. Estoy cerca de Michigan ahora.

—Temprano para ti, ¿no?

—Te pago por tu competencia, no por tus opiniones.

—Si quieres mi competencia, valorarás mis opiniones.

Wexley sonrió ahora. Ah, qué novedoso era que alguien se le enfrentara. Rhimes se había ganado el derecho, sin embargo. Había impulsado a Wexley de un plan a otro, incluso si el hombre no había logrado someter a Kat.

—Entonces, ¿qué recomendarías? —dijo Wexley, sintiendo una brisa y girando hacia el norte.

Mientras que la propia Avenida Michigan se sentía demasiado congestionada de visitantes, las calles junto a la famosa vía ofrecían suficiente movimiento. La vida sucedía aquí: gente, gente común ganándose la vida sin pretensiones. Vendían sus artilugios, ajustaban sus trajes o cocinaban los olores que ahora abrazaban el aire. Ninguno necesitaba la protección de un Paragon, ninguno necesitaba que algún monstruo superpodoroso exigiera su lealtad.

Chicago había prosperado durante siglos sin su interferencia, y lo haría de nuevo.

—Supongo que *no* no es una opción, ¿verdad? —dijo Rhimes, sin hacer nada por ocultar un suspiro.

—Ya estoy fuera. Agenda despejada.

—Entonces hay un solitario. Parece nuevo también.

—Perfecto.

Rhimes transmitió las coordenadas, y el sitio de construcción apareció en el Tama de Wexley y, quince minutos después, a sus pies. El edificio parecía una nueva estructura de condominios, anunciando una granja urbana como núcleo central. Productos frescos todos los días, todo el año para los compradores. Wexley tomó una foto, pensando que podría considerar mudarse si el edificio cumplía su promesa.

Una valla rodeaba el sitio, con una única entrada cerrada por un candado Tama. Rhimes cumplió de nuevo, enviando los códigos correctos al dispositivo de Wexley y permitiéndole escanear para entrar. Dejó la puerta entreabierta detrás de él, entrando en el armazón. Las paredes exteriores revestidas con plástico protector servían para separar a Wexley de la calle, de cualquier mirada indiscreta.

La falta de aislamiento significaría que no habría nada para ocultar ningún ruido. Esto tendría que ser un asunto silencioso.

No era un problema.

—Di la alerta —dijo Rhimes—. ¿Quieres respaldo?

—¿Lo necesitaré?

—No.

—Entonces ya tienes mi respuesta.

Wexley observó cómo el Parangón se abría paso en el edificio. El joven lucía el característico traje azul y blanco del Parangón, reforzado para proporcionar calor invernal. A juzgar por su afeitado impecable y su corte de pelo, este se había tomado en serio su trabajo. El Parangón incluso se detuvo al ver el voluminoso abrigo de Wexley, enroscado sobre su rifle largo en una razonable imitación de una persona dormida, e informó sobre el hallazgo.

—Parece que podría ser un indigente —dijo el Parangón en voz alta—. La puerta estaba abierta. Quizás el equipo de construcción la dejó así.

Esperando, tal vez, despertar al vagabundo. Iniciar una conversación y sacar a la persona del sitio, inscribirla en algún programa para convertirla de un rufián en una persona producida por el Parangón. Qué amable.

Wexley se relajó en el momento, dejando que Adriana y las innumerables tareas pendientes que atascaban sus aplicaciones de productividad se desvanecieran. Lo estarían esperando después. Ahora, ahora se trataba de la naturaleza. El instinto de depredador y presa que impulsaba a las especies primigenias de la Tierra a combatir entre sí.

El Parangón recibió sus órdenes y se dirigió hacia el abrigo. Cualquier vacilación se desvaneció con la solución percibida, la certeza que venía con un objetivo claro. Wexley también se movió, rodando sus pies mientras salía de detrás de la pared que había elegido.

No hizo ningún ruido, y el Parangón no se percató.

—Oye, señor, ¿me oye? —dijo el Parangón al abrigo enrollado mientras se acercaba—. ¿Está vivo ahí abajo?

Wexley sacó la pequeña porra de su funda. Pulsó el interruptor activando un nudo en el extremo del arma. Paso a paso se acercó. El Parangón se arrodilló sobre el abrigo, extendió la mano para apartarlo. Wexley podría abalanzarse ahora, golpear al Parangón por detrás y terminar la lucha antes de que siquiera comenzara.

Pero ¿por qué arruinar la diversión?

En su lugar, Wexley observó cómo el Parangón apartaba el abrigo y echaba un largo vistazo al rifle que había debajo. El Parangón se llevó la mano a la barbilla y dio dos toques. Wexley esperó, deseando el giro, ese dulce momento en que el Parangón se diera cuenta de que había caído en una trampa.

Una mano se posó en el hombro de Wexley, haciendo girar al hombre. El Parangón, de alguna manera, estaba detrás de él, meneando un dedo.

Malditos poderes. Convirtiendo una buena pelea en una bolsa de sorpresas.

Wexley blandió la porra, parpadeó cuando el arma atravesó la forma del Parangón como si Wexley hubiera atacado una niebla de colores. Cuando la porra salió por el lado derecho del Parangón, Wexley tropezando al no encontrar resistencia en su golpe, una patada derribó la rodilla derecha de Wexley.

Wexley cayó hacia adelante, girando para ganar algo de distancia. El movimiento le permitió tantear su rodilla, juzgar que no se habían roto tendones ni dislocado rótulas. Lo suficientemente sano, Wexley se impulsó hacia arriba, barriendo la porra detrás de él mientras se levantaba.

—¿Qué estás haciendo, tío? —preguntó el Parangón, los dos de él, desde una distancia segura de un metro.

—¿Tú qué crees? —Wexley miró fijamente a las dos copias.

Había visto poderes así antes. Paragones que podían duplicarse o crear imágenes. Pero la copia había puesto una mano real en el hombro de Wexley, había sido sólida por un momento y como el aire al siguiente. Entonces, ¿cuáles eran las reglas para este?

El arma en su muslo lo llamaba. Wexley alejó el impulso. Cualquier disparo atraería drones, y aunque Wexley no temía a un solo Parangón, esos monstruos de metal lo destrozarían sin mucho esfuerzo.

No, esta batalla sería cercana, suave.

—Te lo digo ahora, deberías soltar eso y rendirte —dijo el Parangón—. Sé que estás vestido como si fueras alguien importante, pero el cerco se está cerrando. Mis amigos están viniendo, y no les gustará si no me estás escuchando.

—Cinco minutos —dijo Rhimes en el oído de Wexley, escuchando la conversación—. La protesta está retrasando el envío de Paragones.

Tiempo más que suficiente, entonces, siempre que Wexley no jugara al juego de la charla.

Dando dos rápidas embestidas, Wexley apuñaló con la porra al Parangón de la derecha. Como antes, la punta entró y no encontró nada, aunque el Parangón retrocedió. Su imagen espejo aprovechó la oportunidad para lanzar un puñetazo, un golpe que Wexley bloqueó con su antebrazo izquierdo. El golpe se sintió sólido, así que Wexley azotó la porra hacia la izquierda, tratando de asestar un golpe eléctrico en el hombro del Parangón.

De nuevo la porra no golpeó nada, y el golpe bloqueado en el antebrazo de Wexley también desapareció. Wexley contuvo su propio tropiezo mientras el Parangón retrocedía, la imagen de la derecha agachándose para un golpe al estómago. Girando la porra en su mano derecha, Wexley la clavó hacia abajo, golpeando el hombro de la imagen derecha justo cuando el puño del Parangón golpeaba el estómago de Wexley.

Nada, ni ondulación, ni dolor de un bazo golpeado. El Parangón de la derecha se desvaneció en cuanto Wexley acertó un golpe. Los dos lados retrocedieron un paso, el Parangón con el ceño fruncido, las manos en alto y listas en ambos cuerpos. Ya no era el luchador arrogante sino un adversario cauteloso.

Wexley tomó la pista y avanzó, el reloj corriendo en su cabeza. Fingió con la porra, lanzándose hacia la imagen de la derecha pero deslizando su pie derecho en el proceso, listo para arremeter a la izquierda. El Parangón cayó en la misma respuesta, adelantándose con la forma izquierda. Apostando que había resuelto el enigma del Parangón, Wexley giró la porra y golpeó el cuerpo izquierdo.

Esta vez, la porra se hundió, su destello iluminando la conmoción en el rostro del Parangón. Esos ojos abiertos se mezclaron con músculos que se contraían mientras el Parangón se desplomaba en el suelo, la imagen de la derecha desapareciendo como si alguien la hubiera apagado.

—Un truco —dijo Wexley, apagando la porra—. Eso es todo lo que tenías. —Se arrodilló, alcanzando el cuello del Parangón. Una presa, un giro, y este estaría liquidado—. Al menos el tuyo será rápido.

—No hay tiempo —interrumpió la voz de Rhimes—. Estarán sobre ti. Vete.

Chico con suerte.

Wexley se puso de pie rápidamente, corriendo hacia su chaqueta, el rifle largo, y poniéndoselos, volviendo a su disfraz. Mientras se ponía el gorro de punto, Wexley salió del edificio, sin dedicar una mirada ni una palabra al Parangón que yacía, respirando y derrotado, en el suelo de concreto.

CAPÍTULO 2

GINEBRA Y RASTREO

PANTALONES CORTOS, una camiseta doble para combatir el frío de Londres y zapatillas nuevas que le marcaban una ampolla en los talones mientras pisaba con fuerza el pavimento a través de los majestuosos verdes de Hyde Park. Celice atraía miradas ociosas mientras corría, urbanitas de última hora de la tarde que se dirigían a un pub, un restaurante o simplemente a casa. El agua salpicaba con cada contacto, haciéndole un favor a Celice al hacer que la gente se apartara de su camino.

Y permitiendo que el hombre, que también trotaba, como lo hacía todos los días a esta hora, permaneciera a la vista.

Celice había dejado la sala de reuniones de Mynx en Los Ángeles, abandonado el festival de llantos y se había puesto manos a la obra. Si los Campeones querían jugar al juego de las relaciones públicas mientras el hombre responsable de la detonación de un estadio quedaba libre, esa era su elección. Ella tomó una diferente.

Su acceso a Paragon permitió a Celice obtener las imágenes de la fuga de la prisión, donde un escuadrón de matones liberó a Zhan-Yo de la supuestamente segura instalación de Mynx. Ese elegante ascensor de piso completo y los drones de Mynx no habían servido de nada, pero al menos la Campeona tenía una vigilancia de primera clase. Celice absorbió la grabación en el vuelo de Los Ángeles a Nueva York, luego, de vuelta en el Bastión, extrajo los datos de cada rostro que pudo encontrar en las cámaras de Mynx.

El equipo adoptado de Zhan-Yo no estaba compuesto por criminales, al menos hasta el allanamiento, sino por personas con grandes vacíos en su pasado. Los registros de Paragon, recopilados con despiadada minuciosidad, descomponían sus vidas en fragmentos que Celice devoraba mientras surcaba el cielo de Nueva York a Londres.

Había elegido la ciudad europea porque casi todos los miembros del grupo de Zhan-Yo habían comprado billetes y partido hacia allí en las semanas posteriores a la explosión. Los vuelos habían llegado en diferentes momentos, desde diferentes puntos de partida —esta gente no eran novatos totales en el espionaje—, pero el mismo destino lo hacía fácil de rastrear.

Fácil, al menos, para un grupo superdotado que cubría el planeta con su empresa omnisciente.

El hombre tomó su giro habitual a la izquierda, dirigiéndose hacia la salida este del parque. Celice lo siguió, manteniendo la distancia y tomando ocasionalmente un atajo por un desvío fangoso para despistar. Sus zigzagueos la movían en paralelo al hombre, manteniéndolo al alcance de la vista. Aún no se había desviado, y Celice no tenía motivos para pensar que lo haría.

Otro día de trabajo, otra rutina.

Al llegar al final del parque, el hombre hizo una doble comprobación del tráfico. Londres jugaba el mismo juego que otras ciudades controladas por Paragon —es decir, todas las ciudades— y retenía los coches para un tránsito más amplio, dando paso a trenes de levitación magnética, autobuses y furgonetas. No obstante, en lo más profundo del corazón de Londres, abundaba la aleatoriedad, con ciudadanos más acaudalados que sacaban sus cápsulas autorizadas a dar una vuelta o transportes especiales que entregaban sus deseos. Lo suficiente, en cualquier caso, para que el hombre tuviera que esperar varios largos latidos a que pasara un camión, con sus baterías zumbando y rociando agua nebulosa.

Celice lo alcanzó, se quedó a unos metros atrás. Marcó el paso, sus pies golpeando la acera sin moverse, tratando de parecer una corredora impaciente que no quería detenerse. Su Tama, atado a su muñeca izquierda, vibró. Otra llamada, otro mensaje, otra solicitud de los vendedores de Paragon de Mynx intentando averiguar adónde había ido Celice, qué estaba tramando.

Como si la Campeona no tuviera cosas mejores que hacer con su tiempo.

Un caballero mayor de pie a su izquierda movió su paraguas para bloquear la llovizna que ahora caía sobre el pelo corto y ya sudoroso de Celice. Bajo su gorra de tela, el hombre le hizo el más leve asentimiento. Celice le devolvió una sonrisa tensa, manteniendo sus pies en movimiento. El camión pasó zumbando y el grupo avanzó.

Si algún lugar tenía una capacidad de vigilancia que igualara a la de los Paragones, ese era Londres. Las cámaras plagaban las esquinas de las calles, dando a una persona con los permisos adecuados acceso para escanear la ciudad desde un escritorio. Celice, encerrada en un apartamento alquilado, llamó para pedir favores y escudriñó digitalmente las calles de Londres en busca de una coincidencia.

Y ahora esa coincidencia corría por delante, pasando tiendas que cerraban por la noche y otras que abrían. Los turnos cambiaban, las risas se mezclaban con conversaciones a gritos, y la naturaleza de Hyde Park perdía sus aromas ante las cocinas que se calentaban para la cena. La simple claridad del parque cedía igualmente ante los carteles publicitarios y las luces más brillantes de la ciudad, un cambio sensorial que Celice intentaba ignorar mientras seguía a su objetivo.

Demasiado cerca.

Las palabras de su padre susurraron en la mente de Celice. Aegis tenía razón. Esos metros que separaban a Celice de su objetivo no eran suficientes. Si el hombre se molestaba en mirar hacia atrás, si sentía los ojos de Celice recorriendo su espalda, buscando cualquier posible arma oculta en sus holgados pantalones de chándal y su chaqueta suelta, la descubriría entre la multitud tambaleante cubierta de abrigos.

Pero su padre no lo sabía todo. Predicaba una lección de sigilo tras otra solo para volver a sus puños en el minuto en que algo no funcionaba del todo bien. Un instinto fácil cuando Aegis podía recibir mil golpes y no sentir ni uno.

Celice, sin embargo, no podía echarse atrás. No aquí, cuando las intersecciones y callejones se bifurcaban a cada segundo. Si la ruta del hombre a través de Hyde Park permanecía estática, tomaba diferentes opciones al salir de esta calle todos los días. Celice sospechaba que siempre volvía al mismo destino, pero nunca encontró la evidencia, no después de tantas largas horas viendo imágenes borrosas.

Celice contuvo una risa mientras se abría paso entre un grupo de turistas empapados: Aegis no habría dedicado ni un minuto a las grabaciones. Se habría lanzado a las calles, usando su rango para conseguir lo que quería o derribando paredes hasta encontrarlo.

El hombre giró a la derecha, adentrándose casualmente en un callejón estrecho flanqueado por contenedores de basura y escaleras de incendios goteantes. Celice se acercó, ralentizando el paso y colocando las manos en las caderas como si su trote hubiera agotado sus delicados pulmones femeninos.

Estás desarmada.

Los pantalones cortos, las camisetas y los zapatos dejaban poco espacio para ocultar un arma. Celice había salido del apartamento sin planear meterse en una pelea. Parecer una corredora, averiguar a dónde iba el hombre cuando abandonaba las calles por los callejones de Londres y luego retirarse a casa para preparar la siguiente fase. Sin embargo, ahora que había llegado tan lejos...

Al doblar la esquina, Celice divisó al hombre a mitad del callejón. Se apoyaba en una tubería de desagüe, con una pierna levantada en un estiramiento. La gente se movía detrás de ella, y alguien empujó a Celice hacia la entrada del callejón. El hombre no se dio la vuelta al oír el alboroto, no había visto a Celice en absoluto, pero ella no tenía dónde esconderse si lo hacía.

No había forma de actuar con naturalidad.

A Aegis le gustaría esta parte. Celice podría retirarse, podría volver a sumergirse entre la multitud y regresar a casa, reagruparse e intentarlo de nuevo. Si hubiera estado dirigiendo esto como todas las operaciones de Paragon que había supervisado a lo largo de los años, Celice habría abortado la misión. Entonces tenía tiempo, tenía tiempo y luchadores superpoderosos de su lado.

Otra noche sin avances en ese apartamento, con sus paredes desnudas y muebles escasos y botellas de ginebra acompañadas de poco más que lima...

Celice retomó el trote, dirigiéndose hacia el callejón con una sonrisa extendiéndose por su rostro, como alguien inofensivo que sabía que sería vista.

—Disculpa —dijo Celice cuando el hombre oyó sus pasos y se volvió hacia ella—. Las calles están tan abarrotadas, te vi venir por aquí y pensé que tal vez sea una buena ruta.

—Sirve —dijo el hombre, manteniendo su estiramiento y esperando que Celice pasara de largo.

Haz el primer movimiento.

Esperar permitiría al enemigo tomar el control. Celice clavó su talón izquierdo, girando en el callejón y propinando una patada afilada al estómago del hombre. La zapatilla conectó, expulsando el aire mientras los ojos del hombre se desorbitaban y sus pulmones evacuaban su contenido. El estiramiento y su postura sobre una sola pierna deberían haber hecho que el hombre cayera al suelo, deberían haberle dado a Celice una vía fácil para inmovilizarlo e interrogarlo.

En cambio, el hombre mantuvo su mano en la tubería. El agarre le permitió bajar la pierna que estiraba, sus pies recuperando el equilibrio mientras Celice se preparaba para un golpe de seguimiento justo donde había pateado. Otra arremetida al estómago del hombre podría marearlo, podría magullarle un riñón y dejarlo fuera de combate rápidamente.

Pero Zhan-Yo no contrataba a novatos.

El hombre desvió el ataque, tosiendo mientras lo hacía, tratando de recuperar el aliento. Retrocedió, buscando ganar espacio, dar una oportunidad a su mayor alcance. Celice no podía permitírselo, así que presionó hacia adelante, usando la corpulencia del hombre como un gran objetivo. Esta vez, varió sus golpes, lanzando manos y codos arriba y abajo, buscando una vulnerabilidad.

Su oponente recibió los golpes cuando llegaron, bloqueó los que pudo, aún recuperándose de la patada. Su postura, volviéndose más erguida y estable por segundos, mostró a Celice que sus golpes en los hombros, en las rodillas, y un buen arañazo en la mejilla, no estaban siendo suficientes.

El golpe vino tras un bloqueo, el hombre bajando su codo izquierdo para desviar un jab y luego lanzando el puño directo a los ojos de Celice. Ella se echó a un lado, pero no lo suficiente, recibiendo el golpe en la sien derecha y retrocediendo dos pasos. Un moretón seguro.

Y más por venir, a juzgar por la postura de boxeador del hombre. Tenía las manos arriba, los pies sobre los dedos y rebotando. Peor aún, un brillo jugaba en un rostro listo y ansioso por la pelea.

—No sé quién eres, ni de dónde vienes, pero elegiste el callejón equivocado hoy —dijo el hombre, su acento lo ubicaba como producto del norte de Canadá.

Mantenlo desequilibrado.

—No, tú eres el hombre que estoy buscando —soltó Celice

con una sonrisa animada, una mirada sincera que desconcertó al hombre por una fracción de segundo.

El tiempo suficiente.

Pateando a través de un charco, Celice envió gotas sucias lloviendo sobre el hombre, siguiéndolas con un paso lateral hacia la derecha. Su rival atravesó el truco, intentando un golpe de largo alcance que dependía de que Celice se mantuviera en el suelo, como haría un luchador normal.

Pero Celice, hija del Paragon más destacado del mundo, no era una luchadora normal.

Plantó su pie izquierdo y saltó, dirigiéndose en un ángulo pronunciado hacia la pared del callejón. El salto la llevó tan a la derecha que el golpe del hombre quedó corto, su seguimiento lo llevó directamente hacia el rebote de Celice. Su pie derecho tocó la pared a medio metro de altura y Celice se impulsó, invirtiendo la dirección y lanzándose hacia adelante con el impulso adicional.

El hombre no pudo retroceder su propio golpe a tiempo para bloquear, recibiendo el impacto de Celice directo en la barbilla. Era su turno de tambalearse. Celice siguió adelante, manteniéndose en pie después del salto en la pared y aprovechando el caos para agarrar la pierna izquierda del hombre, torciéndola mientras él retrocedía. Siguió un chapoteo indigno, el chándal golpeando el suelo empapado. La cabeza del hombre fue lo siguiente, estrellándose contra los adoquines.

Celice se inclinó, lista para poner un codo sobre el cuello del hombre si intentaba levantarse. Sin embargo, sus ojos estaban nublados y cerrados, y ya no leían la realidad. En su lugar, Celice colocó dos dedos en el cuello del hombre y observó su pecho. Un pulso latía, los pulmones hacían su magia. No estaba muerto, inconsciente por quién sabe cuánto tiempo.

—¡Oye! —gritó una mujer en la entrada del callejón, y Celice miró hacia atrás para ver a una pareja mayor de pie allí, observando el espectáculo improvisado de la noche—. ¿Qué está pasando aquí?

Quién sabe cuánto habrían visto, cuánto creerían, pero una excusa simple funcionaría para la mayoría de la gente: La persona promedio no querría que sus comodidades diarias fueran interrumpidas por asuntos de Paragon o peleas callejeras sangrientas.

—Se resbaló mientras practicábamos —gritó Celice en respuesta—. ¡Llamen a una ambulancia!

Se volvió hacia el hombre, revisando su chaqueta con las manos, buscando algo, cualquier cosa. Conseguir un Tama de una muñeca llevaría tiempo y herramientas que no tenía aquí, y la pura inmovilidad en su rostro parecía indicar que la conciencia no volvería pronto.

En el bolsillo izquierdo del hombre, encontró un recibo arrugado. Café, pastelería. En el bolsillo derecho, un llavero. Solo alguien paranoico recurriría a cerraduras que no pudieran ser hackeadas. Celice, manteniéndose agachada, palpó las dos llaves de color cobrizo. Podría llevárselas, pero entonces el hombre lo sabría, Zhan-Yo sabría que habían sido robadas.

—¿Cómo está? —se oyó la voz de la mujer, más cerca ahora, emocionada por estar involucrada. Una mirada confirmó que los dos se dirigían por el callejón hacia Celice. Entrometidos siendo entrometidos—. ¡Hemos llamado, la ayuda está en camino!

Inclinando su propia Tama, Celice capturó las llaves en tres fotos. Cuando la pareja se acercó, Celice volvió a meter las llaves en el bolsillo del hombre y se puso de pie, pintando una imagen de preocupación en su cuerpo.

—Gracias —dijo Celice cuando se acercaron—. Creo que se golpeó un poco fuerte. Iré a recibir a la ambulancia, ¿pueden vigilarlo ustedes?

La pareja, cumpliendo con su deber de santos, accedió sin un segundo de sospecha. Celice se dirigió hacia la entrada del callejón, se deslizó entre la multitud que pasaba y desapareció mientras el aullido de una sirena rompía la paz vespertina de Londres. En lo alto, una nube oscura de un dron pasó flotando, precediendo a la llamada de la ambulancia con su propio ojo inescrutable.

En otro tiempo, esas máquinas habrían llenado a Celice de esperanza, con el rubor que venía con el poder real en un mundo que valoraba poco más.

Ahora, mantuvo la cabeza baja y sintió cómo la llovizna se convertía en lluvia, el frío combatiendo las primeras punzadas de su sien magullada.

La ducha lavó la suciedad, y la ropa seca y limpia calmó sus temblores. Dejar que su cabello cayera libre ocultaba el círculo sombrío cerca de su frente, pero Celice no pudo encontrar mucho más que disfrutar del apartamento. Adquirido a través de un anuncio, pagado con reps de cuentas que Celice y su padre mantenían, también había comprado los muebles del propietario anterior. Las piezas tenían un aspecto sin vida, lo suficientemente agradables pero sin recuerdos que las hicieran completas.

Bastion, la gigantesca torre en Nueva York que había sido su hogar durante años, albergaba más sentimiento en sus paredes de acero, sus electrodomésticos relucientes todos monitoreados por IA avanzada que este estrecho estudio en el lado oeste de Londres. Al principio, Celice trató el espacio como una habitación de hotel, una morada temporal destinada a dormir, la higiene y poco más.

Luego las horas se acumularon. Los días pasaron, llenos de vigilancia y viendo cintas en la pantalla de su computadora sin nada más que un pequeño patio y paredes fuera de la ventana. Los pubs y las cafeterías ofrecían escapatorias, pero cualquier salida traía el riesgo de que algún Paragon la atrapara, de que Mynx enviara un dron a cazarla.

Celice sintió el zumbido de nuevo ahora, la llamada habitual de la oficina local de Paragon. Sabían que estaba en

Londres, tal vez sabían dónde vivía. Celice miró fijamente el brillo blanco en su Tama ofreciendo un regreso. Podría decir las palabras, mudarse directamente a las instalaciones aquí, volver a unirse al equipo y cazar a Zhan-Yo con su ayuda.

Pero eso significaría distracciones. Significaría seguir las órdenes de Mynx, o del Campeón que dirigía Europa. Pasaría de ser la protagonista principal en sus propios esfuerzos a un accesorio. ¿Y cuando encontraran a Zhan-Yo? Los Paragons celebrarían un juicio, lo exhibirían al mundo e intentarían pintarlo como una figura terrible.

Zhan-Yo merecía una bala en la cabeza. Rápida, fatal y terminada.

Entonces, cuando el asesino de su padre hubiera sido borrado del tablero, Celice podría volver a la política, los juegos, la lucha por el poder de Paragon.

Deslizando el dedo por su Tama, encontró sus fotos. Las envió a su computadora. Las llaves en sí no tenían nada excepto un nombre, el del cerrajero que había hecho las copias. El siguiente paso.

Sentándose en el sofá, Celice miró el televisor oscuro bordeado por un arte floral sencillo. El té esperaba en la cocina, junto con las sobras de una aventura de curry a la hora del almuerzo. Podría poner alguna película, deleitarse con el éxito del día. El hombre no tenía su nombre, no sabía por qué lo había atacado. Aún no estaría en peligro.

Pero una victoria merecía una celebración. Esto era Londres, y aunque el mundo estuviera en conmoción por el atentado del estadio de Los Ángeles, la gente aquí sabía cómo divertirse.

Y Celice podía usar algo de diversión esta noche.

CAPÍTULO 3
SUEÑOS DE EQUIPO

LA ALARMA EVIDENCIABA cada diferencia entre donde Calvin solía estar y donde se encontraba ahora. El logo en su Tama, la *P* de Paragon, irradiaba profesionalismo. Limpio, azul y blanco, el logo se desvaneció en una llamada para que Calvin respondiera a un Paragon desaparecido en el norte del Loop de Chicago. No es que Calvin fuera a hacerlo —la alerta se enviaría a otros Paragons y drones de la zona, no solo a Calvin—, pero el aviso contrastaba con el almacén húmedo donde se encontraba.

El suelo de hormigón manchado bajo sus pies resonaba con las sólidas paredes mientras las anomalías desarrapadas probaban sus habilidades. En ese momento se enfrentaban, de dos en dos, practicando el trabajo en equipo. Cada uno tenía que ver cómo podía usar sus habilidades para beneficiar al otro, y viceversa. Algo sobre crear vínculos, sobre entender el verdadero poder del equipo.

Tonterías dignas de un adhesivo de parachoques.

Calvin se rascó el cuello donde su chaqueta, una compra impulsiva con sus nuevos representantes de Paragon, le rozaba. El almacén no tenía calefacción, y aunque Chicago parecía estar saliendo de su hibernación helada, el frío aún dominaba el aire. Las ventanas rotas del almacén, con el cristal sobresaliendo como dientes en una mandíbula desordenada, dejaban entrar la brisa en abundancia. Una brisa que traía consigo algo más que frío.

—Oye —dijo Calvin a Farrah, a su lado, una luchadora de carácter duro que había mantenido en secreto sus propias habilidades mientras ladraba órdenes a sus pupilos—. ¿Realmente teníamos que elegir este lugar, o es que la basura ardiendo ayuda de alguna manera?

—Te mantiene motivado —respondió la mujer, sin apartar la mirada de los luchadores—. Cuanto más rápido termines tus ejercicios, antes podrás irte. —Hizo un gesto hacia adelante—. Hablando de eso...

—Soy un Paragon. No necesito esto.

—Beth dijo lo contrario, y lo que Beth dice va a misa —replicó la mujer, refiriéndose a la líder Elemental que dirigía el espectáculo en Chicago—. Únete.

—No tengo pareja.

—Para esto, no la necesitarás.

Negando con la cabeza, pero aferrándose a la promesa de una salida temprana si jugaba sus juegos, Calvin se distanció cinco metros. Se enfrentó a Farrah, quien parecía estar observando a los demás e ignorándolo.

—Entonces, ¿qué vamos a hacer? —gritó Calvin.

—¡Atención todos! —exclamó Farrah, su voz resonando por todo el almacén—. Calvin aquí cree que los Paragons no necesitan trabajo en equipo.

—No es lo que he dicho.

—¿Recordáis lo que pasó cuando Aegis abandonó a su equipo? —continuó Farrah—. ¡Ni siquiera una leyenda puede ir sola! Los Elementales somos más inteligentes y fuertes cuando trabajamos juntos. Anthony, Della, mostradnos a qué me refiero.

Todos los demás en el almacén formaron un círculo, observando cómo los dos Elementales nombrados, ambos con ropa primaveral desaliñada, se posicionaban frente a Calvin.

—¿No se suponía que estos eran ejercicios en equipo? —preguntó Calvin.

—A veces, demostrar el *por qué* es tan importante como practicar el *qué* —respondió Farrah—. Adelante, Elementales, dadle una lección.

Con todas las miradas sobre él, Calvin hizo lo que sabía hacer: se encogió dentro de sí mismo. Levantó un muro y buscó una salida. Las personas que lo rodeaban no eran sus amigos, no eran sus compañeros en alguna lucha contra Wexley, los Paragons y un mundo que se desmoronaba. Eran solo más bastardos que buscaban utilizarlo.

Sus manos, como siempre, sintieron la corriente incrustada en los guantes negros de cuero sobre su piel. El tirón suave del cuero tentaba a Calvin, esperando ser abrazado. Los guantes en sí eran agradables, cálidos. No quería estropearlos.

Así que cuando Anthony y Della se separaron unos metros, formando un triángulo con Calvin como punto más alejado, el Paragon se quitó los guantes y los guardó en los bolsillos de su abrigo. Al hacerlo, el aire cobró vida a su alrededor. El polvo, el frío y otros productos químicos en el aire provocaban a Calvin, sugiriendo que podían ser atrapados y redirigidos, estirados y empleados.

¿Qué esperaba Farrah que hiciera Calvin? ¿Luchar contra estos dos? Tanto Anthony como Della le llevaban años a Calvin, pero eso no significaba mucho cuando se trataba de habilidades. Cada anomalía tenía su propia curva, desde que sus dones aparecían por primera vez hasta que, si acaso, se agotaban. Los de Calvin aparecieron cerca de su duodécimo cumpleaños, junto con el vello facial y el cambio de voz.

En aquel entonces, se había adaptado a las nuevas sensaciones, considerándolas otra herramienta en una caja en crecimiento llena de una escapada tras otra de familias de acogida. Últimamente, Calvin había estado añadiendo lecciones más peligrosas a esa caja, perfectas para las anomalías valientes que ahora se enfrentaban a él.

Anthony fue primero, el portero de bar de pelo largo dio un paso antes de saltar al aire. Della hizo una mueca, como si estuviera inflando un globo invisible, y el salto de Anthony lo envió lo suficientemente alto como para tocar el techo del almacén. Calvin observó cómo el hombre giraba en el aire, cayendo en picado hacia Calvin con el puño por delante, un cometa golpeador estrellándose contra la Tierra.

Mientras caía, el cuerpo de Anthony creció. Cada parte se agrandaba con la velocidad del hombre, duplicando y luego triplicando su tamaño en los milisegundos que duraba la caída. Un puñetazo vendría con muchos más kilos de los que Calvin podría soportar.

Así que el objetivo se movió.

Un sprint hacia adelante no logró ningún avance, el túnel de viento reenfocado de Della empujó a Calvin hacia atrás y agotó su tiempo. No era bueno, pero por eso Calvin siempre operaba con un plan B. Cuando empezó a correr, la mano derecha de Calvin bajó hasta sus vaqueros, aferrándose a la tela. Su mano izquierda se elevó sobre su cabeza, la sensación recorriéndolo como una descarga eléctrica.

Sobre él, una fina red azul brotó, expandiéndose hacia arriba y hacia fuera, fundiéndose con el aire para formar una malla blanco-azulada. Anthony se abalanzó, embistió a Calvin y lo estrelló contra el suelo del almacén. La red robó algo de impulso al hombre que caía.

No lo suficiente.

Farrah estaba de pie sobre él cuando Calvin abrió los ojos, con una sonrisa conocedora dividiendo su rostro. A su alrededor, los sonidos mostraban un retorno a los ejercicios que Calvin había interrumpido.

—¿Captaste la idea, Paragon? —preguntó Farrah.

El dolor de cabeza de Calvin exigía cualquier respuesta que lo alejara de esta gente brutal lo más rápido posible.

Había aceptado enfrentarse a los Elementales porque Kat se lo pidió, porque ella había entrelazado su vida con estos héroes a medias de una manera que Calvin nunca haría con nadie. Otro mal movimiento añadido a la larga lista que Calvin había estado escribiendo desde que llegó a Chicago.

Todo por una convención, una maldita convención de cómics que había sido arruinada por la búsqueda de Kat.

—Sí, capto tu idea —dijo Calvin, sentándose y cerrando los ojos para tomar un largo respiro y sacudirse la náusea.

—Parece que Anthony te golpeó fuerte. ¿Deberíamos hacerte revisar?

—Anthony me habría matado —dijo Calvin, lanzando una mirada fría a Farrah—. ¿Qué demonios intentas enseñarle a esta gente?

—Un Paragon no dudaría en matarnos a ninguno de nosotros. No les enseñaré lo contrario.

—¡No estoy aquí lastimando a nadie!

—Beth dice que te cree. Eso es suficiente para algunas personas —dijo Farrah—. Vienes aquí, te niegas a unirte a lo que estamos haciendo... Ahora tengo que preguntarme por qué te molestaste.

Las implicaciones pesaban en sus palabras, esa sonrisa hacía mucho que había muerto. Así que Farrah tenía los mismos estándares que todos los demás: cualquiera fuera de tu grupo era un enemigo hasta que se demostrara lo contrario. ¿Por qué debería Calvin esperar que los Elementales fueran diferentes?

—Los Paragons me acogieron —dijo Calvin—. No hicieron preguntas. Vieron lo que podía hacer y me ofrecieron un contrato. Tú intentaste matarme. Empiezo a ver por qué están perdiendo.

Ahora se puso completamente de pie. El golpe de Anthony probablemente le había causado una conmoción cerebral a Calvin. Qué maravilloso regalo. Calvin hizo un inventario mental, contabilizando sus posesiones, sus reputaciones para gastar. Nunca había tenido mucho, y ahora lo que tenía estaba en un casillero de almacenamiento en la sede de los Paragons en Chicago. No tardaría mucho en ir hasta allí, sacarlo, y tal vez lograr que los Paragons lo enviaran a algún lugar nuevo.

A algún lugar sin todo este drama.

—Entonces estás viendo por qué no podemos arriesgarnos —Farrah insistió—. Todos aquí van a perder a alguien. Probablemente pronto. No estamos jugando un jueguito. No estamos corriendo por las calles de noche asustando a la gente. Este es un movimiento real, y con todo lo que está sucediendo ahora, tenemos una oportunidad real.

—No una en la que yo vaya a ayudar. La próxima vez que decidas empezar algo, ¿tal vez no pelees con los que están de tu lado?

Esta vez, Farrah no impidió que Calvin se marchara. El hombre sintió ojos en su espalda, los ignoró. Mantuvo la cabeza en alto y la mente dando vueltas hasta que salió del almacén, la brisa aumentando sin las paredes. Solo entonces notó el frío que cruzaba sus piernas.

Donde había llevado jeans gruesos, Calvin ahora solo tenía shorts, y esos colgaban en jirones hasta la mitad de sus muslos. Algunas anomalías tenían habilidades que podían tomar lo que necesitaban de cualquier parte, de cualquier cosa. La de Calvin se comía su ropa.

Qué gran maldito día.

Seeker lo mejoró, como siempre lo hacía el perro. La gran bola de pelaje blanco atacó a Calvin cuando entró al apartamento de Kat. El lugar, reparado de los ataques de Wexley, servía como hogar de colchón de aire para Calvin mientras los Paragons se tambaleaban a través del desastre en Los Ángeles. El grupo gobernante del mundo había estado saltando de una declaración de emergencia a otra con Mynx, la líder local nominal, tropezando bajo los reflectores.

Calvin tenía que darle algo de crédito a la Campeona ingeniera: al menos Mynx se quedaba. Recibía palizas todos los días frente a las cámaras y fuera de pantalla mientras los Paragons seguían lanzando nuevos procesos, nuevos nombres y nuevas ideas como si esperaran que solo los memorandos pudieran devolver a los Paragons a algún estado estable.

Así que Calvin esquivaba el drama quedándose con su amiga.

—¿Verdad, Seeker? —dijo Calvin, rascando las orejas del perro mientras buscaba un nuevo par de pantalones. El viaje en autobús de regreso había sido un ejercicio de ignorar miradas, pero Chicago tenía suficiente gente como para que alguien usando shorts rasgados en un fresco día de marzo no fuera lo más raro—. Solo estamos pasando el rato aquí, dejando que el mundo se arregle solo.

La idea se sentía un poco extraña, considerando que Kat y Calvin, no hace mucho, habían escapado de intentos de asesinato por parte de un tipo que, según Kat, tenía poder y reputación en cantidades infinitas. Calvin quería atrapar a Wexley y enseñarle algo de respeto apropiado, claro, pero el deseo de venganza de ir a por él se desvaneció mientras los Elementales instaban a la precaución y los Paragons giraban en confusión.

Calvin molestaba a Kat día tras día para que preparara su equipo y así los dos pudieran ir a cazar al CEO en la oficina de Wexley. Entre los dos, Calvin calculaba que Wexley no tendría ni una oportunidad en el infierno de escapar, y con las conexiones de Calvin con los Paragons, también podría traer apoyo de drones. Cubrir la torre con armas y buenos momentos.

—Pero no —le dijo Calvin a Seeker, metiendo su cepillo de dientes, el cargador del Tama y algo de ropa en una mochila —. Todos querían tomarse un respiro en su lugar porque están asustados.

Asustados de qué, Calvin no lo sabía, pero Beth había sido

muy firme. Si Kat y Calvin se movían contra Wexley sin su aprobación, los Elementales los considerarían enemigos. Y, con ese trabajador milagroso tatuado llevando la supervivencia de Kat en su tinta, ir por libre significaría una muerte rápida para todos. Por supuesto, como Calvin señaló noche tras noche, podrían golpear y correr al bastardo francotirador y Beth no tendría que saberlo.

—Pero Kat se ha vuelto toda tímida —dijo Calvin, y Seeker ladró—. No quiere perder a sus nuevos amigos, amigo. Lo entiendo.

Calvin realmente no lo entendía, pero fingir comprender cómo funcionaban las familias era un pequeño juego divertido que jugaba consigo mismo. Hacía que las cosas parecieran menos solitarias.

Seeker ladeó la cabeza, sus brillantes ojos azules mirando a Calvin mientras la lengua del perro colgaba suelta y húmeda de su boca. Una mirada ridícula que hizo que Calvin se echara a reír mientras se echaba la mochila al hombro. Extrañaría a Kat, seguro. Incluso a Gordon, ese idiota, que no obstante intentaba ayudar. El perro, sin embargo, sería el mayor arrepentimiento.

Como si sintiera sus propios pensamientos, el Tama de Calvin vibró. Le echó un vistazo, vio el nombre de Kat y, encima, la hora. Ya era lo suficientemente tarde en la tarde como para que su reunión pudiera haber terminado.

—Hola —respondió Calvin a la llamada.

—¿Eso es todo? ¿Hola?

—¿Es lo que yo digo?

—¿Qué tal lo que está diciendo Farrah, entonces? —respondió Kat—. No entendí todo de sus palabras. ¿Mataste a alguien, o alguien casi te mata a ti?

—Me atacaron entre dos y no los maté porque soy un buen tipo —Calvin ignoró el resoplido de Seeker—. Farrah quería demostrar algo. Lo hizo, y ahora he terminado.

—Todavía no has terminado. Necesito un trago y la oportunidad de desahogarme.

—¿No puedes llamar a tu chico Gordon?

—Él tiene sus propios problemas.

Calvin resopló.

—Así que soy tu plan B.

—Perdona, creí que estaba hablando con Calvin, un hombre adulto. No con un niño.

La mochila se deslizó de los hombros de Calvin mientras sonreía. Kat siempre tenía una manera de insultarlo para ponerlo de buen humor.

—¿Dónde estás pensando? —preguntó Calvin—. Y más vale que no haya Elementales en ese lugar, porque te juro...

—¿Qué juras?

—No me hagas decirlo —Calvin podía oír la sonrisa de Kat a través del teléfono—. No es educado.

—Entonces dímelo en persona. Me estoy subiendo a una cápsula ahora, lo que significa que ya vas tarde.

El gusto de Kat en bares tendía a lo más bajo, no es que Calvin pudiera quejarse. Las bebidas en los antros de Kat solían ser baratas, así que el nuevo sueldo de Paragon de Calvin cubría todo el alcohol que el hombre quisiera beber. Lo cual, dado que su vida había estado en peligro básicamente desde el día en que Calvin había honrado este mundo con su presencia, oscilaba violentamente entre un vaso y un galón.

Calvin conocía el *Carver's*, sin embargo. Recordaba los escalones que bajaban al bar del sótano, recordaba los almacenes y tiendas casi vacíos desperdigados con un espaciado que sugería que el planificador de este distrito de Chicago no había estado prestando atención. El lugar tenía algunos escapados de la oficina aprovechando una salida temprana antes de irse a casa, bebiendo y viendo los primeros juegos de la temporada de béisbol.

Las paredes oscuras mostraban surcos donde las peleas de

bar y los taburetes arrojados habían dejado sus cicatrices. En el suelo, actualmente bloqueado por mesas y sillas, se encontraba el contorno suelto donde se formaría un ring más tarde. En ese mismo ring, Kat había manipulado a Calvin para que casi revelara sus poderes. Su yo *anómalo*. Desatarse allí, en esa multitud, se habría sentido tan bien por el segundo de sorpresa que Calvin habría ganado a Kat, seguido poco después por una lluvia de puñetazos mientras una multitud borracha y enojada desahogaba su odio hacia los anómalos en él.

—No es tan malo —dijo Kat cuando Calvin se sentó frente a ella, con dos cervezas ámbar en sus manos. Le pasó una por la mesa lisa a la rastreadora—. No saben quién eres.

—El hecho de que tengas que decirlo lo hace malo, Kat —dijo Calvin, tratando de encontrar una manera de ponerse cómodo en la silla metálica sin cojín.

—Sí, bueno, ningún lugar es perfecto.

—Este está lejos de serlo —Calvin levantó su vaso—. Pero las bebidas *son* baratas.

Kat chocó su vaso y ambos bebieron. Calvin catalogó la sensación en su mano izquierda, sin guante y sosteniendo la cerveza. El vaso brillaba, un borde esperando ser absorbido y explotado. Calvin podía convertirlo en una lanza, un cuchillo, o torcerlo en algún tipo de constelación. Su mano derecha, descansando sobre la mesa, distinguía la pintura y el plástico debajo. Ambos tenían opciones, ambos podían ser arrancados y divididos en...

—¿Estás ahí? —dijo Kat—. ¿O acabo de explicarle todo a una pared de ladrillos?

Calvin se encogió de hombros.

—Me golpearon bastante fuerte.

—Parece que necesito hablar con Farrah.

Kat no era muy buena mostrando preocupación.

—No soy un niño —respondió Calvin—. Puedo manejarlo.

—Oh, ¿es eso lo que estabas haciendo, empacando en el apartamento?

—¿Viste eso?

Kat agitó su Tama.

—Hola, ¿sabes en qué año estamos? Cámaras por todas partes, amigo. Tap me dijo que estabas dentro y lo comprobé.

El nombre de Tap mató la vibra de espionaje que las palabras de Kat habían creado. La IA del apartamento ofrecía pronósticos inútiles sobre el clima, prometiendo buenos y malos días de playa para Chicago junto con eslóganes ingeniosos sobre tomar la vida con calma, sentir la arena, respirar el mar. La configuración de surfista era divertida la primera vez, pero provocaba un giro de ojos la vigésima.

Otra cosa de la que Calvin podía deshacerse sin un momento de arrepentimiento.

—Estoy cansado de estar sentado sin hacer nada —dijo Calvin—. Si no vamos a ir tras —Calvin miró alrededor, vio que nadie prestaba atención, pero ocultó los nombres de todos modos—, ese tipo, entonces ¿qué estamos haciendo aquí?

—¿Reuniones, aparentemente?

El tono de Kat y su posterior regreso a la cerveza le dieron a Calvin un poco de esperanza. Tal vez ella también se estaba cansando.

—Estoy diciendo que está tardando demasiado —continuó Calvin, presionando su posición—. Te garantizo que él no está esperando a que vayamos por él, pero gente como él, no olvidan tampoco. Nos va a encontrar un día, y no va a ser bueno si somos nosotros los que nos sorprendemos.

Kat suspiró.

—Le pregunté a Beth sobre eso de nuevo hoy. Todavía dice que no. Creo que quiere que los Paragones se involucren primero, esperar a que ambos lados se desangren, y luego entrar y reclamar la victoria.

—¿Ganar qué? ¿Una ciudad en llamas?

—Pregúntale a ella. No me lo está diciendo.

De vuelta al mismo punto muerto. De vuelta a la misma rutina.

—Kat. No estoy jugando aquí. Estoy harto de esto. O vamos tras este tipo, o me subo al próximo vuelo de Paragon a algún lugar donde él no me seguirá. ¿Estás conmigo o no?

Por una vez, Kat no se marchitó ante el momento. No ofreció alguna excusa sobre cómo los Elementales eventualmente se unirían. En su lugar, levantó su vaso de nuevo y lo chocó con el de Calvin.

—Al diablo. Estoy contigo. Vamos por él.

CAPÍTULO 4

DADA DE ALTA

NUNCA SE HABÍA SENTIDO TAN emocionada de poner una bandeja sobre una mesa. Cassidy apartó sus manos temblorosas y observó cómo la copa de frutas —jugosas naranjas— y la tostada con mantequilla se mantenían niveladas. No se caían sobre el plástico ni sobre el patio de piedra debajo. Esbozó una sonrisa tímida hacia su izquierda, donde Ano estaba listo con la escoba. Él asintió y luego se deslizó de vuelta al interior de la cafetería.

En lo alto, las palmeras se mecían con la constante brisa marina. Aves coloridas que Cassidy desconocía picoteaban la hierba larga y exuberante que rodeaba el patio de cinco mesas, una extensión de su hogar actual, la mentira que la había devuelto a la vida.

La camisa y los pantalones holgados, ambos blancos y rescatados del contenedor de piezas de repuesto del centro, ondeaban a su alrededor, dejando entrar el aire por todas partes. El viento acariciaba la piel limpia por las duchas, se colaba en una boca con dientes cepillados, jugaba con el cabello creciente que había recibido atención frente al espejo. Cassidy ya no tosía por una garganta seca, su bronceado era de un tono más natural que el color quemado que había mantenido durante años.

¿Y el jugo de naranja? Cada día, Cassidy mordía estas copas y sentía una alegría extasiada por los suculentos azúcares, por el pan tostado crujiente. Las sopas y pastas de las noches también desfilaban a Cassidy por los sabores de la memoria, cada uno nuevo era un viejo amigo recibido con entusiasmo.

Las comidas ayudaban a ocultar todo lo demás. Ayudaban a ocultar lo *incorrecto*.

El Vacío. Ese había sido su nombre, y la razón de ello persistía, una costra mental esperando ser arrancada para que, una vez más, pudiera abrazar lo que la naturaleza le había dado. Cuando el impulso surgía, como surgía ahora, Cassidy empleaba la única arma que le quedaba.

El dolor.

La última vez que había usado su habilidad, había facilitado un intento de escape de la isla prisión de Mynx, de los Parangones. Lanzando sus agujeros negros para bloquear los ataques de drones, Cassidy se había agotado por completo. De alguna manera, había sobrevivido. De alguna manera, había despertado aquí, anónima y libre.

Sus amigos pagaron el precio de esa libertad. Los veía en destellos, abatidos a tiros en el destartalado barco que servía para su escape o arrojados por la borda mientras el océano invadía los costados, todo desmoronándose. Si Cassidy no hubiera estado allí, si no hubiera seguido la ridícula idea de Thane, todavía estarían vivos. Todavía estarían pasando largos días en la isla pescando e intercambiando historias junto a fogatas en la playa, arañando una existencia apartada del mundo.

Estos pensamientos atenuaban el pulso, silenciaban el crepitar en su mente. Otra batalla interna ganada. Cassidy le dirigió una sonrisa sombría a su tostada. Qué victoria, usar a los muertos para dejar de crear más.

—Te ves bien hoy —Reva, la psicóloga residente del centro, se sentó frente a Cassidy sin la aprobación de esta última—. Son tres ya, ¿no?

—¿Tres? —Cassidy, habiendo terminado la copa de frutas, atacó la tostada. El pan, precortado en agradables triángulos, se había enfriado durante su reflexión, pero el apetito de Cassidy no le importaba—. ¿Tres qué?

—Días que has estado levantada y activa —dijo Reva, con una paciencia infinita y tierna—. Lo estás haciendo muy bien.

Cassidy captó la pregunta que flotaba en el aire. ¿Recordaba algo ya, como su nombre? ¿Su familia? Los escáneres cerebrales no habían mostrado ningún trauma severo, aunque Reva afirmaba que los músculos de Cassidy estaban agotados, sus mismos huesos adelgazados por el estrés extremo.

—¿Lo estoy?

En una vida que ahora parecía imaginada, Cassidy había sido maestra. Había enseñado a niños pequeños, jugando juegos de palabras, contando cuentos para ayudarles a aprender. Caer en la misma rutina con Reva había sido... había sido más fácil de lo que Cassidy esperaba. Reva parecía *querer* confiar en las respuestas de Cassidy, y ahora la doctora se inclinaba hacia adelante, con ojos grandes detrás de gafas aún más grandes.

—Lo estás, Jane —respondió Reva, usando el nombre cariñoso del centro para Cassidy—. Tenemos tantos pacientes aquí que, cuando llegan como tú lo hiciste, nunca encuentran su camino de vuelta. Sabemos que estarán con nosotros hasta que digan su último adiós. Pero tú, tú estás mejorando día a día.

—Me alegra que lo pienses.

—¿Tú no lo crees?

Cassidy, de hecho, se sentía mejor. Su cuerpo, aunque todavía adolorido, se sentía cada vez más como ella misma. Había pasado de estar exhausta en cada momento de vigilia a, ahora, mirar más allá de la valla del centro. En algún lugar allá afuera habría un avión que podría llevarla de vuelta a casa con su familia.

Y a los Parangones que la pondrían de vuelta en esa isla.

—Sí lo creo —dijo Cassidy—. Pronto, ¿crees que podría irme?

Reva se reclinó, cruzando los brazos sobre su regazo, con los dedos entrelazados. —Hay ciertos hitos que debemos considerar, Jane. Primero, tu nombre. Quién eres y de dónde vienes. No podemos dejarte marchar de aquí sin saber a dónde deberías ir, ¿verdad?

—¿Es esa tu decisión o es mía?

La mirada de Reva no se alteró con el cambio de tono de Cassidy. —Es nuestra decisión tomarla juntas. Cuando todas sintamos que tienes un plan para cuidar de ti misma.

El silencio cayó mientras Cassidy comía su tostada. Decir que tenía un plan sería optimista. Por mucho que quisiera ver a su familia de nuevo, Cassidy no tenía reps, no tenía transporte, ni documentación que le permitiera subir a un avión, barco o cualquier otra cosa. Ni siquiera tenía un Tama, el teléfono que descansaba en la muñeca de Reva.

El centro también querría saber a quién habían traído. Con los Paragones al mando, Cassidy no tendría que preocuparse por pagar el tiempo que pasara aquí, pero el centro tendría que registrar algo. Cassidy tendría que darles un nombre real eventualmente.

O tal vez...

En lo alto, un avión pasó rugiendo, dejando una cicatriz blanca en el cielo azul.

—Reva —dijo Cassidy—. ¿Cómo está mi amigo? ¿Mejor?

Reva negó con la cabeza.

—No tan bien como tú —Se animó—. Hoy abrió los ojos. Durante un minuto entero. Creo que me escuchó mientras le hablaba —Otra pausa, otro cambio de tono mientras Reva se centraba en Cassidy—. ¿Recuerdas quién es *él*?

—Es borroso. Recuerdo fragmentos.

Ya habían bailado esta danza antes, desde que Cassidy despertó por primera vez. Reva quería información y a Cassidy no le interesaba proporcionarla. Había pedido ver a su amigo antes, pero Reva siempre se negaba, diciendo que no sería bueno molestar al hombre. Sin embargo, la frase siempre dejaba espacio al final, como si Reva estuviera haciendo una oferta.

—¿Fragmentos de qué? —preguntó Reva.

Con su bandeja limpia, Cassidy le devolvió la mirada a Reva. El impulso de absorber esa energía, de abrir un vacío que engullera a la psicóloga por completo, se desató mientras Cassidy observaba la mirada de la doctora, los labios ligeramente curvados hacia arriba y apretados. Ni un solo parpadeo a la vista.

Reva lo *sabía*.

Cassidy no debería haberse sorprendido. En la isla, rodeada de anomalías que o bien se golpeaban entre sí o formaban pandillas para protegerse, no había mucha necesidad de mentir. Una maestra convenciendo a niños de segundo grado para que creyeran en un cuento de hadas no era lo mismo que engañar a un proveedor sobre tu propia amnesia.

Pero el hecho de que ambas supieran que estaban actuando no significaba que la obra no pudiera continuar.

—Si lo viera —dijo Cassidy—, tal vez recordaría más. ¿Dijiste que abrió los ojos? Debe estar mejorando.

—Es un riesgo. Pero ambos han estado aquí durante días. Tus signos vitales se ven bien. Creo que podemos hacer una visita. ¿Qué dices?

—Digo que he terminado con el almuerzo, así que vamos.

Thane, gran enemigo de los Paragones, tirano cuyo nombre contaminaba las noticias con terribles proclamaciones de furia imparable, yacía consumido bajo sábanas limpias color crema. Su cabeza, una bola manchada con la piel estirada suelta sobre ella, desplegaba sus cabellos grises y ralos como un halo reseco. Por lo que Cassidy podía ver, los ojos de Thane estaban efectivamente abiertos, aunque sus estrechas rendijas no se enfocaban en nada en particular. En su lugar, miraban a través de la ventana de la habitación hacia un floreciente y agradable jardín.

Reva se quedó en la puerta, con un enfermero justo afuera, mientras Cassidy entraba. Thane se veía terrible, pero con las anomalías, y con esta en particular, las apariencias decían poco de la historia. Cassidy caminó alrededor de la cama, rodeándola hasta donde podía mirar directamente la cara de Thane.

—¿No pareces preocupada? —preguntó Reva.

—¿Debería estarlo? —dijo Cassidy mientras se arrodillaba, buscando algo, cualquier cosa, en esos ojos.

—Está despierto, pero apenas alerta. Lo alimentamos por sonda, porque no responde, no intenta satisfacer sus necesidades básicas.

Thane permaneció inmóvil. Sus ojos no se enfocaron en ella. Una respiración superficial escapaba de esos labios secos y agrietados. Cassidy no sabía cómo habían logrado salir de la balsa que se rompía, cómo habían sobrevivido hasta esta isla, hasta este centro, pero el pasado no tenía por qué dirigir el futuro.

Podría liberarse aquí. Usar sus habilidades o su inteligencia para escapar de Reva y del centro. Entonces Cassidy no tendría cadenas, podría encontrar el camino de regreso a su familia.

Su mano se extendió casi sin pensarlo y tocó el hombro de Thane. Palma hacia abajo, un agarre suave. Sintió el más leve estremecimiento cuando el corazón de Thane latió. Él había irrumpido en la vida de Cassidy, literalmente cayendo del avión de Mynx y estrellándose en la isla. En un asalto rápido y agresivo contra la frágil sociedad que se había formado entre las anomalías cautivas, Thane destrozó y rompió los vínculos.

Pero se había llevado a Cassidy con él. Le había prometido, si no el mundo, al menos una aventura y la oportunidad de ver a su familia.

Cassidy no sabía cómo había sobrevivido a la fuga, pero podía adivinarlo.

—¿Y bien? —preguntó Reva.

—Me está volviendo la memoria —dijo Cassidy.

—¿Qué ves?

Ahora, ¿qué hacer? ¿Salir de aquí? Thane se veía tan delgado que Cassidy probablemente podría levantarlo y llevarlo. ¿Hacer eso mientras creaba vacíos para detener a los enfermeros y la policía y, eventualmente, a los Paragones?

No. Necesitaría ayuda.

—Estábamos en un barco. Atrapados en una tormenta —dijo Cassidy—. Él y yo éramos pasajeros.

—¿Sus nombres? ¿Los sabes?

Cassidy levantó la vista de Thane, le dio un ceño fruncido a Reva y negó con la cabeza.

—Aún no.

Movió su mano desde el hombro de Thane hasta su pecho. De costado, con la espalda hacia Reva, el cuerpo de Thane y las sábanas que lo cubrían ocultaban el movimiento de Cassidy. O al menos, Cassidy esperaba que así fuera. Porque lo que hizo a continuación no fue nada amable.

—Entonces sigue —dijo Reva—. ¿Ambos están en un barco?

Cassidy pellizcó. Apretó fuerte con sus uñas contra la piel suelta de Thane. Pellizcó y se movió, pellizcó y se movió. Tratando de obtener una reacción, y sin ver ninguna.

—En un barco —dijo Cassidy—. Nos estaba zarandeando el viento. Al principio estábamos en cubierta, pero luego tuvimos que bajar. Órdenes del capitán.

—¿Cuál era el nombre del barco? ¿El nombre del capitán?

Cassidy negó con la cabeza. Pellizcó de nuevo. Aún nada. Reva no dejaría que Cassidy siguiera jugando así por mucho más tiempo. El recuerdo inventado solo llegaría hasta cierto punto antes de que Reva la atrapara en otra mentira.

—Es extraño que te cueste tanto con los nombres —dijo Reva—. La amnesia como la tuya no suele ser tan específica.

El impulso siempre estaba ahí, siempre hambriento. Cassidy se doblegó ante él, dejó que se canalizara a través de sus dedos.

—Lo siento —dijo Cassidy.

—Oh, no es tu culpa.

El vacío abandonó a Cassidy como un frío impacto, viajando hasta donde los dedos de Cassidy lo enviaron: directamente al costado de Thane. El calor invadió a Cassidy, como si hubiera entrado en un horno, mientras el cuerpo de Thane se sacudió, abriéndose una herida en su costado donde el agujero desgarró un punto. Las sábanas ocultaban la marca, pero no su espasmo. Reva le dijo algo al asistente, algo que Cassidy debería haber captado, pero tenía su atención en una sola cosa:

Los ojos de Thane, completamente abiertos ahora, fijos en los suyos.

—Cassidy —dijo Thane, la palabra comenzando como un susurro y terminando como un gruñido.

Su piel se tensó mientras los músculos previamente atrofiados surgían con una fuerza recién descubierta. Como una camisa que se estira, las arrugas de Thane desaparecieron. Las manchas huyeron, aunque el cabello permaneció disperso mientras el cuerpo de Thane crecía.

La cama del centro se hundió. Alguna alarma emitió un débil chillido antes de morir, antes de que el armazón se agrietara. Cassidy se levantó y se alejó, observando a Reva mientras esta última, con la boca abierta, veía a Thane convertirse en quien necesitaba ser.

—Detente —dijo Cassidy cuando Thane alcanzó su punto medio, bien por encima de los dos metros de altura y pareciendo un camión. Cassidy tenía su arma, pero necesitaba que Thane estuviera cuerdo—. Quédate conmigo, Thane.

—Me has hecho daño —dijo Thane, levantándose de la cama destrozada y poniéndose de pie. La bata suelta que había cubierto su forma disminuida se aferraba ahora a Thane como un traje de baño mal ajustado—. ¿Por qué?

—¿Quién, quién eres tú? —interrumpió Reva, hablando a la espalda de Thane desde la puerta—. ¿Anomalías?

Thane miró a la doctora, emitiendo un sonido bajo y amenazante.

—Reva —dijo Cassidy lentamente—. Necesitas dejarnos ahora. Por favor.

—¿Irme? —Reva miró detrás de ella—. Necesito seguridad de inmediato. Y sedantes para este John Doe.

—Nada de sedantes —dijo Thane, girándose completamente ahora—. Haz lo que dice Cassidy.

Reva, maldita sea, no era de las que se intimidaban. Se quedó en la puerta mientras un asistente detrás de ella le entregaba una jeringa preparada, lista para usar.

No era el trabajo de Cassidy proteger a los idiotas de sí mismos. Su trabajo era salir de aquí, con Thane.

—Nos vamos —dijo Cassidy, agitando su mano detrás de ella. La corriente viajó por su brazo, el calor la atravesó de nuevo, y la ventana de Thane se agrietó. El cristal se rompió y desapareció, llevándose un trozo de pared consigo—. ¿Thane?

El avance de Reva se detuvo cuando Cassidy creó su vacío, y terminó por completo cuando Thane arrancó el armazón de la cama y lo hizo rodar hacia la doctora. Con reflejos impresionantes, Reva retrocedió por la puerta mientras la cama se estrellaba contra ella, bloqueando el paso.

—Agárrate —dijo Thane, levantando a Cassidy y rodeándola con sus brazos en un fuerte abrazo.

Liderando con su hombro, Thane atravesó la pared debilitada. Pisoteando las flores, Thane corrió del jardín al césped y a la valla. Mirando por encima de su espalda, Cassidy vio a los asistentes apartar el colchón, los vio entrar en tropel a la habitación para observar cómo Thane destrozaba la barrera del centro.

Ninguno sacó armas, ninguno intentó atraparlos. Una jugada inteligente.

—Me has traído de vuelta —dijo Thane mientras corría, saltando hacia una ladera boscosa—. Gracias.

Cassidy sintió las ramas enredarse en su cabello, engancharse en su ropa suelta, pero no detuvo a Thane. Pronto Reva entendería lo que había visto, haría la conexión. Thane había dicho que había tenido uno de sus arrebatos no hace mucho, así que incluso si Reva no podía identificarlo, uno de los asistentes o el Parangón enviado para revisar las imágenes de seguridad lo haría.

Tenían que ganar distancia para entonces. Tenían que desaparecer.

—Quería alejarme —dijo Cassidy mientras Thane bajaba por el otro lado de la colina—. Podría haberlo hecho, pero tenía que saber. ¿Por qué estamos vivos?

Medio corriendo, medio tropezando mientras Thane avanzaba, el hombre no respondió durante mucho tiempo. Cassidy lo habría presionado, pero Thane no era alguien que hablara al ritmo de nadie más que el suyo propio. Los árboles dieron paso a hierbas, a una caída empinada que Thane salvó con un largo salto. El estómago de Cassidy subió hasta su garganta mientras caían, mientras Thane la rodeaba para que su espalda aterrizara primero.

Golpearon los granos verdes con fuerza, las rocas y la tierra volando sobre ellos mientras Thane mantenía el impulso de la rodada hasta que su impulso murió. Cassidy, con la espalda sobre la arena cálida y húmeda, miró fijamente un rostro enojado, uno buscado en todo el mundo por innumerables crímenes.

—¿Por qué estamos vivos, Thane? —preguntó Cassidy de nuevo.

—Porque no podía permitir que muriéramos. —Thane miró hacia las olas que rompían—. Recuerdo nadar, contigo en un brazo mientras mis piernas pateaban durante horas. Días, tal vez. Estaba tan desesperado por salvarte, tan enojado por lo que Mynx y sus drones habían hecho. Cuando llegamos a la orilla, no me quedaba nada.

Thane se levantó de encima de ella, se sacudió la arena de los hombros. Cassidy se unió a él, las rocas raspando su piel. Afortunadamente, la playa parecía desierta, pero ninguno tenía ropa, ninguno tenía reps o Tamas. Las circunstancias alejaron la confesión de Thane, o más bien, Cassidy dejó que se desvaneciera. Había rescatado a Thane para pagar una deuda, y ahora estaban a mano.

—Gracias —dijo Cassidy.

Se quedaron allí juntos, mirando las olas. Sintiendo la arena entre los dedos de los pies. Justo como en la isla de Mynx. Esperando una oportunidad, una posibilidad.

—Quiero ver a mi familia. Necesito tu ayuda para eso.

Thane asintió.

—La tendrás —dijo la anomalía—. Tendrás toda mi ayuda y más. Pero primero, debemos averiguar dónde estamos y cómo evitar que los Paragones nos atrapen de nuevo.

Cuando la mano de Thane se extendió, la de Cassidy estaba allí para encontrarla.

CAPÍTULO 5
UN POCO DE DISTRACCIÓN

DESPUÉS DEL PARAGON, Wexley pasó la tarde y la noche en la oficina, y luego en su apartamento. Utilizando su Tama y los monitores conectados con una eficiencia implacable, se sumergió en los informes, los mensajes y las llamadas necesarias para mantener la empresa de Zhan-Yo, Ziran —ahora de Wexley en todos los sentidos que importaban— en marcha. Incluso mientras repasaba hojas de cálculo y aprobaba presentaciones de ventas, Wexley saboreaba la pelea de horas antes.

Que no hubiera completado el golpe de gracia apenas importaba. En su lugar, Wexley reproducía una y otra vez los ojos abiertos de par en par, la conmoción que había estremecido al Paragon cuando el desafortunado ser anómalo se dio cuenta no solo de que Wexley lo había descifrado, sino de que sus poderes no le ayudarían. Wexley medía su victoria por cómo su oponente *sabía* que la derrota se avecinaba.

El Cabernet en su mostrador no podía compararse. Tampoco las sombrías noticias que se colaban en los momentos libres de Wexley, con presentadores que recitaban apresuradamente estadísticas sobre protestas, muertes de

Paragons y el temblor que sacudía los mercados mundiales. Entre todo esto, se intercalaba la voz de Mynx, recortada de sus ruedas de prensa prometiendo estabilidad, prometiendo protección.

Prometiendo sus drones.

Porque, ¿qué podría ser una mejor solución para los Paragons muriendo en las calles que robots despiadados imponiendo la subyugación?

Zhan-Yo no había mencionado los pasos precisos para su revolución, no le había dado a Wexley un mapa a seguir, pero el hombre, envuelto en una bata esmeralda más suave que la seda, pensó que debía estar caminando por el camino correcto. Mientras Zhan-Yo hacía todos los movimientos importantes, Wexley continuaría consolidando el poder, sometiendo a las empresas a través de métodos financieros y físicos. Hasta ahora, un éxito.

Pero con Zhan-Yo desaparecido y los Paragons tambaleándose, Wexley tendría que dar un paso adelante y tomar el lugar de su jefe.

—Nos está dando cobertura —dijo Wexley, hablando al Tama—. La oportunidad está aquí.

—Un dron gladiador no es un Paragon trabajando solo, Wexley —respondió Rhimes. El ruido de fondo se filtraba cada vez que el hombre hablaba, los murmullos de un restaurante—. No puedes acercarte a uno y esperar que se rinda.

—Oh, no quiero que se rinda. Necesito que se enfade.

—¿Enfadado?

En su televisor —cromado como casi todo en el apartamento— empotrado en la pared, la imagen cambió para mostrar la enorme instalación de Mynx en la costa oeste. La Campeona la llamaba su Fábrica, el lugar donde nacían todos sus drones.

—Quiero que imagines esto conmigo, Rhimes, porque creo que es importante que mi gente entienda el porqué. —Wexley había leído eso en algún lugar recientemente; la motivación entre los empleados mejoraba si formaban parte de la misión —. ¿Qué pasa si un dron gladiador cree que está siendo atacado?

—¿Contraataca?

—¿Y qué les pasa a las personas que lo están atacando?

Rhimes se ríe entre dientes.

—No creo que quiera saberlo, señor. No es bonito.

Wexley golpeó la gran mesa de cristal del comedor que dominaba el centro del apartamento. Escuchó el sonido plano, pero Rhimes, cuya imagen granulosa aparecía en el Tama, claramente no lo oyó. La falta de reacción detuvo la conclusión triunfante de Wexley antes de que comenzara. Hizo que Wexley echara otra mirada deslumbrante a su ostentoso y completamente vacío apartamento.

—¿Dónde estás, Rhimes? Ahora mismo.

Construyeron el plan durante la madrugada, cambiando los cócteles tempraneros por agua y café a medida que la fecha avanzaba un dígito. Cuando el restaurante cerró, la pareja se trasladó a un bar cercano, uno que haría una transición perfecta al desayuno cuando llegara el momento adecuado.

Wexley y Rhimes, sentados en taburetes uno al lado del otro, tenían sus Tamas sobre la barra de madera de cerezo. Rhimes sacó una libreta de algún lugar, esbozando los pasos con un bolígrafo de tinta azul que había tomado prestado de un camarero más que feliz de recibir las propinas extras. Cada pocos minutos, Rhimes tocaba su Tama, enviando órdenes a un equipo disponible las 24 horas del día, los 7 días de la semana, listo para trabajar por las recompensas.

No había televisores aquí, y aunque la banda de jazz había dejado de tocar hace tiempo y la multitud del post-teatro se había ido a casa, suficientes rezagados y música de salón educada permanecían para darle carácter al lugar. Un sitio perfecto para conspirar.

—Tres horas —dijo Rhimes cuando la libreta se llenó,

cuando los vasos tuvieron sus últimas recargas—. ¿Estás listo para esto?

Wexley asintió, pasando sus dedos arriba y abajo por el vaso frío. El hielo en su interior se balanceaba, reflejando las luces doradas del techo. Tendría que volver a la furgoneta, cambiar la colección improvisada de salida por la armadura corporal. Recoger las armas y ponerse en posición. La anticipación alejó la niebla del sueño.

—¿Y tú, mi amigo? —dijo Wexley—. ¿Estás listo?

Si Wexley dejaba su equipo en una furgoneta sin marcar, Rhimes lo llevaba desparramado sobre su persona. El hombre abordaba cada actividad como una emboscada potencial, lo había hecho desde el momento en que Wexley lo conoció. Rhimes no toleraba mucha indagación sobre su pasado, prefiriendo dejar que su lealtad hablara por él, y en eso, Rhimes no había flaqueado.

Claro, Wexley podía tener cosas en contra de su lugarteniente, como dejar que ese maldito rastreador escapara con vida, pero un error no significaba desechar todo el progreso que habían logrado. Rhimes dirigía el grupo externo de Wexley, reuniendo y entrenando mercenarios y almas perdidas para hacer lo que fuera necesario para devolver el poder, como Zhan-Yo decía, al pueblo.

Wexley ni siquiera sabría dónde encontrar un reemplazo.

—Me pusiste a vigilar a Zhan-Yo —dijo Rhimes—. Fallé ahí, y él escapó. Me pediste que atrapara a ese rastreador. También fallé ahí. La mayoría de las personas en mi trabajo no obtienen terceras oportunidades. No te defraudaré.

Wexley puso una mano sobre el hombro de Rhimes mientras se levantaba.

—Sé que no lo harás —Wexley apretó—. No puedes. Si esto no funciona, el dron nos matará a ti, a mí y a todos los demás.

El amanecer se asomaba sobre un horizonte gris. Wexley aplastó los últimos restos de nieve en su tejado elegido, observando los edificios de apartamentos que bordeaban vecindarios y autopistas. El lago Michigan lucía helado esta mañana hacia el este, visible como el omnipresente horizonte de Chicago. Dispersos por los tejados a su alrededor y caminando por las aceras de abajo, el equipo de Rhimes hacía su trabajo.

Wexley escuchaba la charla del escuadrón, tratando de entender la jerga. Trabajar solo tenía sus ventajas: Wexley nunca tenía que preocuparse por nadie más, y su falta de entrenamiento formal nunca se hacía evidente. Rhimes se había ofrecido, en el bar, a liderar la operación, y Wexley le había pasado el testigo.

Pero Wexley tenía que ver este espectáculo por sí mismo, tenía que estar listo para intervenir y asegurarse de que esta carrera en particular llegara a la meta. Cualquier otra cosa sería una catástrofe. Cualquier otra cosa arriesgaría perder a Adriana y sus representantes.

De espaldas al borde del tejado, Wexley sacó su rifle de la funda. Las balas que cargó hoy dejarían un gran moretón si golpeaban a una persona, pero si Wexley acertaba a algo conductivo, entonces comenzaría un verdadero espectáculo.

La pregunta no era si Wexley o los otros tres que llevaban las mismas municiones golpearían al dron, sino si Mynx había incorporado alguna defensa. Si el dron acabaría con los tiradores antes de que lo derribaran. Rhimes había querido tiempo para hacer trabajo de inteligencia, para ver si alguien podía conseguir las especificaciones de un gladiador y saber exactamente qué funcionaría.

Wexley no tenía más tiempo que dar.

—Objetivo aproximándose por el oeste —dijo Rhimes, sus palabras cortando toda otra conversación—. Al entablar combate, silencio total.

Otra complicación. Los drones escanearían e intentarían interceptar cualquier palabra transmitida por frecuencias de radio cuando comenzara el ataque, un truco útil para rastrear acciones coordinadas. Al menos, eso es lo que los Paragones afirmaban que era la herramienta. Wexley pensaba que los drones la usaban para identificar a quién matar.

El gladiador se veía más grande esta mañana que en días pasados. Del tamaño de una camioneta, la máquina pintada de azul y blanco flotaba sobre las casas como un inofensivo dirigible, con jets brillando a lo largo de sus brazos y piernas. A diferencia de esos transportes oscilantes, el gladiador tenía bordes afilados listos para desplegar armas y cosas peores.

En la calle de abajo, una mujer se acercaba a un cruce peatonal. Redujo su trote para coincidir con el acercamiento del gladiador, permitiendo que la máquina estuviera sobre ella cuando llegó al centro de la calle. Wexley respiró profundamente, dejando que la exhalación se llevara sus nervios.

El estallido dio inicio al juego.

Wexley giró, manteniendo su rifle oculto detrás del borde elevado del tejado, y observó. El estallido provino de la mujer caminando, un disparo recto hacia arriba de un arma pequeña, que ella metió en su bolsa atada a la cintura en el segundo después de apretar el gatillo. El dron gladiador reaccionó exactamente como estaba programado, descendiendo de su altura después del disparo inofensivo para cubrir a la mujer con su sombra.

Una voz profunda y autoritaria retumbó con órdenes para la mujer, exigiéndole que se acostara, que se entregara. En cambio, la mujer protestó, gritando negativas y retrocediendo. Wexley asintió mientras observaba la actuación: aquí, una civil en una casual carrera matutina siendo acosada por las mismas cosas destinadas a proteger al público.

Cualquiera que revisara las imágenes de las cámaras más tarde conocería la verdad, pero eso tomaría horas, días o, si Wexley y su equipo lograban derribar el dron, nunca.

El gladiador interpretó las protestas de la mujer como resistencia y sus diversas placas, articulaciones y extremidades rotaron, adoptando una postura erguida. Seis brazos, dos piernas y variadas armas confrontaron a una corredora con chaqueta y pantalones cortos en medio de la tranquila calle. Sus gritos aumentaron de volumen, el gladiador dio otra llamada fuerte para que se rindiera.

Las luces se encendieron en las casas, en los apartamentos. Gente despertando ante el desastre en su propio vecindario. La mujer, notando la respuesta, se rindió, acurrucándose en el suelo con las manos sobre la cabeza. El gladiador se acercó, sus pasos haciendo temblar la carretera. Declaró que las autoridades locales habían sido notificadas, que la mujer enfrentaría cargos por lo que había hecho.

—¡Pero no he hecho nada! —fue la respuesta de la mujer.

—¡Ella no ha hecho nada! —repitió Rhimes, saliendo de su coche aparcado a mitad de la manzana. Con los brazos y la armadura ocultos bajo una gran y esponjosa chaqueta blanca, Rhimes caminó hacia el dron—. He estado sentado aquí todo el tiempo.

El gladiador le dijo a Rhimes que se mantuviera alejado, que esto no era asunto suyo. Wexley le dio algo de crédito al dron por intentar negociar, pero Rhimes no había terminado. Necesitaban que el dron atacara primero, para que todos los Tamas grabando video ahora captaran la clara falta.

—No, no me voy a quedar atrás mientras la lastimas —dijo Rhimes, acercándose a la mujer y poniendo su brazo sobre su hombro—. Vámonos. No podemos dejar que el robot te lleve por nada.

El dron gladiador levantó un brazo, el agujero abierto en la palma de la cosa era claramente un cañón que conducía a algún cargador, alguna bala que podría convertir a Rhimes y a la mujer en cenizas. Esta vez, la advertencia del dron no dejaba ambigüedades: cualquier cosa que no fuera la rendición inmediata conduciría a daños.

Rhimes no se detuvo.

Levantó a la mujer, y ella interpretó su parte, moviéndose detrás de Rhimes, poniendo su espalda y su gran chaqueta entre ella y el dron. Un dron que finalmente había llegado a su límite.

El disparo llegó rápido, fuerte. Golpeó la espalda de Rhimes y crepitó con una explosión azul, una señal de que el dron quería aturdir más que matar. Rhimes se desplomó, sepultando a la mujer bajo su chaqueta quemada.

—Ahora —murmuró Wexley, manteniendo su micrófono apagado.

Todos conocían la señal, y las otras ocho personas con papeles en esta obra comenzaron su escena. Desde otros tejados, desde otras calles, vinieron corriendo. Los de abajo llegaron con armas domésticas, viejos rifles y escopetas sacados de sótanos, de los que se podía afirmar que eran reliquias familiares, protegidas de las rutinarias purgas de armas de fuego de los Paragones. Serían captados en video, los valientes ciudadanos viniendo a salvar a los suyos.

Wexley apuntó al dron en su mira y disparó el primer tiro. La bala se precipitó, golpeando el cuello del gladiador y estallando como un rayo partiendo un árbol. Otras siguieron, estrellándose contra el dron desde los tejados circundantes. En el suelo, los cinco luchadores ciudadanos tomaron medios más estándar, disparando rondas ineficaces contra la gruesa armadura del dron.

El dron mismo recibió la primera andanada y se mantuvo en pie, aunque sus brazos armados cayeron inertes a su lado. Las chispas estallaron de un ojo mientras el dron se tambaleaba, sus brazos izquierdos barriendo hacia tres de los luchadores que se acercaban y rociando un fuego amarillo. El ácido ardiente alcanzó de lleno al equipo de Wexley, haciéndolos retroceder y provocando más gritos, esta vez no fingidos.

—Ese es un nuevo truco —dijo Wexley, alineando y disparando otro tiro.

Mynx mantenía sus drones cambiando de variantes, siempre dispuesta a mantener a sus enemigos alerta. Antes de Zhan-Yo, esos enemigos habían sido principalmente los

Elementales y otras anomalías rebeldes, aquellos que descargaban su frustración con el programa Paragon o sucumbían a una habilidad que corroía su cordura. Esta vez, el dron se enfrentaba a un pequeño enjambre, coordinado y despiadado.

Wexley coordinó sus ataques con los otros tiradores en los tejados, golpeando el dron en diferentes secciones, friendo esos componentes uno por uno. Sus patas izquierda y derecha se cortocircuitaron a continuación, provocando que el dron se desplomara en la calle. Rhimes, con su chaqueta y la armadura debajo cumpliendo su función, apartó a la mujer mientras el dron plantaba su cara en el hormigón.

Liberándose de su rehén, Rhimes sacó un pequeño bate de dentro de su abrigo. Levantándolo con ambas manos, corrió hacia el dron, como un extraño vikingo moderno. El gladiador aún no estaba completamente acabado, y Wexley vio cómo pequeñas púas surgían a lo largo de la espalda del dron. No sabía qué podrían hacer esas púas, pero Wexley de todos modos les metió otra ronda, satisfecho al ver cómo se rociaba un relámpago azul.

Rhimes golpeó con el bate, un impacto estruendoso seguido de otro y otro más. Para Wexley, desde arriba, cada golpe parecía la furia desatada de un hombre. Según el plan, Rhimes aporreaba el aparato de comunicaciones del gladiador, destrozando y rompiendo la capacidad del dron para obtener refuerzos. Con suerte, también, los golpes arruinarían cualquier posibilidad de que esos refuerzos rastrearan lo que sucedería a continuación.

Los neumáticos chirriaron cuando un camión con remolque de color gris apagado apareció a la vista, girando hacia la calle y retrocediendo hacia el dron caído. Wexley, con su rifle oculto pero al alcance por si el dron encontraba una segunda vida, vigilaba las puertas abiertas, los curiosos observadores. Si la primera parte había sido un fácil impulso para el apoyo público, esto haría las cosas más dudosas.

¿Cuántos transeúntes al azar tendrían un camión a mano

para atrapar un dron? ¿Qué persona inocente intentaría algo así?

Pero esos eran problemas menores. Por ahora, la gente en el suelo, limpiándose el ataque de ácido, trabajaba con otros dos del camión para enganchar un cabrestante al dron. Un botón más tarde y la gran máquina chirrió mientras el cable arrastraba al dron dentro del remolque. La puerta se cerró de golpe, un candado se cerró en su lugar, y los neumáticos volvieron a la acción mientras el camión, con su remolque forrado de metales que bloqueaban señales, se alejaba a toda velocidad.

Wexley echó un largo vistazo al horizonte, notando varias otras formas negras que se acercaban gritando. Refuerzos de drones.

Hora de irse.

—¿Bajas? —preguntó Wexley a Rhimes una hora después, de vuelta en traje y en su oficina, disfrutando de un café y un bagel con rascacielos a su alrededor.

—Heridas leves —respondió Rhimes—. Nada más que eso. Esperaba más de la máquina.

—Has reunido un buen equipo. —Wexley echó un vistazo a su calendario. Lleno, y ya tarde para la siguiente reunión—. ¿Está a salvo?

—Nadie lo va a encontrar. Estamos empezando de inmediato, como se ordenó. Te mantendré informado sobre el progreso.

—Recuerda lo que es importante. Necesitamos saber cómo se controlan. Todo depende de eso.

—En ello.

—Y quiero verlo —dijo Wexley—. De cerca. ¿Esta noche?

—Esta noche. Tú me avisas, jefe.

Wexley dejó ir a Rhimes y se reclinó en su silla. La ducha había dejado su cabello un poco húmedo, pero por lo demás no mostraba signos de haber comenzado el día disparando rondas eléctricas a una máquina homicida. Nadie sabría lo que había hecho.

Volvió a su calendario, encontró una sesión aburrida a primera hora de la tarde que no lo necesitaría. Wexley podría saltarse esa. Podría llamar a Adriana.

Tenía una historia que contar.

CAPÍTULO 6
ESPIONAJE A LA HORA DE LA CENA

EL RESTAURANTE se alzaba sobre ella, con un efecto de cascada que ascendía desde el bar a nivel de la calle a través de varios pisos deslumbrantes llenos de comensales elegantemente vestidos. Celice, picoteando lo que podría ser, y probablemente sería, el primero de varios entrantes, lanzaba miradas casuales a una pareja en el segundo piso, que disfrutaba con entusiasmo de su vino tinto. Una noche libre para estos dos, una noche de trabajo para Celice.

Como siempre había sido.

La barra del bar con su superficie de espejo facilitaba el seguimiento, mantenida reluciente por camareros obsesivos que mezclaban cócteles y limpiaban vasos al mismo tiempo. A su izquierda, Celice vio cómo un cliente se levantaba y, en apenas un suspiro, su plato, bebidas y todas las evidencias de su presencia eran limpiadas. Otro cuerpo le robó el taburete también, iniciando un juego completamente nuevo.

El centro de Londres en su eficiencia más fina. Celice suavizó el ambiente con un pequeño sorbo, la cerveza para beber todo el día burbujeando en su lengua y deslizándose sin ofender. No tenía intención de beber mucho alcohol esta noche, pero sentarse en un bar como este durante el tiempo que les tomara a sus objetivos cenar y no pedir una bebida podría atraer la atención equivocada.

No es que le molestara la vigilancia a ritmo lento. Celice había quemado el día rastreando las llaves y su fabricante, un hombre de cara malhumorada con un acento casi ininteligible, pero que parecía lo suficientemente feliz de señalar las fotos que Celice le mostró de la pandilla de Zhan-Yo. Compró algunos caramelos que el hombre tenía en el mostrador como agradecimiento, los chupó mientras revisaba las imágenes de seguridad fuera de la tienda del cerrajero.

Encontró a los objetivos identificados rápidamente: dos hombres que entraron con representantes y salieron con llaves. Conectando cámara tras cámara, Celice los rastreó lo suficiente hasta que se deslizaron en callejones y desaparecieron. Manteniendo el foco en ese mismo callejón mientras las horas pasaban en avance rápido, los dos objetivos volvieron a aparecer en escena.

A partir de ahí, como el corredor en el parque, Celice trazó una ruta, encontró los lugares que frecuentaban y siguió a los dos hasta este encantador establecimiento. Que recibiera miradas de desaprobación por su ropa de calle —Celice no salía a encuentros tácticos y potencialmente violentos vestida con, bueno, vestidos— no importaba. La dejaron entrar con visible alivio cuando Celice señaló hacia el bar, y allí se unió a otros pocos desarrapados para comenzar la noche con una comida adecuada.

A Aegis le habría odiado todo este juego. Celice jugueteaba con una ensalada deconstruida, un tomate en el centro rodeado de escasos verdes, un chorrito de aderezo y un cubo de queso. Su padre habría subido las escaleras, irrumpido entre los comensales asombrados sin importarle un bledo y levantado a ambos criminales de sus sillas antes de llevarlos afuera para un interrogatorio brusco y rudo.

—Eres nueva —dijo el personaje que había robado el asiento junto a Celice. Una chaqueta remendada, un sombrero hongo completo y una adicción a la franela lo marcaban como un marginado similar—. ¿Qué te parece?

Celice analizó el rostro del hombre. Borroso, rojizo y con ojos arrugados, uno con una muesca en el costado que sugería un encuentro previo con un cuchillo, o tal vez una botella de vidrio. No era un rostro que coincidiera con los asociados de Zhan-Yo.

—Puedes relajar esa mano ahí —dijo el hombre, volviéndose hacia el bar. Levantó un dedo y, en el tiempo suficiente para que Celice moviera su mano de la empuñadura de la pistola dentro de su chaqueta, apareció un vaso highball salpicado con algo—. No estoy aquí para asustarte.

Las preguntas abundaban. ¿Qué londinense al azar sabría que una mano dentro de una chaqueta ligera significaba la presencia de una pistola? ¿Quién se sentaría junto a la única mujer en el bar que no parecía pertenecer allí y comenzaría a hacer charla dirigida?

—¿Sabes hablar, entonces? —continuó el hombre—. ¿O esto va a ser una conversación unilateral?

—Puedo hablar —dijo Celice, sintiéndose estúpida mientras pronunciaba las palabras.

—Ah, bien. Me estaba preocupando, mi apariencia nunca ha sido muy impactante, ¿sabes?

Lanzó un guiño.

Celice sacudió la cabeza, volvió a mirar su ensalada para reiniciarse. En el reflejo de la barra del bar, vio que sus objetivos seguían sentados, su botella de vino casi vacía, sus comidas servidas. Podrían estar terminando, o otra botella podría indicar una hora más. Tendría que vigilar.

—¿Qué quieres? —preguntó Celice al hombre.

—Tu compañía para una copa, tal vez una segunda —dijo el hombre—. Nada más que eso.

—Lo dudo.

—¿Qué parte?

—La segunda.

El hombre tomó su bebida, vaciando la mitad de su contenido en su boca y lamiéndose los labios con un suspiro chasqueante. Se reclinó en la silla del bar, deslizando un brazo sobre el respaldo como si estuviera sentado en un viejo salón y no en lo más fino de Londres.

—Entiendo por qué podrías estar pensando de esa manera, yo simplemente llegando aquí y actuando como tu mejor amigo —dijo el hombre—. ¿Qué tal si lo aclaramos? Empecemos con los nombres, y vamos desde ahí. El mío es Benny, local de Londres toda mi vida.

Una docena de nombres falsos corrieron por los labios de Celice. Podría haber sido una Sarah, una Leslie o una Monica. Podría haber paseado a través de una historia que Celice nunca había conocido como si hubiera sido la suya propia, pero los ojos arrugados de Benny decían que veían más de lo que el hombre dejaba entrever. Ya tenía suficientes hilos que desenredar sin añadir una identidad completamente nueva a la mezcla.

—Celice —respondió, ignorando la mano de Benny con un asentimiento en su lugar—. No local de Londres toda mi vida.

—Oh, el acento te delata —dijo Benny con una breve risa.

—¿Ah, sí?

—Es neutral, no tiene historia —respondió Benny—. Como si hubieras aparecido recién hecha. Pero caminas como una yanqui, y eso es lo que supongo que eres.

Vació su vaso y pidió otro mientras Celice se comía el tomate del centro, intentando decidir cómo manejar el encuentro.

—¿Qué más supones sobre mí? —dijo Celice.

—Que no estás aquí por casualidad, por mucho que me gustaría que así fuera. —Benny tocó el borde de su sombrero al camarero que le reemplazaba el whisky—. Y que no estás tan segura como pretendes aparentar.

—Eso es mucho para alguien que me conoció hace apenas cinco minutos.

—Soy rápido aprendiendo, y tú estás comiendo esa ensalada muy despacio.

—No tengo hambre.

Benny asintió, como si tuviera perfecto sentido que Celice pidiera una ensalada demasiado cara cuando no tenía hambre. Celice volvió a revisar el reflejo. No había una segunda botella. Uno parecía estar pagando la cuenta, pero el reflejo borroso no lo dejaba claro. Se arriesgó a mirar hacia arriba, encontró la mesa, confirmó el acto.

—¿Has estado antes en esta ciudad? —preguntó Benny.

—Muchas veces —dijo Celice, levantando la mano para pedir su propia cuenta—. Aunque hace tiempo.

—Esta cambia rápido —dijo Benny—. Uno pensaría que la vieja se quedaría quieta un rato, tomaría un respiro, pero nunca lo hace.

—Seguro.

Los dos objetivos de arriba se pusieron de pie y se echaron las chaquetas al hombro. Un camarero dejó la cuenta cerca de Celice y ella la pagó sin mirarla. En su lugar, se volvió hacia Benny, manteniendo un ojo sobre su hombro hacia la salida del restaurante.

Si Benny tenía alguna utilidad ahora mismo, podría ser como cobertura. Sus objetivos podrían notar a alguien observándolos, pero ¿dos personas conversando en el bar? Ni de casualidad.

—¿A qué te dedicas, Benny? —preguntó Celice, tratando de recordar la última vez que había hecho charla trivial.

Había tenido citas, salido con amigos, pero ser la hija del Parangón principal solía poner tensión en cualquier relación. Celice tenía una cuando Aegis murió, una buena además, pero se esfumó de inmediato. No tenía tiempo para fines de semana en la cabaña o noches de fiesta cuando el asesino de Aegis andaba suelto. Todo el ritual parecía tan sin sentido.

—Ayudo a la gente, principalmente —respondió Benny—.

Podrías decir que soy una especie de hombre orquesta, haciendo lo que hay que hacer y todo eso.

—Como descripciones vagas, esa se lleva el premio.

Los dos aún no habían bajado. Una parada en el baño antes de enfrentar el frío de Londres parecía probable.

—Oh, vamos, no te pongas mordaz. —Benny dio otro trago—. Una ciudad como esta necesita gente como yo, el aceite entre los engranajes.

—Claro.

Benny se enderezó, dándole a Celice una mirada conocedora. Sus ojos tenían ese brillo particular, como si Benny tuviera el corazón y la mente de Celice abiertos ante él, listos para ser leídos.

—¿Podría ser que necesites algo de ayuda? —preguntó Benny, dejando de lado el tono jovial por uno serio.

—No necesito nada.

—La mayoría de la gente dice eso, y luego echan un buen vistazo a sus vidas y se dan cuenta de lo contrario.

Ahí estaban, saliendo. Ni una sola mirada en su dirección. Perfecto.

—Menos mal que no soy como la mayoría. —Celice se puso de pie—. Benny, gracias por las palabras.

—Tengo muchas más —respondió Benny, tocándose de nuevo el sombrero en su dirección.

Benny parecía tener otra frase ingeniosa para soltar, pero la pareja ya había dejado el restaurante. Perderlos aquí reiniciaría el progreso de Celice, obligándola a encontrar otro lugar que visitaran con tanta regularidad como este. No se apresuró, no del todo, pero Celice llegó a la acera solo segundos después de sus objetivos.

Londres golpeó esta noche con el mismo clima crudo que ayer: frío y lluvioso. Las calles brillaban negras mientras las luces se difuminaban en el agua. La conversación y la música se mezclaban con los neumáticos en las cunetas pantanosas, pero el aire traía un agradable rocío con cada respiración.

Celice echó un vistazo casual alrededor, lo suficientemente lento como para parecer que estaba comprobando la dirección que pretendía tomar.

Sus objetivos se dirigían hacia una plaza cercana, con estatuas que se alzaban sobre una rotonda concurrida. Celice los siguió, notando un dron gladiador que pasaba por encima. La gente que se apresuraba a su alrededor también vio la máquina, algunos iniciando una conversación sobre una historia proveniente de Chicago. Un dron como este atacando a un peatón antes de que algunos héroes locales lo neutralizaran.

Esa parte tenía a Celice un poco confundida. No había manera de que algunos vecinos valientes pudieran acabar con un gladiador, especialmente uno que hubiera funcionado mal lo suficiente como para ir tras un corredor al azar. Casi sentía lástima por Mynx, quien sin duda tendría que lidiar con este problema también. Al menos, por lo que Celice había visto, Mynx tenía a Mila allí para ayudar.

La Campeona sudamericana siempre tenía una mirada alegre y brillante sobre las cosas, una que a Aegis le gustaba y que Celice encontraba molesta. Tal vez porque Mila podía convertir una herida mortal en un pequeño rasguño, pero la Campeona siempre parecía minimizar el peligro. Resaltar los beneficios. Aegis saludaba ante la aprobación de Mila como si su apoyo por sí solo debiera convencer a los Parangones de realizar alguna operación peligrosa.

Sin importar cuántas anomalías pudieran morir allí mismo en el campo, sin Mila cerca para curarlas.

Los objetivos se apresuraron a cruzar la calle hacia la plaza, Celice los siguió con cuerpos entre medio. La lluvia arreció aquí en el espacio abierto, las gotas cayendo con fuerza. La gente se agrupaba bajo paraguas, y Celice dudó en abrir el suyo: un paraguas requería una mano para sostenerlo, una mano que podría ser mejor tener libre para defenderse.

Pero sus presas hicieron su propio movimiento, desplegando paraguas negros sobre sus cabezas y dejando a Celice libre para hacer lo mismo. Miró hacia abajo, sacó el paraguas del bolsillo de su chaqueta y desplegó su cubierta de un rojo apagado. Con la lluvia bloqueada, Celice levantó la vista para encontrar a sus objetivos de nuevo. A su alrededor, la multitud se dispersaba hacia el metro u otros cruces, dejando amplios carriles a través de la piedra húmeda y resbaladiza.

Y sus objetivos no estaban en ninguno de ellos.

Dos segundos para abrir su paraguas. Eso es todo. No había forma de que pudieran haber desaparecido tan rápido, no sin correr y llamar todo tipo de atención. Celice giró en su lugar, haciendo un rápido vistazo alrededor y-

Ahí. Dirigiéndose directamente hacia ella. Paraguas descartado y manos dentro de su chaqueta tal como las de Celice habían estado cuando Benny se sentó. El hombre no tenía una mirada ociosa, esto no era una casualidad fortuita.

La habían descubierto.

Dos opciones, tres segundos para elegir una: luchar o huir. Luchar, y tal vez Celice gane, tal vez Celice sea arrestada, tal vez Celice muera. Huir y la perseguirán, perderá sus pistas, y ahora Zhan-Yo sabrá que está asustada.

Sabes lo que tienes que hacer.

Sí, ella lo sabía. Celice bajó su paraguas mientras el hombre acortaba la distancia, acomodando el mango del paraguas en su mano izquierda. Dio un paso adelante, balanceando su brazo izquierdo hacia atrás mientras presionaba el botón de retracción en el mango del paraguas. La protección roja contra la lluvia se encogió, despejando el camino para que Celice golpeara el pecho del hombre.

Celice golpeó la tela de un suéter, pero en lugar de piel suave debajo, su mano chocó con la dura armadura de un chaleco. Había usado suficiente armadura antibalas para saber cómo se sentían esas cosas, para saber que estos dos no habían venido al restaurante esperando una noche tranquila.

No solo habían descubierto a Celice, sino que la habían tendido una trampa.

El golpe rebotó, enviando una sacudida de dedo atrapado a través de la mano de Celice. El hombre apartó el paraguas retraído. Celice supuso que vendría un disparo, un final rápido para el espectáculo de la noche.

—No intentes eso de nuevo —dijo el hombre. De cerca, tenía el aspecto de alguien que había estado surfeando en países soleados durante mucho tiempo, bronceado y bien afeitado. Un tipo serio que Celice habría ignorado, pero que su padre podría haber adorado—. No te saldrá bien.

—¿Cuántos son? —preguntó Celice, manteniendo su paraguas bajo, tratando de contar los pasos hasta la estación del Metro cerca del borde de la plaza.

—Suficientes —respondió el hombre—. Sabemos quién eres y por qué estás aquí.

—Entonces, ¿dónde está Zhan-Yo?

—No te reunirás con el jefe hasta que esté seguro de que te portarás bien.

—Él mató a mi padre.

El mercenario, de manera totalmente típica, no mostró ni una sola emoción. Como si el hombre se enfrentara todos los días a hijas sin padre buscando venganza. Celice quería saber si, en algún lugar, había una escuela para personas como esta, donde les daban alguna dieta oscura y les enseñaban a ignorar el sufrimiento para que sus líderes pudieran beneficiarse.

—Te está ofreciendo una opción —dijo el hombre—. O te vas de Londres y te olvidas de nosotros, o escuchas lo que tiene que decir. Pacíficamente.

—¿Qué tal la opción tres, donde los desmonto a todos uno por uno?

El mercenario inclinó la cabeza, como si hablara con una niña pequeña.

—Sabes cómo termina eso. No eres tu padre, Celice.

—No dije que pudieras usar mi nombre.

El mercenario no respondió, solo se quedó allí aceptando la lluvia. Celice se limpió el agua de los ojos. Sintió el frío filtrándose por todas partes. Hace treinta minutos, todo esto parecía tan prometedor. Por su cuenta, aprovechando sus habilidades sin la ayuda de los Paragons, rastreando al asesino de su padre.

Así es como iban estas historias, ¿verdad? ¿La hija gana el día, imparte justicia?

—Quiero verlo —dijo Celice—. A Zhan-Yo.

—¿Entonces aceptas? Sin armas. Enviaremos un coche.

Detalles. Celice podía usar sus manos y pies. Sin un arma en la mano o un cuchillo en su funda, aún podría acabar con Zhan-Yo antes de que los guardias del hombre intervinieran.

—Hecho —dijo Celice.

—Buena elección —el hombre sacó su paraguas con esa mano oculta y lo abrió—. Pasaremos a buscarte —Comenzó a caminar, pasando junto a ella—. Por lo que vale, admiraba a tu padre. Era un buen hombre.

Celice miró con furia la espalda del mercenario mientras el hombre se alejaba, sus zapatos chapoteando en la piedra. ¿Un buen hombre? Su padre era mucho más que *un buen hombre*. Aegis había-

No luchaste. Deberías haber luchado.

La habrían matado. Celice no había visto los rifles en la oscuridad, pero sin duda estaban allí. El equipo de Zhan-Yo contaba con una docena de hombres. Ella no tenía los poderes de Aegis, no tenía el respaldo de los Paragons.

Estás poniendo excusas.

Celice vaciló. La lluvia seguía cayendo y quería añadir algunas lágrimas a ella. Lo habría hecho, si una mano no hubiera aterrizado suavemente en su hombro. Otra presionó el botón de su paraguas, abriéndolo de nuevo.

—Sabes —dijo Benny, su sombrero hongo atrapando el agua y salpicándola como las plumas de un pato—, es divertido ducharse bajo la lluvia, claro, pero supongo que estarás más feliz de vuelta en tu propio lugar donde el agua está caliente.

Celice parpadeó hacia él.

—¿Qué?

—Hay una cápsula allí —Benny señaló una esfera de espera estacionada en la acera—. Iba a tomarla yo mismo, pero parece que tú podrías necesitar el viaje.

Y, a pesar de la voz decepcionada de su padre en su cabeza, Celice lo aceptó.

CAPÍTULO 7
EXAMEN DE INGRESO

EL DESASTRE salvó a Calvin de otro enfrentamiento en la sesión de entrenamiento. Después de la trifulca de ayer en el almacén, los Elementales tuvieron la osadía de pedirle a Calvin que volviera, una petición que Calvin ignoró hasta que los Paragones resolvieron el problema por él.

—Nunca había visto a alguien sonreír tanto —dijo Kat mientras viajaban en tren hacia los suburbios del norte de Chicago—. De verdad no querías ir, ¿eh?

A diferencia de ayer, Kat y Calvin llevaban puestos sus trajes de acción. La capa plateada de Kat se asentaba sobre su traje y pantalones llenos de artilugios, mientras que Calvin lucía el uniforme azul y blanco de los Paragones. La pareja parecía lo suficientemente oficial como para hacer que los transeúntes en el tren se dispersaran, dejándoles su propio rincón del vagón desde donde observar los edificios que pasaban en un día gris de marzo.

Los dos habían prolongado su larga noche hasta una mañana tranquila, jugando en el parque con Seeker y tomando su dosis de cafeína. Kat respondía a un mensaje de Gordon —el rastreador había desaparecido hacia Los Ángeles para una conferencia de emergencia con Mynx— mientras Calvin purgaba el alcohol de la noche anterior con una carrera a lo largo de un arroyo cercano.

En general, dado el caos que los había plagado durante el último mes, había sido un comienzo de día olvidable y maravilloso. Sin disparos, sin anomalías lanzándole poderes mortales... Calvin podría acostumbrarse a esto.

—Mira —dijo Calvin—, no quiero dejarlos en ridículo, ¿sabes? Ayer Farrah hizo un truco, pero hoy tendría que enfrentarme a ellos siendo yo mismo. Me ganaría algunos enemigos.

—Claro.

Calvin dejó caer su cabeza contra la ventana de cristal detrás de él, el hormigueo constante en sus manos le daba ganas de convertir sus guantes de cuero en una manta de cuero. Sin embargo, la transformación arruinaría los guantes y, a pesar de su nuevo empleo como salvador del mundo para los todopoderosos Paragones, la cuenta de reputación de Calvin seguía siendo escasa.

—Hablas como si no quisieras estar aquí —dijo Calvin—. Puede que recuerde mal, pero hace una hora estabas muy emocionada por unirte.

—Todo lo que quieren hacer los Elementales es hablar —respondió Kat—. Es como, oye, ¿podemos reunir a un montón de personas realmente fuertes y geniales en una habitación y murmurar sobre el momento oportuno todo el día?

—¿El momento oportuno?

—Beth tiene todo en su cabeza que los Elementales pueden hacer su movimiento y crear su propio pequeño mundo. Los Paragones se lo permitirán, ya ves, si los Elementales reclaman su territorio cuando los Paragones no tengan el poder para resistirse.

—Como si eso fuera a pasar.

Kat no respondió, y Calvin entreabrió un ojo, mirando en

su dirección. A diferencia de la anomalía, Kat tenía su Tama activo, pasando la mano por algunas noticias.

—¿Kat? —preguntó Calvin—. ¿Seguimos hablando?

—Ajá.

—¿Qué acabo de decir?

—Preguntaste si seguimos hablando. —Kat no se apartó del Tama, así que Calvin se incorporó y echó un vistazo más de cerca.

Titulares abrasadores mostraban a Mynx, la única Campeona que quedaba en Norteamérica, tratando de infundir algo de confianza en la región y el mundo. Quemando hora tras hora entre conferencias de prensa y reuniones con otros líderes Paragon, el artículo sugería que Mynx estaba funcionando con menos que vapores, y tropezaba con líneas, nombres, y acababa de cancelar el resto de la agenda del día. Además, el artículo especulaba que la Campeona de Sudamérica, Mila, se quedaba ahora en la Fábrica solo para mantener a Mynx a flote.

Aunque el reportero señaló que Mila permanecía en Los Ángeles siempre que Mynx se iba, a menudo permaneciendo oculta durante días. ¿Algún nuevo dron en desarrollo? ¿Ayudando a algunos Paragones a volver del borde? El artículo ofrecía especulaciones, pocas respuestas y una foto brutal que capturaba a Mynx, con la cabeza gacha, huyendo de un podio.

—Parece duro —dijo Calvin, volviendo a su descanso junto a la ventana.

—¿Eso es todo? —dijo Kat—. ¿Parece duro?

—¿Qué?

—¿No eres un Paragon? ¿No debería preocuparte el hecho de que toda tu organización esté en desorden?

Calvin resopló.

—Soy un Paragon porque pagan bien. Si desaparecen, volveré a hacer lo que siempre he hecho.

—¿Nada de consecuencia?

—Dice la rastreadora sentada en un tren. No te veo atrapando ninguna anomalía peligrosa.

Kat bajó el Tama, amasando sus manos en puños.

—Eso no es importante ahora mismo.

Calvin podía estar de acuerdo con eso. Desde que Wexley y sus matones hicieron de perforar a Calvin y Kat con balas una prioridad, los dos pusieron distancia entre sus carreras y mantenerse con vida. Ambos jugaban con los Elementales porque las anomalías rebeldes les ofrecían una causa común contra el CEO asesino y su banda homicida. Kat, además, usaba cualquier hora libre que no pasara ahogando reuniones en bourbon intentando encontrar rastros de Wexley, buscando una manera de que ella y Calvin pudieran rastrear al hombre, obtener algo de venganza.

La pareja tenía ahora un archivo, uno que crecía. Kat tenía antecedentes de Wexley, tenía su oficina y sus horarios de trabajo normales. Sondear el edificio de oficinas del hombre sería el siguiente paso, tratar de ver qué tan difícil era conseguir una cita en la agenda de Wexley. Kat, dada su reputación y el hecho de que Wexley sabía quién demonios era ella, había estado preparando a Calvin para la tarea.

Calvin entraría directamente, sonreiría a la secretaria de Wexley, y luego entraría en la oficina. Tendría una mano rozando un puño de metal, la otra extendiéndose para estrechar la mano de Wexley. Entonces, justo cuando Wexley se acercara, Calvin convertiría ese puño en una aguja afilada como una navaja y le daría un golpe mortal en la garganta. Seguimiento según fuera necesario antes de escapar, con Kat esperando abajo.

Todo sonaba fácil, pero Calvin no era precisamente un asesino.

Este mundo, sin embargo, tendía a convertir a las personas en lo que nunca esperaban.

El tren los dejó en un barrio tranquilo. Un puñado de

negocios cerca de la estación se desvanecía en casa tras casa, un lugar pintoresco que hacía que Calvin se sintiera incómodo. Los paseadores de perros del mediodía estaban en plena faena, con sus peludos encargos lanzándose unos contra otros y contra el ocasional corredor que se atrevía a transitar por las aceras concurridas. Una brisa con aroma a café pasó junto a ellos.

Con Kat a su lado, Calvin siguió a su Tama varias manzanas hacia unos edificios de apartamentos emergentes, mientras que otros más antiguos resistían en una formación de ladrillo rojo, como si se defendieran de las casas circundantes. Los carteles de Paragon aparecieron temprano, con cápsulas que llevaban el logotipo de Paragon acuclilladas en el centro de las calles. La policía local se unió a ellos, la mayoría parecía estar charlando con civiles confundidos sobre lo que había sucedido antes.

La orden de Calvin lo dejó con el deber de vigilar el perímetro. Caminar alrededor, buscar señales que alguien podría haber pasado por alto y asegurar al público que sus guardianes de anomalías estaban en el caso. Al menos el día, a pesar de que el sol se escondía detrás de las nubes, traía algo de calor. Después de un simple registro con el Paragon a cargo, uno cuyo nombre y habilidad Calvin no se molestó en recordar, él y Kat partieron en su recorrido.

—Parece que alguien es una estrella —dijo Calvin a Kat mientras comenzaban a caminar por la acera cerca de donde el dron había sido derribado.

—He traído muchas anomalías para los Paragons aquí —respondió Kat—. No estés celoso.

—¿Celoso? Ese tipo quería tu autógrafo. No, gracias.

—¿A mi autógrafo o a mis fans?

—¿Te va a doler si digo que a ambos?

Kat puso los ojos en blanco. El movimiento llamó la atención sobre las funciones de su traje, el visor completo y la máscara facial aún sin desplegar pero descansando cerca de sus sienes en caso de que surgiera una emergencia. Si Calvin quisiera estar celoso de algo, ese traje sería la fuente, no cualquier adulación de algún fichador de Paragon.

El sitio del accidente del dron brillaba con etiquetas amarillas. Los Paragons y la policía dejaban caer las banderas, que Kat explicó que eran para marcar evidencia. Calvin observó cómo la rastreadora acechaba de una a otra, tratando cada una como si pudiera ser la clave para descubrir cualquier cosa y todo. La mayoría de las etiquetas parecían estar señalando casquillos de bala, y algunas resaltaban trozos de metal roto. Una se iluminó cerca de una pequeña mancha de sangre.

—¿Ves algo? —preguntó Calvin, luego dio un dramático giro alrededor de la calle, las casas, los apartamentos. Más allá de los oficiales reunidos, nada destacaba—. Porque yo seguro que no.

—Es porque estás buscando cosas grandes, no lo que es importante.

—Oye.

—Esta, por ejemplo —dijo Kat, señalando una etiqueta cerca de su pie. Calvin se acercó, miró lo que parecía ser otro opaco casquillo oscuro—. El tirador falló con este.

—¿Genial?

—Para nosotros, sí. —Kat se arrodilló, agitó sus manos alrededor del casquillo como una presentadora ilustrando un premio—. ¿Ves cómo no hay daño en el pavimento aquí? ¿Ves los patrones en el casquillo?

—Te escucho.

—Esto no es una bala disparada por alguna persona desesperada defendiéndose. Estas rondas entregan una descarga. Tomarían ese Tama que llevas puesto y lo convertirían en chatarra.

Calvin no se consideraba un detective, pero podía trazar líneas como esta, —Entonces estás diciendo que el dron no fue robado por algunas mamás del fútbol. Qué gran avance, Kat.

—¿Todavía molesto por lo de ayer? —bromeó Kat, y, cuando Calvin decidió que no tenía que responder a eso, ella continuó—: Lo que estoy diciendo es que no hay muchos grupos que usarían estas rondas. La policía, tal vez, pero no estarían disparando a un dron. Los Paragons tienen sus poderes, y los drones están de su lado.

Dejando de lado sus púas sarcásticas, Calvin se agachó junto a Kat, —Y los Elementales nos habrían dicho si planeaban atacar un dron gladiador.

—Me lo habrían dicho a mí, de todos modos —dijo Kat.

No podía discutir con eso.

—Lo cual deja pocas opciones, y un ganador —dijo Kat—. ¿El grupo que hizo estallar el estadio en Los Ángeles, el que mató a Aegis? ¿Zhan-Yo? Lo señalaría a él, pero como se hizo explotar...

—¿Alguien que retoma su causa, entonces? ¿Otro que odia a las anomalías?

—¿Como Wexley?

Calvin se encogió de hombros, —Parece un gran salto pasar de disparar a los Elementales a atacar a un gladiador.

Kat se puso de pie y Calvin la siguió. Ella continuó el paseo alrededor de la escena, deteniéndose de nuevo en las marcas negras a lo largo de la calle, neumáticos dejando evidencia detrás. Neumáticos gruesos también, unos un poco extraños de ver en una calle residencial.

—Rhimes intentó reclutarme primero, ¿recuerdas? —dijo Kat—. Wexley también. Tenían planes más grandes.

—Bien, sigamos este camino que estás imaginando —respondió Calvin—. Tenemos al gran malvado y sus amigos gánsteres. Vienen hasta aquí y pelean contra alguna máquina, luego la roban. ¿Por qué?

Kat, mirando a través de las huellas de los neumáticos, no tenía una respuesta.

Con Calvin atrapado en el deber, Kat desapareció para hacer algunas investigaciones, dejando a la anomalía lidiando con gente molesta. Adoptar un tono oficial y alejar a los intrusos resultaba poco natural, cada conversación era una danza incómoda entre infundir la autoridad de Paragon mientras se mantenían las cosas respetuosas.

En resumen, Calvin recibió un montón de críticas sarcásticas. Esos paseadores de perros se preguntaban por qué no podían mantener su ruta a lo largo de la calle. Los niños se acercaban con preguntas absurdas sobre los poderes de Calvin, por qué no podía simplemente volar y encontrar el dron. Y, peor aún, los reporteros que descendían sobre el sitio pronto captaron la propia reticencia de Calvin y se alimentaron de ella.

—No lo sé, amigo —dijo Calvin a otra pregunta gritada por la media docena de buscadores de escándalos que tecleaban en sus Tamas alrededor de él. Lanzó una mirada desesperada a los otros Paragons que deambulaban por allí, pero las anomalías le sonrieron, aparentemente dispuestas a arrojar a uno de los suyos a los lobos—. Estoy aquí para evitar que la gente salga herida, eso es todo.

—¿Salir herida? ¿Entonces estás diciendo que aún hay peligro aquí? —dijo otra, con la mano posada justo encima de un Tama que, sin duda, enviaría pánico a los ciudadanos de Chicago.

Aunque, tal vez eso le compraría a Calvin un segundo para respirar. Tomar un almuerzo tardío.

—¿Tú qué crees? —dijo Calvin—. Tenemos un dron gladiador desaparecido, no sabemos qué demonios le pasó ni quién lo robó. ¿Crees que eso es peligroso?

Los rostros lo miraron, esperando las palabras. Calvin había visto esa mirada antes, principalmente de sus antiguos padres adoptivos, los maestros de escuela esperando disculpas. En ese entonces, él huía. Ahora...

Mirando su Tama, Calvin levantó su muñeca, —Lo siento, gente, tengo que revisar algo aquí. Manténganse atrás, ¿quieren?

Ignorando las preguntas a gritos sobre qué era lo que Calvin tenía que comprobar, el fenómeno se dio la vuelta y abandonó a los reporteros con sus historias. Se acercó directamente a los otros cuatro Parangones que rondaban el centro de la escena del crimen, provocando que todo el grupo mirara al novato al unísono.

—¿Ya has tenido suficiente? —dijo el Parangón líder del lugar, un tipo flaco y astuto llamado Weed. Por muy inspirador que fuera su nombre, Weed tenía la sólida reputación de ser alguien que cortaba por lo sano para que las cosas se hicieran. Calvin sintió cómo sus propias métricas eran evaluadas en la mirada de Weed, calificadas y asignadas a un papel adecuado—. Te has mantenido bien para ser la primera vez. Lob, tú eres el siguiente. Mantenlos entretenidos.

—Entendido —. Un tipo rudo cuyo uniforme parecía haber sido medido unas cuantas hamburguesas atrás, marchó hacia los reporteros.

—¿Calvin? —preguntó Weed, encarándose al fenómeno—. Eres nuevo, ¿verdad?

—Llegué cuando todo se fue al infierno.

—¿De dónde viniste?

Una pregunta difícil, y no solo porque Calvin no tenía lo que se podría llamar un hogar. Los fenómenos tenían la obligación legal de registrarse con los Parangones en el momento en que sus habilidades pasaban del código genético a la magia del mundo real, y Calvin, eh, no lo había hecho. Había tenido otras prioridades, como encontrar comida y un lugar para echarse una siesta.

Y las figuras de autoridad tendían a tratar a Calvin como basura, así que inscribirse con la más grande parecía un mal trato.

—De todas partes —dijo Calvin.

Weed recibió las palabras con otra mirada estudiada, recalculando el lugar de Calvin en su escuadrón—. Bueno, Calvin de todas partes, gracias por presentarte hoy.

Las palabras de Weed y su tono no encajaban. El hormigueo en las manos de Calvin aumentó, los guantes de cuero le picaban por convertirse en algo más útil, como un látigo alrededor del cuello de Weed.

—¿De nada? —dijo Calvin, notando de nuevo que los otros tres compañeros de Weed tenían los ojos puestos en él.

—Aproveché la oportunidad para revisar tu expediente, ya que no he trabajado contigo antes —continuó Weed—. Parece que estuviste fuera de la red unos días. No te has presentado en la torre ni una sola vez en semanas, ¿solo por Tama?

—La torre está fea ahora mismo, por si no te has dado cuenta.

—Los Parangones necesitamos toda la ayuda posible, y tú no apareces por ninguna parte. ¿Dónde te has estado escondiendo, Calvin?

—Vine cuando me llamaron.

Weed miró a sus asociados, negó con la cabeza—. Dime, Calvin, ¿eso suena a algo que diría Aegis? ¿Venir cuando te llaman? Aquí se trata de tomar la iniciativa.

Cuando hablas con suficiente gente, cuando ves lo suficiente, empiezas a reconocer los caminos cuando reaparecen. Calvin retrocedió un paso, dio un gran suspiro. Kat seguía empujándolo a encontrar una tribu, a ponerse en contacto con los que lo aceptarían, y aquí estaba su grupo, mirándolo como todos esos malditos consejeros, todos esos oficiales.

No solo un fracaso, sino un problema.

Tal vez en un día diferente, uno en el que Calvin no hubiera sido acosado durante horas, después de una sesión de entrenamiento que lo dejó tirado en el suelo a manos de Elementales inmaduros, Calvin podría haber encontrado la calma para rechazar el cebo de Weed.

—Aegis está muerto, Weed —respondió Calvin—. No está diciendo nada.

—¿Smoke? —dijo Weed a la mujer a su izquierda—. ¿Serías tan amable?

—Ya está hecho —respondió Smoke.

Calvin la miró, ella le devolvió una sonrisa afilada como un cuchillo. Algo había pasado, y con los fenómenos...

—Muy bien, Calvin —dijo Weed—. Tengo una regla antes de aceptar nuevos Parangones en mi escuadrón.

—Déjame adivinar. Primero tienes que confiar en ellos, ¿o alguna estupidez por el estilo?

—Al menos no eres tonto. Arrogante, pero puedo trabajar con eso. Necesito obediencia, necesito que entiendas quién da las órdenes.

—No soy un niño. Dime qué hacer, y si tiene sentido, lo haré.

Weed dio un largo paso adelante desde el grupo, justo hasta la cara de Calvin—. Entonces golpéame. Ahora mismo.

Calvin inclinó la cabeza—. ¿Qué?

—Te di una orden, ¿no?

Muy bien. Si este payaso quería que lo tumbaran, Calvin podía complacerlo. Mientras Weed esperaba, Calvin se quitó los guantes de cuero, el hormigueo pasando del apretado tirón del cuero al aire y todo el polvo que flotaba en él. No había manera de que Weed recibiera el golpe directamente; todo este baile tenía que ser algún juego de poder, alguna exhibición del reino animal para que los amigos de Weed supieran quién lideraba la manada.

Calvin podía ser un jugador de equipo, pero seguro que no iba a ser el ejemplo de nadie.

El gancho de derecha llegó rápido, pero mientras Calvin se balanceaba, su mano izquierda atrajo el aire y la derecha de Calvin lo lanzó hacia adelante, una ráfaga localizada volando más rápido que el puño. La cara de Weed se echó hacia atrás, sus ojos cerrándose cuando el viento golpeó. El puñetazo de Calvin siguió, bajando para atrapar el hombro de Weed, haciendo girar al hombre más pequeño.

Weed tropezó hacia atrás, parpadeando, sacudiendo la cabeza. Calvin podría haber perseguido, lanzado otra carga, pero el punto parecía haber quedado claro. Incluso los otros Parangones que observaban asintieron, con los brazos cruzados. Al menos un poco impresionados.

—¿Eso es suficiente? —dijo Calvin—. ¿O necesitas más?

Weed se enderezó, movió la cabeza de un lado a otro haciendo crujir el cuello—. Le enseñan a cada Parangón lo básico, Calvin. Pero cuando luchas contra un fenómeno, es mejor si lo dejas fuera de combate a la primera.

—Podría haberlo hecho —comenzó Calvin, luego se detuvo. Sintió algo en su mano, un limo frío. No, no limo: cuerpos, cuerpos pequeños y en movimiento—. ¿Qué demonios es esto?

—Todos recibimos nuestros nombres por una razón —dijo Weed, sin molestarse en acercarse.

Las diminutas criaturas en la mano de Calvin treparon por su brazo, arañando y excavando a lo largo de su ropa. No dolían, exactamente, pero estaban creciendo. Con cada segundo que pasaba, la colección pasaba de cabezas de alfiler a guijarros, arrastrando el brazo de Calvin y pronto a él mismo hacia abajo con ellas. Cada una de las cosas parecía una copia de Weed, solo que con imperfecciones, algunos ajustes, como un solo brazo o un tono de cabello diferente, y sin una pizca de ropa.

Espeluznante, extraño y para nada apropiado.

Calvin clavó su mano izquierda en la calle, encontró el cemento y lo absorbió. Desde su mano derecha, la roca barrió la piel de Calvin, cubriendo su uniforme y derribando a los pequeños Weeds. Todavía creciendo, los clones golpearon la calle alrededor de Calvin. Con su puño recién blindado, Calvin se puso manos a la obra, apartando a golpes la colección mientras se le acercaban.

Al principio, los golpes funcionaron bien, pero pronto Calvin vio que su brazo de cemento tenía nuevos pequeños brotes, una nueva generación de Weed surgiendo de nuevo junto a él. Golpear estas cosas no iba a funcionar. Calvin tenía que cambiar el juego.

Unas manos pesadas levantaron al anomalía antes de que Calvin encontrara una nueva estrategia. Los primeros Weeds ahora medían la mitad de la altura de Calvin y trabajaban juntos para alzar al hombre. A diferencia del Parangón del que surgieron, los clones de Weed tenían ojos vacíos, una inteligencia nula en sus rostros. No mostraban emoción alguna, ni miedo ni ira.

—¿Cómo manejas la adversidad, Calvin? —gritó Weed—. ¿Te rindes o luchas hasta el final?

Oh, Calvin iba a hacerle sentir dolor a este tipo. Descartando el cemento y dejando que se desprendiera de su brazo mientras los Weeds lo levantaban alto —¿para estrellarlo contra el suelo? Calvin no estaba seguro—, Calvin extendió los brazos y agarró a los clones con ambas manos.

Cada anomalía tenía que trazar sus propios límites, tenía que entender con qué podía vivir. Calvin tenía los suyos, pero ahora, ahora iba a hacer una excepción. Bajo sus manos, sintió la piel fría, una textura muy poco humana, y Calvin la agarró. El Weed a su izquierda se desintegró rápidamente, su esencia misma desvaneciéndose como una escena de película. Calvin giró esa energía hacia su mano derecha, envolviendo al otro Weed en una jaula de la materia de su clon.

El movimiento hizo caer a Calvin al suelo, donde aterrizó de pecho. Tenía las manos listas, esperando que más Weeds vinieran a agarrarlo, pero en su lugar los cuerpos se marchitaron. Como si hubieran sido rociados con algún químico terrible, todas las formas se estremecieron simultáneamente, tornándose marrones, luego negras, y finalmente derritiéndose hasta convertirse en menos que polvo.

Weed dio un paso adelante, extendiendo una mano. Calvin la miró fijamente, vio la expresión seria de Weed y un asentimiento solemne, y luego aceptó la oferta.

—Trabajo impresionante, Calvin —dijo Weed, ayudando al anomalía a ponerse de pie—. Quizás los Paragones sean el lugar adecuado para ti después de todo.

Calvin quería arrojar esas palabras al rostro de Weed, quería marcharse furioso hacia, bueno, algún lugar, pero el zumbido de su Tama cortó su rabia. Kat estaba llamando.

Había encontrado algo.

CAPÍTULO 8
EL PASADO SE ENCUENTRA CON EL PRESENTE

LA NOCHE en la playa se sentía como un regreso a un pasado desvanecido, y Cassidy pasó demasiados minutos observando las olas y la luna brillante sobre ellas. Thane, con su rabia y la energía que la acompañaba agotadas, se desplomó en la arena sin más que un suspiro. A solas, Cassidy vagó por los años pasados en playas similares a esta, mirando hacia un horizonte salpicado de drones flotantes de vigilancia.

Aunque aquí no había drones. Pájaros, nubes, la luz de las estrellas arriba ocasionalmente acompañada por un avión que pasaba. Una vista pacífica del océano, no una prisión.

En algún momento, los recuerdos se convirtieron en sueños, y Cassidy despertó con el agua besando sus pies mientras subía la marea. Juntos, los dos fugitivos se levantaron y recogieron su ropa hecha jirones, caminando hacia la línea de la selva.

—Dos refugiados —dijo Thane, su cuerpo a medio camino entre delgado y fuerte—, sin dinero, sin ropa, sin hogar.

—Con vidas —añadió Cassidy.

—Con vidas. Es hora, creo, de hacer algo con ellas.

—Dejemos los grandes objetivos para cuando tengamos una ducha, algo que ponernos y que comer.

Thane se encogió de hombros y señaló un coco en lo alto de una palmera.

—Puedo trepar eso.

—No escapé de una isla para comer más cocos —dijo Cassidy—. Y si alguien te ve escalando ese árbol y nos atrapan por un maldito coco, me voy a enfadar mucho.

—Entonces, ¿qué propones?

La idea de Cassidy los llevó de vuelta a la maleza, caminando hacia el sonido no natural más cercano: música. Las suaves melodías, todas de tambores y flautas, rebotaban entre los árboles. Apartando helechos y pasando por encima de raíces, dispersando telarañas y espantando moscas, la pareja siguió la música hasta una casa achaparrada que descansaba justo en el borde de la selva.

De un solo piso y color azul grisáceo, la casa carecía de lujo pero rebosaba vida. Juguetes de niños poblaban un pequeño patio invadido por amistosas malas hierbas, mientras que las ventanas abiertas que cruzaban la parte trasera de la casa dejaban escapar la música. Un pequeño patio tenía dos sillas y una puerta que invitaba a entrar.

Thane no se detuvo cuando se acercaron, marchando adelante como si planeara una invasión en solitario. Lo cual, tal vez era lo que planeaba. Cassidy podría haber dejado que Thane siguiera adelante, de no ser por esos juguetes.

Uno, un coche amarillo y rojo, Cassidy se lo había regalado a sus propios hijos hace toda una vida.

—Espera —dijo Cassidy, agarrando el brazo de Thane—. Dales un poco de tiempo. Podrían irse.

—Ellos no son importantes —respondió Thane—. El tiempo sí lo es.

—Una hora. Más que eso y lo hacemos a tu manera.

Thane, con el rostro recién lavado con agua de mar, brillaba mientras el sol atravesaba la niebla de la mañana.

Inclinó la cabeza hacia Cassidy, estudiándola. Cassidy le devolvió la mirada, sintiendo que el impulso en su mente despertaba.

Conflicto potencial, vacío potencial.

—Eres blanda —dijo Thane.

—No soy blanda —replicó Cassidy—. Soy estratégica. Si entramos y lastimamos a esa gente, alguien se va a enterar. Tal vez rápido. Entonces la isla entra en pánico. Ahora mismo, somos fugitivos extraños, anomalías que nadie conoce o por las que nadie se preocupa mucho. Eso cambia si matamos a alguien.

Thane lo consideró, se apoyó contra un árbol cercano y miró hacia la casa. Cassidy lo imitó, usando las hojas y un enorme helecho como cobertura.

—¿Viviste en una casa como esta? —preguntó Thane.

—Vivíamos cerca de la costa. En Oregón. Dos pisos, tocando un bosque —dijo Cassidy—. Mis hijos lo adoraban.

—¿Sabían quién eras?

—Nadie lo sabía. Ni mi marido, ni mis amigos.

En aquel entonces, era fácil mantener el equilibrio. La vida que los libros, los programas, sus padres le decían que debía tener estaba esperando, y todo se iría al traste si Cassidy cedía a los impulsos. Si abrazaba ser la anomalía que su sangre la hacía ser.

Los vacíos aparecieron en la secundaria. Al principio, Cassidy pensó que había pescado un resfriado. Luego pensó que era locura, alguna enfermedad mental. Hasta que, sola en el patio trasero de sus padres, Cassidy cedió. La casa del árbol que su padre había construido años antes desapareció, llevándose consigo la mitad del fuerte roble. Sus padres lo encubrieron, se negaron a hablar de ello en la mesa de la cena, en el coche, o nunca.

—Pero no paraste —dijo Thane, y no era una pregunta.

Porque, ¿qué anomalía lo haría? Cuando la naturaleza te hace único, ¿cómo puedes desecharlo? Cassidy jugaba con los vacíos, se escabullía durante los períodos de almuerzo, o más tarde entre clases a lugares tranquilos donde podía concentrarse.

—Los Paragons lo cambiaron todo —respondió Cassidy—. Las anomalías ya no eran avergonzadas, ya no eran tratadas como amenazas. Pero, ¿qué iba a hacer yo, renunciar a la vida que me había construido y huir para jugar a ser superhéroe?

—Vivir una mentira, y mentir para vivir. Tantos lo hacen. Ahora, ya no tienes que hacerlo.

Cassidy no mencionó que habían estado haciendo exactamente eso, y lo volverían a hacer después de tomar lo que necesitaban de la casa.

Con tiempo de sobra —según estimaba Cassidy, ninguno de los dos tenía reloj—, la música murió, reemplazada por el zumbido eléctrico de un coche y los neumáticos crujiendo sobre la grava. Cassidy levantó los dedos, contando hasta veinte mientras el ruido del vehículo se desvanecía. Thane tomó la delantera, acechando tan cerca como pudo de la casa antes de irrumpir en el patio y acercarse a la ventana más cercana.

—Vacío —dijo Thane a Cassidy, que lo seguía de cerca—. Vamos.

Una puerta de patio cerrada con llave demostró otra diferencia entre los dos anomalías: Thane quería romperla y acabar con ello, pero Cassidy optó por la discreción, tocando el pomo y creando un pequeño vacío para cortar la cerradura. Un simple tirón abrió la puerta, y Cassidy no ocultó su sonrisa cuando Thane pasó.

Una vez dentro, los dos siguieron rutinas separadas. Thane asaltó el frigorífico mientras Cassidy se dirigió al dormitorio y al baño, encontrando una ducha y agradeciendo su suerte de que la dueña de la casa resultara ser una mujer y no muy distinta a ella en talla. Luego intercambiaron, Thane encontrando ropa de hombre, posiblemente de un marido o novio, guardada en el armario.

Saciados y sintiéndose más como personas reales, y con Thane ataviado con una camisa de estampado floral, los dos salieron de la casa y caminaron por la calle. Las casas dispersas dieron paso a un pueblo propiamente dicho. La gente se unió a ellos en las aceras mientras los coches pasaban lentamente; al parecer, aquí no había cápsulas. Sin reps que gastar, los dos se dirigieron al único lugar que podría ayudarles: la pequeña biblioteca del pueblo.

Thane navegaba por el pueblo sin vacilación, como un dron dirigiéndose directamente a su objetivo. Cassidy se rezagaba. La clínica, el hogar de ancianos, o como quisieras llamarlo, había sido un lento recordatorio de cómo era la vida real. La tecnología, la comida procesada, las luces eléctricas... todo eso se sentía nuevo después de años de ausencia. Ahora, fuera de los confines y controles de la clínica, el ruido y los estímulos a toda velocidad la hacían dar vueltas.

Miraba todo, viendo letreros de comida rápida que Cassidy solía disfrutar, echando un vistazo a un cartel de cine que anunciaba la segunda secuela de una de las últimas películas que había visto. Las tiendas de la esquina anunciaban cervezas que Cassidy solía beber, refrescos que habían sido un elemento básico en su nevera y que ahora parecían tesoros perdidos.

Cassidy podría entrar en cualquiera de ellos, experimentar cualquiera de estas cosas. Ya no tenía las cadenas de los Paragons sobre ella, ni un dron flotando sobre su hombro listo para disparar si se desviaba del camino.

—Aquí —dijo Thane, señalando con la cabeza al otro lado de la calle hacia la biblioteca—. Antes de que podamos hacer un plan, necesito saber qué está pasando.

Antes de abandonar la isla prisión, Thane había hablado de un gran futuro. Una lucha contra los Paragons que él, con la ayuda de Cassidy, ganaría. El mundo sería rehecho y así sucesivamente. Cassidy podía admirar la visión del hombre, incluso se había dejado convencer de ella en la isla, pero ahora, mientras cruzaban una calle —¡una calle!—, Cassidy juntó sus manos y se frotó el lugar donde solía estar su anillo de bodas.

Todo lo que Thane había dicho venía antes de esta sensación, esta apertura. ¿Por qué se lanzaría de nuevo a una lucha contra fuerzas que habían derrotado a Cassidy tan contundentemente la última vez? ¿Que habían tomado a Thane y lo habían arrojado a una prisión en una isla sin mucho esfuerzo?

—¿Cassidy? —dijo Thane, y Cassidy se dio cuenta de que había soltado su mano, estaba de pie en el estacionamiento de seis plazas de la biblioteca como una mujer poseída—. ¿Qué pasa?

—Es abrumador —dijo Cassidy, en algún punto entre la verdad y la mentira—. Todo esto. No lo esperaba.

—Sentí lo mismo cuando dejé el control de los Paragons —dijo Thane. "Dejé" era una elección interesante de palabras. Cassidy recordó que Thane había mencionado un esfuerzo sutil para sacarlo, y la destrucción que siguió—. El mundo no me esperó, pero lo alcancé de todos modos.

—¿Eso es lo que pasó?

—Los Paragons nos creían enjaulados, Cassidy, y ahora estamos libres. Hemos dado el primer paso, y ahora nos espera el segundo.

De vuelta en la isla, el lenguaje grandilocuente de Thane parecía casi entrañable: grandes sueños y grandes ambiciones en un espacio que no permitía ninguno. Aquí, predicando cerca de carteles que detallaban multas por retraso y horarios de fin de semana, Cassidy tuvo que ocultar una risa.

Mientras Thane se volvía hacia la biblioteca, la Void se hizo una pequeña promesa: si Thane decidía un curso peligroso, lo abandonaría. Esto, ya de por sí, era demasiado para perder.

Las computadoras volvieron rápidamente. La pequeña biblioteca tenía cuatro, tres aún disponibles y la última ocupada por un hombre aturdido que parecía estar revisando deportes. Thane y Cassidy se instalaron hombro con hombro, haciendo clic en los avisos que advertían al dúo contra cualquier actividad ilegal, ilícita o inmoral.

Internet y toda su gloria se presentaba ante Cassidy, invitándola a aprender lo que se había perdido. Thane, a su derecha, no dudó. En segundos tenía pestañas abiertas por docenas, su cuerpo encogiéndose y arrugándose mientras Thane absorbía información y la unía en algo terrible y milagroso.

Cassidy tecleó el nombre de un medio de noticias. Escaneó los titulares. Abrió los ojos ante los artículos sobre la explosión en Los Ángeles, la muerte de Aegis, los Paragons en desorden. Por qué no habían llegado refuerzos para detener su escape de la isla se hizo muy claro: ¿a quién le importaban unos pocos prisioneros cuando los terroristas amenazaban la existencia de los Paragons?

—Me he perdido mucho —murmuró Cassidy.

—Ambos lo hicimos —dijo Thane—. Como puedes ver, el mundo está en problemas. Podemos arreglarlo.

—¿Puedes dejar de hacer eso?

—¿Qué?

—Hablar como si fueras un dios literal que ha bajado para salvarnos. Quiero decir, aquí estoy yo preocupándome por cómo vamos a conseguir el almuerzo y tu cabeza está tan en las nubes que ni siquiera puedo... —Cassidy dejó que las palabras se apagaran. La mirada de Thane se volvía cada vez más fea mientras hablaba, y lo último que Cassidy necesitaba ahora era una pelea con su único aliado—. Lo siento, es solo que es mucho en este momento.

Tal vez sus ojos alcanzaron la inclinación correcta, tal vez la maestra en ella infligió el tono adecuado para alejar a Thane del precipicio de la agresión, pero el hombre asintió y volvió a su pantalla. Cassidy hizo lo mismo, el descanso cortando las noticias del mundo y su control sobre ella incluso cuando sus eventos le decían a Cassidy que necesitaba hablar con alguien que no fuera, ya sabes, una anomalía empeñada en dominar el mundo.

Iniciar una conversación con el otro hombre frente a ellos, el que estaba tan absorto en su pantalla que parecía que el sudor le goteaba por la cara, no funcionaría. Cassidy podría levantarse e intentar hablar con la única empleada de la biblioteca, pero la mujer parecía sumergida en un libro. Volviendo a la pantalla en busca de ideas, un botón llamó la atención de Cassidy, colocado justo en la sección de favoritos.

Al hacer clic en su antiguo correo electrónico, Cassidy escribió su dirección, riéndose de lo fácilmente que recordó la contraseña. La cambiaba cada año, el nombre de su hijo mayor y su edad creciente. Cassidy esperaba alguna alerta de bienvenida, alguna señal de que el proveedor de correo electrónico hubiera notado su desaparición de años.

Nada. Nada excepto un millón de mensajes esperándola. Cassidy ni se molestó en leerlos —¿qué podría haber de importante allí para alguien sin hogar, sin bienes, sin existencia?—, sino que hizo clic directamente para comenzar un nuevo correo electrónico. Sus destinatarios aparecieron rápidamente, por defecto, como si los servidores lejanos pudieran leer el corazón de Cassidy.

Los hijos de Cassidy, sus correos electrónicos creados para la escuela hace tanto tiempo. Su marido también. No, borró su nombre. Aunque Cassidy no podía culparlo completamente por lo que había hecho —dar la alerta, declararla un peligro—, no quería que sus primeras palabras libres fueran para él.

La Void escribió. Las frases pasaron volando y la pantalla se volvió borrosa mientras se sumergía en lo que necesitaba decir, lo que quería contar. La isla, sus habitantes, la lucha por la supervivencia. Y, por último, que había escapado. Cassidy dudó sobre esa última línea.

—Hazlo —dijo Thane y Cassidy lo miró de golpe. ¿Había estado leyendo?—. Diles que los verás pronto. Diles que los extrañas, que los amas, y todo lo demás. ¿Qué daño puede causar?

Qué daño. Thane podría tener razón, aunque Cassidy dudaba que se acercaran a su familia en el futuro. Pero quizás sus hijos, probablemente ya en la universidad o más allá, tendrían la esperanza de volver a ver a su madre.

Hacer clic en enviar le provocó una sonrisa, hizo que Cassidy se relajara en su silla. Sintió una mano sobre la suya, miró a Thane y vio que él le devolvía la mirada. Cassidy estuvo a punto de preguntarle si había hecho lo mismo, cuando recordó.

—¿No hay nadie?

—Tengo muchos asociados que estarán interesados en saber que estoy vivo y fuera —respondió Thane—. No tengo a nadie que se alegrará tanto como tus hijos al recibir la noticia.

—Lo siento —Cassidy no pudo pensar en nada más que decir.

—No hay nada por lo que disculparse —Thane soltó su mano, se apartó de la estación de trabajo y se puso de pie—. Vámonos. Sé a dónde tenemos que ir ahora.

—¿Y eso es?

—El aeropuerto.

Thane dijo el lugar con tanta confianza que Cassidy ni se molestó en preguntar qué demonios harían cuando llegaran. Sin representantes, sin identificación, sin Tamas, las leyes de Paragon no les permitirían subir a un avión. O Thane pensaba que podían entrar a la fuerza, o tenía algo mejor en mente.

La pareja dio tres pasos en el estacionamiento antes de que dos cápsulas policiales se acercaran, posicionándose frente a la entrada de la biblioteca. Las cápsulas, de color azul y dorado, no abrieron sus puertas completamente, sino que las bajaron a la mitad, dando cobertura a los oficiales en su interior. Sacaron pistolas aturdidoras, sus boquillas negras apuntando hacia los dos anomalías. Ninguno ofreció una explicación.

—Supongo que nos encontraron —dijo Cassidy en el silencio.

—Sí.

Cassidy miró a Thane, cuyo cuerpo se estaba hinchando. Las respuestas de una sola palabra solían ser un indicio de que Thane estaba en camino al modo de furia, donde su cerebro operaría con monosílabos mientras sus músculos resolvían el problema.

—Les conviene dejarnos en paz —gritó Cassidy a los oficiales—. Él no se detendrá si empiezan, y ustedes no ganarán.

Los oficiales permanecieron quietos, en silencio. Thane seguía creciendo. Cassidy buscó una señal de inicio mientras accedía a ese impulso, llevando los vacíos a las puntas de sus dedos. Juntos, los dos podían destrozar a los oficiales y sus cápsulas en segundos, y luego arrasar la ciudad hasta llegar al aeropuerto. Claro, los Paragons los alcanzarían eventualmente, pero ¿qué otra opción tenían?

Un tintineo rompió el silencio ventoso, una melodía alegre que se acercaba por la acera mientras un joven con uniforme de Paragon, uno que se estiraba para contener a su ocupante, se aproximaba en bicicleta. Llevando una mochila que parecía llena hasta el tope, el hombre pasó junto a los oficiales, se apartó los largos rizos oscuros de los ojos y observó a los dos anomalías.

—¿Thane? —preguntó el Paragon.

—Sí —respondió Thane, apretando los puños.

—Genial. ¿Y tú? No te conozco —Miró a Cassidy—. ¿Una compañera?

—Una socia —respondió Cassidy—. Llámame la Vacío.

—Buen nombre. Soy Bits, y voy a ser muy honesto. No hay nada aquí que pueda detenerlos. Yo seguro que no puedo, y esos chicos y chicas de allá lo intentarán con muchas ganas, pero no va a funcionar.

—Correcto —dijo Thane.

—Así que, ¿qué tal si nos saltamos todo el asesinato y el caos y vamos directo a lo que quieren? —dijo Bits—. Porque me imagino que todos queremos lo mismo.

—¿Que nos vayamos? —dijo Cassidy, sin creer del todo lo que estaba pasando.

—¡Y la Vacío gana el premio! —gritó Bits, y mientras lo hacía, su mochila se abrió, lanzando pequeños fuegos artificiales al cielo sobre su cabeza. A medida que cada uno explotaba, tuercas, arandelas y tornillos de metal caían al suelo a su alrededor.

Bits no pareció notarlo.

—Así que este es el trato —dijo Bits—. Mis amigos aquí les darán una escolta hasta la estación aérea, luego ustedes saltarán a un vuelo a donde sea. Yo le diré a los Paragons a dónde se dirigen, y todos podrán golpearse cuando aterricen, ¿de acuerdo?

Cassidy escuchó un suave gruñido de Thane y decidió interrumpir al gran hombre antes de que hiciera algo estúpido, como destruir una ciudad sin razón.

—Trato hecho —dijo Cassidy, luego señaló a Thane—. Pero él no cabe en esas cápsulas.

Bits chasqueó los dedos, y todas esas arandelas y tuercas de sus fuegos artificiales se lanzaron hacia su bicicleta, acompañadas de barras de soporte, cadenas y más cosas de su mochila. Juntas, se entrelazaron a lo largo del marco de la bicicleta, aumentando su tamaño hasta hacerla formidable. Cuando la nueva bicicleta estuvo lista, Bits le lanzó una mirada curiosa a Thane.

—¿Sabe andar en bicicleta?

CAPÍTULO 9

UNA TRAMPA DORADA

EMPIEZA el día con disparos y termínalo con tragos.

Wexley puso su mejor cara, con una ligera elevación en su labio derecho y las cejas levemente alzadas. Las puertas del ascensor se abrieron y Wexley ofreció su expresión divertida y feliz de estar allí a un par de camareros que esperaban. Uno le entregó una copa de champán, y Wexley respondió con un asentimiento mientras entraba.

El salón de baile del hotel, un espacio resplandeciente con vistas al Millennium Park y sus estatuas móviles, había sido decorado en los tonos azules y blancos de los Paragons. En las pantallas que colgaban de las paredes se proyectaban imágenes de anomalías en acción, interrumpidas de vez en cuando por una secuencia In Memoriam de los Paragons caídos en la explosión del estadio de Los Ángeles. Si alguien notó que este sombrío recordatorio contrastaba con la alegre música que tocaba un cuarteto de jazz escondido en un rincón revestido de mármol, Wexley no lo percibió.

Las mesas servían como lugares para dejar bebidas, bolsos y servilletas al azar, ya que los invitados evitaban sentarse para favorecer la movilidad económica del encuentro social. La gente elegante deambulaba, formando grupos y separándose como en alguna reacción química, algo que Wexley observó durante un largo rato. Su Tama, cubierto por la manga del traje, lo llamaba.

Rhimes, el dron gladiador asegurado... estaban a un viaje en cápsula de distancia y eran mucho más interesantes.

—Para alguien que ha asistido a tantos de estos eventos, pareces nervioso —dijo Adriana, apareciendo a su lado y haciendo chocar su copa con la de él.

Si el esmoquin de Wexley jugaba un papel tradicional en la gala, el atuendo de Adriana mantenía las cosas discretas. Sobrio y negro, perfecto para una anfitriona. Su expresión encajaba con el papel: una sonrisa educada y ojos grandes. La ambición despiadada de la llamada de ayer sofocada por las exigencias de la sociedad.

—Ha sido un día emocionante —dijo Wexley—. No estoy de humor para una gala.

—Deja los negocios a un lado —respondió Adriana—. Seguirán sin ti durante unas horas.

—¿Lo harán?

Una pregunta honesta. Rhimes y su equipo eran lo suficientemente competentes, pero Wexley sabía que los Paragons no se encogerían de hombros ante la desaparición de un dron. Las anomalías estarían buscando por todas partes, y alguna podría tener una habilidad capaz de atravesar la manta de bloqueo de señal que Rhimes tenía alrededor de la máquina cautiva. Rhimes sabía que debía deshacerse del dron al primer signo de descubrimiento, pero si eso ocurría antes de que Wexley tuviera su tiempo con el gladiador...

—Vamos —dijo Adriana—. Déjame presentarte a alguien interesante. Lleva tiempo queriendo conocerte, y creo que ustedes dos tendrían mucho de qué hablar.

—¿Y qué hay de nosotros? ¿Cuándo podremos hablar? —preguntó Wexley mientras seguía a Adriana por la periferia del salón de baile.

—Aquí no, pero quizás en otro lugar. Más tarde.

Ah, así que Adriana pensaba que la gente estaba escuchando. Un evento benéfico de los Paragons, organizado por la élite de Chicago para mostrar solidaridad con las asediadas anomalías, no parecía el lugar para buscar a quienes intentaban socavar la sociedad en general, pero Wexley podía mantener la boca cerrada.

Hacer una charla trivial inofensiva, como cualquier otra cosa, era una habilidad. Zhan-Yo le había enseñado eso a Wexley.

Adriana llevó a Wexley detrás de una mujer más alta y mayor y le tocó el hombro. Ella se dio la vuelta y las propias defensas de Wexley se elevaron al máximo. No estaba armado, pero Wexley aflojó sus rodillas, tensó sus músculos y, si era necesario, calculó que un rápido golpe y corte podría convertir su copa de champán en un arma mortal.

—Wexley, esta es Beth. Está pensando en invertir en tu negocio y quería conocerte —dijo Adriana, antes de darle un pequeño apretón en el brazo a Wexley y desaparecer de nuevo en el baile.

Beth le dio a Wexley una cálida sonrisa de tiburón. Acunaba un vaso de whisky como si fuera una bola de cristal, pero por lo demás correspondía a la mirada de Wexley con una suave mirada propia. Mientras lo hacía, Wexley sintió que sus propios nervios se derretían, las preocupaciones se desvanecían y morían. ¿De qué había que preocuparse? Esto era un baile, bien protegido por Paragons y seguridad policial.

Seguramente los Elementales no intentarían vengarse aquí.

—He estado esperando mucho tiempo para conocerte —dijo Beth, y Wexley notó que sus anteriores compañeros de conversación se desplegaban a su alrededor, envolviendo a Wexley en un pulcro círculo de cuerpos—. Siento que nos hemos visto desde lejos tantas veces.

A través de la mira del rifle de Wexley, al menos.

Wexley casi dijo las palabras antes de contenerse. Su mente se nubló, oscilando entre opciones. No había comido nada... ¿los sorbos de champán le habían afectado tanto?

—Estoy seguro de que lo hemos hecho —Wexley dio con una frase que podía usar—. Chicago es una ciudad tan pequeña, después de todo.

Se rio de su propio chiste, mientras Beth le dedicaba otra agradable sonrisa que no coincidía con sus ojos gélidos.

—Pero ahora podemos rectificar ese error —dijo Beth—. Poner las cosas en su sitio, si quieres.

¿Cómo podía Adriana haber lanzado a Wexley, solo, a esta trampa? ¿Acaso la mujer no sabía quién era Beth? Era una posibilidad, y una que Wexley tenía que dejar pasar. Tenía que sacudirse este malestar, tenía que encontrar una excusa para alejarse antes de que esto se volviera sombrío.

—Adriana mencionó que querías hablar de inversiones —ofreció Wexley.

—Creo que ya hemos superado eso. ¿Conoces a una rastreadora llamada Kat Collins?

—He oído hablar de ella.

—Ella me pasó un dato interesante. Puede que sepas o no que algunos amigos míos han sido atacados últimamente. Atacados de una manera muy cruel.

—¿Disculpa? —preguntó Wexley. Retrocedió y sintió una mesa detrás de él. Beth siguió su retirada, mientras que sus amigos, dos hombres corpulentos sin una pizca de emoción, cubrían sus flancos—. No te sigo.

—Eso es porque tú eres el que dispara —dijo Beth.

Ahora. Wexley debería haber hecho su movimiento en ese segundo, aprovechando la declaración triunfante de Beth. En cambio, Wexley no podía encontrar su brazo, no parecía recordar cómo decirle que se moviera. Vio los ojos de Beth y en ellos sintió una paz mortal.

—Fracasé —dijo Wexley, sin molestarse ya en ocultar la verdad—. Quería el caos, y fracasé.

Beth, que había cambiado la copa a una mano mientras llevaba la otra hacia su cintura, esperó. Más allá, el cuarteto de jazz cambió el ambiente a una melodía más animada y rápida. Alguien pidió más pasteles de cangrejo.

—Los tiroteos deberían haber desencadenado una guerra —continuó Wexley—. Deberías haber acudido a los Paragons en busca de ayuda, y ellos te habrían culpado por lo que sucedería después. En cambio, Kat me encontró primero. Y Zhan-Yo hizo mi trabajo.

—¿Querías la explosión del estadio?

—Zhan-Yo cree que el mundo puede ser igualado. Yo lo sé mejor —Wexley negó con la cabeza—. Las pruebas están por todas partes. Cuando surge una forma superior, la especie antigua se extingue.

—Una visión peligrosa.

Wexley no podía estar más de acuerdo, pero su lengua se había entumecido. Todo su cuerpo se sentía estático, un laberinto incomprensible que Wexley no podía navegar. Se apoyó contra la mesa porque mantenerse de pie ya no parecía posible. Sus manos cayeron, sus dedos se relajaron.

La copa de champán cayó, golpeó el suelo duro y se hizo añicos.

Beth dio un paso atrás, y en el hueco que dejó se precipitaron camareros tan concentrados en retirar los fragmentos que no se percataron de su entorno. Wexley no podía encontrar los ojos de Beth con los camareros de por medio, y como un río que corre por un valle seco, su propio ser volvió. Tambaleándose hacia la derecha, Wexley se apoyó en la mesa para darse algo de espacio.

El amigo de Beth de ese lado, un hombre robusto cubierto de tatuajes, agarró el brazo de Wexley. Wexley le pisó el pie, clavando el talón. Su atacante soltó el agarre con una maldición susurrada, y Wexley siguió adelante. Escrutó la multitud por un momento, buscando a Adriana, y la vio mezclada con otro grupo.

Sin embargo, ella captó la mirada de Wexley y vaciló ante la furia que le lanzó.

Entonces, el hombre más rico y poderoso de la sala huyó.

Wexley tenía las coordenadas de Rhimes antes de llegar al pod, y media hora después atravesaba la puerta reforzada de un almacén. Aún con el esmoquin, Wexley atrajo las miradas de un escuadrón reunido para diseccionar y proteger el dron capturado. Metido en un contenedor forrado de plomo, el dron encajaba perfectamente mientras las luces de soldadura y las chispas voladoras mostraban los esfuerzos por desmontar la máquina.

—Mynx los hizo fuertes —dijo Rhimes cuando Wexley entró—. Pero lo lograremos.

—¿Cuánto tiempo más?

Sin importar lo que Rhimes respondiera, Wexley le daría el tiempo. Ya mirando la creación enmarañada frente a él, Wexley sintió el dulce beso del poder. Un cálido resplandor. Nadie había derribado uno de estos antes, y aquí estaba Wexley, el único vencedor. Otro golpe contra los Paragons y su complejo de invencibilidad.

Cada segundo que esas anomalías no tenían este dron, ni sabían qué le había pasado, era otro segundo que Wexley tenía para regodearse en su propia victoria.

—Un día más como máximo —dijo Rhimes—. Después de eso, esta cosa va a estar demasiado caliente para mantenerla.

—Lo que necesites. Tómate todo el tiempo que haga falta.

—Señor —dijo Rhimes, bajando la voz, aunque con el silbido y el crujido de la soldadura, escuchar a escondidas no iba a ser fácil—. Aprecio la confianza, pero los Paragons encontrarán esta cosa. Cuando lo hagan, no enviarán a unas pocas anomalías novatas.

—Cuento con ello.

—¿Perdón?

Wexley miró a Rhimes, —El dron es una trampa. Va a atraer a los Paragons a donde sea que lo pongamos. Si aparecen los adecuados, entonces podremos terminar esta pelea antes de que realmente comience.

—¿Entonces para qué lo estamos desarmando?

—Llegar a la cima significa que tenemos que mantenerla —dijo Wexley, alzando la voz y acercándose al dron del tamaño de un camión. Extendió la mano y pasó un guante por el fino metal negro de la cosa—. Tienes razón. Suficientes anomalías podrían sobrepasarnos. Pero si aprendemos a usar estos, ¿entonces?

Rhimes hizo su característico triple asentimiento lento. Siempre el mismo gesto cuando el hombre estaba de acuerdo con algo serio.

Los dos escaparon del ruido de la soldadura y salieron afuera, a los muelles nocturnos y su agitación más silenciosa, aunque no demasiado.

—Los Elementales vinieron por mí esta noche —dijo Wexley una vez que estuvieron solos, contemplando las oscuras aguas del Lago Michigan—. En la gala.

—Me preguntaba por qué te fuiste tan temprano.

—Beth, su líder, estaba allí. No sé cómo consiguió una entrada, pero tenía ayuda también. Si no hubiera dejado caer mi maldita copa, me habrían atrapado.

—Sigo diciéndote que aumentes tu seguridad —dijo Rhimes, sin parecer sorprendido en lo más mínimo.

Wexley había rechazado ese consejo. Disfrutaba demasiado de sus carreras a la furgoneta, el alijo secreto y su propia independencia como para tener un séquito siguiéndolo. Por muy discretos que fueran, los guardaespaldas podían ser detectados, lo que a su vez marcaría a Wexley como alguien importante. Su anonimato desaparecería, y con él sus aficiones favoritas.

—No me gusta jugar a la defensiva —dijo Wexley—. ¿Cómo podemos atacar?

—¿A los Elementales? Ya lo intentamos. Solo los enfureciste.

Wexley se rio, —Logré algunos golpes.

—Para alguien tan decidido a ganar una guerra, unos pocos golpes no serán suficientes.

Un punto válido. Tal vez Wexley necesitaba dejar de pensar en los Elementales como un espectáculo secundario a la amenaza principal de los Paragons. Tal vez necesitaba acabar con ellos al mismo tiempo, o incluso antes. Sin embargo, los Elementales eran peligrosos. Contemplar el sacrificio de su propia gente en un asalto a tiros hizo que Wexley frunciera el ceño, observando el reflejo de la luna y esperando respuestas.

Una mancha negra estropeaba el reflejo. Wexley alzó la mirada para ver un dron que salía a inspeccionar una nave entrante, un objeto reluciente bañado por la luz de la luna. Un enemigo y una idea en uno solo.

—Rhimes, ya sé cómo podemos comenzar nuestra guerra —dijo Wexley mientras agarraba el hombro del hombre y comenzaba a revelar el plan.

Dejando a Rhimes con la ejecución, Wexley encontró otra cápsula y la tomó hacia el norte, más allá del centro de Chicago y los suburbios más cercanos. La cápsula se detuvo en una finca tranquila y silenciosa con un nombre tan genérico que Wexley nunca se molestó en recordarlo. No obstante, el personal del lugar, a pesar de la hora, estaba listo para recibirlo.

Dos empleados, con sus uniformes y aspecto atento, esperaban en la entrada a que Wexley saliera de la cápsula. Lo saludaron con un nombre que no era el suyo, uno que Wexley aceptó sin comentarios. El ritual continuó a través del vestíbulo, con un registro superficial. Wexley pasó por el detector de metales y, cuando sonó, ignoró los pitidos, al igual que todos los demás. Los carteles decían que el horario de visitas había terminado hacía mucho, pero nadie le dijo una palabra.

Aunque tampoco deberían, considerando lo mucho que Wexley les pagaba.

Una pareja alta y corpulenta escoltó a Wexley hasta la parte trasera de las instalaciones. Pasó por una sala de ejercicios, una hermosa piscina bajo enormes claraboyas y una cafetería que servía bocadillos a algunos residentes nocturnos. Pocas miradas se cruzaron con la suya mientras Wexley caminaba, y él no prestó atención a ninguna.

Sus escoltas lo dejaron frente a una puerta en particular, beige y sencilla, con el nombre *Regina Smith* superpuesto en el frente. Wexley giró el pomo y entró en la espaciosa habitación. Muebles agradables decorados con telas floreadas ocupaban el espacio, iluminado solo por un trío de lámparas de pie que marcaban las esquinas.

El objetivo de Wexley estaba en el centro, junto a grandes ventanales que daban a un acre boscoso.

—Los ciervos vienen más a menudo en invierno —dijo Regina cuando Wexley se acercó a su lado—. Me gusta poder ver sus huellas.

—El barro podría funcionar igual de bien.

Regina se encogió de hombros.

—La nieve es más bonita.

Difícil discutir eso.

—¿Por qué has venido? —preguntó Regina después de varios segundos largos observando los árboles moverse en la oscuridad—. ¿Has terminado?

—Todavía no, pero nos estamos acercando.

—¿Qué tan cerca? —Regina lo miró al hacer la pregunta, con una chispa encendiéndose detrás de esos ojos verdes.

—Se destrozarán entre ellos, devolviéndonos el mundo a nosotros.

—A ti.

—A mí, sí —Wexley no lo negó—. Pero sabes que esto es lo correcto. No más familias como la nuestra. No más tragedias. —Wexley le tomó la mano—. ¿Sigues con los tratamientos?

—Como si tuviera opción —dijo Regina, pero no añadió

ningún tono mordaz a sus palabras—. Es agradable aquí, Wexley. Es seguro.

—Eso es lo importante.

—Lo sé. Lo sé. —Regina le frotó la mano—. Aunque desearía poder estar ahí fuera. Ayudándote.

—Demasiado peligroso. No puedes.

Si su respuesta hirió a Regina, ella no lo demostró. Wexley miró con atención, como siempre hacía. Regina necesitaba aceptar su estado. Cualquier señal que indicara lo contrario significaría un aumento en su medicación, una vigilancia más estricta.

—Tienes razón, por supuesto. Soy feliz aquí, Wexley. De verdad lo soy.

—Bien. —Wexley soltó un suspiro—. A veces desearía que pudiéramos intercambiar lugares, tú y yo. La piscina de ahí fuera parece agradable.

Regina sonrió.

—Pero entonces tú serías el monstruo.

Adriana inundó el Tama de Wexley con mensajes, que él revisó bien entrada la medianoche mientras la cápsula lo llevaba de vuelta a su apartamento. Ella empezó preguntándose adónde había ido Wexley —¿al baño?— y escaló a la confusión e incluso un poco de pánico cuando él se negó a responder. Wexley se recostó contra el delgado cojín de la cápsula y revisó las palabras, buscando una señal.

¿Habría sabido Adriana que los Elementales estarían allí? Ella había llevado a Wexley directamente hacia Beth, directamente a la trampa. El movimiento había sido un golpe calculado o un error inocente.

Si Wexley lo trataba como un intento de asesinato, uno en el que Adriana estaba involucrada, tendría que cortar lazos con la mujer y su organización. Perdería sus representantes, su apoyo con todos esos otros negocios vacilantes que no podían ver su salvación tan cerca. Sin ellos, Wexley sería vulnerable, sus ambiciones limitadas por sus aliados.

No. Inaceptable. Retroceder ahora permitiría que los Paragones se recuperaran, permitiría que el mundo volviera a su estado normal. Los movimientos catastróficos de Zhan-Yo habrían sido en vano.

No, Wexley tenía que esperar que Adriana no se estuviera volviendo contra él. La necesitaba de su lado.

Tecleó una respuesta en su Tama, una excusa sobre una enfermedad repentina. Simple, estándar y una escapatoria fácil. Adriana respondió minutos después, cuando la cápsula de Wexley llegaba a su apartamento.

Mentiroso.

Wexley se quedó mirando su Tama, la pequeña pantalla conteniendo una pregunta. Wexley necesitaba a Adriana, así que tal vez era hora de traerla al verdadero redil. Envolverla como a él, para que no tuviera alternativa. Cambiar el mundo o morir en el intento.

¿Quieres la verdad? Ven y aprende.

Los acontecimientos se estaban acelerando, precipitándose hacia un momento del que Wexley nunca podría retractarse.

Bien.

CAPÍTULO 10

PASEO EMOCIONANTE

EL MENSAJE LLEGÓ una hora después de que la cápsula dejara a Celice. Contenía una dirección y una hora. Para la tarde siguiente, tarde.

El sueño jugó rápido y suelto esa noche, bailando en sus bordes mientras Celice intentaba, acostada en una cama austera, atraparlo. Las luces de Londres partían su ventana, proyectando sombras que siempre parecían tomar formas amenazantes. Celice no había tenido miedo a la oscuridad desde que Aegis le enseñó cómo dar un puñetazo, cómo esconder un cuchillo y una pistola debajo de su almohada y sacar ambos en una fracción de segundo.

Zhan-Yo sabía dónde vivía. Sabía que Celice estaba en Londres y tenía el poder de matarla sin mucho esfuerzo. Un francotirador podría haberla eliminado en ese patio. ¿Con qué facilidad podrían atacarla en este apartamento ahora, abrumando a Celice con números superiores?

Los sueños llegaron con el amanecer, y Celice logró dormir un par de horas antes de que, sudorosa y helada al mismo tiempo, se obligara a salir de la cama. La sala del apartamento sirvió de base para una sesión de yoga, despertándose estirándose una posición a la vez. Una ducha fría junto con ropa puesta a la ligera bastaron para que Celice saliera, en una mañana fresca y brumosa atravesada aquí y allá por las farolas de Londres.

Con una pequeña pistola metida en una funda de hombro y su cuchillo pegado al muslo, Celice buscó la ubicación que la gente de Zhan-Yo le había enviado y fue. Faltaban diez horas para la hora acordada de la reunión, pero cualquier misión inteligente comenzaba explorando la situación. ¿De dónde podría venir una emboscada, cuáles eran las rutas de escape, cuántos civiles podrían estar alrededor?

¿Rehenes o preocupaciones?

Celice no tenía una respuesta para la pregunta de su padre. El estilo Paragon aceptaba las bajas necesarias, pero esta no era una misión Paragon. Celice no tenía su cobertura, así que cualquier persona herida, incluso muerta por algo que ella hiciera, sería completamente su responsabilidad. ¿La protegerían Mynx u otros Campeones de las consecuencias?

Tal vez, pero dado el lío en el que se encontraban los Paragons en este momento —Celice se informó sobre los desastres mientras tomaba un café en una tienda de la acera—, dudaba que algún Campeón tuviera tiempo o reputación para gastar en la hija de Aegis. No cuando Celice había desaparecido tan rápido durante un momento en el que los Paragons podrían haber usado la ayuda de todos y cada uno.

El café y su vaso de papel no ofrecían consejos sobre esa elección. Tampoco la acera de adoquines ni los ocasionales coches que pasaban. Los transeúntes abrazaban sus Tamas. Celice habría hecho lo mismo, excepto que la pulsera no tendría nada más que desdén esperándola.

Mynx y otros Paragons seguían llamando, seguían enviando mensajes. Cada misiva se unía a una pila, esperando a Celice. Esperando un estado mental que ella se negaba a encontrar mientras Zhan-Yo estuviera tan cerca.

Esa era la respuesta. Por eso se había ido.

—No habría ayudado a nadie así —dijo Celice, cruzando y

atravesando otro parque elegante que saludaba el final del invierno con un verde goteante.

—¿Qué dice? —preguntó un hombre mayor que caminaba delante, mirándola con arrugas curiosas.

—Nada, lo siento —respondió Celice, y luego aceleró sus pasos.

La autocompasión no sirve para nada.

Ah, sí. Una de las frases favoritas de su padre cuando Celice era más joven, cuando era propensa a ataques de depresión al pasar por la escuela con pocos amigos y menos oportunidades. Nadie quería arriesgarse a desagradar al líder Paragon, y eso llevaba a interminables rechazos respetuosos o papeles protagónicos falsos cada vez que Celice intentaba participar.

En cambio, Aegis sugirió que dedicara todas esas horas extra al entrenamiento, a las habilidades informáticas y a cualquier otra cosa que Aegis creyera que los Paragons podrían usar. Y ahora aquí estaba, dando sus frutos. Una vez más, su padre había tenido razón.

Situado justo al lado del Támesis, en un borde curvo alejado de la caza de turistas, el lugar de encuentro elegido por Zhan-Yo parecía ser un restaurante discreto sin ningún atractivo en la fachada. Letras doradas descoloridas en la parte superior lo nombraban *Carlisle*, y las escasas mesas cubiertas con manteles color crema en el interior indicaban algún intento de lujo. No había menú colgado en las ventanas, ni horarios pegados en la puerta principal para los transeúntes ocasionales.

Celice hizo una pasada caminando, luego dio la vuelta para la segunda, quitándose la chaqueta y atándola a la cintura para dar un ligero cambio a su apariencia. No es que cualquier observador serio fuera engañado, pero una mirada a medias de alguien dentro podría serlo. Si Zhan-Yo tenía al personal del restaurante a su servicio o no, Celice no lo sabía, pero era mejor estar segura.

Después de la noche anterior, también miró los tejados. Los apartamentos llenaban el espacio sobre el *Carlisle*, el restaurante se mezclaba duramente con las tiendas cercanas, dejando poco espacio para emboscadas furtivas o escondites. Tal vez Zhan-Yo eligió el lugar por esa misma razón: sin lugar para escabullirse, todos podrían sentirse más tranquilos.

El *Carlisle* no proporcionaba ninguna evidencia, ninguna pista sobre lo que vendría. Celice se alejó lentamente, lanzando miradas hacia atrás, esperando que alguien saliera en su persecución, que pudiera quemar la chispa del café, el malestar persistente de la noche con un interrogatorio improvisado.

Las aceras permanecieron tranquilas.

Por exactamente una cuadra.

Una cápsula se detuvo frente a Celice cuando se acercaba a la siguiente calle transversal estrecha. Se detuvo, tan brusca y rápidamente que su café se derramó sobre el borde del vaso y salpicó el suelo frente a ella. Una cápsula azul, bastante alegre por fuera, con pasajeros que miraban fijamente en el interior, pero nada más. Hasta que, de todos modos, las puertas se abrieron de golpe y dos Paragons con trajes azules y blancos se levantaron para mirarla.

—¿Celice? —dijo una, una mujer cuyas manos ya brillaban con un verde esmeralda mientras estaba de pie en la acera—. Tienes que venir con nosotros.

—¿Esa es tu frase de apertura? —dijo Celice—. Pensé que los Paragons intentaban estar por encima de los clichés.

—Ella habla en serio —dijo su compañero, un tipo que parecía más delgado que un palillo—. Me llamo Roger, ella es Sydney, y estás en peligro aquí fuera.

—Las revelaciones no paran de llegar —respondió Celice, cayendo en su habitual zona de confort. Tratar con Zhan-Yo y sus matones sombríos era algo nuevo, desafiar las exigencias de los Parangones definitivamente no lo era—. ¿A dónde quieren llevarme?

Sydney miró hacia arriba y detrás del hombro izquierdo de Celice, frunciendo el ceño, y Celice siguió su mirada para ver un dron que doblaba la curva del río. ¿Refuerzos en caso de que la hija de Aegis se resistiera, o para ayudar a reprimir un ataque?

—No está lejos —dijo Sydney—, y es seguro.

—Sigues diciendo eso como si fuera a convencerme —Celice terminó su café y lo arrojó a un cubo de basura cercano—. ¿Qué tal si me dejan su número y si me meto en problemas, les llamo?

Celice intentó alejarse y fracasó. Cuando fue a levantar el pie para dar un paso, descubrió que su pierna derecha no podía elevarse. No estaba entumecida, ni seccionada, solo sellada a la piedra bajo ella. Su pierna izquierda se bloqueó de la misma manera. Cerrando los ojos para tomar un gran respiro, Celice los abrió y dirigió una gélida sonrisa a Sydney, sus manos brillando con un verde más intenso que antes.

—No hay razón para que esto no sea fácil —dijo Roger—. Solo un corto viaje, eso es todo.

Pistola en la funda del hombro. Cuchillo contra su muslo. Celice podría sacar cualquiera de los dos, probablemente podría lanzar un ataque antes de que los Parangones la detuvieran. Sin embargo, derramar sangre de Parangón parecía un plan pobre. Aun así, Celice no quería subir a esa cápsula.

Sus pies se movieron. Uno, luego el otro. Celice se sintió como una niña, cuando Aegis la levantaba y la hacía girar por el aire, sus extremidades completamente a merced de la gravedad. Sydney, manipulando a Celice, la guió hasta el borde de la acera, y Celice abrió la puerta de la cápsula, dejando un asiento gris y mullido libre para la hija de Aegis.

No dejes que te lleven.

Celice fue por la pistola, pero su brazo tenía el ángulo equivocado. Mientras su mano derecha llegaba dentro de su chaqueta, Celice tuvo que girarse para un buen disparo. Al moverse, Celice sintió que su pie derecho se liberaba, tropezando su paso en una caída. Su mano derecha, cerrándose alrededor de la pistola en su funda, ya no obedecía a Celice. En cambio, Celice vio cómo su mano dejaba la pistola, salía de su chaqueta y la metía en la cápsula.

—Eso no es muy amable —dijo Celice, renunciando a la resistencia—. Si querían que viniera, podrían haberlo pedido educadamente.

—Lo hicimos —dijo Sydney.

A su lado, Roger introdujo un destino en el panel de la cápsula. Al sentarse, Celice sintió que su pie izquierdo se liberaba. Sintió que su mano izquierda se bloqueaba. Ambas se cruzaron en su regazo.

—Habilidad interesante —dijo Celice.

—Gracias —respondió Sydney, y luego se quedó en silencio.

Celice se acomodó en el asiento, observando a los dos Parangones mientras la cápsula avanzaba en silencio. La energía nerviosa crepitaba, y Celice captó los ojos de Roger dirigiéndose hacia ella cada dos segundos. Sydney tamborileaba con sus manos en la puerta de la cápsula, el brillo verde ondulando con el movimiento.

Estos dos no estaban tranquilos bajo presión.

¿Por qué no estarían más felices? Acababan de capturar a la hija de Aegis, la habían metido en la cápsula según las órdenes de su misión, y ahora recorrían Londres, objetivo cumplido. Si las aventuras de Parangón de su padre eran mínimamente precisas, el ingenioso intercambio de palabras debería estar rebotando de un lado a otro. En su lugar, estos dos parecían estar a punto de sufrir un ataque de pánico.

Las anomalías podían ser bastante peligrosas cuando estaban cuerdas. Celice había visto suficientes informes de Parangones que habían perdido el control y los desastres que siguieron. ¿Una forma de calmar a alguien? Darles una pregunta que puedan responder.

—¿Quién os envió? —preguntó Celice, dando a las palabras un tono lo más suave posible.

—Gatete no quiere que mueras bajo su vigilancia —respondió Roger, mientras la cápsula giraba hacia una carretera M en dirección oeste—. No es una buena imagen.

El nombre resonó. Uno de los lugartenientes de Lukas. El Campeón Europeo había muerto en la explosión de Los Ángeles, lo que significaba que habría una gran vacante en la cima. Una por la que Gatete podría competir, una que sería difícil de conseguir con Celice sentada muerta en su casa.

Una que sería difícil de conseguir si se descubriera que Zhan-Yo, el asesino de Aegis, vivía bajo las narices de Gatete.

—¿Saben por qué estoy en la ciudad? —preguntó Celice.

—Tenemos ideas —respondió Sydney.

—¿Y en lugar de ayudar, me están secuestrando?

—Manteniéndote a salvo —intervino Roger.

—Gatete da las órdenes —dijo Sydney, sonando tan complacida con ello como Celice lo estaba de estar sentada en la cápsula.

—¿Gatete estará donde vamos?

—Esa es su elección —dijo Roger—. No la tuya.

—No es tan fácil como piensas —añadió Sydney.

Celice captó la mirada aguda de Roger hacia Sydney. Una grieta allí, una que crecía y estaba lista para ser explotada. Roger, el asociado leal. Sydney, la aliada dubitativa.

—¿Qué harían ustedes si el asesino de su padre estuviera al alcance? —preguntó Celice mientras la cápsula abandonaba los confines urbanos de Londres por pueblos y vías de tren.

—Todos lamentamos lo de Aegis —dijo Roger—. Lo conocí una vez. Un buen hombre.

—Un Parangón asesinado.

—Que no querría ver a su hija terminar de la misma manera —replicó Roger.

Que tampoco querría que su hija se rindiera. Las palabras de Roger confirmaron el ángulo: meter a Celice en una caja donde no pudiera salir herida, esperar hasta que Gatete tuviera asegurada su reputación, luego sacarla y reclamar todo el crédito por mantener viva a la humana. Celice se daba buenas notas en sus habilidades de lucha y espionaje, pero no quería intentar salir de una celda de Parangón.

Con las manos atrapadas, Celice movió los pies, lista para encoger las rodillas mientras la cápsula zumbaba por la autopista. Una vez que tuvo el plan elaborado, Celice esperó demasiados minutos mientras la cápsula llegaba al desvío, reduciendo la velocidad al dejar la autopista por una linda carretera a través de colinas ondulantes cubiertas de ovejas.

Un cruce por delante exigía una parada y le dio a Celice una oportunidad. Mientras la cápsula frenaba, Celice levantó las rodillas, con los pies contra el tablero frontal de la cápsula. Mientras las anomalías preguntaban qué estaba haciendo Celice, ella pateó con fuerza, agrietando la pantalla. Pateó de nuevo, hasta que Celice sintió que la habilidad de Sydney cambiaba. Los pies de Celice se congelaron, sus manos se liberaron.

Dejando a Celice capaz de alcanzar, sacar y disparar la pistola.

La bala fue justo donde Celice apuntó, directo al panel central de la cápsula, donde Roger había introducido la dirección minutos antes. La cápsula, moviéndose hacia la intersección, activó sus protecciones de emergencia, abriendo las puertas de golpe y deteniéndose.

La gente miraba desde sus propias cápsulas mientras Celice, sintiendo que Sydney cambiaba el control a sus manos, se impulsó desde el suelo de la cápsula, lanzando su hombro derecho contra la barbilla de Sydney. El golpe hizo que la cabeza de Sydney se echara hacia atrás contra el reposacabezas de la cápsula, desapareciendo el control de la anomalía.

La habilidad de Sydney necesitaba su concentración. Bueno saberlo.

Roger agarró la mano izquierda de Celice, un movimiento que ella contrarrestó con un golpe de codo al esternón del hombre. Mientras Roger jadeaba por el aire perdido, Celice se impulsó sobre Sydney, rodando fuera de la cápsula.

Se encontró de pie en una tranquila intersección con todos los ojos puestos en Celice, sosteniendo una pistola. Las colinas verdes no ofrecían ningún lugar donde correr, menos aún donde esconderse. El plan había liberado a Celice de la cápsula. No había pensado más allá de eso.

—Tenías que hacer el ridículo, ¿verdad? —dijo Roger, poniéndose de pie junto a su puerta y mirando a Celice con furia—. Sydney cree que tiene una conmoción cerebral, y cuento al menos seis personas aquí mirándonos fijamente.

—Eso es lo que pasa cuando intentas secuestrarme —replicó Celice, manteniendo el arma nivelada pero retrocediendo por la carretera paso a paso. Roger no hizo ademán de seguirla—. No vine buscándote.

Roger levantó una mano y se frotó la frente. Con la otra mano, el Parangón giró un dedo en un pequeño círculo. Los gestos extraños y las anomalías tenían una forma de combinarse para dar malos resultados, así que Celice dio media vuelta y comenzó a correr.

Y chocó contra un gran bloque, un hombre parado justo en medio de la carretera. Un tenue resplandor violeta se desvaneció alrededor del cuerpo del recién llegado: la aparente habilidad de Roger se manifestaba. Celice rebotó hacia atrás, levantó el arma rápidamente solo para sentir cómo el arma se desvanecía. Como copos de nieve en la brisa, la pistola se desintegró en fragmentos, arremolinándose en una bonita y suave pila. Dando vuelta a su mano, Celice dejó que los copos flotaran hacia el suelo.

—Buenos días, Gatete —dijo Celice. El líder Parangón de Londres, con casi dos metros y medio de altura, se cernía sobre ella—. Me sorprende verte aquí.

—Donde iba Aegis, los problemas lo seguían —dijo Gatete —. No me sorprende ver que su hija continúa la tradición.

—Con orgullo.

Gatete miró más allá de Celice.

—Roger, lleva a Sydney al complejo. Nos reuniremos con ustedes allí.

—De acuerdo —respondió Roger sin dudarlo, una aceptación despreocupada considerando que dejaría a Gatete solo con Celice.

Aunque, después de todo, Gatete tenía una sólida reputación.

Gatete se destacó entre las filas de las anomalías desde el principio por ser tan condenadamente devoto y tener una habilidad digna de una estrella de rock. Aunque Lukas nunca dijo que Gatete igualara su gusto por lo dramático o lo tonto, el antiguo líder europeo siempre parecía asignarle tareas a Gatete, especialmente las difíciles.

Esa competencia se fusionó con la forma en que Gatete se presentaba ahora, prescindiendo de su traje de Parangón por un atuendo más tradicional de suéter, jeans y zapatillas. Como si Roger lo hubiera interrumpido durante un paseo por una biblioteca, en lugar de estar gestionando el desastre actual de los Parangones.

—¿Vamos? —Gatete hizo un gesto detrás de Celice, hacia una intersección ahora despejada, ya que Roger se había llevado el coche baleado y todos los observadores habían decidido que no querían quedarse cerca de un conflicto de anomalías—. No es un paseo largo, y creo que tú y yo podríamos usar una conversación.

—No estoy aquí por asuntos de los Parangones, Gatete, y no voy a causarte ningún problema.

—¿No? —dijo Gatete, y Celice se encontró caminando a su lado, dando dos pasos para igualar cada uno de sus largos pasos—. Pero atacarás a gente en mis calles. Los espiarás en mis restaurantes.

—¿Tus restaurantes? ¿Acaso no...?

—Basta —dijo Gatete, con el tono firme y gentil de un padre cansado. Aunque sus voces no se parecían en nada, Celice reconoció a Aegis en la exasperación de Gatete—. Tu generación siempre parece querer buscar pelea.

—Vaya estereotipo.

—Arraigado en la realidad, te lo aseguro —respondió Gatete. Cruzaron la intersección, dirigiéndose hacia el centro del pueblo—. Puedes imaginar por qué no quiero que se te conozca en mis calles.

—Estoy aquí por Zhan-Yo. Lo atrapo y me voy.

—O él podría atraparte a ti, y entonces yo estaría en problemas.

—Hasta ahora, podrías haber argumentado que no lo sabías.

Gatete se rió, un retumbo jovial.

—Mynx me lo dijo en el momento en que reservaste tu vuelo.

¿Mynx? Celice había cubierto bien sus huellas. Había comprado los billetes con identidades alternativas, usado representantes no vinculados a su cuenta o a la de su padre. Había evitado las cámaras, evitado las llamadas. Había hecho todo excepto deshacerse de su Tama, la conexión central a todo lo que el mundo moderno tenía que ofrecer.

El suspiro duró largo rato. Quizás Celice necesitaba reevaluar sus credenciales de incógnito.

—Incluso si la hubieras evadido —dijo Gatete—, te habríamos encontrado lo suficientemente pronto. Tu cara es conocida.

—Ajá —Celice cruzó los brazos, estudiando las bonitas persianas de cuadros en las casas por las que pasaban—. ¿Entonces qué pasa ahora, me metes en un armario en algún lugar?

—No exactamente. En su lugar, creo que podemos ayudarnos mutuamente.

—¿Cómo es eso?

—Tú quieres al asesino de tu padre. Yo quiero el puesto de Lukas como Campeón. Si te ayudo a atrapar a Zhan-Yo, entonces tú me respaldarás.

—¿O?

—O —dijo Gatete, sonriendo—, como dijiste, te meteré en un armario.

CAPÍTULO 11
TRABAJO DE DETECTIVE

EL PLAN se armó sobre comida china para llevar y música bebop de fondo, una fase musical que Kat había adoptado después de los intentos de asesinato por razones que Calvin no lograba entender. Juntos, la pareja, más Seeker, convirtieron el apartamento de Kat en un mapa de misión: objetos al azar se transformaron en entradas a los muelles, con la preciada zapatilla de Calvin sirviendo como la ubicación del dron sobre la alfombra crema de Kat.

El rastreador encontró algunos vídeos inusuales publicados en varias redes sociales, que mostraban al dron gladiador acosando a una mujer que caminaba antes de sufrir lo que parecía un asalto coordinado. A pesar de sus mejores esfuerzos mecanizados, el dron flaqueó y cayó ante un eficaz grupo improvisado —Calvin comentó que los Paragones podrían aprender una cosa o dos de esta gente— y luego la mayoría de los vídeos se cortaron.

—¿Por qué? —dijo Kat mientras estaban cerca de su gran monitor—. Uno pensaría que todos querrían captar la victoria en video. Las secuelas, todas las señales que muestran cuán peligrosos e imprudentes son supuestamente estos drones, pero no está aquí.

—¿Se asustaron? —respondió Calvin.

—Sí, eso tiene sentido. Alguien fue y les dijo que dejaran de grabar o si no... —Kat sonrió—. ¿Adivina quién no se intimidó?

—No sé, ¿una cámara de perro o algo así?

—Un niño pequeño. Publica bajo el nombre de BoogerBoy22. Tomó esto desde la ventana de su dormitorio —dijo Kat, haciendo clic en un video diferente.

—¿Estaba, como, fuera de la escuela?

—Todo esto ocurrió antes de las seis, Calvin. ¿A qué hora crees que abren las escuelas?

—Ni idea.

Kat frunció el ceño.

—¿No fuiste niño?

Calvin retrocedió y cruzó los brazos.

—No como tú.

—Oh, cierto, lo siento —dijo Kat, suavizando su expresión —. Pero ¿me estás diciendo que nunca fuiste a la escuela? ¿Nunca?

—¿Podemos volver al punto? —Calvin sacudió su muñeca izquierda, donde llevaba el Tama—. Me temo que Weed me va a llamar de vuelta a otra patrulla. Ese tipo está loco.

—Es un Paragon, ¿qué esperas?

Ante la expresión de Calvin, Kat volvió al monitor, encontró el video de BoogerBoy22 y lo puso. Grabado desde una ventana del segundo piso, el ángulo ofrecía una representación diferente. Calvin captó balas que venían desde arriba, chocando contra la armadura del dron y provocando destellos de rayos azules. Las otras grabaciones, tomadas desde el suelo, no tenían la misma claridad, no probaban tan bien que el maldito ataque fuera una emboscada.

—Eso cambia las cosas —dijo Calvin.

—Sigue mirando —respondió Kat—. Se pone mejor.

BoogerBoy22 demostró su potencial futuro en el cine manteniendo el ángulo estable, aunque los comentarios murmurados del niño, mayormente exclamaciones repetidas de *oh, Dios mío* y *caramba*, revelaban margen de mejora. Cuando la pelea terminó, cuando los otros videos se cortaron o se apagaron, BoogerBoy22 se mantuvo en ello, comprometido hasta el final.

Un camión zumbante chilló al entrar en el encuadre, abriendo su remolque y una gran rampa. La variopinta colección de ciudadanos abandonó su ataque coordinado y se convirtió en cargadores de equipaje, sujetando un cabrestante al dron y limpiando los escombros que pudieron antes de meterse a toda prisa en el camión junto con la gran máquina. BoogerBoy22 siguió todo el proceso.

—Y aquí está la mejor parte —dijo Kat.

Mientras se cerraba el remolque del camión, BoogerBoy22 mantuvo la parte trasera del vehículo en el encuadre, mostrando la matrícula del camión clara y centrada. Después de que el camión se alejara, BoogerBoy22 cambió la vista de la cámara, dando una toma de su cara.

—Y ahora se pasa como una hora hablando de lo que acabamos de ver —dijo Kat, haciendo clic para alejarse—. Rastreé la matrícula. El camión está registrado a nombre de una empresa de envíos, una que tiene sus raíces aquí mismo en Chicago.

—¿De acuerdo?

—¿Sabes lo que obtienen los rastreadores?

—¿Permiso para hacer lo que quieran persiguiendo anomalías inocentes como yo?

—Exactamente —dijo Kat, sonriendo—. Mejor aún, podemos ver las imágenes de los drones.

—Vaya. —Calvin intentó fingir entusiasmo, pero no logró más que levantar una ceja—. Genial.

—¿Te estoy aburriendo?

—Nah, esto es justo lo que quería hacer con mi noche.

Kat captó el humor de Calvin y aceleró la explicación, pasando rápidamente por las imágenes de una cámara de dron que captaba el mismo camión corriendo hacia el lago. Kat sincronizó la vigilancia de otros drones para armar algunas buenas probabilidades sobre dónde había terminado el camión y dónde todavía estaba.

Eso llevó al pedido de comida para llevar, el mapeo en la alfombra y una sensación general de que aquí, ante Calvin y Kat, se presentaba una oportunidad de desentrañar todo este asunto.

—Pero ¿por qué? —preguntó Calvin, luchando con los palillos y los fideos en una mano—. O sea, entiendo querer saber qué pasó, pero los Paragones se están encargando de esto.

—¿No eres tú un Paragon? —Kat se recostó en su sofá, con Seeker sentado debajo esperando el ocasional trozo de pollo a la naranja que cayera—. ¿No debería tu brújula moral decirte que esto es lo correcto?

—Eh.

—Mira, Calvin, no voy a decirte cómo reconciliar ser tú mismo con ser un Paragon —dijo Kat—. Soy una rastreadora. Una cazarrecompensas glorificada con derechos legales otorgados por un montón de dictadores todopoderosos. No es perfecto, pero, ya sabes, con suficiente vino y esta salsa deliciosa, lo hago funcionar.

—¿Tu punto es?

—¿Adivina cuántas recompensas están ofreciendo los Paragones por la ubicación del dron? —Kat tenía una forma de sumergirse en una sonrisa conspiradora que Calvin enviidiaba, pasando de dulce a siniestra en un segundo.

—Ahora te entiendo —dijo Calvin—. ¿Cuánto?

—Lo suficiente como para que yo pudiera dejar este apartamento y tú pudieras conseguir tu propio lugar.

Calvin se habría sentido ofendido ante la insinuación de que había agotado su bienvenida en el apartamento de Kat, pero el hombre sentía lo mismo. El sofá de Kat le servía por ahora, pero necesitaba una cama de verdad. Necesitaba una ducha y un baño que no estuvieran atascados por pelos de perro y el arsenal de productos para el cuidado de la piel de Kat. Claro, tenía una habitación en la torre de los Paragons en Chicago, pero atravesar manifestantes y arriesgarse a recibir asignaciones al mostrar su rostro allí hacía que el arreglo pareciera menos un hogar y más una trampa.

—¿Cuándo nos vamos? —preguntó Calvin.

—¿Cuántos fideos te quedan?

—Depende —respondió Calvin, mirando el cartón en su mano izquierda—. Dame un tenedor y terminamos en un par de minutos. Si sigo con estos, será una hora.

Una hora después, los dos subieron a un tren con dirección al centro, zumbando a lo largo de los trenes de levitación magnética entre edificios luminosos que se alzaban brillando en la noche que avanzaba. Kat se había transformado de sus sudaderas con sabor a comida para llevar a su uniforme de rastreadora blanco perla, mientras que Calvin había evitado el blanco y azul de los Paragons por una combinación de chaqueta y vaqueros. Sus guantes de cuero descansaban de nuevo en sus manos, su hormigueo un susurro que ignoraba.

Viajaron en el tren, abarrotado a pesar del incidente del dron y la continua paranoia que la prensa difundía sobre los Paragons y sus perspectivas en declive. Mynx no había logrado tranquilizar a la gente, aunque había anunciado un viaje inminente a Chicago para manejar el asunto del dron desaparecido. La conversación flotaba por los vagones sobre la última vez que Chicago había tenido un Campeón en la ciudad.

Ese había sido Aegis, y había muerto en las profundidades de la ciudad. No el mejor legado.

—Puede que Mynx nos dé la recompensa en persona —dijo Kat, observando las pantallas del tren y los subtítulos de noticias que corrían a través de ellas—. ¿No sería genial?

—Súper genial.

Kat puso los ojos en blanco—. Alguien está tenso esta noche.

—Es Weed y todos esos Paragons, me tienen en vilo. Es como entrar en un club al que no intentabas unirte, ¿sabes?

—La verdad es que no.

—Ajá, ¿como esos Elementales? Lo mismo. Les ayudamos y ahora se espera que sigamos cualquier cosa que estén planeando.

—Suena más como si quisieras volver a huir y vivir en un montón de chatarra.

Calvin se encogió de hombros—. Al menos era libre.

—Yo no llamaría "libre" a huir de, bueno, prácticamente todos y esconderse en la oscuridad, pero es tu vida, Calvin. Puedes huir si quieres.

—Todavía no —dijo Calvin—. Le debo a ese hombre, Wexley, un boleto perforado a lo que sea su próxima vida. Te disparó a ti, me disparó a mí.

Kat se acomodó en el asiento—. Es bueno saber que mi compañero tiene la venganza de su lado.

—Y la reputación, Kat. No te olvides de eso.

Los muelles retumbaban mientras los dos se acercaban, con tanques y petroleros constantes rodando dentro y fuera de los barcos estacionados. Más al sur de la ciudad de lo que Calvin había estado en mucho tiempo, el lujo de los Paragons cedía paso a negocios más toscos, al igual que las zonas del lejano oeste que Calvin había llamado hogar no hace mucho. Vastas calles iluminadas con luces duras, bordeadas por almacenes y reclamadas por camiones que iban y venían en un constante ir y venir.

Kat sabía qué patio encontrar, así que los dos caminaron hasta que llegaron a un logotipo familiar: el que pertenecía a la empresa propietaria del camión. Un tigre naranja saltando. Agresivo para una empresa de carga, pero ¿quién era Calvin para criticar? Trabajaba para los Paragons, una organización de superpoderosos cuyo marketing creativo involucraba una "P" estilizada y poco más.

Una puerta alta, de eslabones encadenados y cubierta con alambre de púas, impedía su entrada. Kat no los dejó demorarse, empujando a Calvin hacia adelante en la acera más allá de la entrada. Detrás había una cabaña achaparrada donde alguien dentro parecía estar mirando su Tama. Cámaras y sus luces rojas se cernían desde la parte superior de la puerta. Dentro, a través de la cerca, la actividad se hacía evidente por los gritos, las abundantes luces blancas y el rechinar de las herramientas trabajando en sus objetivos.

—¿No vamos a entrar? —preguntó Calvin mientras Kat los hacía sumergirse en un tramo oscuro entre las farolas.

—No por la puerta principal —respondió Kat—. No estamos tratando de pelear con todos, solo confirmar que el dron está aquí.

—Lo cual definitivamente podemos hacer parados en la oscuridad.

Kat repasó con Calvin el plan que habían elaborado en su apartamento. Si la puerta resultaba estar cerrada, un giro no sorprendente, el siguiente movimiento era hacer que Kat subiera y pasara por encima de la cerca. Con la rastreadora dentro del patio del muelle, Calvin proporcionaría respaldo mientras Kat encontraba el dron, tomaba las fotos requeridas y salía corriendo. Un buen plan, excepto que significaba que Calvin se pasearía aquí fuera sin hacer nada.

—Lo siento —dijo Kat, ajustando el guantelete en su muñeca derecha—. Tal vez si tuvieras una habilidad útil, ya sabes...

Calvin le dio un ligero empujón—. Cállate y ponte en marcha. Ya veremos quién se burla cuando tenga que salvarte el trasero.

Kat le guiñó un ojo, luego tomó una rápida carrera hacia la cerca. Mientras corría, Kat extendió su brazo derecho y disparó su gancho. La cuerda se enroscó sobre la parte superior de la cerca y Kat activó el tirón del gancho mientras saltaba, impulsándola en una escalada corriendo por el costado de la cerca. Cuando Kat se acercaba a la parte superior con todo ese desagradable alambre de púas, saltó, confiando en su impulso y la retracción del gancho para balancearse hacia arriba y sobre las púas.

Balanceándose por encima, Kat soltó su gancho, cayendo al otro lado de la cerca mientras el cable se retraía en su guantelete. Kat rodó al tocar el suelo, levantándose y haciendo un rápido gesto de aprobación hacia Calvin antes de desaparecer en el laberinto de contenedores.

Calvin retrocedió, colocándose en las sombras entre dos farolas. Más allá del ruido del astillero y la suave brisa que venía del lago, la noche se sentía familiar, como si hubiera retrocedido a aquellos primeros años buceando en las zonas sucias para sobrevivir. Si cerraba los ojos, Calvin podía caer en su yo que se arrastraba, sentir las preguntas que surgían: ¿de dónde vendría su próxima comida, qué tal una ducha, podría confiar en que el refugio local no lo denunciaría a los Paragons?

La confianza descarada hizo mucho, entonces, para mantener a Calvin en marcha. Había sido perseguido, sí, pero cada evasión traía consigo la certeza de que la próxima escapada sería más limpia. La habilidad de Calvin para manejar su poder se volvió más astuta, más inteligente, hasta el punto de que cerraba pasillos mientras corría por ellos, o atrapaba a sus perseguidores en prisiones heladas, arenosas y rocosas. Esas preguntas, entonces, llegaron a hacerse sin miedo.

Su Tama vibró. Calvin le echó un vistazo. Vio dos mensajes. Uno de Weed, preguntando si Calvin quería reunirse con su equipo de Paragons para una patrulla improvisada esta noche. Un evento de unión del equipo. Calvin lo descartó con un gesto y fue al de Kat.

Ella había enviado una foto. La iluminación no era perfecta, y el cuerpo grande de algún trabajador estropeaba el lado derecho, pero el metal negro en el centro pertenecía a una cosa y solo a una cosa: el dron desaparecido.

Ya tienes la foto, vámonos.

Calvin envió la respuesta, miró hacia los contenedores, esperando que Kat volviera corriendo. Nada se mostró.

No es tan fácil.

¿No es tan fácil? Todo lo que Kat tenía que hacer era correr, saltar y agarrarse. Diablos, Calvin podría abrir un agujero en la cerca para ella.

¿Por qué?

Calvin cruzó la calle y se acercó a la valla. Intentó mirar a través de ella para ver a Kat. Sí, el acto podría parecer sospechoso para alguien que estuviera monitoreando esas cámaras, pero ¿a quién le importaba ahora? En cuanto Calvin o Kat enviaran esta imagen a los Paragones, este astillero estaría plagado de drones y anomalías listos para diezmar a cualquiera y a todos los involucrados.

Su Tama no vibró. Aún no había respuesta.

Al menos, no de la manera esperada: el ajetreo casual del astillero se interrumpió cuando se alzaron gritos en el interior, y no las ocasionales llamadas pidiendo ayuda para mover esto o aquello, sino las declaraciones airadas y ordenadas de personal entrenado iniciando una cacería. Calvin había escuchado esos gritos antes, generalmente dirigidos hacia él.

Rastrear a su objetivo aquí no fue difícil.

Calvin se quitó los guantes y los metió en los bolsillos de su chaqueta, tocó el frío metal de la valla con su mano derecha. Sintió la fuerza en esas fibras, las moléculas debajo, y Calvin la absorbió, succionándola como un niño sorbe un batido con una pajita. Solo que, en lugar de su garganta, Calvin expulsó la sustancia por su mano izquierda, esculpiendo la valla en una hoja con un filo de nanómetros. Blandiendo su recién creada espada, Calvin cortó un agujero limpio y entró en el astillero.

Los contenedores que Kat había ido a buscar estaban justo

enfrente, pero los gritos parecían venir de la izquierda de Calvin, hacia una sección más tranquila, poblada de contenedores de carga y poco más. Calvin se dirigió hacia allí, la espada de metal en su mano cayó al suelo y se desintegró. No la había forjado, la había mantenido extrayendo de la valla misma, como una ola que sobrevive con su propio impulso.

Levantando su Tama mientras corría, Calvin hizo que marcara a Kat. Puede que ella no tuviera tiempo para escribir un mensaje, pero una llamada podría funcionar. El Tama envió su señal, y Calvin bajó el brazo a tiempo para ver a dos hombres, rifles en mano, aparecer en su camino. No estaban mirando en su dirección, y Calvin embistió directamente contra el que iba delante, derribándolo.

El instinto empujó la mano derecha de Calvin hacia el suelo de hormigón del astillero, mientras que con la izquierda agarró el brazo izquierdo del guardia caído. El hormigón se movió según la voluntad de Calvin, sellando el brazo del guardia en un torno pétreo. Continuando con el movimiento, Calvin se giró sobre su espalda, arrastrando el hormigón consigo y convirtiéndolo en un sólido escudo.

Si el segundo guardia no sabía qué les había golpeado, la presencia de un círculo de hormigón volador debió aclarar las cosas. Eso, y su compañero escupiendo maldiciones confusas. Calvin vio al guardia levantar su rifle, y la anomalía lanzó el escudo de hormigón hacia el hombre. Tan pronto como la piedra dejó el agarre de Calvin, comenzó a disolverse, pero no lo suficientemente rápido como para evitar que el segundo guardia recibiera kilos de hormigón en la cara. El guardia se desplomó como su amigo, gimiendo.

—Lo siento, pero no lo siento —dijo Calvin, levantándose del hueco que sus poderes habían hecho en el suelo del astillero. Se inclinó hacia el rifle del primer guardia, usó su mano derecha para disolver los mecanismos internos, luego recogió el segundo rifle y apuntó a la cabeza del primer guardia—. ¿Qué tal si empiezas a correr en la dirección contraria?

El primer guardia miró a Calvin, confundido. Calvin apuntó el rifle al brazo del guardia, ya no atrapado mientras la cohesión del hormigón se rompía. Con un movimiento, el guardia liberó su brazo de los escombros desmoronados. El hombre decidió no ser un héroe, tomando el consejo de Calvin y corriendo de vuelta hacia los contenedores.

—¿Calvin? —la voz de Kat sonó a través del Tama—. ¿Dónde estás?

—Solo divirtiéndome un poco —respondió Calvin, volviendo a correr—. Dime que ya te has ido para que pueda salir de este lugar.

—Más bien estoy rodeada. ¿Ayuda?

—¿Dónde?

—Solo observa.

Calvin levantó bruscamente la cabeza a tiempo para ver dos destellos brillantes, casi cegadores, surgir a varias filas de distancia. Los guardias, soldados, o lo que fuera que Calvin y Kat estuvieran enfrentando, gritaron ante la luz, pero las órdenes de seguimiento llegaron cuando el ataque de Kat se disipó. La gente que había tomado el dron había sido coordinada, competente, y estaban mostrando la misma energía aquí.

No era bueno.

—¿Tienes alguna estrategia o solo estamos improvisando? —dijo Calvin, reduciendo la velocidad a un arrastre y pegándose a un contenedor acanalado a su derecha.

—Rompe hacia la izquierda y salimos —dijo Kat—. Eso es todo.

El sonido de pasos acercándose le dijo a Calvin que tendría compañía en un segundo si se quedaba en el suelo, así que dejó caer el arma —como si pudiera disparar esa cosa con precisión de todos modos— y usó sus manos para moldear el lado del contenedor. Agarres y apoyos para los pies le llevaron a un rápido ascenso hasta la parte superior de dos contenedores apilados. Abajo, un trío apresurado no notó el contenedor deformado y siguió avanzando, dirigiéndose directamente hacia...

Calvin lo asimiló todo, con el corazón hundiéndose y la sangre bombeando al mismo tiempo. Kat estaba de pie, no, corría alrededor de un claro entre las filas de contenedores, rodando y saltando entre al menos diez personas que intentaban derribarla. Los suaves disparos que salían de algunas armas levantadas sugerían que aún no estaban usando fuerza letal. Calvin intentó averiguar qué estaban disparando a Kat mientras ella giraba por la improvisada arena, su capa blanca ondeando al viento.

¿Dardos? ¿Balas de goma?

Kat respondía a los ataques con su propio arsenal, derribando a cualquiera que se acercara demasiado con patadas y puñetazos, las dos esferas grises que habían lanzado los destellos cegadores yacían inertes cerca del centro del espacio. Desde esta altura, sin embargo, Calvin podía ver el perímetro que se estaba formando, podía ver a más personas reforzando las salidas. Los soldados tampoco estaban avanzando, contentos con acosar a Kat desde la distancia hasta que se cansara.

—Necesitas pasar por encima —dijo Calvin—. Hay demasiados en los huecos.

Kat se desvió ante las palabras de Calvin, abandonando un intento de embestida contra un cuarteto en el lado izquierdo de la arena para dirigirse hacia la pila de contenedores junto a ellos. Sacó el gancho, lanzándolo alto y enganchándolo en el contenedor superior. Kat saltó, golpeó la dura pared de metal y corrió hacia arriba, con proyectiles impactando en los espacios a su alrededor.

Golpeándola. Algo golpeó fuertemente a Kat en la espalda, seguido de un segundo impacto que dobló su capucha y estrelló su cabeza contra el lado del contenedor. Cayó inerte, colgando del gancho mientras más disparos daban en el blanco.

Calvin se quedó paralizado. Podría haber saltado, propulsarse hasta la siguiente pila y tal vez escalarla. Pasar por encima hacia la arena de Kat, lanzarse al frenesí. Estaba a punto de hacer exactamente eso, hasta que una nueva voz ordenó detener los disparos. Tranquila, controlada, un hombre que Calvin reconoció caminó entre los guardias hacia el espacio, luego comenzó a hacer gestos para que alguien bajara a Kat.

Rhimes. El hombre que casi había acabado con Kat la última vez.

Calvin miró su Tama. Había un mensaje de Kat, enviado justo ahora.

Huye.

CAPÍTULO 12

UN VUELO AGRADABLE

EL PARAGON CUMPLIÓ SU PALABRA. Cassidy y Thane llegaron al aeropuerto, entraron por una puerta trasera con Bits escoltándolos en cada paso. Luego, con Bits rondando cerca y la seguridad reforzada, Cassidy y Thane se sentaron en un banco bajo un toldo cubierto de palmeras entre otros vacacionistas. Thane, al menos, aceptó las circunstancias y se encogió durante el viaje, adoptando una forma humana más normal que no llamaba la atención de nadie más.

El anonimato se extendió al embarque del avión, al corto vuelo a Honolulu y la conexión, que Thane había exigido a Bits en el camino, hacia Tailandia.

—Esto se siente como el camino equivocado —dijo Cassidy mientras la pareja abordaba su vuelo de conexión.

—Es el *único* camino —retumbó Thane—. Volver a Norte-américa ahora significaría atención y captura.

—¿Porque Tailandia no lo hará?

—Tú y yo no somos tan conocidos allí. Y el Campeón de la región se está recuperando del ataque a Los Ángeles. No seremos notados hasta que queramos serlo.

Varios pasajeros a su alrededor miraron a Thane mientras

hablaba, con expresiones de confusión en sus rostros. Cassidy esbozó una sonrisa y le dio una palmada en el hombro a Thane.

—Ya sé, te gusta fingir que eres importante.

Bueno, no era la mejor improvisando. Thane, afortunadamente, se dio cuenta de la atención y guardó silencio, usando miradas directas para alejar a los curiosos. Ninguno de los dos dijo otra palabra hasta que estuvieron seguros en sus lujosos asientos de primera clase. Un beneficio adicional: nadie más compró las mejoras, dejando a las dos anomalías solas en la cabina de lujo.

—Bits nos está tratando bien —dijo Cassidy.

—Nos están poniendo con menos gente. —Thane asintió hacia los asientos vacíos a su alrededor—. Podría haber problemas.

—Nunca se arriesgarían en un avión.

—No asumas que los Paragons no matarían a todos aquí para destruirme. El costo sería trivial comparado con lo que creen que yo podría hacer.

—¿Es eso culpa de ellos o tuya?

Thane entrecerró los ojos mientras la miraba, mientras detrás de él, a través de la pequeña ventana, Oahu pasaba rápidamente mientras el avión despegaba.

—Pareces dudar de nuestro camino —dijo Thane—. Escapamos de la isla. Ahora tenemos esperanza y promesa. ¿No es eso lo que querías?

—Nunca pensé que lo lograríamos.

Decir las palabras en voz alta hizo que Cassidy se sintiera diferente. No lo había creído, ¿verdad? El loco plan de Thane para liberarse de la isla no debería haber tenido éxito. No lo tuvo para todos en el barco excepto para ellos dos. Pero Cassidy lo había seguido de todos modos, creyendo, supuso, que morir en el intento sería preferible a una vida desperdiciada en la prisión de palmeras de Mynx.

—Comprensible —dijo Thane, apartándose de Cassidy para mirar por la ventana—. Es difícil planear lo increíble.

—Tú lo hiciste.

—Sí. Lo hice, cuando llegamos a esa playa, agotados y casi muertos, me volqué hacia adentro.

—Te encogiste y me abandonaste durante días.

—Te las arreglaste.

Era difícil negar eso. No significaba que Cassidy *disfrutara* lo que había sucedido, estar encerrada en una clínica sin identidad.

—Entonces, ¿qué estamos haciendo, genio? —dijo Cassidy —. ¿Cuál es este gran plan que elaboraste mientras estabas acostado en esa cama todo el día?

Acomodándose como un padre que va a contar una historia a un niño, Thane procedió a pasar la siguiente hora, luego dos, lanzando pasos a Cassidy, los movimientos uno por uno que harían después de aterrizar en Tailandia, llevando a una eventual toma del sudeste asiático seguida de una expansión global. Cortante, despiadado y detallado a un grado que hizo que Cassidy pidiera más café cada vez que pasaban las azafatas, el apocalipsis arquitectónico de Thane parecía magistral.

Y vulnerable.

Aturdida como estaba por el diluvio de Thane, Cassidy encontró un punto débil en sus esquemas y se aferró a él hasta que Thane finalmente, misericordiosamente, encontró un final. Con los dedos entrelazados y los ojos brillantes, Thane concluyó con un pesado y triunfante suspiro.

—¿Ves? —dijo Thane—. Ganaremos.

Cassidy lo dejó regodearse en la supuesta victoria. Había enseñado a sus alumnos durante años exactamente lo mismo que estaba a punto de lanzarle a Thane: los grandes malvados de la historia mundial, aquellos que pensaban que podían caminar hacia la victoria por su pura brillantez, siempre cometían errores. Siempre asumían que las cosas irían demasiado bien.

—Estás barriendo a los Paragons como si fueran una molestia —dijo Cassidy—. Estás asumiendo que no se organizarán para detenerte.

—Eso es lo que vi en la biblioteca mientras tú vendías la nota a tus hijos —respondió Thane—. Los Paragons están en demasiado desorden para manejarnos ahora. Incluso les han robado un dron, justo hoy. Los ciudadanos lo derribaron en un vecindario. ¡Gente común, tomando las armas contra sus opresores!

—Harán lo mismo contigo. Tú quieres esos mismos drones, Thane.

—Pero sin los idiotas al mando. Justicia imparcial, seguridad y consistencia. Eso es lo que este mundo necesita, y lo que yo puedo ofrecer.

El capitán del avión acabó con la conversación al anunciar la primera comida real del vuelo y Cassidy dejó morir las palabras. Si Thane no escucharía sus temores, tendría que aprenderlos de primera mano. Hasta que eso sucediera, Cassidy bien podría disfrutar del vuelo y todo lo que la primera clase tenía para ofrecer.

Cuando la azafata pasó, Cassidy cambió el café por champán.

Thane frotó el hombro de Cassidy, despertándola. Parpadeando para alejar un sueño informe, siguió la mirada de Thane hacia la ventana. La tierra, exuberante y verde, se extendía muy por debajo. Debían estar acercándose.

—¿Aterrizamos pronto? —preguntó Cassidy.

—Pronto. Estamos descendiendo —respondió Thane—. Pero puede haber un problema.

—¿Qué?

—Déjame salir y te lo diré.

Cassidy se movió, permitiendo que Thane se desabrochara

el cinturón y pasara. Se paró en el pasillo, de cara a las cortinas que bloqueaban su solitaria cabina de primera clase del resto del avión. Hacia el frente, una azafata tenía los ojos puestos en su Tama, no en Thane. Cassidy sintió el impulso aumentar en su mente, un vacío esperando en la punta de sus dedos.

Como si fuera a crear uno aquí, en el avión, donde la más mínima alteración podría hacer que toda la nave se precipitara al suelo. Cassidy no sabía si Thane, en su máxima furia, sobreviviría tal caída, pero ella definitivamente no lo haría.

—Espera aquí —dijo Thane, y luego marchó pasando junto a ella y atravesando las cortinas.

Cassidy bebió un sorbo de agua, eliminando algo del champán persistente en su garganta. La combinación de líquidos, junto con la comida del avión y estar sentada durante tanto tiempo, hizo que Cassidy sintiera que necesitaba trotar, ducharse y otra siesta... en cualquier orden.

Thane regresó un minuto después, frunciendo el ceño—. El avión está ligero.

—¿Qué quieres decir? Había pasajeros en la manga de embarque con nosotros. Estaba lleno.

—Si hay más de una docena sentados allí atrás ahora, me sorprendería —respondió Thane—. También dudo que este avión se dirija a donde esperamos. El capitán no ha hecho ni un solo anuncio. Nada sobre aduanas, clima o dónde estamos.

—No hay forma de que los Paragones hayan tenido tiempo de preparar algo —dijo Cassidy—. No...

—Tuvieron horas y horas —Thane se apretujó de vuelta junto a Cassidy—. Puede que tengamos a todos los Paragones de Hawái en este vuelo, llevándonos directamente a una emboscada.

La azafata se puso de pie, agitó una botella de champán en dirección a Cassidy. El Vacío se encogió de hombros y asintió a la azafata para que sirviera más.

—¿Qué estás haciendo? —preguntó Thane, viendo los movimientos de Cassidy.

—Haciendo preguntas.

La azafata se acercó, extendió la mano hacia la copa vacía de Cassidy. Cassidy puso su mano en la muñeca de la mujer, apretándola con fuerza pero no tanto como para lastimarla. La azafata le dirigió una mirada curiosa, que desapareció cuando notó el rostro sombrío de Cassidy.

—¿Sabe quiénes somos? —preguntó Cassidy a la azafata.

—El señor y la señora Smith —respondió la azafata, haciendo un buen trabajo añadiendo confusión a su voz—. Así dice en su boleto.

—Estoy segura de que sí. ¿Sabe a dónde fueron todos los pasajeros?

—¿Todos los pasajeros?

—Si se hace la tonta conmigo, puedo abrir un agujero tan pequeño en su corazón que no sabrá lo que está pasando hasta que, lentamente, se ahogue en su propia sangre. —La azafata se puso adecuadamente gris—. Responda mi pregunta.

La azafata lanzó una mirada hacia las cortinas—. Es por seguridad. Los dejamos salir por la puerta trasera. Los reubicamos en otro vuelo. Con ustedes dos, no podíamos arriesgarnos...

Thane gruñó. Había tenido razón.

—¿Y los que quedan? ¿Quiénes son?

La azafata no dijo nada porque no tenía que hacerlo. Cassidy tenía la muñeca de la mujer en su agarre en un momento, y luego sintió una muñeca diferente y más fuerte al siguiente. Esta pertenecía a un nuevo hombre, uno con una camiseta hawaiana turquesa y pantalones cortos caqui, que parecía más apropiado para un campo de golf que para un avión en vuelo con las personas más peligrosas del planeta.

El hecho de que pudiera reemplazar a la azafata en un parpadeo revelaba al hombre como una anomalía. Ahora Cassidy tenía que averiguar la habilidad del hombre, ya que había muchas formas en las que podría haber hecho desaparecer a la azafata: super velocidad para desvanecerla hacia la parte trasera del avión, un truco de teletransportación, encogerla a un tamaño minúsculo, o tal vez él había sido la azafata todo el tiempo y solo ahora revelaba su verdadero rostro.

—No queremos problemas —dijo el hombre—, pero no se supone que estén aquí.

Thane se desabrochó el cinturón de seguridad. Cassidy no quitó su mano de la muñeca del hombre. Los vacíos susurraban, deseando ser utilizados.

—Es un poco tarde para eso, ¿no? —dijo Cassidy.

—Estamos volando sobre un páramo. No hay un alma alrededor. Pueden irse.

—¿Saltar? —Cassidy se rio—. ¿Qué tal si aterrizan, salimos caminando y ya está?

El hombre se estiró, liberó su muñeca del agarre de Cassidy y retrocedió hacia el pasillo—. Ese no es el trato. Abrimos la puerta, ustedes saltan. Si sobreviven a la caída, depende de ustedes.

Ahora Cassidy se desabrochó el cinturón, miró hacia las cortinas que dividían la cabina. No había señales de que vinieran refuerzos, aunque seguramente estaban esperando.

—Esto es un asesinato, no un trato —gruñó Thane—. Muévete, Cassidy. Déjame encargarme de él.

De vuelta en tierra, con Bits y los indefensos oficiales, Cassidy sentía que tenían la ventaja. Thane y El Vacío podrían haber destrozado la ciudad con impunidad. Aquí, Cassidy no tenía la misma sensación. Habían caído directamente en una emboscada de los Paragones. Las mismas personas que la habían metido en prisión ahora querían empujarla fuera de un avión.

Habían seguido las indicaciones del Paragon y estaban a punto de terminar muertos de todos modos. Bien podrían pelear.

—Es todo tuyo. —Cassidy se recostó en su asiento mientras Thane comenzaba a cruzar.

Excepto que Thane ya no estaba junto a la ventana. El hombre estaba agachado en el asiento de Thane, mientras que Thane mismo caía por el pasillo hacia los asientos del otro lado. Cassidy conectó los puntos del intercambio de cuerpos, comenzó a lanzar un pequeño vacío hacia el hombre, solo para encontrar una ventana y la pared exterior del avión frente a ella.

Oh, este sería molesto.

Thane rugió y los pisos temblaron. Ya rozando el techo del avión con su cabeza, la anomalía volvió su rostro escupiendo hacia el Paragon. Lanzó un puñetazo y, en ese segundo, Cassidy se encontró de vuelta en su propio asiento, con el golpe de martillo de Thane dirigiéndose hacia ella. Se agachó hacia adelante y el golpe de Thane pasó por encima, dando la vuelta para estrellarse contra el asiento de enfrente.

—¡Control! —gritó Cassidy, solo para encontrarse empujada fuera del asiento crujiente cuando Thane se abalanzó de vuelta al pasillo.

El Paladín retrocedió por el pasillo, manteniendo una sonrisa ligera y arrogante en su rostro. Cuando Cassidy se levantó y se encontró con los ojos del Paladín, este señaló la salida del avión.

—Ahí tienes tu salida —dijo el hombre—. O podemos seguir con este baile.

—Entonces, bailemos —respondió Cassidy, extendiendo su mano derecha, con un vacío saltando hacia sus dedos.

El Paladín intercambió lugares de nuevo, poniendo a Thane justo donde debería haber ido el vacío de Cassidy. En su lugar, el hombre se ahogó, tosió y murió cuando sus órganos internos colapsaron sobre sí mismos. Cassidy movió los dedos de su mano izquierda, frente a donde había estado Thane. Un Paladín predecible era un Paladín muerto.

—¿Terminaste? —gruñó Thane, mirando el cuerpo.

—Sí —dijo Cassidy, apartando el cabello que se había salido de lugar con todos los cambios—. Pero él es solo uno.

Girándose, Cassidy atravesó la cortina hacia el compartimento principal del avión. Y se lanzó hacia adelante cuando un brillante rayo azul quemó el espacio donde había estado parada. Cassidy sintió el calor en su cuello, olió el humo mientras el cabello que no cayó lo suficientemente rápido recibía un golpe abrasador. Esperaba que el avión se desplomara con la explosión, pero en su lugar escuchó el rugido sorprendido de Thane.

Él podría soportarlo.

Al mirar hacia arriba, Cassidy vio a la azafata, ahora con una expresión más sombría, abalanzándose hacia ella. Mientras corría, sus pies pulsaban con cada paso, disparando líneas verdes hacia Cassidy. Como venas crecientes, las líneas aceleraron su aproximación junto con la azafata. Cassidy no sabía qué demonios podrían hacer, así que lanzó un vacío al centro del pasillo y luego se arrastró hacia el medio del avión.

El vacío lanzado desgarró los asientos a su alrededor, destrozando la tela. La azafata gritó, y Cassidy escuchó un fuerte golpe, pero las líneas verdes no la alcanzaron. Thane dio otro rugido y Cassidy oyó cómo la cortina se rasgaba cuando el hombre monstruoso se precipitó en el compartimento con ellos. Agarrándose a un asiento, Cassidy echó un vistazo a Thane mientras este bajaba por el pasillo, calculando el momento para encontrarse con su vacío cuando se desvaneciera. Ese rayo azul parecía haber dejado una quemadura humeante en el hombro de Thane, aunque no parecía importarle.

Con su atención captada, Cassidy miró por encima y contó a los Paladines. La estimación de una docena de Thane parecía acertada, aunque todos se movían tanto que era difícil tener una cuenta firme. Luces y sonidos destellaban por la parte trasera mientras los Paladines ejercían sus habilidades en oleadas constantes. Los rayos azules provenían de un hombre pequeño que parecía absorber todo lo que tocaba, convirtiéndolo en esa energía crepitante. Al principio,

Cassidy pensó que el hombre tenía una puntería increíble, hasta que notó a una Paladín a su lado retorciendo sus manos y doblando esos rayos directamente hacia el cuerpo de Thane.

Thane mismo balanceaba y golpeaba, pero la azafata, con los pies de nuevo bajo ella, parecía dejar que cada golpe pasara a través de ella, como si esas venas verdes le dieran alguna protección. De cualquier manera, la frustración de Thane solo crecía, y el ataque de los Paladines se intensificó: los otros ocho se estaban dispersando, algunos lanzando otros proyectiles a la espalda de Thane mientras que otros dos tenían sus ojos puestos en Cassidy.

En campo abierto, Cassidy podría haberle dado a Thane las probabilidades de superar a todos y hacerlos pedazos. En un avión estrecho, donde el tamaño de Thane solo lo convertía en un blanco fácil, ¿incluso Thane podría encontrarse desgastado, consumido?

—Ríndete —dijo una mujer que se acercaba por la izquierda, sus manos extendidas hacia Cassidy con un ligero resplandor púrpura entre ellas—. No hay salida.

¿No la había?

Lanzando su mano derecha hacia arriba, Cassidy arrojó el vacío, sintiendo que el calor la hacía sudar incluso mientras el vacío destrozaba el techo del avión. El metal chirrió, los cables chispearon y la presión estalló, destrozando los oídos de todos a bordo, aunque no tan mal como Cassidy esperaba. Cuando Thane la despertó, había mencionado que el avión estaba descendiendo.

Tal vez lo suficientemente bajo para caer.

La lucha a su alrededor se detuvo, cada Paladín tratando de decidir cómo el avión roto afectaba sus planes. Una persona, sin embargo, no se molestó en considerar el cambio: Thane. Mientras Cassidy preparaba otro vacío, la forma ardiente y magullada de Thane lanzó a un Paladín a través del avión, estrellándose contra la mujer que había llamado a Cassidy a rendirse. Con otro rugido ronco, Thane levantó y arrojó asientos a los otros Paladines, forzándolos a agacharse y esquivar.

Cassidy aprovechó la distracción, se arrastró de vuelta al pasillo a la derecha y corrió agachada hacia Thane. Dentro de ella, sentía el calor acumulándose, la presión succionando sus dedos como si hubiera sumergido sus manos en lava.

—¡Agárrame! —gritó Cassidy mientras se acercaba a Thane, mientras liberaba el vacío detrás de ella.

Mientras el avión se partía en dos, Cassidy esperaba que el hombre, el monstruo, estuviera lo suficientemente cuerdo para escuchar.

CAPÍTULO 13

CREMA BATIDA Y ESTRATEGIA

ALGUNAS MAÑANAS, las reuniones pasaban volando. Wexley las manejaba en piloto automático, aportando un mínimo de opiniones y aprobando las sugerencias de los empleados sin problemas. No era exactamente el comportamiento ideal de un director ejecutivo, pero no todos los días Wexley tenía un premio esperándolo antes del almuerzo.

Rhimes lo llamó durante el desayuno con las buenas noticias. La rastreadora, Kat, a la que habían intentado eliminar en la nieve no hace mucho, se había topado con el dron desactivado y no había logrado escapar. Rhimes descartó el descubrimiento como una casualidad, suponiendo que Kat probablemente estaba merodeando en busca de otra anomalía. De hecho, dos guardias habían encontrado y luchado contra otra anomalía cerca de allí, aunque no habían logrado capturar a ese intruso.

Wexley, que en ese momento masticaba su desayuno habitual de barras energéticas, dejó pasar la idea de Rhimes, tamborileando con los dedos sobre su mesa de cristal en la cocina. Una rastreadora con la reputación de Kat no parecía el tipo de persona que simplemente se toparía con algo como el dron. ¿Y no había trabajado ella con anomalías antes?

Así que Wexley hizo que su asistente despejara su agenda del mediodía, y ahora, después de esta última reunión —algo sobre una oportunidad de marca—, Wexley se apresuró, tomó una cápsula y se dirigió hacia el sur.

Rhimes no era lo suficientemente tonto como para mantener a la rastreadora y al dron en el mismo lugar, así que Wexley solo se sorprendió levemente cuando la cápsula se detuvo cerca de un restaurante improvisado. Adornado con cromo y anunciando hamburguesas y papas fritas cultivadas en laboratorio, además de pasteles frescos diarios, Wexley se tomó su tiempo para salir de la cápsula, disfrutando del ambiente en un estacionamiento con demasiados espacios para la época actual. Los viajes de la infancia a destinos similares se reproducían en su mente.

La multitud de la hora del almuerzo llegó con toda su fuerza alrededor de Wexley, las cápsulas aterrizando estrepitosamente con familias y grupos de trabajadores, dejándolos en bandas para recoger sus hamburguesas antes de desaparecer de nuevo. Los batidos de leche fluían, el olor a grasa flotaba en el aire y los números de pedido resonaban sobre las conversaciones ociosas.

Wexley empujó —¡empujó!— la puerta para abrirla, la sostuvo para una mujer mayor y su hija que venían detrás de él, y luego continuó más allá del mostrador frontal. Los reservados se aferraban a los lados del restaurante, asientos sin cojines de un color rojo cinta que combinaban con mesas blancas moteadas. Todo tenía un brillo laminado.

Por una vez, aquí, rodeado del murmullo y el bullicio casual, Wexley descubrió que sus dedos no le picaban por apretar un gatillo. Su mente no se centraba en planes para esto y aquello. Los precios de las acciones y las demostraciones de ventas no dominaban la periferia de Wexley.

El restaurante logró lo que se propuso hacer: transportó a Wexley a una época más simple y amable.

Al menos hasta que Wexley atravesó las puertas del personal, pasó por una cocina bulliciosa hasta una oficina en la parte trasera. Bloqueada por una puerta pintada de negro, que mostraba astillas y manchas de grasa, Wexley intentó girar el pomo plateado y manchado y lo encontró cerrado. Miró la mirilla, otro artefacto en este mundo dominado por cámaras.

El cerrojo hizo clic, la puerta se abrió y Rhimes apareció con un aspecto profesional. Armadura corporal, pistola visible en una funda en la cintura. Wexley supuso que habría una chaqueta detrás de la puerta, lista para mantener ocultos los materiales de Rhimes de los inocentes del exterior. El propio Rhimes no parecía cansado, ni alterado por la cafeína: cómo el hombre podía parecer trabajar sin descanso e ignorar las drogas, Wexley no podía entenderlo.

Mientras Rhimes retrocedía, Wexley vio a otro guardia apostado dentro, este con un arma más pesada. Con la espalda contra la pared de la oficina, el guardia ignoró la entrada de Wexley, manteniendo sus ojos fijos en la joven atada a una silla de oficina barata. Bridas, esos pequeños tornillos de plástico, envolvían las muñecas y piernas de Kat, cada una asegurándola un poco más.

Su traje y sus artilugios yacían sobre el único escritorio de la oficina, dejando a la rastreadora en una camiseta y lo que parecían pantalones de pijama, salpicados de perros persiguiendo huesos. El atuendo parecía tan fuera de lugar en la situación que Wexley se rio antes de recuperarse.

Kat lo fulminó con la mirada, sus ojos azules helados preparando el terreno para la conversación.

—¿Sabes? —dijo Wexley a Rhimes mientras entraba—. Me vendría bien uno de esos batidos. ¿Quieres uno?

—Estoy bien —respondió Rhimes.

—¿Y tú? —preguntó Wexley al guardia.

—Todo en orden, señor.

—Entonces te toca a ti, Kat, ¿evitar que beba solo?

—De fresa —dijo Kat, sin suavizar en absoluto su mirada —. Con crema batida si tienen.

—Yo tomaré lo mismo —dijo Wexley, mirando a Rhimes —. Medianos, por favor.

El hombre desapareció para cumplir con la petición sin decir una palabra más. Wexley tomó el lugar de Rhimes junto al escritorio de la oficina. Había una silla plegable frente a Kat, pero Wexley la ignoró. De todos modos, había estado sentado toda la mañana, y cernirse sobre sus oponentes siempre se sentía mejor que una mirada al mismo nivel.

—No vas a ablandarme —dijo Kat—, así que ni siquiera lo intentes.

—No tengo que hacerlo. No hay nada que quiera que puedas darme.

Ahora la mirada de Kat flaqueó. Wexley habría sonreído en otro momento, pero regodearse en la victoria ahora solo parecía de mal gusto.

—No entiendo —preguntó Kat—. ¿Por qué sigo viva?

—Oh, te usaremos. Simplemente no requerirá tu ayuda. Todo lo que necesito es tu cuerpo, tu nombre y tu reputación.

—¿Por qué?

La pregunta de pesca. Un movimiento que podría tentar a un villano a monologar, pero Wexley tenía otras cosas que hacer además de discutir sus planes.

—Supongo que encontraste el dron y que se lo dijiste a alguien, ¿no?

—Y el idiota lo entiende a la primera.

El guardia dio un paso adelante, pareciendo que quería abofetear a Kat. Wexley levantó su mano izquierda, evitando el ataque. Kat podía decir lo que quisiera: al final, ella era la que estaba atada a la silla, mientras que Wexley tenía una empresa de un billón de reps respaldándolo.

—Entonces, ¿por qué el dron sigue en mi poder? —preguntó Wexley—. Los Paragons no esperarían para atacar.

—Los Paragons son un desastre y lo sabes. Vendrán eventualmente.

Así que Kat no había enviado la imagen, la ubicación del dron directamente a los Paragones. A pesar de su desorden, los Paragones habían enviado un equipo al sitio del ataque del dron robado, habían desplegado sus otros drones por la ciudad para buscar a su amigo perdido. Dado un objetivo, las anomalías se agruparían.

—¿Le contaste a tus otros amigos? —preguntó Wexley—. Imagino que querrían saberlo. Un dron capturado podría ser una herramienta valiosa para los Elementales.

—Voy a tener que adivinar en ese aspecto.

Rhimes regresó, con dos batidos, ambos rebosantes de crema batida, en sus manos. Wexley los tomó. Se inclinó hacia adelante, acercó la pajita para que Kat pudiera encontrarla con su boca. Ella dio un largo sorbo. Wexley hizo lo mismo. Más azúcar que fresa, pero aun así delicioso.

—¿Cuándo llega ella? —preguntó Wexley a Rhimes.

—Por la tarde. Es lo más probable.

—¿Quién? —preguntó Kat.

—Entonces mueve el dron. Muévela. Justo donde discutimos. Una vez que estén instalados, libera la ubicación —dijo Wexley, luego se volvió hacia Kat—. Esta crema batida es genial, ¿verdad? Un extra perfecto.

—No estoy... —comenzó Kat, pero Wexley la interrumpió con un gesto.

—Te hice una oferta. La ignoraste. Masacraste a mi equipo. Vas a morir, Kat. Eso no está en duda. Lo que estoy ansioso por descubrir, sin embargo, es cuánto me ayudarás primero.

Adriana se encontró con él más tarde en la orilla del lago, al norte del restaurante. El viento hoy, bendecido con algo de sol, besaba cálido. Wexley incluso se deshizo de su chaqueta, el blazer solo proporcionaba suficiente protección. Adriana no hizo lo mismo, envolviéndose en un abrigo destinado a las garras heladas de enero.

—Lo siento —comenzó ella, acercándose a él a la sombra del Soldier Field—. No me di cuenta.

—¿Entonces la conoces? —preguntó Wexley—. ¿A Beth?

—Un nombre entre docenas. No investigamos a la gente esta vez. Era una gran fiesta para los Paragones. ¿Qué hay de sospechoso en eso?

Wexley le apuntó con un dedo —Eres nueva en esto, así que perdonaré este error. Todo el mundo está eligiendo bandos, Adriana. Todos ven venir una guerra, y quieren saber dónde estarán cuando comience, y cuando termine. Eso significa que tenemos enemigos. Inteligentes, astutos, anomalías. Ya no hay inocentes entre nosotros.

—Qué manera tan sombría de verlo.

—Es una perspectiva que me ha mantenido con vida.

—¿Lo ha hecho?

La ceja levantada de Adriana y su mirada imperturbable tocaron un nervio. Wexley hizo una mueca, se volvió hacia las ondulantes olas de zafiro.

—Lo suficiente para hacer lo que necesito hacer —dijo Wexley—. ¿Estás lista para lo mismo?

Adriana se acercó a su lado. Wexley sintió el roce del abrigo de ella contra su blazer. Ella era tan alta como él, su cabello suelto volando con el viento.

—Supongo que fuiste tú quien tomó el dron —preguntó Adriana.

—No es una mala suposición.

—¿Qué estás haciendo con él?

—Ya lo verás.

Adriana asintió. —¿Pronto?

—Pronto.

—Entonces cuando todo termine, si aún estás vivo, llámame.

La frase podría haber terminado la conversación, pero Wexley no se alejó. Aparte de las llamadas con inversores, esas reuniones llenas de presión tratando de convencer a un grupo adinerado de que se mantuviera con una revolución que podría socavar sus industrias, Wexley no pasaba tiempo con iguales. Rhimes y su equipo eran empleados, al igual que todos en la empresa. Zhan-Yo había estado cerca, pero el hombre se había vuelto cada vez más imprudente y, ahora, había desaparecido.

Adriana tenía representantes. Tenía posición social. Wexley no sabía si ella podría matar a un hombre de una docena de maneras diferentes como él podía, pero ¿cuánto importaba eso realmente?

—¿No deberías estar en algún lugar? —preguntó Adriana cuando el silencio se agotó.

Wexley hizo un gesto hacia las torres de oficinas al norte —Si le preguntas a mi agenda, debería estar sentado en alguna silla beige escuchando una discusión estratégica que se volverá insignificante si todo esto funciona.

—Pero en su lugar estás aquí.

Wexley aceptó el comentario, dejó que el viento soplara.

—Cuando Zhan-Yo intensificó sus esfuerzos, también empezó a faltar a las reuniones. El hombre se convirtió en un ejecutivo ausente, apenas presente, e incluso cuando aparecía, su mente estaba tan lejos del rumbo que dejamos de hacerle preguntas. No lo entendía entonces, pero lo entiendo ahora.

Adriana esperó a que Wexley continuara, aunque él adivinó, por su paciencia, que ella sabía lo que vendría.

—Cuando encuentras lo más importante, todo lo demás se desvanece. No me importan las ganancias, las expansiones, los nuevos Tamas que lanzaremos el próximo trimestre —dijo Wexley—. Hace unos meses, eso era primordial, y toda esta revolución parecía un pasatiempo. Un juego vicioso que nunca tendría un impacto real.

—Zhan-Yo hizo estallar un estadio.

—Descuidado, pero funcionó. Los Paragones están perdidos, y yo estoy más comprometido que nunca.

—Al igual que yo —Adriana tomó el brazo de Wexley y le

hizo un gesto hacia la calle, donde se había detenido un pod
—. Ven conmigo.

—¿Adónde?

—¿Importa?

Audaz, fuerte e intoxicante. Wexley fue.

El pod de Adriana se dirigió hacia el norte, justo en el corazón de la avenida Michigan y el frenesí de compras turísticas que solo crecía más fuerte a medida que avanzaba la tarde. El pod se metió en una calle lateral, dejando a la pareja junto a una tienda discreta que vendía zapatos. Wexley parpadeó ante los escaparates, preguntándose si Adriana lo había traído hasta aquí para criticar su sentido de la moda.

—Vamos —dijo Adriana, pasando de largo la tienda y entrando en un callejón estrecho dominado por contenedores de basura y empleados en descanso.

Los dos eran un evidente desajuste con los habitantes del callejón, y los ojos observaban a la pareja con el respeto suspicaz que se da a un posible gerente, o alguien que podría penalizar a los empleados por pasar un minuto o dos extra fuera de turno. Al menos un suspiro audible resonó cuando Wexley pasó.

Adriana se detuvo frente a una puerta metálica verde musgo, con el nombre de una marca que su empresa poseía estampado en el exterior.

—¿No podíamos entrar por el frente? —dijo Wexley.

—No para lo que necesito que veas —respondió Adriana, tocando su Tama.

La cerradura dentro de la puerta hizo clic, y Wexley, adoptando el papel de caballero, abrió la puerta y la sostuvo. Adriana le dio un asentimiento por sus molestias y lideró el camino. Luces pálidas los esperaban, iluminando estantería tras estantería con ropa de diseñador esperando su oportunidad. Adriana navegó por el laberinto sin vacilación, impresionante considerando cuántas filas había, lo profundas que eran y lo absolutamente iguales que se sentían todas.

—Si estás tratando de mostrarme lo que vendes, lo entiendo —dijo Wexley.

—No exactamente —respondió Adriana—. Ya casi llegamos.

Más allá de la última fila, otra puerta los esperaba, incrustada en una pared que parecía más nueva que el resto del edificio. De nuevo, Adriana sacó su Tama. De nuevo, tecleó. Y de nuevo, la puerta se abrió a su orden.

Dentro, sin embargo, no había estanterías. En su lugar, una sola máquina grande y zumbante funcionaba. Dos empleados, uno operando la máquina, el otro llevando un paquete familiar a una caja en el lateral, levantaron la vista cuando Wexley y Adriana entraron. Al ver a su jefa, volvieron al trabajo sin hacer preguntas.

—Tú fabricas sus uniformes —dijo Wexley.

—Al principio, solo en Nueva York —Adriana se acercó a la cesta más cercana. Pasó la mano por la tela plateada y azul —. Ahora, en todas partes. Compré todas las empresas con contratos con los Paragones.

—Buen negocio.

—Excelente negocio —dijo Adriana—. Sus anomalías desgastan tantos trajes. —Miró a los dos empleados y le dirigió a Wexley una sonrisa cómplice—. Dejémoslos trabajar.

—¿Por qué me lo muestras? —preguntó Wexley cuando volvieron a estar entre los percheros.

—Por dos razones —respondió Adriana, guiándolos de vuelta hacia la salida del callejón—. Primero, porque necesito que sepas que perderé tanto como cualquiera si los Paragones caen.

Una buena señal. Confiar en alguien sin nada que perder era un ejercicio de tontos.

—Y dos, porque podemos usarlo. ¿Nunca te has preguntado cómo los Paragones siempre parecen saber dónde están sus amigos? ¿Cómo los drones pueden encontrar exactamente dónde ir?

—¿Los uniformes?

—Exactamente —dijo Adriana—. Tienes un dron. Si inviertes sus sistemas, creo que podrías encontrar a cada Paragon que lleve su uniforme, con precisión de metros.

¿Y si tuviera todos los drones? Los Paragones lo descubrirían rápidamente, pero en esos primeros días, esas primeras horas... en todo el mundo, Wexley podría hacer que un ejército mecánico realizara una limpieza quirúrgica.

—Tienes una cara muy linda cuando piensas —dijo Adriana mientras volvían afuera—. Me gustaría verla más a menudo.

—Eso no será un problema. —Wexley puso un dedo en su mejilla—. Si esta noche sale bien, tendremos motivos para celebrar.

—Entonces será mejor que te vayas —Adriana señaló con la cabeza el cápsula que esperaba en el callejón—. Yo cogeré la siguiente.

La despedida de Adriana hizo que Wexley se dirigiera hacia el sur, aunque primero pasó por su garaje favorito y su furgoneta preferida. Rhimes había estado enviando actualizaciones ocasionales a Wexley, y las fuentes dentro de varios monitores de tráfico aéreo y los propios Paragones —nunca subestimes la motivación de un descontento de bajo nivel— confirmaron que Mynx estaba ahora en camino a Chicago.

El toque personal de un Campeón añadía algo a la ciudad. Wexley sonrió para sí mismo: la última vez que uno había venido aquí, los resultados habían sido bastante buenos para él.

Armado y blindado, Wexley envió a Rhimes la orden de proceder. La cápsula no llevó a Wexley de vuelta al concurrido astillero, sino a una marina privada en la orilla del lago. Aquí, descansando en su amarre, se encontraba una de las pocas concesiones de Zhan-Yo a su riqueza. El hombre tenía una inclinación por la frugalidad, pero había adquirido una lancha rápida hecha para navegar por el Lago Michigan como único regalo para sí mismo. Algo sobre la libertad y cómo el agua la expresaba perfectamente.

Y luego Zhan-Yo casi nunca la usaba, salvo cuando Wexley le recordaba su existencia. Dar un paseo en aguas abiertas servía como un buen lugar para tener discusiones peligrosas. La revolución de Zhan-Yo comenzó allí con nada más que un ligero oleaje por kilómetros a la redonda. Ahora Wexley tenía las llaves y pondría el sello final en lo que Zhan-Yo había empezado.

Con el sol poniéndose detrás de las torres de Chicago, Wexley arrancó la lancha y se dirigió hacia el lago. Cuatro asientos, cargados de energía, botellas de agua y, ahora, las armas muy ilegales de Wexley, la lancha cortaba el agua fría. Pocos más estaban por ahí: hace apenas una semana, el hielo del lago lo hacía una decisión peligrosa. Una pantalla sobre el volante daba las coordenadas: diez kilómetros al sur. Otra marina allí, otro muelle, y luego un corto viaje en cápsula hasta el punto de encuentro.

Ir directamente en cápsula habría sido más rápido, pero el viaje manual en lancha cortaba el camino para cualquiera que estuviera escuchando. Y además, la brisa era cálida, la puesta de sol hermosa. El lago, un resplandeciente gris púrpura.

Enfrentarse a un Campeón significaba arriesgar su vida. Si estos iban a ser sus últimos momentos, Wexley quería disfrutarlos.

CAPÍTULO 14
ATAQUE DE MALTA PURA

CELICE SE ACERCÓ al lugar de encuentro, un pub tranquilo enclavado entre una parada del metro y un supermercado, con pasos decididos y las manos bien lejos de la pistola que colgaba en su funda al hombro. Examinó la acera, los balcones de los apartamentos sobre y alrededor del bar, viendo solo a unas pocas personas fuera a esa hora tardía. Alguien apagando un cigarrillo, otra pareja brindando con copas de vino en medio de una conversación. Nadie la observaba, sin embargo. Nadie acechaba a Celice que ella pudiera ver.

Bueno, excepto sus amigos.

Gatete y su equipo —incluyendo a Roger y Sydney, aunque después de disculpas mutuas— la respaldaban. Se habían desplegado por las manzanas alrededor del lugar de encuentro hace una hora, confirmando sus posiciones con Celice mientras ella partía de su apartamento, proporcionando el espectáculo visual a los supuestos espías de Zhan-Yo. Celice tenía su Tama lista para llamar al equipo si Zhan-Yo aparecía, dando a Gatete su premio y a Celice su oportunidad de venganza.

Si podría o no apuñalar a Zhan-Yo con una espada como

el hombre lo hizo con su padre era un problema que Celice podría resolver más tarde.

Shaw's Girl, escrito en letras doradas sobre un letrero negro sobre la entrada, recibió a Celice a través de una pesada puerta. Dentro, una larga barra se extendía casi hasta el frente, con un par de mesas pegadas al escaso espacio del lado de la calle. Taburetes encajados en la barra daban espacio para beber a un grupo local y ruidoso que gritaba a algún deporte en el único televisor. A la derecha, mesas espaciadas para dos personas se cernían bajo lámparas destartaladas y viejos carteles de Soho colgados en las paredes.

Solo una mesa estaba ocupada. Un hombre solitario bebiendo una pinta recién servida. A diferencia de los locales y sus atuendos disparejos, este llevaba su cuero con ligereza, proyectando sombras en todos los lugares correctos para dificultar la identificación de un arma. Celice reconoció su rostro como el perteneciente al imbécil del paraguas de anoche.

Con su contacto identificado, Celice se dirigió al extremo de la barra, levantó un dedo y se encontró con un whisky de turba de dieciocho años en un vaso alto. Celice tomó el asiento frente al hombre, deslizando su bebida sobre la madera remendada y preguntándose qué apertura quería tomar.

Estaba el enfoque agresivo, metiendo una mano dentro de la chaqueta y ofreciendo al hombre dos tiros rápidos en el cráneo si no revelaba la ubicación de Zhan-Yo. Eso sería satisfactorio, aunque poco probable que tuviera éxito. La estrategia cliché de seducción no tenía sentido: Celice no se vistió para esa estrategia, y el hombre frente a ella no era un político asqueroso buscando una jugada de poder.

Esperar a que el tipo de Zhan-Yo tomara la iniciativa tampoco era bueno. Después de verse atrapada en la emboscada de Gatete antes, Celice necesitaba descargar algo de energía. Jugar a la ofensiva.

—¿Dónde está el importante? —preguntó Celice, observando cómo los ojos del hombre hacían viajes regulares sobre su hombro y hacia las ventanas del bar—. ¿Afuera?

—No está aquí —dijo el hombre. Un acento americano. ¿Zhan-Yo empleaba a algún local?—. Ni va a venir tampoco.

—Entonces me voy.

—No. —El hombre asintió hacia su whisky—. Vi lo que te sirvió. Es buen whisky. No lo desperdicies.

Celice agarró el vaso, haciendo como si fuera a bebérselo todo de un trago. Se ganó un gesto de dolor del hombre, luego cambió el movimiento por un sorbo en su lugar. El evidente alivio del hombre mostró que no era un robot.

La conversación se abrió.

—No quiere hacerte daño —dijo el hombre—. Zhan-Yo está en una posición complicada. Eres un dolor de cabeza que no necesita.

—Y yo quiero la cabeza de Zhan-Yo en una bandeja. Puedes ver el problema.

El hombre asintió.

—Mi trabajo es sacarnos de esto sin otro cuerpo, así que esto es lo que puedo ofrecerte.

—¿Es la cabeza de Zhan-Yo en una bandeja?

—No lo es.

—Entonces...

El hombre levantó una mano.

—Mira, lo entiendo. He estado en el juego durante mucho tiempo. No dejes que la visión de túnel te cueste lo que es importante. Al menos escúchame. Luego, si quieres que te maten, podemos arreglarlo.

Celice aceptó la oferta con otro encuentro con el whisky. Después de la fría noche londinense, el licor rugió directamente por su garganta y deleitó su estómago con una supernova de fogata.

—Zhan-Yo vino aquí después del estadio. Eso lo sabes, pero probablemente no sabes por qué. —El hombre le dio a Celice un momento, y cuando ella no le dio nada, continuó—. Wexley, su mano derecha, se hizo cargo de la compañía de Zhan-Yo. No puedes tener a un criminal tratando de dirigir una organización multinacional.

—¿En serio? —Celice levantó una ceja lo mejor que pudo—. Eso es nuevo para mí.

El hombre se rio. Una risa genuina que iba acompañada de un asentimiento.

—Touché. En fin, Zhan-Yo está tratando de organizar una revolución. Quiere que la gente común recupere su poder. Las anomalías no deberían tenerlo todo solo porque tienen habilidades que yo no tengo, por suerte.

—Me estoy aburriendo.

—Zhan-Yo intentó hablar con los Paragons, pero no quisieron escuchar. Tu padre no quiso escuchar. Así que hizo una jugada desesperada, y luego otra. Ahora quiere que los que están a cargo hablen, que hagan un trato y reorganicen el mundo antes de que sea demasiado tarde.

—¿Demasiado tarde para qué?

—Has visto las noticias, supongo. ¿Te parece que el mundo va en la dirección correcta?

No, no lo parecía. Celice había intentado bloquear los acontecimientos actuales, porque mirar el desorden de los Paragons, ver a Mynx luchando por mantener unida a Norteamérica mientras el resto de los Campeones se ocupaban de sus propios incendios solo añadía culpa a las emociones con las que Celice tenía que lidiar cada día que pasaba sola aquí fuera.

Que los Paragons necesitaban alguna chispa, algún momento unificador era obvio. La última conferencia de prensa de Mynx se centró en algún dron desaparecido, tratando de unir a la gente en torno a este ataque contra la ley y el orden. Aunque era difícil generar simpatía por una máquina.

—Si estás tratando de convencerme de que Zhan-Yo va a

unir al mundo después de asesinar a mis amigos y a mi padre... —Celice no necesitó terminar esa frase.

—No es el sanador —reconoció el hombre—. Pero, como me dijo, puede ayudar al que sí lo es.

El vaso de whisky que sostenía estaba bien hecho. Celice lo agarró con tanta fuerza que un vaso de menor calidad se habría hecho añicos. La audacia de pedir la paz ahora. Pedir que los Paragones se rindan y cedan.

—¿Dijo Zhan-Yo qué quería como parte de este trato? —preguntó Celice—. ¿Qué le pasa a él en este glorioso futuro? ¿El asesino terrorista puede irse libre?

El hombre suspiró y se reclinó en su silla. Su chaqueta se abrió lo suficiente para que Celice viera que, al igual que ella, llevaba un arma colgando del hombro.

—¿Entonces eso es un no? —preguntó el hombre.

—Eso es un jodido no —respondió Celice—. ¿Dónde está?

—Bueno —dijo el hombre, alcanzando su pinta con la mano izquierda.

El movimiento llamó la atención de Celice. Hasta ahora, el hombre había estado bebiendo con la derecha. Empezó a moverse al mismo tiempo que él, mientras la mano derecha del hombre se deslizaba dentro de su chaqueta en busca del arma.

Celice le empujó la mesa encima. El mueble tenía peso, una base metálica robusta y lo suficientemente desequilibrada como para hacer una buena torre tambaleante. La superficie de la mesa inmovilizó el brazo del hombre dentro de su chaqueta mientras lo derribaba al suelo del pub. Celice ya tenía su propia arma fuera y lista, apuntando al hombre caído.

El silencio hizo que apretara los labios, suspirando todo el tiempo.

El grupo que escuchaba el evento en la televisión, el camarero que había duplicado su pedido sin mirarla dos veces, todos tenían sus propias armas fuera, apuntándole. Por supuesto que Zhan-Yo no enviaría a un solo matón aquí. Esta era una situación de todo o nada. O Celice aceptaba sus términos, o caería rápidamente.

—De acuerdo —dijo Celice, levantando su arma hacia el techo—. Respiremos todos un momento.

La señal funcionó, ya que seis armas distintas, entre pistolas, escopetas y un revólver de aspecto amenazador, mantuvieron sus balas en sus cañones. Celice tenía ahora una audiencia y unos segundos.

Todo el tiempo del mundo.

El camarero frunció el ceño, sus manos sosteniendo la escopeta la voltearon y la balancearon como un garrote contra la espalda del hombre más cercano. El objetivo se desplomó sobre el siguiente hombre, quien se giró con un grito solo para recibir la escopeta, ahora volando por el aire, en la cara. Otros dos matones se golpearon fuertemente con sus propias pistolas, dejándose inconscientes.

Solo el del Revólver mantuvo la cabeza fría, volviéndose del caos y apretando el gatillo. Celice rodó hacia adelante, el disparo de la pistola pasando sobre su cabeza y dejando un agujero de bala en un viejo cartel de Los Miserables. Celice se levantó con un puñetazo al estómago mientras su mano izquierda apartaba el revólver a un lado.

El hombre luchó, jadeando después del golpe de Celice, e intentó dar una rodillada. Celice la desvió con el codo, luego agarró la chaqueta del hombre y usó su posición más baja para voltearlo sobre su espalda, estrellándolo contra el suelo del bar. En el proceso, sus dedos extrajeron el revólver, colocándolo en posición, con el cañón apuntando directamente a la cara del hombre.

Él levantó las manos, y la puerta del pub se abrió de golpe.

—Otra victoria para los buenos —anunció Gatete, entrando seguido de Sydney y Roger—. Como si esperáramos algo menos.

La pandilla de Zhan-Yo gimió a su alrededor, pero se recompusieron rápidamente. Para cuando Gatete llegó a Celice y miró al grupo derrotado, sus labios estaban sellados, sus miradas duras eran máscaras de lo que ocultaban. Celice dio un largo paso atrás mientras Gatete exigía al grupo que revelara la ubicación de Zhan-Yo.

—Trajiste refuerzos —dijo el objetivo original de Celice, que se había liberado de la mesa y ahora se apoyaba contra la pared, con la mano en el estómago—. Rompiendo las reglas.

—Eso es rico, viniendo del tipo con siete amigos —respondió Celice.

Las súplicas de Gatete no obtuvieron nada de la multitud reunida, y el Paragon miró a Celice.

—¿Qué opinas, hija de Aegis? ¿Deberíamos masacrar a estos traidores aquí y ahora, o exponerlos primero?

—Creo que dejamos esa elección a ellos —respondió Celice—. Nos llevan a Zhan-Yo y los dejamos ir.

Gatete frunció el ceño a medias en respuesta, lanzó otra mirada de barrido hacia sus nuevos prisioneros, —La hija del Campeón ofrece misericordia. ¿Qué dicen?

—Digo que Zhan-Yo no nos paga lo suficiente para morir por él —dijo el hombre junto a Celice—. Me llamo Mathieu, y si quieren ver al jefe, los llevaré allí mismo, ahora mismo.

Celice escudriñó las palabras, la postura del hombre mientras se ofrecía a traicionar a su líder y no encontró nada falso en ninguna de las dos cosas. Gatete hizo un gesto hacia la salida del pub.

—Entonces guía el camino, Mathieu —dijo Gatete—. Sydney se asegurará de que el resto de ustedes se quede aquí. Si Mathieu nos lleva a donde necesitamos ir, entonces serán liberados sin daño.

En general, no era la peor negociación para los lacayos de Zhan-Yo. Celice tuvo la impresión, por el brillo en los ojos de Gatete y el fuego cuando habló de masacre, que al Paragon no le importaría arrojar algunos cuerpos a la calle. Una afirmación de que el Paragon había luchado y derrotado a terroristas en el centro de Londres elevaría su perfil.

Lo mejor era vincular la política a cualquier acción con ese.

Mathieu cargó con su carga traidora sin dudarlo, guiando a Celice, Gatete y Roger fuera del pub. Sus compañeros de equipo le dieron a Mathieu miradas que iban desde el disgusto hasta la gratitud, un espectro que Celice no encontraba sorprendente entre mercenarios. En un grupo elegido solo por reputación, la lealtad tenía que ser un concepto fluido.

No es que los Paragones hubieran demostrado ser mucho mejores. Aegis había sido atraído y abandonado por un traidor, y Celice supuso que los ataques de Los Ángeles habrían necesitado ayuda interna. Toda organización tenía podredumbre, pero con los Paragones, la insatisfacción habitual podría causar la muerte de cientos o miles. Aegis solía quejarse de las pruebas de lealtad en los primeros días, con Apinya y un par más leyendo mentes y, si era necesario, remodelándolas.

Su padre había sido nostálgico entonces. Celice mantuvo sus propias preocupaciones en silencio.

Fuera de *Shaw's Girl*, otros cinco Paragones deambulaban por la acera haciendo señas a los transeúntes. En lo alto, un dron gladiador flotaba, sus focos lavando el tenue resplandor de las farolas.

—No creo que hayas traído suficientes refuerzos —dijo Mathieu, observándolo todo.

—Es un espectáculo —respondió Celice mientras Gatete comunicaba los planes a los Paragones—. Gatete necesita que esto llame la atención, para poder cosechar las recompensas.

—¿Y tú?

—Yo solo quiero a Zhan-Yo.

—Porque eso va a resolver todos tus problemas —dijo Mathieu.

—La gente sigue diciéndome eso, y se está volviendo muy

viejo —dijo Celice—. ¿Vas a seguir caminando, o Zhan-Yo se esconde en este cubo de basura?

Con Roger y Gatete siguiéndolos, Celice y Mathieu se pusieron en marcha calle abajo. No sin antes, por supuesto, que Celice le quitara a Mathieu sus varias armas (fundas en el hombro y el tobillo, un cuchillo dentro de la manga derecha) y se las entregara. Dejar al hombre inofensivo pareció mejorar el estado de ánimo de Mathieu, como si eliminar la posibilidad de que pudiera herir a alguien aliviara la conciencia del hombre: señaló edificios mientras caminaban, nombrándolos y contando sus historias.

—¿Eres historiador a tiempo parcial? —preguntó Celice después de que el quinto hito menor, la casa de algún viejo héroe británico, diera lugar a otra historia.

—Llevamos aquí un tiempo —dijo Mathieu—. Antes de que llegaras, Zhan-Yo no nos necesitaba haciendo mucho. Pasábamos gran parte del tiempo leyendo, caminando.

—Aparentemente.

Gatete se ofreció a llamar una cápsula, pero Mathieu enfatizó el sonido de sus pasos, diciendo que no faltaba mucho. Y que las cápsulas podían ser rastreadas.

—Estamos contigo —dijo Celice—. ¿Por qué preocupa ser rastreados?

—Como si fueran los únicos que nos preocupan.

—¿No lo somos?

Mathieu empezó a reír, pero suspiró en su lugar mientras doblaban hacia una estrecha calle lateral bloqueada por apartamentos de ladrillo—. Tienes una visión tan limitada.

—Él mató a mi padre.

Mathieu no tuvo respuesta para eso, o eligió no darla. Celice se sumió en un ceño fruncido que duró hasta que Mathieu se detuvo frente a una puerta azul discreta. Tecleó un código en el panel de la cerradura a su derecha, luego la abrió. El cálido y picante aroma del té chai se escapó, complementado por un olor dulce y pegajoso a pasteles.

Alguien no había estado ocioso toda la noche.

—Ahora hornea —dijo Mathieu encogiéndose de hombros —. Es meditativo.

Gatete se rio—. Por supuesto. ¿Por qué no? Derrocar un mundo pacífico y hornear un pastel en el proceso.

Celice apartó esa imagen. No estaba aquí por los pasatiempos de Zhan-Yo o su autorreflexión.

—Vamos —dijo Celice, y Mathieu ejecutó la orden.

Dentro y subiendo una estrecha escalera de madera oscura, el grupo ascendió un piso y se detuvo cerca de otra puerta, también azul y también cerrada con un teclado numérico.

—Estará dentro —dijo Mathieu, mirando directamente a Celice—. Pero querrá hablar. No dispares.

—Ese no es el plan —dijo Gatete, sin rastro de risa ahora. El líder Paragon de vuelta a su posición—. Estamos aquí por un prisionero, no por un cadáver.

Mathieu, sin embargo, esperó a que Celice asintiera antes de marcar los números. Con un simple y alegre timbre, la cerradura hizo clic y la puerta se abrió. El santuario de Zhan-Yo se extendía ante ellos.

Una cocina mediocre repleta, en efecto, de tazones para mezclar, batidores y un horno cubierto de esos bollos recién horneados los recibió a primera vista. Celice, sin embargo, pasó por alto la domesticidad y se centró en el espacio más allá. Una gran sala de estar con suelo de madera yacía desnuda, con un sofá y varias sillas apretujadas contra las paredes. Una gran ventana se abría a la izquierda, mostrando un parque abajo.

El propio Zhan-Yo no se escondía. Estaba de pie cerca de la chimenea en la parte trasera del apartamento, vistiendo una armadura corporal y, envainadas en su espalda, las espadas gemelas que se sabía que usaba. Si la irrupción de Celice y dos Paragones le sorprendió, el hombre no lo demostró.

—Bienvenidos —dijo Zhan-Yo mientras el grupo entraba, Celice sacando su arma de hombro y apuntándola hacia Zhan-Yo. El hombre pareció no notarlo—. Confío en que Mathieu fue un guía capaz.

Zhan-Yo hizo un gesto de asentimiento a su asociado antes de volverse hacia el grupo. Celice había llegado al mostrador de la cocina, pero acercarse más podría arriesgarse a que Zhan-Yo lanzara un ataque rápido mientras ella disparaba, así que Celice mantuvo su posición allí. Gatete y Roger se quedaron cerca de la puerta, contentos de observar desde la distancia.

Que Zhan-Yo obviamente supiera que venían no desconcertó a Celice; ella había accedido a la red de vigilancia de Londres, y Zhan-Yo probablemente tenía su propia forma de hacer lo mismo. O alguien en el bar había enviado el aviso por adelantado. En cualquier caso, Celice tenía a su objetivo en el centro de mira, y su dedo descansaba sobre el gatillo. A esta distancia, con Zhan-Yo sin moverse, podría acertar un solo disparo fatal.

La venganza sería consumada, el mundo estaría más seguro.

Pero Gatete no estaría contento.

—Celice —dijo Gatete desde atrás, como si pudiera leer sus pensamientos—. Recuerda el plan. Su vida no te pertenece.

Zhan-Yo arqueó una ceja—. No sabía que mi vida le perteneciera a alguien más que a mí.

—Dice el hombre que ha asesinado a tantos —intervino Celice. No obstante, deslizó la pistola de vuelta a su funda—. Vendrás con nosotros, y pagarás por lo que has hecho.

Zhan-Yo alzó los brazos, desenvainó una espada con cada mano, dejándolas apuntando hacia el suelo y lejos.

—¿Ir con ustedes? —dijo Zhan-Yo—. No lo creo.

Celice se encontró sonriendo ante el gesto—. Esperaba que dijeras eso.

CAPÍTULO 15
PARA UN RASTREADOR

LOS ESCALOFRÍOS lo recorrían de arriba abajo a pesar de la chaqueta, a pesar del calor en la lavandería donde Calvin había estado bebiendo cafeína durante las últimas horas. Fuera, a través de las ventanas cubiertas de carteles y al otro lado de la calle, se encontraba un extraño restaurante que parecía uno de esos comedores de película, todo cromado y cursi. Incluso se había atrevido a pedir una hamburguesa y un batido del lugar, solo para pasar el tiempo.

Kat estaba allí dentro. Calvin lo sabía porque había visto cómo se la llevaban. Había seguido al trío que metió a Kat en una cápsula tomando su número de matrícula y volcándolo en la base de datos del Paragon. Cada cápsula y su destino, justo ahí en su muñeca.

Habría sido espeluznante si no fuera tan útil.

Juntó sus dedos hormigueantes, con los guantes de cuero de vuelta. Algunas personas se movían alrededor, sus máquinas elegidas girando. Calvin se ganó algunas buenas miradas, pero este no era un barrio donde le hicieras preguntas a extraños, y cada vez que se encontraba con ojos errantes, estos se apartaban y no volvían.

Quería correr hacia el restaurante. Acercarse, absorber

algo de hormigón y lanzarse al rescate. Pero Calvin no tenía idea de dónde estaba Kat en ese restaurante. Cuántas personas la vigilaban. No era tanto el potencial daño colateral lo que mantenía al Paragon a raya, sino lo rápido que podría terminar muerto si lo intentaba.

Entonces la maldita cápsula apareció.

Una cápsula de transporte pesado destinada a carga, no tenía razón para detenerse en el estacionamiento del restaurante. Ocupando dos espacios, la cápsula se instaló cerca de la parte trasera del restaurante, lejos de los clientes de la tarde que entraban en masa. Calvin observó cómo se abrían sus grandes puertas y cuatro nuevos bastardos armados y blindados saltaban y se dirigían hacia la entrada trasera del restaurante.

Calvin se puso de pie antes de saber lo que estaba haciendo. La acción parecía inspirar acción. Se abrió paso hacia afuera, tomó un respiro helado y cruzó la calle. Una fila de seis personas se extendía desde el restaurante. Calvin podría tomar un lugar allí, observar y ver qué podría suceder.

Pero había estado observando durante demasiado tiempo.

En su lugar, Calvin siguió adelante, atravesó el estacionamiento y las cápsulas en su interior. Llegó a la última fila antes del corte, el tramo de asfalto que conducía hacia donde se había estacionado la cápsula pesada. Una puerta se abrió con un *chasquido* y Calvin se agachó como si fuera a atarse el zapato, observando con un ojo cómo el equipo de la cápsula, más Rhimes, salía del restaurante.

Con Kat firmemente a cuestas.

¿Seis contra uno? No eran buenas probabilidades, pero a donde sea que estuvieran llevando a Kat probablemente sería peor.

Calvin se dirigió hacia la cápsula de carga, pasando alrededor de la última cápsula de pasajeros en su camino, con un andar casual. Escuchó a Kat lanzándole algunas sólidas pullas a Rhimes y su equipo mientras la metían en el asiento trasero de la cápsula. El fuego de Kat lo animó; si la rastreadora aún tenía energía, entonces Calvin podría liberarla primero y obtener refuerzos.

Agachándose —el viejo truco de atarse el zapato nunca moría—, Calvin alcanzó y tocó el asfalto con su mano izquierda. Con la derecha, Calvin tomó la sensación rocosa y la pasó a través, alargando la energía en una lanza negra y rocosa.

—¡Oye! —vino el primer grito desde la cápsula. Calvin miró hacia arriba, vio a un mercenario dirigiéndose hacia él —. ¿Qué estás haciendo?

—Atrapa —respondió Calvin, lanzando la jabalina de asfalto con su mano derecha.

Arrojar piedra maciza requeriría una fuerza que Calvin no tenía, pero había moldeado el asfalto en una cuña delgada, ligera y afilada. La aguja de roca se alojó en la armadura corporal del mercenario, sobresaliendo como un extraño asta de bandera. El hombre de Rhimes la miró, confundido, y recibió la segunda aguja más pequeña de Calvin en la pierna.

Ahora el hombre gritó, y Calvin echó a correr hacia la parte trasera de la cápsula. Otro mercenario apareció por el lado izquierdo de la cápsula, levantando su arma. Rhimes y el resto del equipo se amontonaron en la cápsula, sus motores eléctricos cobrando vida con un zumbido.

Corriendo. Cobardes.

Calvin arrastró su mano izquierda por el suelo mientras corría, manteniendo la derecha cerca de su cara, extendiendo el asfalto en un escudo en abanico. Las balas llegaron en cascada, cada una con un fuerte estallido, destrozando la protección más rápido de lo que Calvin podía crearla. Esquirlas golpearon el abrigo de Calvin, arañaron su cara.

En otro segundo su escudo improvisado fallaría.

Un segundo más, y Calvin embistió a la tiradora en una carrera, derribándola. Mantener su mano izquierda en el asfalto significó que el ataque de Calvin golpeó el estómago de la mercenaria, tirándola al suelo. Sus piernas se enredaron con las de Calvin y él se unió a su caída, golpeando primero con el hombro mientras la cápsula de carga, con Kat dentro, se alejaba.

Calvin, con su escudo de asfalto desmoronándose en polvo, se abalanzó sobre el arma de la mercenaria. Si pudiera disparar al motor de la cápsula, podría detenerla. El arma yacía en el suelo a un metro de distancia. Calvin le propinó una patada sólida a su oponente para acercarse, ganándose algo de libertad.

Un fuerte chasquido ensordeció a Calvin cuando una bala rebotó en el suelo cerca de su cabeza. Una mirada confirmó que el primer mercenario herido se había recuperado, apoyado sobre una rodilla y sosteniendo una pistola. La puntería del hombre parecía inestable mientras disparaba de nuevo, la bala pasando silbando junto a Calvin mientras la anomalía se curvaba de vuelta.

Calvin no tenía cobertura, así que tuvo que crear alguna. Al lanzarse de nuevo sobre la segunda mercenaria, puso un cuerpo aliado en el camino, la desesperación dando paso a la frustración mientras la cápsula de carga ganaba velocidad.

Nunca alcanzaría la maldita cosa ahora.

El segundo mercenario golpeó a Calvin en la cara, un impacto duro que hizo que su cerebro diera vueltas. Empujando a Calvin al suelo, el mercenario retrocedió, respirando con dificultad.

—Despeja —ordenó el herido—. No puedo disparar contigo en medio.

Calvin se estiró en ese segundo, agarró el pie de la mujer. Tiró, absorbiendo el cuero, el plástico, y convirtiéndolo en otra lanza. Quizás no era lo más creativo, pero Calvin necesitaba causar daño, y para eso, convertir las cosas en puntas solía ser la mejor opción. La anomalía no tenía mucho impulso desde el suelo, pero Calvin no lo necesitaba.

Cuando la mujer, apartando su pie casi desnudo de la

mano de Calvin, se hizo a un lado, Calvin lanzó. Esta vez, el golpe no falló. Dos metros, demasiado perfecto. El mercenario herido, ahora con una desagradable púa negra brillante en la garganta, se desplomó.

—¿Qué demonios eres? —dijo su compañera, sacando su propia pistola.

—Solo intento recuperar a mi amiga —dijo Calvin, plantando de nuevo su mano en el asfalto—. Si sacas esa pistola, acabarás como él.

La mujer dudó, observando cómo otra lanza de asfalto crecía en la mano de Calvin—. ¿O qué?

—O me dices adónde iban, y luego consigues ayuda para tu compañero.

Calvin movió su mano derecha mientras hablaba, alimentando el asfalto con perversos pinchos y ganchos a lo largo de la lanza. Poco prácticos y probablemente ineficaces, parecían siniestros bajo la luz de la tarde, los fragmentos de asfalto brillando. La mercenaria hizo algunos cálculos y llegó al resultado que Calvin esperaba.

Dejó su pistola en paz.

La torre Paragon en el centro de Chicago estaba, por una vez, sin multitudes. Los manifestantes contra el control de Paragon habían salido en masa desde la muerte de Aegis y el subsiguiente ejército de drones inundando los cielos de la ciudad, mientras que los contramanifestantes respondían, gritando estadísticas que mostraban que los años desde que los Paragons tomaron el control habían sido seguros, buenos y generalmente tranquilos.

Calvin bordeó los grupos restantes, manteniendo su chaqueta bien cerrada para que el uniforme plateado y azul de Paragon no se viera. Después de extraer la ubicación de la mercenaria, había vuelto al apartamento de Kat para un cambio rápido. Ahora en el centro, un viaje de ida y vuelta que consumió dos horas, Calvin miró hacia el alto y resplandeciente edificio que captaba el atardecer en todo su esplendor.

Ya se habían reemplazado las ventanas superiores, reparando los daños de la pelea de Mynx. Calvin no había conocido a los traidores que murieron entonces; evitaba activamente conocer a más Paragons si podía. Aun así, Calvin entrecerró los ojos ante la limpieza, ante la rapidez con que se había borrado cualquier señal.

Si él hubiera estado a cargo, Calvin habría publicitado el costo de la traición. Dejado claro que si tomas el camino equivocado, no va a terminar bien.

En fin. De todos modos, no era su responsabilidad.

Las cuatro puertas, de grueso cristal entrelazado con líneas destinadas a absorber energía de las ventanas y llevarla a disipadores de calor en el suelo, se abrieron cuando Calvin tocó su Tama. Una pequeña emoción lo recorrió con el timbre de luz verde: de alguna manera, Calvin siempre esperaba que los Paragons lo expulsaran, lo devolvieran a esas calles.

—El hombre del momento —dijo Weed cuando Calvin entró en el vestíbulo de cuatro pisos, un ridículo conjunto de estatuas y estandartes que hizo sentir a Calvin como si hubiera entrado en una ceremonia de premios. Weed y su equipo estaban a un lado, lanzando a Calvin miradas curiosas junto con más de un Tama agitado, mostrando relojes digitales—. Audaz unirte a nosotros un día y convocar una reunión de emergencia al siguiente.

—No es lo que quería —respondió Calvin, acercándose y manteniendo la cabeza alta. La autoridad en estos lugares desencadenaba viejos instintos, le hacía querer encontrar una sombra donde pararse—. Una amiga mía está en problemas y no puedo salvarla solo.

—¿Oyen eso, chicos? Calvin necesita nuestra ayuda. ¿Deberíamos dársela?

—¿Quién es la amiga? —preguntó Smoke, sus ojos

asomándose bajo la gorra de los Cubs que llevaba constantemente en la cabeza.

—Una rastreadora —dijo Calvin—. La mejor de la ciudad.

—¿Nombre? —dijo otro, un tipo pálido cuya barba era demasiado larga.

—Kat Collins.

Smoke silbó. Weed frunció el ceño.

—No lo haré —respondió el barbudo, y cuando todo el grupo lo miró, se encogió de hombros—. Ella fue quien me atrapó.

—Kat ha atrapado a la mitad de los Paragons aquí —dijo Weed—. Le debemos una, Lob.

¿Lob? Calvin quería sacudir la cabeza, pero se contuvo con una risa interior.

—Tal vez tú —respondió Lob—. Tú no has sido arrastrado por el extremo de su gancho, mientras te dicen que tu libertad se acabó.

—Yo sí —dijo Calvin, atrayendo las miradas de nuevo hacia él—. Ella me atrapó. Por eso estoy aquí. También me ha salvado la vida muchas veces, me ha ayudado cuando no tenía a dónde ir. Tal vez hizo su trabajo contigo, pero ha sido una amiga para mí.

El cuarto miembro del grupo, Particle, el único cuyo uniforme de Paragon se mostraba en primer plano, chasqueó los dedos. Calvin se encontró fijado en ellos, como si fuera atraído por un imán.

—¿Quieren pensar por un minuto? —dijo Particle—. Los Paragons son un desastre. La misma Mynx viene aquí esta noche, tratando de calmar a todos sobre este asunto de los drones y demás. ¿Saben qué ayudará? Una buena misión de rescate. ¿Una rastreadora de alto perfil como Kat? ¿Salvarla de unos matones?

—Y el dron —interrumpió Calvin, rompiendo el control de Particle.

—¿Qué? —preguntó Weed, y Calvin se encogió de hombros bajo las miradas del cuarteto.

Campos de maíz salpicados de nieve se extendían a su alrededor mientras la cápsula se dirigía hacia el sur, lejos de la ciudad. Una luna llena servía para ilustrar sus alrededores en una luz plateada etérea, proporcionando una distracción conveniente para Calvin mientras Weed hacía que el equipo repasara el plan por quinta vez. Hacer un plan cuando no sabías lo que estaba pasando no tenía sentido, pero Calvin optó por mantener sus ojos en el exterior y decir "sí" cada vez que Weed mencionaba su nombre.

El anuncio de la cápsula de su inminente llegada salvó al grupo de una sexta revisión, con Smoke usando anulaciones de Paragon para apagar las luces de la cápsula y forzar un descenso en la carretera a medio kilómetro de su destino, las coordenadas que Calvin extrajo de la mercenaria.

—Recordad —dijo Weed—, sabrán que venimos, o que alguien viene. Sed silenciosos, sed quirúrgicos. Estamos aquí por Kat, luego llamamos a los refuerzos cuando esté segura.

Calvin quería traer toda la caballería, drones y todos los Paragons disponibles, pero Weed lo disuadió de esa idea. Primero, los Paragons de Chicago tenían que prepararse para Mynx, y segundo, los Elementales habían estado más activos últimamente, requiriendo patrullas intensivas en el lado oeste de la ciudad. Los refuerzos llegarían, pero solo después de que Calvin y Weed confirmaran que el dron también estaba allí.

Sin el dron, bueno, Kat era solo una rastreadora.

Calvin quiso golpear a Weed por ese comentario, pero Weed suavizó el golpe diciendo que entendía que apestaba, pero Calvin tenía que recordar el panorama general. Lo último que necesitaban los Paragons era un alto número de bajas porque una rastreadora se había metido en algo que le quedaba grande.

Así que ahora Calvin se arrastraba entre los tallos invernales en lugar de cargar con un ejército a sus espaldas.

El objetivo, un granero enorme con luces instaladas alrededor, no se escondía precisamente. Mientras los cinco dejaban la cápsula —que se movió sola hacia el arcén y se asentó para esperar—, Smoke hizo lo suyo, lanzando una onda ondulante a su alrededor que Calvin sintió más que vio. Cualquiera que mirara desde fuera no vería mucho más que oscuridad y borrones.

Particle hacía de explorador, moviéndose rápidamente entre los tallos, su uniforme ahora oculto tras un traje táctico negro que se habían puesto en Chicago. Calvin iba segundo, su pasado corriendo por, bueno, todas partes, lo que le permitía mantenerse pegado a los talones de Particle. Weed, Smoke y Lob cerraban la retaguardia, el barbudo dejando sus refunfuños tan pronto como Weed dio la orden de rescatar a Kat.

Calvin seguía sobresaltándose mientras avanzaban, tratando de acostumbrarse a los ruidos a su alrededor. Sus compañeros de equipo... la palabra le resultaba extraña, una situación que no conocía. No es que Calvin tuviera tiempo para ponerse introspectivo. Kat era la misión, y eso era lo único que importaba.

Particle chasqueó los dedos de nuevo, suavemente, y los ojos de Calvin se dirigieron directamente al frente y ligeramente a la derecha. El granero, bloqueado por algunos árboles escuálidos, tenía las puertas abiertas. El dron estaba dentro, claro y brillante bajo la luz.

—Ahí está —susurró Weed, sacando su Tama—. Hora de llamar a la fiesta.

Mientras Weed hacía la conexión, Particle siguió avanzando, con Calvin pegado a sus talones. Al principio, el sigiloso Paragon le lanzó una mirada molesta a Calvin, pero cuando vieron que Calvin no era un torpe total haciendo ruido entre la maleza, Particle volvió a poner su atención donde debía: el granero, el dron y el enjambre que lo rodeaba.

—Este no es un grupo marginal —susurró Particle, agachándose en un hueco fangoso entre tallos cortados cerca de la línea de árboles—. No veo identificadores en los uniformes.

—Eso es porque no están aquí para hacer una declaración —dijo Calvin.

—¿Entonces por qué llevarse el dron?

—No sé sobre eso, pero estos tipos prefieren un recuento de cadáveres.

Particle asintió.

—Están muy armados. Voto por esperar hasta que lleguen los refuerzos.

—¿Qué pasa entonces?

Particle esbozó una pequeña sonrisa.

—Imagina una docena de drones pasando zumbando por encima, incendiando todo mientras dejan caer Paragons listos para la batalla y tendrás una idea bastante acertada.

—¿Así que todos mueren?

—No tomamos muchos prisioneros —respondió Particle.

—Pero Kat está justo ahí en medio. ¿Qué le pasa a ella?

—Si tiene suerte, ¿vive?

Calvin negó con la cabeza mientras Weed y los demás los alcanzaban.

—No es suficiente. Vine a vosotros en busca de ayuda, no para matarla.

—Tenemos quince minutos antes de que llegue el ataque —dijo Weed, poniendo una mano en el hombro de Calvin—. Usémoslos.

Calvin miró a los ojos del hombre y asintió levemente. Quizás Weed merecía un poco de respeto.

Particle tomó la delantera de nuevo mientras el quinteto se dirigía hacia los árboles. Al otro lado, apostados cada pocos metros, había guardias vigilando en la oscuridad. Cada uno llevaba una armadura corporal voluminosa, del tipo diseñado para detener tanto balas como habilidades anómalas basadas en energía. Largos rifles colgaban de sus manos, no las endebles pistolas. Calvin recordó el paseo de Kat por el arsenal de Rhimes: parecía que había acabado aquí.

El granero estaba en el centro del anillo de guardias, y una silla, marcada por un foco, estaba frente a él, más cerca de los árboles y de Calvin. En esa silla, con la cabeza gacha y aparentemente dormida, estaba Kat. Calvin miró alrededor pero no pudo ver a Rhimes o Wexley.

—Veinte —susurró Particle, en un tono tan suave que sonaba como hojas susurrantes—. ¿Plan?

Weed tomó el control, poniendo a Calvin y Particle a la izquierda, y a él mismo, Lob y Smoke a la derecha. Pusieron cinco metros y un montón de estrategia entre ellos. Sin la cobertura de Smoke, Particle chasqueó los dedos varias veces, cada una desviando la mirada del guardia más cercano. Calvin tuvo que reprimir un silbido: la habilidad de Particle había parecido un truco estúpido en la torre de los Paragon.

¿Ahora? Jodidamente útil.

—¿Listos? —preguntó Particle.

—Siempre lo estoy —respondió Calvin.

Particle chasqueó los dedos de nuevo, y la cabeza de Calvin giró para fijarse en el guardia que tenía delante y a su derecha. Calvin parpadeó: supuso que esa era una forma de identificar un objetivo.

—Vamos —dijo Particle y salió disparado hacia adelante y a la izquierda, hacia su propio blanco.

Calvin echó a correr, sacrificando la cobertura por el ruido. Rozó su mano contra los árboles mientras corría, absorbiendo su corteza y lanzándola con su mano derecha, misiles de madera volando hacia su objetivo. Los impactos rebotaron en el casco del guardia, provocando un grito mientras el guardia giraba su rifle. Calvin viró a la derecha, agarrando fuertemente un tronco de árbol para enderezarse de nuevo y absorbiendo suficiente madera para hacer un pesado garrote.

El guardia encontró su objetivo, cegando a Calvin con la linterna del rifle. Unos metros separaban a los dos, los delgados árboles en el borde de la arboleda no añadían mucha cobertura. En un segundo, Calvin estaría perforado de balas, y no había una maldita cosa que pudiera hacer al respecto.

Excepto que el guardia no disparó. El hombre sacudió la cabeza hacia la derecha, temblando mientras trataba de luchar contra el giro. Una lucha que el guardia ganó, justo a tiempo para mirar hacia atrás y recibir el garrote de Calvin directamente en la sien. El guardia se desplomó cuando sonaron los primeros disparos, las balas silbando en el aire. Calvin se dejó caer junto a su víctima, una mano en la armadura del hombre y la otra escupiendo la esencia de vuelta sobre la chaqueta de Calvin.

En cinco segundos, lo que había sido un accesorio de primavera transpirable tenía su nailon azul recubierto de fibras a prueba de balas. Su peso hizo que Calvin tuviera que esforzarse para ponerse de pie, con el rifle del guardia en sus manos, pero cuando un disparo impactó en su pecho y envió a Calvin de vuelta al suelo, Calvin no pudo discutir los resultados.

El guardia que lo había señalado se acercó corriendo, apuntando el rifle para dar el golpe mortal. Calvin metió su mano izquierda en el suelo fangoso, levantó la derecha y lanzó un géiser de suciedad. El lodo marrón salpicó la visera del guardia, sus manos y el arma, dándole a Calvin el tiempo suficiente para inclinarse hacia adelante y tirar del pie del guardia para hacerlo caer. Con el hombre en el suelo, Calvin se levantó, atrapó el puñetazo del guardia, absorbió el guante y lo envió alrededor del cuello del guardia en un apretado torniquete.

Las alarmas cambiaron de tono mientras Calvin terminaba

de someter al segundo guardia. Al principio, eran llamadas para atacar a los recién llegados. Ahora, las órdenes cambiaban a asegurar al prisionero. Calvin miró hacia Kat, viendo solo una mancha indistinta, como si estuviera mirando el fondo de una piscina profunda y ondulante.

Lo que no era borroso, sin embargo, era el enjambre de Weed saliendo de la pantalla de Smoke. Las copias del hombre delgado corrían hacia los guardias, quienes procedían a abatirlos con un fuego devastador. Sin embargo, incluso mientras las copias de Weed caían, surgían más, más pequeñas y rápidas que las anteriores. Las primeras alcanzaron a los guardias, mordiendo sus tobillos o trepando por sus piernas para picarles los ojos, apartar las manos de los gatillos o sacar las espoletas de las granadas del cinturón.

Calvin absorbió las explosiones con la armadura corporal del segundo guardia, succionándola en un escudo rectangular. Esperó, preguntándose cuándo Weed, Smoke y Lob iban a escapar con Kat, pero nadie salió de la pantalla. El enjambre maníaco de Weed parecía estar muriendo, y los guardias recuperarían la compostura.

Peor aún, el reloj seguía corriendo. La tormenta de fuego de los drones no discriminaría.

Calvin volvió a correr. Esta vez, mantuvo el escudo en alto, atrapando balas mientras golpeaba la barrera de Smoke y la atravesaba. Dentro, Calvin se encontró con una situación sombría: Smoke tenía las manos ocupadas tratando de descifrar las ataduras metálicas que sujetaban a Kat a la silla. Lob se inclinaba sobre Weed, intentando detener lo que parecía una grave herida de bala en el pecho del hombre. Kat, por su parte, parecía drogada o inconsciente.

—Ayuda a Weed —dijo Calvin a Smoke, dejando el escudo a un lado, donde, sin el enfoque de Calvin, las fibras se desplegaron rápidamente en una mancha azul-negra.

—¿Puedes cortar estas? —preguntó Smoke.

—No —dijo Calvin, poniendo su mano en la primera

atadura, un grillete de acero que ataba el tobillo de Kat a la silla—. Mejor.

Más balas pasaron volando, sobre la cabeza de Calvin mientras se agachaba a los pies de Kat. Absorbiendo la atadura, Calvin lanzó el resultado de vuelta hacia la fuente de las balas, una aguja larga y estrecha de acero. Un grito de dolor respondió, ganándose un gesto de aprobación de Smoke.

—Tenemos que sacarlo de aquí —dijo Lob.

—Entonces lánzalo —respondió Smoke mientras Calvin se ponía a trabajar en la siguiente atadura.

—¿Solo?

—Si me voy, nos dispararán a todos, idiota —dijo Smoke.

—Entonces volveré.

Calvin, lanzando otra lanza hacia el fuego entrante, miró hacia Lob. ¿Qué diablos quería decir el Parangón?

—Date prisa —dijo Smoke—. Ya deberíamos estar muertos. Particle está haciendo un trabajo increíble allá afuera.

Lob no dijo una palabra más, pero levantó a Weed. El suelo bajo el Parangón barbudo vibró, un temblor que Calvin sintió en sus tobillos. Luego, el hombre saltó alto, saliendo de la pantalla de Smoke hacia el cielo nocturno.

Anomalías. Nunca se sabía qué verías después.

Con Smoke acurrucada contra la silla para cubrirse, Calvin quitó las ataduras restantes de Kat, luego desarmó la silla y la convirtió en una barrera improvisada. Juntos, el trío se apretujó. Calvin escuchó la respiración pesada de Smoke, vio sus ojos cerrarse con fuerza.

—¿Qué pasa? —preguntó Calvin, sentando a Kat entre ellos.

—Estoy demasiado cansada para mantener la pantalla por mucho más tiempo —siseó Smoke—. Y me dieron en el costado.

Calvin vio el rojo, entonces, filtrándose en el suelo. Primero Weed, luego Smoke. ¿Cuántos Paragones valía Kat?

Miró a la rastreadora, su cabello enmarañado colgando sobre su rostro, su uniforme desmantelado y tirado a un lado excepto por la camisa y los pantalones. Los pies descalzos estaban en el barro.

Un fuerte chapoteo se elevó cuando Lob aterrizó, tambaleándose un poco, entre el grupo. Miró hacia ellos, vio a Smoke y comenzó a acercarse.

—Sácala —dijo Calvin—. Yo nos mantendré.

—Se está poniendo feo —respondió Lob, agachándose para levantar a Smoke—. No sé cuánto tiempo más podrá aguantar Particle.

Lob se levantó con Smoke en sus brazos, y de nuevo el suelo se estremeció. Lob se agachó, y la barrera de Smoke se apagó. En un segundo, los cuatro estaban disfrazados en la pantalla brillante y al siguiente estaban sentados en un círculo, rodeados por guardias que se acercaban con sus armas en alto.

Dispararon. Lob saltó, las balas siguiendo su salto hacia el cielo.

Y Calvin clavó su mano en el barro. Con la derecha, la anomalía escupió la tierra mientras la absorbía, esparciendo el barro alrededor y sobre él y Kat. Mientras la mano izquierda de Calvin extraía el barro y la arena debajo, Calvin y Kat se hundían más profundo en el agujero, cada segundo enterrándolos más, Calvin enterrándolos.

Pero, al menos, enterrándolos vivos.

CAPÍTULO 16

CAPITAL DE SUDOR

THANE LA RECOGIÓ en el aire. El gigante envolvió a Cassidy mientras caían en picado hacia los árboles, con escombros estrellándose a su alrededor. Los Paragones podrían haber estado entre ellos, o no. Cassidy no podía saberlo, ni le importaba. Había enviado un mensaje a su familia. El único objetivo ahora era no morir hasta volver a verlos.

—¡Mantén la rabia! —gritó Cassidy, mientras el viento tiraba de ellos en su caída.

Thane rugió. Una buena señal.

Golpearon un árbol, la espalda de Thane atravesando el frondoso dosel y empujando a través del tronco. Las ramas azotaron y arañaron las piernas, la cara, todo el cuerpo de Cassidy. Luego Thane impactó contra el suelo, lanzando tierra, hojas y quién sabe qué más por todas partes. Cassidy sintió cómo el aire escapaba de sus pulmones, cómo su hombro derecho se quebraba al rebotar contra Thane y rodar por el suelo. El dolor le abrasó los ojos, provocando destellos y un casi desmayo evitado solo por el conocimiento de que abrazar la oscuridad aquí significaba morir.

En su lugar, Cassidy miró hacia arriba. Vio el desastre cayendo mientras los restos del avión se estrellaban a su alrededor. Reuniendo su concentración, Cassidy creó un vacío sobre ella y Thane, lo suficientemente amplio como para cubrirlos como un paraguas místico. Piezas de motor, asientos, suministros, todo se estrellaba contra el vacío y desaparecía, desintegrándose mientras Cassidy se consumía.

Cuando la metralla cesó, Cassidy aún respiraba. Thane, a su lado, gruñó mientras volvía a su tamaño normal. Cuando dejó ir el vacío, el sol abrasador se coló por el hueco ahora abierto en el bosque, asándolos. Los insectos, no dispuestos a dejar pasar una nueva fuente de alimento, se arremolinaron rápidamente.

Y aun así, Cassidy permaneció allí tendida. Sintió el palpitar de su hombro. Estaban perdidos en la naturaleza, pero estaban vivos. Eso sería suficiente.

—Un contratiempo menor —dijo Thane mientras deambulaban por la jungla—. Nada más, y nada inesperado.

Cassidy iba delante, usando pequeños vacíos para cortar cualquier cosa demasiado densa para caminar. Los insectos pululaban, aunque al menos moverse mantenía alejados a los que se arrastraban. Las lianas colgaban, rozando su cabeza. Los animales gritaban con aullidos y chillidos que no reconocía, y el calor de la tarde, junto con la humedad, la agotaba. Solo el temor de pasar una noche aquí mantenía a Cassidy en movimiento.

—Porque caer de un avión, en el que fuimos emboscados, es un contratiempo menor —replicó Cassidy sin darse la vuelta. Thane se encogió aún más, usando su mente arrugada para algún plan inescrutable—. Pensé que íbamos a Bangkok, y ahora estamos en alguna selva aleatoria.

—¿Cuántos Paragones intentaron derrotarnos y fallaron? —dijo Thane—. Les demostramos que no pueden tomarnos a la ligera.

—Dime cómo podemos convencer a estos mosquitos de lo mismo.

—Pronto nos libraremos de estos insectos.

No desde el punto de vista de Cassidy, ya que los árboles se extendían frente a ella hasta donde alcanzaba la vista. El suelo se hundía bajo sus pies, los zapatos robados de la casa en la isla ya deshaciéndose. Al menos la otra ropa era ligera y fresca. Cubierta de tierra y rasgada, pero Cassidy tenía que conformarse con lo que tenía.

—¿Cómo estás tan seguro? —preguntó Cassidy.

—La velocidad del avión, la dirección y nuestro tiempo de vuelo nos sitúan cerca de un pueblo de tamaño considerable —dijo Thane, sin molestarse en explicar cómo podía calcular esas cosas—. Los Paragones estaban descendiendo. Habrá un aeropuerto aquí, o un vehículo que podamos adquirir, y desde allí podremos dirigirnos a Bangkok.

—¿Donde haremos qué, que nos ataquen de nuevo?

—Lo más probable.

Cassidy se detuvo, miró fijamente a Thane.

—Apenas logramos salir con vida de la isla de Mynx. Ahora caímos de un avión. Ambos deberíamos estar muy muertos, ¿pero tú quieres seguir adelante?

—Por supuesto. ¿Qué otro camino hay?

—Desaparecer. Podría volver con mi familia. Ser feliz por una vez.

—El destino te llamaría. Te encontrarías insatisfecha.

Cassidy se rio y volvió a caminar. Encontrarse insatisfecha, claro. La única vez que había abrazado sus habilidades, perseguido un llamado superior, Cassidy lo había perdido todo. Si la isla y sus interminables días y noches en la playa le habían enseñado algo, era que había cosas mejores que perseguir el supuesto destino.

Como compartir un desayuno con sus hijos. Como dar un paseo y beber vino en la cima de una colina bajo un cielo azul brillante. O ir al teatro y ver alguna obra, incluso una representada por el alocado grupo de teatro de su hijo.

Si es que ese grupo aún existía.

Thane demostró tener razón. Había dirigido a Cassidy

hacia dónde caminar y cortar, y ella salió de entre los árboles a un camino de tierra esponjosa. Las huellas de neumáticos indicaban un paso reciente.

—¿Cómo lo sabías? —preguntó Cassidy mientras Thane se agachaba para estudiar las huellas.

—Oí el vehículo. Pasó hace algún tiempo.

—¿Qué? Había demasiado ruido...

—Los sonidos que escuchaste incluían el del camión. En este estado, los separé. ¿Ves estas huellas, yendo en esta dirección? —Señaló un conjunto más profundo, aunque parecía más antiguo—. El camión estaba más pesado allí que aquí. Cargado de mercancías, volviendo a casa.

—O entregándolas en algún lugar y volviendo vacío.

Thane fijó su arrugado semblante en Cassidy, directamente. ¿La atacaría, la declararía estúpida? Cassidy sintió los vacíos hormigueando en las puntas de sus dedos, centrando su atención en el corazón de él. Era difícil saber si un vacío podría acabar con Thane, pero lo intentaría, lucharía si él...

Thane se rio. Frío, de corazón.

—Me gustas —dijo Thane—, por muchas razones, querida. Eres inteligente, eres letal, y tu nariz se arruga de una manera adorable cuando estás concentrada. —Señaló las huellas—. Por supuesto que tienes razón, estamos corriendo un riesgo de cualquier manera. Sin embargo, una cosa es cierta: mientras caminemos por este camino, llegaremos a algún lugar mejor que donde estábamos.

Cassidy reprimió el impulso y tomó una respiración larga y profunda.

—Entonces guía el camino, listillo —dijo Cassidy—, porque cualquier lugar que no sea esta jungla fangosa y llena de bichos suena bastante bien.

El pueblo no emergió, apareció. Los árboles, de un paso al siguiente, se fueron reduciendo para dar paso a casas, tiendas y la comunidad colectiva que le recordaba a Cassidy la isla. Mentalidades del siglo XXI combinadas con realidades remotas, trayendo amplias farolas, estaciones de carga y vehículos eléctricos a caminos sin pavimentar, casas que iban desde prefabricadas hasta montones de chatarra apilada. Los aromas de las especias se mezclaban con el aire húmedo para empapar a Cassidy en olores que le hacían cosquillear la nariz mientras los niños gritaban, pateando balones de fútbol en los parches de tierra más secos. Alguien tenía una transmisión deportiva sonando a todo volumen en una radio, sobreponiéndose a todo lo demás.

A todo excepto a la monstruosidad del tamaño de un autobús en el centro del pueblo.

Recubierto de azul y plata de Paragon, el autobús llevaba su nombre en el idioma local, escrito a lo largo del costado en una tipografía que sugería o una estafa barata o la inminente aparición de un héroe de acción. Ventanas tintadas se ubicaban sobre las palabras, mientras que debajo, colgaban boquillas como las que Cassidy recordaba de los camiones de bomberos que solía mostrar a sus estudiantes en las excursiones.

—No te preocupes —dijo Thane cuando Cassidy vaciló en el borde del pueblo—. No están aquí por nosotros.

—¿Cómo lo sabes?

—La etiqueta en el autobús. —Thane miró a Cassidy como si esto debiera ser obvio.

—No puedo leerla.

—Ah, a veces olvido... —Thane señaló el pueblo—. El autobús es la primera salva en la lucha de Paragon por modernizar todos los lugares. La misión de Apinya, creo. Será seguido por cambios que harán irreconocible este pueblo y totalmente dependiente de la generosidad de Paragon.

Cassidy ladeó la cabeza. —¿Sabes todo esto por unas pocas palabras en un autobús?

—Sé todo esto porque Apinya y yo desarrollamos la estrategia juntos, cuando estaba encadenado a una silla y obligado a hacer lo que los Campeones pedían.

No había mucho que pudiera decir a eso. Cuando Thane se movió para adentrarse más en el pueblo, Cassidy lo siguió. Al menos los insectos no parecían tan abundantes aquí con el humo de las fogatas manteniéndolos alejados. Un vaso de agua o tres, una ducha y tal vez algo de ropa que no estuviera cubierta de barro podrían ser agradables.

¿Quién dijo que no se podían pedir algunas comodidades en el camino hacia la dominación mundial?

Thane pasó por alto cualquier esperanza de tales cosas y fue directamente hacia el autobús de Paragon. Cassidy intentó encontrar una razón para no escabullirse por el pueblo y conseguir un aventón a otro lugar, y fracasó.

—¿Qué estás haciendo? —preguntó finalmente Cassidy mientras se acercaban. El autobús mismo tenía las puertas abiertas, con aldeanos entrando y saliendo sosteniendo cubetas—. ¿No fue suficiente casi morir en un avión?

—Estoy cambiando el plan —dijo Thane—. Lo pensé durante nuestra caminata por la jungla allá atrás. No podemos escondernos de los Paragons, pero no parece que tengan los recursos para luchar contra nosotros tampoco.

—¿De dónde sacas eso?

Thane se señaló a sí mismo. —No hace mucho, cuando escapé de su prisión, los Paragons enviaron dos Campeones, una horda de anomalías y drones tras de mí. Ahora, nos lanzan tal vez diez, y unos que no sabían a lo que se enfrentaban. ¿Por qué sería eso?

—¿Porque aparecimos en una isla y nos fuimos antes de que pudieran prepararse?

—Kauai no está precisamente aislada. Podrían haber enviado drones desde Honolulu. Podrían habernos atrapado en algún lugar, como el océano abierto.

Detrás de Thane, siguiendo a un aldeano que salía del autobús, apareció una Paragon uniformada. Se dirigió directamente hacia Cassidy y Thane, con pasos en línea recta que mostraban o un coraje suicida o una seguridad de victoria.

Los vacíos saltaron a los dedos de Cassidy, y asintió por encima del hombro de Thane.

—Nuestras respuestas se acercan —dijo Thane, girándose.

Cassidy hizo una mueca a la espalda de la anomalía. Cada vez que intentaba entender a Thane, parecía deslizarse hacia otro carril. Al principio, en la isla de Mynx, había estado obsesionado con escapar, sazonado con algunos planes nebulosos y casi cursis sobre qué hacer después. Luego, en Kauai, había estado callado, determinado solo a venir a Bangkok sin apenas murmurar sobre lo que les esperaba allí.

¿Por qué se había molestado en venir con él todo este camino?

Ah, claro, porque estos Paragons seguían intentando matarlos, y ayudaba tener un monstruo casi invencible de tu lado.

—¿Podrían venir conmigo, por favor? —preguntó la Paragon, deslizándose hacia el inglés como Cassidy lo había hecho con aquella computadora de la biblioteca: una habilidad aprendida pero dejada languidecer—. Soy Achara, líder de los Paragons aquí. Significaría mucho para nosotros si vinieran a bordo de nuestro laboratorio solo por un momento.

—¿Otra trampa? —preguntó Thane.

Achara frunció el ceño. —Apinya no estuvo de acuerdo con ese enfoque, pero Hawái no está bajo su jurisdicción. No somos iguales.

—Llevas el mismo uniforme —añadió Cassidy.

—Y tú llevas el mismo barro que mis hermanos tenían en su ropa todos los días. —Achara sonrió—. Pero no creo que estés aquí por golosinas.

Thane miró hacia Cassidy, un voto de confianza que tomó al Vacío un poco por sorpresa. ¿Una concesión?

—Entonces adelante —dijo Cassidy—. Te seguiremos.

Achara asintió y se volvió hacia el autobús. El barro, notó Cassidy, no se pegaba en absoluto a sus botas Paragon ni al uniforme. Tratado con algún químico, o recubierto con algún don de anomalía. De cualquier manera, qué agradable sería tener un par.

—Te advierto —añadió Thane—, si estás mintiendo, serás la primera en morir.

—Entonces será mejor que no esté mintiendo.

El autobús parecía más grande por dentro de lo que se veía desde fuera, ya que todos los asientos menos unos pocos habían sido eliminados. Esos asientos restantes, atornillados al suelo del autobús, rodeaban varias cuencas grandes, cada una llena de lo que parecía agua. La del fondo parecía turbia, contaminada, mientras que la del medio tenía una mezcla más clara y la más cercana un nivel de claridad que Cassidy no había visto desde su amada, o quizás odiada, playa en la isla de Mynx.

Achara hizo un gesto a Cassidy y Thane para que se sentaran en un banco de dos plazas junto al contenedor más cercano mientras ella se movía más hacia el fondo del autobús, cerca de la cuenca turbia del medio.

—No te ofendas —dijo Achara—. Tengo que seguir trabajando o no tendrán suficiente agua limpia para el día. Si quieres, toma una taza y sírvete algo de beber.

Sin esperar una respuesta, Achara se inclinó hacia adelante y sumergió su mano en el medio. Los ojos del Paragon se cerraron brevemente. La nube se desplazó, las partículas marrones y turbias se deslizaron hacia un lado mientras el agua clara se separaba hacia el otro. Una vez que las mitades se alinearon —Cassidy observó esto después de seguir el consejo de Achara y llenar su propia taza del primer depósito—, Achara retiró su mano. El depósito retumbó, drenando el agua y dejando solos los restos fangosos. Afuera, niños y adultos se acercaban al autobús con más cubos y botellas, usando las boquillas para llenar sus recipientes.

—Tiene que haber una forma más eficiente de hacer eso —dijo Cassidy mientras Achara se movía frente a ellos.

—La hay, y está en camino —respondió Achara—. Incluso

los Paragones solo pueden construir infraestructura tan rápido, y esto está lejos de cualquier centro importante. —De nuevo esbozó esa sonrisa cortés—. Es por eso que los trajimos aquí en avión.

—Entonces nos transportarás a Bangkok —dijo Thane.

Dejó la segunda parte, la amenaza, flotando en el silencio. Si Achara la captó, no lo demostró.

—Apinya me llamó hace dos horas. —Achara se dirigió al depósito más alejado, el del agua más turbia. Se inclinó y presionó un botón en el costado del depósito. Al igual que el segundo, cuya agua clara ahora se vaciaba en el primer depósito drenado, el último reservorio transfirió su contenido sucio—. Me pidió que mirara al cielo y le dijera qué veía. Le dije que parecía que nos estaban atacando porque el cielo parecía estar en llamas.

—El jet —dijo Cassidy, y Thane le puso una mano en la muñeca, apretándola de una manera más autoritaria que afectuosa.

Una advertencia, pero ¿de qué? Un Paragon purificador de agua difícilmente parecía peligroso.

—El jet —confirmó Achara—. Los Paragones sobrevivieron, por supuesto, o esta sería una reunión muy diferente.

—¿Pero yo partí a uno con un vacío? —dijo Cassidy—. Nadie podría sobrevivir a eso.

Volviendo al asiento frente a Cassidy y Thane, Achara llenó su propia taza con agua. Cassidy tenía que admitir que el líquido purificado sabía como un elixir puro al beberlo después de todo el sudor, la suciedad y los insectos.

—Deberías saber que con las anomalías, lo que ves no siempre es la realidad —respondió Achara—. Sin embargo, nos gustaría encontrar algo de verdad. —Achara se recostó contra las ventanas del autobús, bebiendo de su taza—. ¿Por qué vinieron aquí?

—Si Apinya sabe dónde estamos, entonces puede adivinar

por qué —respondió Thane—. Necesitamos una forma de llegar a Bangkok, Paragon.

—Pueden comprarla con su honestidad.

Thane resopló.

—Entonces dile a tu Campeón que estamos aquí porque él está. Tengo la intención de encontrar a Apinya, tomar su lugar aquí y usar esta región para iniciar el cambio que el mundo necesita desesperadamente. —Thane se inclinó hacia adelante—. En otras palabras, Apinya es débil, y es hora de que ceda su poder a alguien más fuerte.

Achara asintió, como si Thane acabara de dar su opinión sobre el arroz blanco versus el integral, y miró a Cassidy.

—¿Y tú?

—Quiero volver con mi familia sin temer que alguna máquina, o uno de ustedes, pueda llevarme en la noche o matarme durante el día.

—¿La visión de Thane te va a dar eso?

—La tuya seguro que no.

Thane se puso de pie, tomó una taza, la llenó y bebió el contenido de un solo gesto, y arrojó el plástico a un lado.

—Bangkok. Ahora.

—De acuerdo —Achara se puso de pie frente a Thane—. Quieren su viaje a Bangkok, puedo dárselo. Sin embargo, antes de hacerlo, Apinya ha pedido un favor.

Cassidy vio cómo los músculos de Thane se tensaban, cómo sus brazos y piernas comenzaban a expandirse. Podría haber alcanzado un vacío, podría haberse preparado para luchar, pero después del avión, la caminata y el calor, simplemente tomó otro trago de esa excelente agua. Si Thane quería despedazar a Achara y reclamar el autobús, entonces podía ir adelante y hacerlo por su cuenta.

Achara no hizo lo que la gente solía hacer cuando se enfrentaba a la amenaza monstruosa de Thane. En cambio, le dio un golpecito en el pecho a Thane. El aliento de Thane salió disparado, su cabeza se arrugó, incluso mientras sus brazos y piernas crecían y crecían hasta presionar contra el techo del autobús.

—Mitad y mitad —dijo Achara—. Normalmente no es tan drástico, pero contigo supongo que no me sorprende demasiado.

Thane se desplomó, se tambaleó y cayó al suelo del autobús junto a los depósitos. Cassidy no estaba segura de por qué hasta que vio su pecho mutilado, pequeño y marchito, luchando por alimentar los enormes músculos que consumían oxígeno y se extendían por su cuerpo.

—Cálmate, Thane, o morirás —dijo Cassidy, resistiendo el impulso de consolar al hombre. Si Achara decidía convertir esto en un ataque real, ir tras ella cuando Cassidy tenía su atención dividida sería un buen siguiente paso—. En cuanto a ti, revierte esto.

—Puedo hacerlo —dijo Achara—, pero de nuevo, Apinya pide un favor. El pueblo tiene un problema, y creo que ustedes podrían proporcionar la solución. Háganlo, y tendrán su viaje a Bangkok, y Thane podrá volver a ser el monstruo que quiere ser.

CAPÍTULO 17
ESTRUENDO DE COHETES

LA NOCHE no debía comenzar con una emboscada de los Paragones. De hecho, Wexley, esperando en los campos cercanos que rodeaban el granero donde tenían al dron cautivo, debía ser quien tendiera la emboscada. Rhimes tenía a su escuadrón principal bajo los reflectores, listo para manejar el ataque cuando llegara, entonces Wexley, Rhimes y algunos otros elegidos a dedo vendrían por detrás y desatarían la sorpresa.

Ahora Wexley tenía a varios miembros caídos y una anomalía reteniendo a su preciado rehén cautivo bajo una burbuja de lodo aparentemente impenetrable.

—Lodo —repitió Wexley a Rhimes, con el Tama del hombre en modo oscuro sostenido entre ellos—. ¿Eso es lo que te detiene?

—Es muy espeso —llegó la respuesta, como si eso fuera satisfactorio. Al menos el hombre pareció darse cuenta del pobre esfuerzo, porque continuó—: Pero ellos tampoco pueden salir. Están atrapados, y nos encargamos de los otros.

—¿Se encargaron? —preguntó Wexley—. ¿Cuerpos?

—Huyeron —respondió el hombre y Wexley puso los ojos

en blanco mirando a las estrellas—. Pero los herimos. Eso lo sé con certeza.

—¿Y cómo sabes eso con tanta certeza?

—Porque la hierba está roja por aquí, ¿me entiendes?

Eso al menos era algo positivo. Los Paragones necesitaban sufrir un poco por la maldita incursión o podrían volver de inmediato a extraer a sus compañeros atrapados. No era algo que Wexley necesitara cuando los informes de Chicago decían que Mynx había aterrizado. La Campeona recibiría pronto la noticia sobre el dron, y Wexley calculaba que vendría apenas unos minutos después.

Ella sabría, por supuesto, sobre los guardias que esperaban ahora. Los Paragones que escaparon advertirían a Mynx.

—Repasa los números otra vez —dijo Rhimes—. ¿Cuántos?

—Cinco. Uno está atrapado con el rehén. Herimos al menos a tres. El cuarto, ese era un caso difícil. No pudimos enfocarnos en él, y luego desapareció. Nunca lo vimos bien.

Rhimes miró a Wexley, haciendo una pregunta silenciosa: ¿enviar una fuerza para encontrar a los Paragones? ¿Acabar con ellos?

Wexley negó con la cabeza. Los Paragones heridos probablemente ya se habían ido. El daño estaba hecho. Había que concentrarse en el objetivo principal.

—Entonces vuelve a tu posición —dijo Rhimes—. Pon a dos vigilando el lodo, asegúrate de que estén listos si la burbuja cae. Por lo demás, la operación sigue en pie. Recuerda, cuando llegue la señal, no esperes comunicación.

—Entendido.

La llamada se cortó. Wexley se descolgó el rifle, revisó las municiones de nuevo. El cañón. Todo brillaba bajo la luz de la luna, listo para su trabajo. Tenía más cargadores en su cinturón y, al igual que en el asalto al dron de la otra mañana, llevaba armadura corporal completa. Un casco también esta vez, aunque por ahora colgaba de su hombro.

—¿Preocupado? —preguntó Rhimes.

—¿Debería estarlo? —Wexley miró hacia el granero—. Si no me equivoco, este grupo iba tras Kat. No tras el dron. ¿Dijiste que alguien atacó a tu equipo en el restaurante?

—Cuando salíamos. Mal momento. —Rhimes escupió a un lado—. Debería haber parado y reforzado a mi equipo, pero no sabía si la anomalía tenía amigos.

—Tomaste la decisión correcta. Aún tenemos al rehén, y ahora un Paragon extra.

—¿Entonces podemos enviar el mensaje?

Wexley respiró hondo, disfrutando del aire nocturno, cargado con los primeros aromas de la primavera. La naturaleza, comenzando su ascenso desde el largo invierno. Igual que él, como sus amigos, descongelando el control de las anomalías sobre el mundo libre.

—Envíalo. Vamos a cazar a una Campeona.

Mynx no hizo una entrada sutil. Rhimes difundió el mensaje a la torre de los Paragones en Chicago, enviándolo a todas las direcciones de correo electrónico conocidas e incluso convenciendo a algunas personas sobornadas para que dejaran grabadoras con burlas sonando en el patio de la torre. Cada una tenía un mensaje simple, indicando la ubicación del dron y desafiando a la Campeona a venir a buscarlo.

Y prometiendo, si Mynx no llegaba, una futura carnicería.

Wexley no tenía respaldo para esto, ninguna forma de cumplir la amenaza, pero con el reciente bombardeo del estadio, apostaba a que Mynx no se arriesgaría.

No lo hizo.

Con diez drones flanqueándola, varios llevando Paragones en su interior, Mynx se lanzó hacia el granero. Wexley y Rhimes distinguieron sus luces viniendo desde Chicago, al principio pareciendo estrellas bajas, luego aviones a baja altura, y finalmente lo que eran: monstruos de metal negro deslizándose por la noche.

Mientras la fuerza de Mynx se acercaba al objetivo, Wexley, Rhimes y los cinco de apoyo se mantenían ocultos en el campo. Arriba, Mynx y los drones redujeron la velocidad y luego se dispersaron, pasando de una formación de flecha a un círculo. Rodearon el granero, moviéndose en sincronía como insectos de mente colmena. Los drones cambiaron sus luces de navegación a un rojo furioso, dejando claro a todos que la paz no formaba parte de su actuación.

—Hermoso en cierto modo —murmuró Wexley mientras la formación avanzaba.

—Prefiero el que está en el granero —respondió Rhimes.

Mynx tomó la delantera. Se precipitó hacia abajo, su traje más pequeño que los drones que la rodeaban, pero aun así voluminoso y cargado de medidas asesinas. Como un cometa de cerca, Mynx se estrelló en el centro, justo donde debería estar esa burbuja de lodo. La fuerza de Rhimes abrió fuego, su lluvia de balas resonando por los campos.

—¿Y si la matan? —dijo Rhimes.

—No lo harán.

—Podrían tener suerte.

Wexley negó con la cabeza, se incorporó hasta quedar en cuclillas y levantó el rifle hasta su ojo. La mira lo acercó, permitiéndole observar.

Mynx, con su traje recibiendo disparos de rifle y desviándolos como si Wexley lanzara un juguete de niño, parecía estar ignorando a los guardias. En su lugar, avanzó pesadamente más allá de la burbuja de barro y se acercó al dron cautivo. Wexley frunció el ceño, tratando de descifrar la estrategia de cargar en solitario mientras sus refuerzos esperaban en los bordes.

—Ella crea máquinas, ¿verdad? —preguntó Wexley—. ¿Esa es su habilidad? ¿Máquinas?

—No se anuncia —respondió Rhimes—. No es como Aegis. Llamativa.

Mynx, con su armadura aparentemente impenetrable al fuego, llegó a las puertas del granero. El dron cautivo estaba a escasos uno o dos metros de distancia. Su armadura se expandió, extendiendo alas de acero para cubrir la entrada del granero. Los reflectores iluminaron el nuevo escudo, bloqueando la vista de Wexley hacia el interior del granero por completo.

—Diles que se acerquen —dijo Wexley, luchando contra el pánico. Si Mynx reactivaba de alguna manera el dron robado y se escapaba volando, todo esto habría sido en vano—. Ahora.

Rhimes transmitió la orden y cinco guardias echaron a correr hacia las puertas del granero. Algunos sacaron porras antidisturbios de sus cinturones, mientras que otros bajaron los hombros como si fueran a arrollar la armadura de Mynx. Como espectáculo inspirador, dejaba mucho que desear.

—Puede que lo estemos perdiendo —dijo Rhimes—. ¿Deberíamos activar?

—Están demasiado lejos. Si fallamos, se acabó.

—Si encuentra una manera de desactivar...

—Rhimes —dijo Wexley—. Dile a los demás que disparen. Quiero que disparen a los drones, plan de emergencia. Nosotros también vamos. Ahora mismo.

Rhimes acató la orden como un buen soldado debería: actuó sin cuestionar. De nuevo sacó el Tama, de nuevo salieron las palabras, y aquellos guardias que no perseguían a Mynx levantaron sus rifles, buscaron cobertura y dispararon. El crepitar caliente resonó de nuevo sobre los campos, saltando chispas donde los disparos alcanzaban a los drones.

Relámpagos azules donde las rondas correctas daban en el blanco.

Wexley levantó su propio rifle, apuntando al dron más cercano mientras Rhimes hacía lo mismo a su lado. Sus dedos encontraron el gatillo, y Wexley soltó el primer disparo. La bala se perdió en el cielo nocturno y se estrelló contra el reactor trasero del dron, estallando en espirales azules y haciendo que la gran máquina se sacudiera hacia el suelo.

Cuando la máquina giró, cuando los otros drones se lanzaron hacia los guardias que disparaban, Wexley casi vitoreó. Los gladiadores y los tres drones de transporte no podían ignorar su propia programación, tenían que neutralizar las amenazas.

—Envíalo —dijo Wexley, y Rhimes lo hizo.

Wexley no vio ninguna explosión, no captó fuegos artificiales ni oyó gritos. En su lugar, los drones simplemente cayeron. Ya en movimiento hacia los guardias, las máquinas se estrellaron de cabeza contra el suelo, contra los árboles, contra el barro. Golpearon la tierra y volcaron o se rompieron, sus articulaciones no estaban hechas para un impacto a alta velocidad.

Cualquier Paragón atrapado dentro de las bahías de carga de los drones de transporte sería sacudido, y encontraría esas puertas de la bahía imposibles de abrir.

En menos tiempo del que le tomó a Wexley disparar un segundo tiro de rifle, todos menos uno de los drones voladores habían sido derribados. Hermosos restos. Tendría que darle a Rhimes y su equipo una bonificación.

Pero para hacer eso, Wexley tenía que vivir, y el único dron que no fue atrapado por la onda corta tenía su mira puesta en Wexley, Rhimes y su pequeño equipo.

—¡Denle con todo! —gritó Wexley, poniéndose el casco. Rhimes ya tenía su propio rifle levantado, disparando rondas contra el dron que se acercaba.

Los disparos de Rhimes rebotaban en las placas frontales del dron como si el hombre lanzara cacahuetes. El segundo disparo de Wexley no tuvo mejor suerte, la carga EMP chisporroteó sin efecto sobre los hombros del dron.

Los reflectores de la gran máquina se encendieron,

centrándose en Wexley, Rhimes y los otros cinco miembros, cada uno disparando contra el dron.

—¡A cubierto! —gritó Rhimes, y la maldita cosa abrió fuego.

Pequeñas aberturas aparecieron en las articulaciones del dron y, con pequeños silbidos, micro cohetes se dispararon hacia el cielo, girando en el aire antes de fijarse en el equipo. Wexley soltó su rifle, sacó la pistola de su cadera y apretó el gatillo, apuntando rápidamente hacia la estrella que se dirigía directamente hacia él.

Y falló.

El micro cohete se sintió como una puñalada golpeando el pecho de Wexley, empujándolo hacia atrás y tirándolo al barro. Levantó las manos mientras la cosa explotaba, el calor quemando su armadura, envolviendo su casco y cabeza en un destello ardiente que murió tan rápido como llegó.

El barro succionaba sus hombros, su frío opuesto al ardiente impacto que se filtraba a través de su traje de pies a cabeza. La armadura se le pegaba en parches, la piel desnuda y quemada sintiendo el viento nocturno por primera vez. Wexley respiró hondo, luchó contra el shock lo suficiente para probar sus extremidades. Las encontró funcionando, las encontró tensas.

La luz lo golpeó. Blanca, brillante y enfocada. El dron alineando otra salva.

Wexley levantó su mano derecha, aún sosteniendo la pistola. Apretó el gatillo. El arma disparó una ronda, la bala se perdió en el aire, golpeó y rebotó lejos de su objetivo.

—Maldita sea —dijo Wexley, y esperó morir.

Esperó un parpadeo, luego dos. La luz del dron permaneció fija en él, y por un momento Wexley se preguntó si en realidad había muerto antes, con los cohetes. Si esto era alguna broma enferma de entrada a una vida después de la muerte sombría. Tal vez las anomalías, los Paragones, controlaban eso también.

La luz se apagó. El dron encendió sus motores, lanzándose hacia arriba y luego, con un estallido sónico de velocidad, se alejó de vuelta hacia el norte en dirección a la ciudad. ¿Por qué? ¿Qué había pasado?

Wexley no tenía las respuestas, y su cuerpo no tenía la energía para más preguntas. Su cabeza cayó de nuevo en el barro, el casco chapoteando con un sonido enfermizo.

—Jefe, despierte —Rhimes habló con una sacudida que Wexley sintió a través del entumecedor pantano que obstruía su mente. Parpadeó, vio luz, aunque amarilla. ¿Dónde?—. La tenemos, Wexley.

—¿A quién? —Wexley pensó que habló, pero la pregunta salió como un susurro, un jadeo.

—A la grande —respondió Rhimes. Wexley esperó una mano que lo ayudara a levantarse, pero Rhimes no extendió ninguna, así que Wexley hizo el intento por sí mismo, solo para que Rhimes, con una presión maternal, lo mantuviera abajo—. No te muevas aún. Hice un escaneo pero tenemos que asegurarnos de que no haya daños primero.

A su alrededor, los guardias se apresuraban. Órdenes dadas y respondidas. Motores eléctricos zumbaban. Una limpieza y extracción en pleno apogeo.

—¿Cómo es que estás vivo?

—Porque no intenté disparar al cohete —dijo Rhimes, soltando una risa—. No sé de dónde sacaste esa idea, pero no la intentes de nuevo.

—Fue bastante tonto, ¿verdad?

—Especialmente cuando recuerdas que nuestros chalecos son más gruesos en la espalda. Mi cohete rebotó en mí cuando me lancé, explotó sobre mi cabeza. —Rhimes se frotó el cuello —. Tengo un par de nuevas cicatrices para presumir, pero eso es todo.

—Recuérdame escucharte más a menudo.

—Lo haré, señor. —El Tama de Rhimes parpadeó y el

hombre asintió—. Estás limpio. Aunque puede que te duela por un tiempo.

—Las drogas pueden encargarse de eso —dijo Wexley, sentándose.

Puntos brillaron en sus ojos, parecidos a las luces de mira de aquellos drones una vez más. Con ellos llegó un mareo repentino, un dolor seco por toda su piel. Rhimes sostuvo los hombros de Wexley mientras este se miraba a sí mismo. Lo habían cubierto con una sábana, cremas de aloe refrescaban la piel donde lo tocaba.

—¿Qué tan mal está? —preguntó Wexley.

—Te va a doler. No sé por cuánto tiempo. Un hospital sería el mejor lugar para ti.

—No iré allí. Aún no. ¿Dónde está ella?

Tomó largas respiraciones y pasos cortos, Rhimes ayudando a Wexley a mantenerse estable durante todo el camino hasta el granero. A su alrededor, todos los demás se apresuraban a limpiar el lugar. Cualquier guardia que no estuviera subiendo a un transporte mantenía su rifle apuntando a los drones derribados, esperando que algún Parangón escondido en su interior saliera. El plan exigía la captura del Campeón y una salida rápida. Los refuerzos llegarían pronto desde Chicago, y Wexley no tenía suficientes mercenarios para sobrevivir a una batalla abierta con las anomalías.

El traje de Mynx yacía a un lado, ya siendo examinado por el equipo de Rhimes en busca de vulnerabilidades, de cosas que pudieran robar. Dos guardias apostados fuera de la entrada del granero evitaban mirar a Wexley, aunque asintieron a Rhimes.

No es que Wexley pudiera permitirse preocuparse por cosas tan pequeñas.

No ahora.

—No tenemos mucho tiempo —murmuró Rhimes mientras entraban—. Nuestro módulo ya está esperando.

—No tomará mucho —respondió Wexley—. Solo necesito asegurarme.

—¿Asegurarte de qué?

—De que es ella.

Rhimes le lanzó una mirada desconcertada, su boca y ojos arrugándose en confusión. Dentro del granero, Mynx estaba de pie, regia incluso en cautiverio. Esposas estándar sujetaban sus manos detrás de su espalda, mientras que alguien había sido lo suficientemente inteligente como para romper la pantalla de su Tama para inutilizarlo. Su mirada habría hecho que Wexley se estremeciera de no ser por las drogas y el dolor que ya corrían por sus nervios.

Estar frente a un Campeón siempre sería una experiencia.

—Mynx —dijo Wexley—. Yo soy...

—Sé quién eres —dijo Mynx—. Sé lo que estás haciendo, y sé que serás aplastado.

Wexley tosió, llevó su mano para limpiarse los labios. La piel se desprendió, ya ampollada.

—Genial. No me importa. Te preguntaré esto una vez, y si te equivocas en la respuesta, él acabará con tu vida ahora mismo.

Mynx inclinó la cabeza.

—Puede intentarlo.

Wexley se mordió la lengua para no responder. Había leído los libros, había visto las películas. Mynx alargaría la conversación, ganaría tiempo para que sus Parangones salieran de los drones, para que vinieran más desde Chicago.

—¿Quién es Denise Jones? —preguntó Wexley—. ¿Y por qué la mataste?

Mynx no tuvo que decir una palabra para que Wexley supiera que habían capturado a la correcta. Asintió a Rhimes y dejó que el plan se ejecutara a su alrededor.

Se sentía extraño llevar a cabo un interrogatorio en una bata, pero Wexley no podía dejar que sus propios problemas se interpusieran. Un médico discreto —otra persona empleada por Rhimes, otra razón para darle un aumento—los encontró en el aeropuerto rural horas al sur de Chicago y le administró a Wexley lo que necesitaba para mantenerse despierto, para permanecer insensible a las quemaduras. Wexley no pasó por alto las muecas, los suspiros del doctor mientras sacaba un vial tras otro, una bolsa de suero tras otra de su camioneta y se las entregaba a Rhimes.

—Hospital —concluyó el doctor, diciéndoselo directamente a Wexley—. No espere. Necesitará injertos.

En su lugar, Wexley abordó el avión. Un jet de veinte plazas, ya ocupado por Rhimes y sus soldados más confiables. Y, en una pequeña habitación separada hacia la parte trasera, una Campeona cautiva. Wexley se unió a Mynx en la habitación, abrochándose el cinturón en un asiento frente a su sofá. Presionó un botón a su derecha, le dijo al capitán de vuelo que se pusiera en marcha, luego se acomodó y miró a su oponente.

Mynx llevaba puesto su uniforme de Parangón, luciendo toda plateada y digna mientras se sentaba en los cojines de cuero color canela. El beige se entremezclaba con el blanco por toda la habitación, haciendo que Wexley sintiera como si hubiera entrado en una granja. Dos pequeñas ventanas a cada lado daban a las luces parpadeantes de la pista del aeropuerto, los motores del avión al arrancar ahogaban cualquier otro sonido.

Durante el estruendoso despegue, Mynx y Wexley se miraron. Wexley encontró a Mynx mayor y más joven de lo que esperaba, su piel mostraba un régimen de cuidado agresivo mientras que su postura, las canas que asomaban en su cabello, y solo la *sensación* que Wexley tenía al mirarla sugerían a alguien más allá del punto de quiebre de la vida y en su pendiente descendente.

¿Qué veía ella en él? ¿Un maníaco?

Mirándose a sí mismo, Wexley casi se ríe. Para un hombre que había pasado las últimas dos décadas en trajes, ya fueran a prueba de balas o de tres piezas, conformarse con una bata andrajosa y una tina de aloe, sin mencionar el suero colgando de un soporte junto a su cadera, marcaba un cambio.

Tal vez Zhan-Yo se había sentido igual cuando su revolución lo llevó de las alturas corporativas a las sucias alcantarillas de Chicago.

—He lucido mejor —dijo Wexley cuando el avión se niveló.

—¿A dónde vamos? —preguntó Mynx, directa como el filo de una navaja.

—Creo que reconocerás el lugar —dijo Wexley—. Es uno que he querido ver durante mucho tiempo. —Wexley movió su mano derecha, golpeó con un dedo su muslo mientras Mynx se devanaba los sesos. No, no esperaría a que ella lo descubriera—. Mynx, ¿dónde está Mila? La Campeona que has mantenido alejada de su hogar.

Ahora tenía la atención de Mynx. Ella clavó sus ojos en los de él, esa mirada fulminante regresando. Todos los Campeones parecían tener temperamentos ardientes, todos excepto Apinya, ese Parangón de paz y filosofía.

—¿Qué quieres con ella? —preguntó Mynx.

—¿No es obvio?

—Es una mejora. Mis máquinas siempre llevan su propósito en el exterior. Ahora tú también.

Wexley asintió.

—¿Tus máquinas? Pensé que pertenecían a los Parangones.

—No todas ellas.

—¿Qué hay de la que tomamos? ¿Era tuya?

Mynx torció el labio.

—Ya no te sirve de nada.

—Podemos reparar el daño.

—No de este tipo. Tu pequeño truco no funcionó del todo.

Wexley levantó su Tama, le dijo a Rhimes que obtuviera una evaluación actualizada del dron. Aunque su uso como cebo para Mynx se había cumplido, el gladiador aún podía ser una potente máquina de combate, y Wexley estaba a punto de necesitar cada arma que pudiera encontrar.

—¿Entiendes mis habilidades, verdad? —preguntó Mynx.

—Tienes un don con las máquinas.

—Bastante don —los ojos de Mynx brillaron—. Atrevido de tu parte ponerme en un avión.

—Eso no es nada comparado con el lugar al que te llevo.

Mynx se inclinó hacia adelante, se deslizó hasta el borde del sofá.

—Wexley, entiende esto. Cada Parangón en este continente y muy pronto en el mundo me estará buscando. Vendrán a descubrir que hiciste esto, y entonces tu empresa y todos los que están en ella serán tomados. Los inocentes serán apartados, pero ¿los cómplices? —Mynx no sonrió, no se regodeó—. Renuncié a la misericordia cuando Aegis murió.

—No quiero su misericordia, Mynx —dijo Wexley, inclinándose hacia adelante para igualar su movimiento—. Lo único que quiero es su ejército.

CAPÍTULO 18
ESPADAS

DOS ENTRAN, uno sale. Reglas estándar para un duelo. La satisfacción era para el vencedor.

Un padre vengado.

Celice se olvidó de Gatete, se olvidó de Mathieu y Roger y de todos los pequeños detalles en el apartamento que contaban una historia diferente a la que ella quería creer. La que estaba frente a ella ahora mismo.

Zhan-Yo tenía una sola espada lista, la otra envainada en su espalda. Se apoyaba sobre la punta de sus pies frente a la chimenea, sin mostrar nada de la revolución explosiva que había exhibido en Chicago en su primer encuentro. Entonces, ella lo había tomado por sorpresa. Entonces, había usado cada uno de sus movimientos en su contra, estaba a punto de asestar el golpe mortal antes de que Mynx hiciera una grosera intervención.

La muerte tampoco estaba sobre la mesa esta vez, pero la humillación era un buen sustituto.

—Si tenemos que jugar este juego sin sentido —dijo Zhan-Yo—, entonces terminemos con esto.

Celice respondió con sus pies, lanzándose a correr a través de la pequeña cocina, la sala de estar y sus muebles dispersos.

Muy poco espacio para ganar mucha velocidad. Lo suficiente para detenerse abruptamente.

El golpe de bienvenida de Zhan-Yo fue hacia donde Celice debería haber estado. Donde ella estaba después de que la hoja pasara de largo. El espadachín intentó recuperar la espada, recibiendo un golpe en la cara seguido de una patada en el estómago que lo estampó contra la chimenea. Despejó espacio con un perezoso movimiento, Celice bailando lejos y volviendo a acercarse rápidamente.

Esta vez Zhan-Yo se movió, lanzándose hacia su derecha mientras Celice se acercaba por la izquierda, encabezando con otro golpe. Ella golpeó a Zhan-Yo en el hombro, sin obtener nada del espadachín excepto un corte giratorio. Celice se agachó, sintió el aire moverse arriba y escuchó la hoja conectar con la piedra de la chimenea. Otro golpe torpe.

—¿Acaso lo estás intentando siquiera? —gruñó Celice, acercándose de nuevo mientras Zhan-Yo hacía un predecible corte hacia abajo.

Ella extendió su mano derecha hacia adelante y arriba, atrapó la empuñadura descendente de Zhan-Yo y la tiró hacia ella, recibiendo el impacto romo de la empuñadura en su hombro. Su mano izquierda lanzó otra serie de tres puñetazos a la cara de Zhan-Yo, suficiente para hacer que el hombre tropezara hacia atrás. De vuelta hacia la cocina y el trío que observaba.

Gatete aplaudió. Roger miró fijamente. Mathieu frunció el ceño.

Zhan-Yo escupió sangre roja brillante sobre el suelo de madera oscura.

—¿Lo estás? —preguntó Celice de nuevo.

—¿Importaría si lo estuviera?

Celice alcanzó su pierna, encontró el cuchillo del muslo y lo liberó. ¿Importaba? ¿Realmente? Su padre exigía venganza. No tenía que ser justo.

—No —respondió Celice.

De nuevo se acercó rápidamente, y de nuevo se detuvo cuando Zhan-Yo blandió la espada, con la encimera de la cocina a su espalda. Zhan-Yo no solo fue por la finta esta vez, sino que dio un paso adelante mientras balanceaba, listo para atrapar a Celice que se detenía en su truco.

La repetición mataría al luchador arrogante.

Celice usó su impulso para desviar, para rebotar desde su pie izquierdo hacia la pared a su derecha y el sofá empujado a un lado contra ella. Con su pie derecho plantado en el cojín principal, Celice saltó de vuelta hacia Zhan-Yo, llegando a su lado mientras su estocada lo sacaba de posición.

Zhan-Yo se congeló. Ella tenía el cuchillo presionado contra su costado, la punta asomando a través de la armadura del hombre. El fileteado sería rápido, la muerte de Zhan-Yo sería lenta.

—Deténganse ahora —anunció Gatete—. Creo que este espectáculo ha terminado, por mucho que lo haya disfrutado.

Zhan-Yo dejó caer su espada. Repiqueteó en el suelo sin ceremonia, sin triunfo. —Me rindo.

Celice no movió el cuchillo. Su mano lo agarraba con fuerza. Un poco más allá, otro segundo y podría cumplir su promesa a su padre. ¿Y qué haría Gatete exactamente? ¿Atacarla?

—No tienes derecho a rendirte —dijo Celice—. No esta vez.

Se movió, empujó el cuchillo.

Y lo encontró desaparecido.

Gatete chasqueó la lengua mientras los copos huecos que habían sido el cuchillo de Celice revoloteaban hacia abajo. —Vamos, vamos. No más peleas.

—Él no merece vivir ni un segundo más —dijo Celice—. Ni uno...

—Vivirá tanto como sea necesario —respondió Gatete—, porque ¿qué mejor manera de que Zhan-Yo muera que ayudándonos?

Celice dio un paso a la izquierda, con Zhan-Yo entre Gatete y Roger. La espada de Zhan-Yo yacía a sus pies, lista para ser levantada y usada. La habilidad de Gatete tenía que tener algunos límites. Tal vez la vista era uno. Zhan-Yo la miró, su rostro una máscara impasible. Un prisionero ya resignado a su sentencia.

Deslizando su pie bajo la empuñadura, Celice levantó la espada caída, agarrando la empuñadura con su mano izquierda y balanceando la hoja mientras retrocedía, un golpe que debería haber dejado a Zhan-Yo destripado en el suelo.

Nunca hizo contacto. Un estruendo metálico envolvió el apartamento cuando la segunda espada de Zhan-Yo, desenvainada de su funda en el hombro, atrapó el golpe de Celice cuando su ataque se acercaba a su armadura. Las dos armas quedaron congeladas, Celice empujando hacia arriba, Zhan-Yo forzando el golpe hacia abajo.

Ninguna rabia, ninguna ira lo cruzó. Como si Zhan-Yo se hubiera defendido porque la lógica lo exigía, más que por autoconservación.

—¿Por qué no mueres? —gruñó Celice.

—Porque no es tu lugar matarme —respondió Zhan-Yo—. Aún no.

—El hombre tiene razón —dijo Gatete, pasando entre ellos y lanzando una mirada penetrante a Celice—. Vas a detener esto, Celice, o yo...

—¿Tú qué, Gatete? ¿Les dirás a los Paragones que me impediste vengar a mi padre?

—Les diré que eres un actor solitario causando violencia en mi ciudad —dijo Gatete, poniendo una mano en ambos mangos y separando las hojas—. Haré que Mynx venga por ti y me aseguraré de que te ponga en un lugar donde no seas un peligro para nadie más. —Con las espadas separadas, Gatete pasó de la disciplina a la recompensa, esbozando una brillante sonrisa en la habitación—. ¡Pero preferiría mucho más que llevemos a nuestro prisionero y lo instalemos. ¡Hay una fiesta que planear!

Zhan-Yo dejó caer su segunda espada y siguió a Gatete fuera del apartamento sin decir una palabra más. Celice, con la espada robada en la mano, observaba. La noche había salido tan mal, tan bien.

Había atrapado al hombre que mató a su padre.

Entonces, ¿por qué Celice se sentía más perdida que antes?

Afuera, los pods esperaban con más Paragons, incluyendo a Sydney, quien le lanzó a Celice una mirada de desprecio. Con Gatete liderando su pequeño grupo, Sydney dio un breve informe, señalando que los mercenarios de Zhan-Yo habían sido sacados del pub y enviados al mismo lugar al que Zhan-Yo iría en segundos.

—¿Y la recepción? —preguntó Gatete.

—Es tendencia local —dijo Sydney, desviando su mirada hacia Zhan-Yo—. Pero una vez que anunciemos que lo tenemos, el mundo prestará atención.

—Lo sé. Necesitamos maximizar esto. Pónganlos en marcha, luego reunámonos en la Torre. Sin errores.

—¿La Torre? —preguntó Celice a Roger, y el Paragon puso los ojos en blanco.

—La Torre de Londres. ¿La legendaria prisión? —dijo Roger—. ¿O es que Aegis no te enseñó nada de historia?

—Estaba demasiado ocupado enseñándome a detectar imbéciles. Parece que encontré uno.

Roger resopló y se unió a Gatete mientras el Campeón subía a su propio pod. Otros dos Paragons despojaron a Zhan-Yo de su armadura y armas antes de meterlo en otro pod y unirse a él dentro. Los dos vehículos salieron disparados, dejando a Sydney, Celice y Mathieu en la acera.

—¿Vienes? —le dijo Sydney a Celice.

—¿Y qué hay de él? —Celice señaló a Mathieu—. ¿No lo vas a arrestar con los demás?

—Oye —comenzó Mathieu.

—Narrativa —Sydney se encogió de hombros—. Publicaremos su foto, diremos que Zhan-Yo aún tiene un asociado suelto. La gente te verá, enviará fotos, se asustará. Luego haremos que un dron te capture, un aperitivo sorpresa en la ejecución de Zhan-Yo.

Celice se sintió vagamente enferma, como si su estómago quisiera rechazar a los Paragons tanto como su cena.

—¿Y matarme? —preguntó Mathieu, aparentemente tan incrédulo como Celice.

—Esa parte depende de ti —dijo Sydney mientras su pod elegido se acercaba a la acera—. Será mejor si te retractas y te disculpas allí mismo, frente a todas las cámaras. Él te dejará vivir si haces eso, garantizado. —Sydney debió haber visto sus caras, porque la suya se suavizó—. Sé que sueno como un monstruo, y que Gatete parece algo malvado, pero es la realidad, ¿no?

—Una bastante jodida —dijo Celice, consciente de que ella y Mathieu estaban lado a lado mirando a Sydney, un equipo por casualidad.

La presencia de los Paragons había enviado a los civiles a buscar refugio, dejando la calle y las aceras casi desiertas, salvo por un paseador de perros que hacía todo lo posible por mantener a su terrier lejos del trío. Una ligera lluvia comenzó a caer, rociando la calle y goteando por las ventanas.

Sydney señaló a Celice. —¿Crees que tu padre habría tenido tanto éxito si la gente no le prestara atención? Gatete necesita que la gente sepa que existe para conseguir los ascensos.

—¿Y tú? —contraatacó Mathieu—. ¿Estás ayudando con estos juegos enfermos?

—¿Eso viene del hombre que ayudó a bombardear un estadio? —Sydney se rió—. Ahórramelo. Es un mundo crudo. Si Gatete asciende, ¿adivina quién toma su lugar?

—Roger, por lo que parece —dijo Celice.

—Él irá con Gatete y dirigirá Europa. Yo me quedo con Londres y una oportunidad de respirar.

—Qué premio por todos tus principios —murmuró Mathieu—. No puedo defender lo que hizo Zhan-Yo, pero al menos teníamos una buena razón.

—¿Y cómo diablos sabes cuáles son mis principios? Celice, sube al pod. Mathieu, mejor empieza a correr. Tienes unos días y luego eres polvo.

Mathieu se rió, dio un paso atrás. —Ustedes los Paragons se sorprenden tanto de que el resto de nosotros los odiemos, pero ¿es realmente tan difícil de ver?

Celice extendió la mano, tomó el brazo izquierdo de Mathieu y lo sostuvo como lo haría con un amigo. El movimiento fue rápido, un instinto poniéndose en acción.

—Mi padre construyó a los Paragons —dijo Celice, moviendo sus ojos de Sydney a Mathieu y de vuelta—. Esto no es lo que él creó.

—Tiempo... —Sydney comenzó a hablar, pero Celice la interrumpió con un solo dedo levantado.

—Sube a tu pod, Sydney —dijo Celice—. Vuelve con Gatete y Roger y todos sus amigos. Él tiene a Zhan-Yo. Puede dejarnos en paz.

Sydney mezcló ira y confusión con curiosidad. —¿Nosotros? ¿Tú y Mathieu?

Para crédito de Sydney, Mathieu parecía igualmente perdido. Las expresiones desconcertaron a Celice por un momento, haciéndola preguntarse si la decisión era la correcta. Hasta que recordó que Roger y Sydney habían secuestrado a Celice no hace mucho tiempo, que estaban manipulando a Celice y Zhan-Yo para avanzar en sus propias ambiciones.

No se trataba de justicia, de hacer del mundo un lugar mejor. Esos ideales podrían sonar cliché, pero eran los que Aegis sostenía.

Los que Celice se aferraría en su ausencia.

—¿Eso es un problema? —preguntó Celice, sin dejar lugar a dudas sobre lo que podría suceder si Sydney tomaba la decisión equivocada.

—Se lo diré a Gatete —dijo Sydney—. Tendrán unas horas de ventaja, por lo que les pueda servir.

La Paragon no esperó nada más, sin dar oportunidad a que Celice cambiara de opinión. Sydney se deslizó en su pod, Tama se encendió y comenzó a teclear sin siquiera una mirada de advertencia hacia atrás.

—No esperaba eso —dijo Mathieu, liberando su brazo del agarre de Celice—. Tampoco necesito tu ayuda. No soy exactamente...

—No lo hice por ti —dijo Celice, dando media vuelta y dirigiéndose calle abajo. Necesitaba llamar a un pod donde los Paragons no pudieran verlo—. Necesitaba ganar algo de tiempo.

—¿Tiempo para qué? —dijo Mathieu, poniéndose a su lado.

—Para averiguar qué demonios acaba de pasar.

Mathieu no respondió a eso. Caminaron uno al lado del otro bajo la llovizna, Celice respirando el frío y reordenando su vida. Aegis nunca mencionó mucho cómo se sentía cuando una misión terminaba, cuando había cumplido un objetivo. Celice había pasado tantas aventuras en segundo plano, llamando refuerzos, coordinando Paragons, que cada victoria llegaba en la periferia.

Aegis celebraría, pero, casi siempre, lo hacía temprano. Se retiraba al Bastión en Manhattan y desaparecía en sus terminales, ansioso por encontrar lo siguiente que perseguir. En ese entonces, Celice no entendía por qué su padre no podía celebrar, no podía respirar tranquilo durante un día o tres.

Ahora, caminando en la noche de Londres sin un camino hacia adelante, hacia los lados o hacia ninguna parte, Celice encontró la razón.

—¿Adónde vas? —preguntó Mathieu mientras continuaban caminando pasando pubs, tiendas, clubes, la noche tardía de Londres.

—¿No se supone que deberías desaparecer?

—Eso es una trampa y lo sabes.

—No si de verdad huyes —Celice señaló las luces parpadeantes de un avión que pasaba sobre sus cabezas—. Gatete no te seguirá al extranjero.

—Ni tú misma te crees eso.

Era cierto. No lo creía. Una vez que Gatete pintara a Mathieu con el mismo pincel que a Zhan-Yo, todos los Paragones del planeta querrían encontrarlo y entregarlo.

—Entonces te recomendaría conseguir una nueva identidad —dijo Celice.

—¿Es eso lo que vas a hacer tú?

—De nuevo, ¿por qué te importa lo que yo vaya a hacer?

Mathieu dio un paso rápido y bloqueó el camino de Celice en la acera.

—Porque podríamos usar tu ayuda.

Eso la detuvo.

—¿Podríamos?

Mathieu se cruzó de brazos y señaló con la cabeza hacia un lado, bajo el toldo de un local cerrado. Habían dejado atrás la presencia de los Paragones, y aunque la llovizna había dejado las calles más tranquilas, Londres seguía siendo Londres. Si Mathieu tenía algunos secretos que compartir, Celice podía darle la oportunidad.

—Zhan-Yo imaginó que esto pasaría —dijo Mathieu cuando ambos se apiñaron contra la pared de una tienda cerrada.

Mathieu sacó un cigarrillo, lo encendió, pero no le dio una calada. Celice entendió: era una coartada para estar allí parados.

—¿Sabía que yo guiaría a Gatete directamente hacia él, que lo capturarían y lo prepararían para una ejecución pública?

—Bueno, quizás no todo eso —Mathieu simuló dar una calada—. Nadie piensa que puede huir de los Paragones para siempre, especialmente después de lo que hicimos en Los Ángeles.

—Tal vez Gatete no esté equivocado.

—No estoy diciendo que seamos santos, Celice. Diablos, probablemente merezcamos una bala en la cabeza. Pero no estamos aquí porque Zhan-Yo esté depositando reps en nuestras cuentas.

—¿Amigos, entonces?

—Revolucionarios —dijo Mathieu, y Celice se rio, de forma aguda y breve.

—A Zhan-Yo puedo creerlo —dijo Celice—. A ti, tal vez. Pero ¿todos esos tipos en el pub? ¿Todos están ansiosos por derrocar a la sociedad?

Mathieu se encogió de hombros.

—Zhan-Yo nos hizo jurar a todos. Si cumplirán o no, no lo sé, pero han permanecido con nosotros hasta ahora. Han permanecido con él.

¿Cuántos Paragones se unían, se quedaban en la organización solo para estar con Aegis y los otros Campeones? El número tenía que ser mayor que cero. Podría ser más de lo que cualquiera esperaba.

Aunque, con lo que había visto últimamente, los Paragones tenían muchos problemas. El mundo de su padre podría no ser tan invencible como parecía hace unos meses.

—¿Sigues aquí? —preguntó Mathieu, dejando caer un cigarrillo sin fumar y aplastándolo.

—Pensando —respondió Celice, sacudiéndose la introspección. Algo para más tarde—. Dijiste que podría ayudar. ¿Con qué?

—Salvando a nuestro chico —Mathieu tenía las manos a medio levantar mientras decía las palabras, como si esperara que Celice lo golpeara. Y lo habría hecho, podría haberlo hecho, excepto que una familia de dos niños y una madre

pasó en ese preciso momento. El mundo parecía lo suficientemente oscuro sin iniciar una pelea frente a los niños—. Sé lo
que estás pensando. Sé que querías acabar con Zhan-Yo allí
dentro.

—Sigue hablando y tal vez te saques del hoyo.

—No voy a tratar de convencerte de que Zhan-Yo necesita
ser salvado porque es un buen hombre —Mathieu miró hacia
la calle, aparentemente incapaz de enfrentar la dura mirada
de Celice—. Lo que estoy diciendo es que es la mejor oportunidad para salvar el mundo que tu padre construyó.

Celice puso los ojos en blanco. ¿Qué otra respuesta había?

—Déjame probártelo —Mathieu levantó su Tama, tecleó
una dirección y se la mostró a Celice—. Aquí es donde nos
hemos estado quedando. No está muy lejos. Ven conmigo y lo
entenderás, lo juro.

—¿Entender qué, exactamente? ¿Algún nuevo plan para
matar más anomalías?

—Lo intentamos. Dos veces. No funcionó. Zhan-Yo ha
seguido adelante.

—Me alegro tanto de que haya visto la luz.

—Admite que ha cometido errores —dijo Mathieu—.
¿Puedes hacerlo tú?

—Claro. Cuando dejé que Zhan-Yo saliera de ese apartamento sin una espada clavada en su espalda.

Mathieu finalmente se quebró, la fachada estoica cayendo
en un suspiro ante sus palabras. Negó con la cabeza, se pasó
una mano por la barbilla, luego se apartó de ella y comenzó a
caminar.

—¿Sabes qué pasa cuando la venganza es lo único en lo
que piensas? —dijo Mathieu mientras se alejaba.

—No puedo esperar a oírlo.

—Te conviertes en esclavo de un recuerdo. Ven, y tal vez
encuentres una manera de liberarte.

Celice observó a Mathieu alejarse bajo la llovizna durante

una manzana antes de dar su propio giro, dirigiéndose hacia su apartamento. Mientras caminaba, sacó su Tama e introdujo la dirección que Mathieu le había mostrado.

Por si acaso.

CAPÍTULO 19
JINETES NOCTURNOS

SE DETUVO cuando cesó el tiroteo. Calvin no sabía cuán profundo había llegado, cuán gruesa era la capa de barro sobre ellos. La tierra corría áspera entre sus dedos, canalizándose desde su mano izquierda y floreciendo desde la derecha hasta ahora, cuando quedaron envueltos en la oscuridad. El Tama de Calvin brillaba, su luz azul fantasmal era la única iluminación.

—¿Qué? —preguntó Calvin; Kat había murmurado algo que no pudo entender.

Había mantenido el cuerpo de ella envuelto contra el suyo mientras se hundían más profundo, tratando de ofrecer el perfil más pequeño posible a los guardias de Wexley. Cuanto más tuviera que extenderlo Calvin, más delgado sería el barro. Menos balas detendría.

—Quítate de encima —repitió Kat.

—No puedo —respondió Calvin—. No hay espacio.

—¿Qué? —Kat se retorció, poniendo su rostro hacia Calvin, el brillo del Tama mostraba tierra negra y húmeda a su alrededor—. ¿Dónde estamos?

—Sí, sobre eso —Calvin bajó a un susurro—, intenta no hablar. No tenemos mucho aire aquí.

Kat captó las implicaciones mientras Calvin repasaba sus opciones. Podría intentar excavar hacia arriba esta vez, pero a diferencia de empujar el barro hacia el aire, Calvin tendría que tomar de arriba y poner abajo, un espacio que, en este momento, ya estaba ocupado por tierra.

En resumen, no tenía una buena respuesta para esta situación.

Peor aún, si salían demasiado pronto, los matones de Wexley los acribillarían.

Kat alcanzó, agarró y torció el brazo de Calvin para poder ver su Tama. Haciendo una mueca por el ángulo apretado e incapaz de leer lo que la rastreadora escribía en el dispositivo, Calvin observó a Kat e intentó no respirar. Cuando Kat lo soltó, se reclinó en el estrecho hueco a su alrededor y lo miró.

Gracias.

Sus labios se movieron lo suficientemente lento para que Calvin los leyera.

No hay problema.

Exageró las palabras, suponiendo que había tenido éxito cuando Kat esbozó una pequeña sonrisa.

¿Solo tú? preguntó Kat.

Calvin negó con la cabeza, *Esfuerzo de equipo.*

¿Dónde?

No lo sé, Calvin añadió un ligero encogimiento de hombros. No quería decir muertos, no quería decir disparados. Weed y su equipo no eran exactamente amigos todavía, pero Calvin prefería no pensar en la idea de que había arrastrado a sus compañeros de trabajo a un tiroteo fatal.

El Tama de Calvin emitió un pitido. Corto, estridente. Los ojos de Kat se abrieron de golpe y agarró el brazo de Calvin de nuevo. Sonrió.

—Hay que amar a los Paragones —dijo Kat, y ante la mirada de Calvin, puso los ojos en blanco—. Estarán aquí antes de que se acabe el aire. ¿Crees que Mynx dejaría que un poco de roca se interpusiera en el camino de rastrear sus anomalías?

—¿Qué?

—Dale treinta segundos. —Kat miró hacia arriba, más allá del hombro de Calvin—. Puede que te ensucies.

—Si vivo, estoy bien con eso.

Los treinta segundos pasaron con Calvin zumbando a través de un breve relato del ataque. Todo el tiempo, el aire se volvía más y más fino. Respirar se sentía como estirarse por algo en la distancia lejana, los pulmones trabajando cada vez más duro por menos retorno.

El suelo de arriba tembló. Calvin sintió que su creación de barro se doblaba, cayendo sobre su espalda. El peso lo aplastó contra Kat, quien logró soltar una maldición ahogada. La luz de su Tama desapareció bajo rocas y tierra, el material golpeándolo por todos lados. La arena entró en sus oídos, alguna raíz retorcida presionó contra los labios de Calvin mientras algo que no vio, pero pudo sentir retorciéndose, se aplastó contra su nariz.

Cualquier rescate que Kat hubiera encontrado iba a matarlos.

Justo cuando Calvin estaba tratando de decidir de qué manera preferiría morir —cualquier forma que no involucrara el gusano retorciéndose en su cara ganaba—, la presión desapareció. La luz de la luna se derramó cuando una mano metálica alcanzó, agarró la espalda de Calvin y lo sacó. Debajo de él, Kat tomó una gran bocanada de aire antes de sentarse y salir del agujero.

El dron convocado por Kat dejó a Calvin junto al granero, en un lugar lleno de casquillos de bala. Mientras sus ojos se adaptaban a la luz, los sonidos contaban una historia diferente. Algún líder Paragon ladraba órdenes, mientras que el golpeteo de pies y el zumbido de motores señalaban drones, cápsulas y Paragones en gran número.

Calvin sintió una mano en su hombro, miró para ver a

Particle de pie cerca de él. Su uniforme tenía cortes, y tenían un vendaje apretado en el brazo derecho, pero eso no parecía ser la causa de su mirada preocupada.

—Eso nos completa a todos —dijo Particle, sin esperar a que Calvin comenzara un informe—. Weed es el que está peor. Smoke le sigue. Ya los sacaron.

—¿Vivirán?

Particle pateó un casquillo de bala.

—Tienen una oportunidad. La pregunta es, ¿Mynx tiene alguna?

—¿Mynx?

—¿Dónde has estado, bajo una roca?

Calvin entrecerró los ojos hacia Particle, captó el labio ligeramente curvado hacia arriba.

—Eso no tiene gracia.

—¿Quién es este? —dijo Kat, sacudiéndose la tierra mientras se acercaba—. ¿Es uno de tu equipo?

—Particle —dijeron—. Rescatarlos casi nos mata.

—Lo siento.

—No tan sorry como van a estar estos matones. Se llevaron a Mynx. Algún tipo de dispositivo EMP dejó fuera de combate su traje mecánico y derribó algunos drones. Feo, pero si pateas un avispero, te van a picar. —Particle chasqueó los dedos, forzando a Kat y Calvin a mirar hacia una cápsula vacía cerca del camino—. Esa es vuestra si la queréis. Me quedaré aquí y les diré lo que quieren saber.

Calvin podía leer entre líneas lo suficiente como para entender el punto de Particle. Si algo le había sucedido a Mynx, los Paragons querrían saber por qué un equipo pequeño había entrado antes. Querrían saber por qué ese pequeño equipo había esperado para pedir refuerzos. Particle parecía no inmutarse ante la idea de desviar la atención, lo que significaba que o bien podía mentir con los mejores o no le asustaba ninguna sanción.

De cualquier manera, Calvin no iba a desaprovechar la oportunidad que se le presentaba.

La cápsula avanzaba a buena velocidad de vuelta a la ciudad, su techo transparente ofrecía una magnífica vista del cielo nocturno. Después de haber estado atrapado bajo el barro, Calvin se encontraba mirando hacia arriba más que a cualquier otro lado, disfrutando de esa libertad. La cápsula en sí permanecía en silencio, salvo por el suave zumbido de su motor y los ocasionales baches y chasquidos del camino.

—Gracias por venir a buscarme —dijo Kat mientras se deslizaban por el camino—. Ser rastreador es una tarea solitaria. La gente no suele darse cuenta cuando desaparezco.

—No estoy acostumbrado a tener amigos —respondió Calvin—. Pensé que debía mantener con vida a los que tengo.

—¿Aunque eso signifique que capturen a un Campeón?

—¿Cómo demonios iba a saber que Mynx vendría?

Kat se rio.

—No pongas esa cara tan triste. Está bien. Se llevaron a un Campeón. Todos los Paragons del planeta irán tras ellos. Wexley está acabado.

El cabello de Kat se le pegaba mientras se reclinaba en el asiento. Su uniforme blanco parecía más marrón que otra cosa, con la suciedad incrustada. Los jirones mostraban que lo había pasado mal, pero Calvin no veía huesos rotos ni manchas de sangre.

—¿Qué hicieron contigo? —preguntó él—. ¿En ese restaurante? ¿Y aquí?

—Wexley habló —respondió Kat, cerrando los ojos—. Más hacia mí que conmigo. Yo fui un accidente.

—Creo que teníamos la intención de entrar en ese astillero.

—Me refiero a la captura. No somos nada para estos tipos. Wexley y Rhimes, toda esa operación... Es mucho más grande que tú y yo.

—Kat, no sé si lo recuerdas, pero estoy acostumbrado a no ser nada. Lo prefiero.

—Yo también.

Cuando no hubo respuesta, Calvin miró y vio que Kat respiraba profundamente con los ojos cerrados. Había tenido un día largo, así que Calvin le dio un momento. Tocó la ventana a su izquierda, pasando por un campo oscuro y sucio. Con cada toque sentía el cristal de la cápsula y lo que podía hacer con él. Romper el vehículo, crear un cuchillo, o...

Tomó trazas mientras Kat dormitaba a su lado. Las extrajo de la superficie con una mano y las hizo girar con la otra, moldeando el cristal al tacto. Los cristales líquidos se formaron en la punta de sus dedos y fluyeron hacia abajo, fundiéndose con sus predecesores para crear, poco a poco, una sorpresa.

—Nos estamos acercando —dijo Calvin cuando Chicago se alzó a su alrededor—. ¿Estás lista para despertar?

—Para nada —murmuró Kat, manteniendo los párpados cerrados—. ¿Tengo que hacerlo?

—No sé cuánto tiempo te dejará esta cápsula quedarte dentro —respondió Calvin—, pero creo que hay alguien que se sentiría muy decepcionado si no salieras.

Kat se incorporó, sonriendo. Seeker tenía ese efecto en la gente, y Calvin ni siquiera se consideraba una persona amante de los perros. Durante la mayor parte de su vida, los perros que Calvin conocía lo perseguían, cazando su olor a través de bosques y campos. El tanque peludo aceptaba a los amigos de Kat como si fueran suyos, y Seeker también se convertía en una excelente manta en los largos inviernos de Chicago.

—Calvin, ¿hiciste esto? —dijo Kat, notando el objeto que Calvin sostenía en su mano izquierda.

—Puede ser. Viaje largo, y tú no hablabas mucho.

—Lo siento. Resulta que ser rehén es agotador. ¿Puedo sostenerlo?

—Debería estar bien.

Las creaciones de Calvin solían fallar cuando se dejaban

solas, porque romper la integridad estructural para hacer sus propias formas inevitablemente volvía para atormentarlas. Sin embargo, aquí había hecho un esfuerzo extra, entretejiendo el cristal para que se sostuviera por sí mismo, para evitar que se doblara o estirara demasiado.

—Es hermoso —dijo Kat, sosteniendo al perro de cristal, un Seeker ondulante y brillante—. ¿Cómo?

—Puede que las ventanas de la cápsula ya no sean tan a prueba de balas —dijo Calvin, y ante la mirada preocupada de Kat, levantó las manos—. Tranquila, ya hice la solicitud de revisión. Lo arreglarán. Nadie va a recibir un disparo en esta cosa.

Kat asintió, aparentemente tranquilizada.

—¿Por qué hiciste esto, Calvin? Me gusta, quiero decir, pero ¿por qué?

No era una pregunta que hubiera pensado responder, pero ahora que se la habían hecho, Calvin encontró una manera de responder:

—Pensé que sería agradable hacer algo que no fuera violento por una vez. —La cápsula se detuvo frente al edificio de apartamentos de Kat—. Solía hacer eso a veces, cuando pasaba la noche en algún vertedero o debajo de un puente. Hacer pequeñas baratijas que pudiera vender por algunos reps de repuesto al día siguiente.

Mientras Kat se limpiaba tanto la suciedad como los frenéticos lametones de bienvenida de Seeker, Calvin tomó su Tama y confirmó que Weed, Lob y Smoke habían salido con vida. Los lanzamientos de Lob los habían puesto bien fuera del terreno iluminado y Smoke los mantuvo ocultos hasta que los refuerzos de los Paragons trajeron mejor ayuda.

Smoke aportó una dura descripción del ataque de Mynx y los proyectiles incapacitantes utilizados por el equipo de Wexley. Mynx había cancelado el bombardeo para salvar al gladiador e interrogar a los líderes, una decisión que se volvió en su contra cuando el PEM de Wexley se activó. Los drones habían sido derribados rápidamente, los Paragons en su interior, atrapados. Una vez que Mynx fue asegurada, toda la fuerza empacó y huyó, superando a los propios refuerzos de los Paragons por apenas unos minutos.

—Nos engañaron —dijo Calvin cuando Kat se hubo recompuesto—. Wexley y su equipo. Desde el principio, cuando se llevaron ese dron.

—Pero no te esperaba a ti —respondió Kat—. Tampoco pensaban que llegaríamos a los muelles. No es tan listo como crees.

—Entonces, ¿qué es?

—Es como todos esos otros idiotas que siguen arañando el poder —dijo Kat, sentándose en su cama mientras Calvin reclamaba el sofá. La comida para llevar estaba en camino: salteado, disponible incluso cuando el reloj se acercaba a la medianoche—. Se envuelven tanto en sus ambiciones. Es por eso que todos terminan fracasando tarde o temprano.

Calvin silbó.

—¡Kat la filósofa está en la casa!

—Más bien Kat la cansada y hastiada.

—Así que no crees que sea tan listo, ¿qué crees que hará a continuación?

Kat, acariciando a Seeker, frunció los labios, miró al techo y luego se encogió de hombros.

—¿Quieres que haga una apuesta?

—Te lo pregunté, ¿no?

—Está bien, te llevas a Mynx, ¿verdad? Montas todo este lío con un dron, lo arriesgas todo para ir tras este Campeón. No haces una jugada así a menos que sea la ganadora.

—O estés loco. —Calvin se incorporó, se estiró. Estar sentado en el pozo de barro y en la cápsula no había hecho ningún favor a sus músculos—. Como el tipo que acabó con Aegis. Estaba loco.

—Es una locura. Zhan-Yo no está muerto —dijo Kat—. O, si lo está, nadie lo ha anunciado. De todos modos, no podemos ir con la idea de que está loco porque eso no nos ayuda.

—¿No nos ayuda?

—Claro. Si pensamos que Wexley está actuando al azar, entonces no podemos predecir lo que podría hacer, así que ¿para qué molestarnos?

Calvin se rio y miró a Kat.

—¿De dónde sale esto? ¿Ahora eres psiquiatra?

—Soy una rastreadora, idiota. ¿Cómo crees que encuentro anomalías? ¿Cómo te encontré a ti?

—¿Suerte?

Kat le agitó un dedo.

—Calvin, vamos. Wexley tiene un plan. Hasta ahora, apuesto a que le está yendo bastante bien, incluso con tu locura. ¿Sabes qué más hizo cuando me encontró en el restaurante?

—¿Qué?

—Se tomó un batido. Lo más tonto. El punto es que no le importó un carajo que yo estuviera allí, excepto para alardear. Somos insignificantes para él, Mynx es importante. ¿Y qué tiene Mynx que sea suyo y solo suyo?

—¿Reputación? Es una Campeona. Él se vuelve famoso.

Kat se levantó y se dirigió al enorme monitor de computadora que servía como su base de operaciones de rastreo. Seeker la siguió, aparentemente reacio a dejarla alejarse después de la desaparición de Kat. Cuando la rastreadora se sentó en su silla, Seeker se desplomó sobre sus pies.

—¿Muestra y explica? —preguntó Calvin.

—¿Creí que no habías ido a la escuela? —respondió Kat, accediendo a la base de datos de rastreo. Nombres de anomalías y reputaciones aparecieron, mostrando las alimentaciones de las cuentas de Kat del trabajo que sus objetivos completaban—. Mynx armó todo esto, una gran base de datos para rastreadores, asistida por drones.

—Cierto.

—¿Adivina quién controla los drones?

—¿Los Paragones locales?

—Ahora solo estás jugando conmigo —dijo Kat—. Sé que hay un cerebro en alguna parte ahí dentro.

—No fui a la escuela, ¿recuerdas? —Calvin sonrió y Kat puso los ojos en blanco.

—La mayoría de los drones vienen de un solo lugar. Es por eso que Mynx es quien es —dijo Kat—. Ella tiene la Fábrica.

—¿La qué?

Kat no respondió de inmediato. En su lugar, puso las manos sobre su escritorio y maldijo, una maldición lenta y larga que hizo que el buen humor de Calvin se desvaneciera con la palabra. La rastreadora guardaba su lenguaje colorido para momentos significativos, y dado el tema...

—No vamos a disfrutar de esa comida para llevar, ¿verdad? —dijo Calvin.

La comieron en otro módulo mientras el pequeño automóvil se balanceaba por las calles escasas de la noche, buscando una dirección que a Calvin no le importaba recordar. Si nunca volvían a terminar en el cuartel general de los Elementales, estaría perfectamente bien con eso. Demasiadas reglas, demasiadas anomalías engreídas que se consideraban mejores solo porque no vestían de azul y blanco.

—¿Estás segura de que los necesitamos? —preguntó Calvin—. Porque si lo que estás pensando es correcto, los Paragones van a estar metidos en todo esto.

—Los Paragones tienen filtraciones por todas partes —dijo Kat—. Y Wexley acaba de darles una paliza.

—¿Crees que los Elementales lo harán mejor? ¿Olvidas que tuvimos que ayudarlos a luchar contra Wexley, como, hace unas semanas?

—¿Quieres saber lo que pienso, Calvin? Supongo que Wexley no está jugando por diversión aquí. Creo que tiene un plan para tomar mucho más que Chicago, y mucho más que unas pocas vidas de anomalías. Vamos a necesitar que los Elementales participen en esto, tanto como los Paragones.

—Está bien...

—Van a morir si Wexley tiene éxito, Calvin. Merecen la oportunidad de luchar por sus vidas.

—Buena suerte convenciéndolos de que hagan eso.

Eso acabó con la conversación hasta que llegaron al café que servía como cuartel general de los Elementales. Cerrado desde hace mucho para la noche, encontraron a la anomalía que vigilaba la entrada sentada en un banco en el parque de enfrente. El hombre parecía perdido y confundido hasta que Kat repitió el nombre de Beth una docena de veces. Eso, junto con los puños apretados de Kat, impulsó al guardia a la acción.

Pasaron unos minutos antes de que la puerta del café se abriera y dos Elementales más, frotándose los ojos pero por lo demás listos para actuar, los condujeran a una habitación que olía a café fuerte. Un gran termo descansaba sobre una mesa junto a una bandeja con pasteles etiquetados con el dudoso título de "del día anterior".

—No estamos acostumbrados a recibir visitas a esta hora —dijo Beth, la líder de los Elementales, sentada en una silla plegable de metal junto a una mesa igualmente precaria. Como los demás, se había puesto una vestimenta de estar por casa, como si viniera de alguna fiesta de pijamas—. Disculpen la situación.

—Considérate disculpada —dijo Kat, frunciendo el ceño mientras Calvin se hacía con un café para sí mismo, junto con un par de pasteles rellenos de bayas.

—¿Qué? —dijo Calvin mientras se unía a Kat en la mesa, sirviéndole un café después de dejar sus cosas—. Estamos siendo lo suficientemente amables como para advertirles sobre el fin del mundo. Lo menos que pueden hacer es darnos una rosquilla.

—¿El fin del mundo? —dijo Beth, arqueando una ceja—. Eso suena hiperbólico.

—Normalmente, estaría de acuerdo —dijo Kat—. Pero no esta vez. Es Wexley, Beth. Tiene a Mynx.

Beth se inclinó hacia adelante.

—¿La Campeona?

—La Campeona. —Calvin dio un largo trago a su café, seguido del pastel. Delicioso—. Como dije, el fin del mundo.

Esta vez, Beth no pareció tan escéptica.

CAPÍTULO 20

LA NEGOCIADORA

EL PROBLEMA de la aldea no vivía en la aldea. Achara guió a Cassidy y a Thane —restaurado a su antiguo yo en cuestión de minutos— más allá de las casas destartaladas, las tiendas al aire libre y el dulce aroma del almuerzo que flotaba desde las cocinas. La jungla se cerró a su alrededor cuando llegaron al límite de la aldea, salvo por un sendero rocoso y bien transitado que ascendía por una suave colina.

Cuando Cassidy presionó a Achara para obtener más detalles en el autobús, la mujer solo dijo que el problema era uno con el que los Paragones no estaban teniendo mucho éxito. Al parecer, no todos querían unirse a los de plata y azul. No todos querían sacrificar su libertad por el bien común.

—Así que es una anomalía —dijo Cassidy.

—En cierto sentido —respondió Achara.

—Si quiere que tengamos éxito, las sorpresas no van a ayudar.

—Menos un deseo de sorprender y más una falta de una buena explicación —la expresión suave de Achara nunca flaqueó, nunca dio pistas de que ocultara algún secreto devastador detrás de ese rostro—. Puedo decirle que la victoria aquí no significará romper huesos y destrozar corazones.

Con esa descripción, el trío avanzó por el sendero hasta que, al acercarse a la cima de la colina, Achara se quedó atrás. Diciendo que su presencia solo perjudicaría los esfuerzos de Cassidy y Thane, eligió un árbol robusto, se apoyó en él y miró su Tama. Cassidy supuso que la Paragon estaba enviando algún mensaje a sus amigos, riéndose de cómo tenía a dos de los villanos más importantes del mundo haciendo sus recados.

—¿Crees que es una trampa? —preguntó Cassidy a Thane, quien estaba en su forma intermedia con músculos y arrugas en abundancia.

—Definitivamente es una trampa. La pregunta es de qué tipo.

—¿De qué tipo?

Thane no respondió, subiendo por el sendero hasta la cima de la colina. Cassidy lo siguió, preguntándose de nuevo por qué había decidido seguir a un loco indescifrable a este maldito lugar caluroso y lleno de bichos. El agua fresca del autobús se esfumó rápidamente cuando regresaron al exterior, y la bienvenida sombra del dosel de la jungla venía acompañada de nubes de mosquitos cuyo acoso hizo que Cassidy sintiera que había perdido litros de sangre por culpa de los insectos. Al menos la isla tenía brisas y pocos insectos de los que preocuparse.

La cima de la colina hizo lo que pudo para borrar las frustraciones de Cassidy. Horneándose bajo el sol ardiente, se alzaba una enorme estructura de madera y barro de varios niveles. Chatarra sobresalía en ángulos extraños de los costados del edificio, lo que parecían viejas piezas de automóviles servían como soportes para mantener todo el lugar unido. Pollos y varias cabras deambulaban por el patio cubierto de hierba, sin prestar atención a los dos recién llegados. En la parte superior de la estructura, colgando flácida en el aire sin viento, ondeaba una bandera con el rostro rugiente de un tigre, naranja y negro.

—Yo diría que hemos llegado a una guarida —dijo Thane.

—¿Una guarida de qué?

—De ellos.

Thane señaló la puerta principal del edificio mientras se abría con bisagras chirriantes, revelando a un trío que debía ser más joven que los propios hijos de Cassidy. Adolescentes, y por su aspecto, no les iba muy bien. Suciedad y arañazos estropeaban rostros demacrados y cuerpos delgados, ropa rasgada y manchada colgaba suelta sobre miembros larguiruchos. Y sin embargo, los tres, dos mujeres y un hombre, salieron al porche con los brazos cruzados y el enojo encendido.

Una de las mujeres, con el cabello hasta el suelo atado en trenzas, les habló. Cassidy no entendió ni una palabra, pero escuchó desafío, escuchó una advertencia. Estos chicos no querían visitas.

—Dicen que no vendrán —murmuró Thane.

—¿Qué? —dijo Cassidy, viendo a Thane tocarse la barbilla en actitud contemplativa—. ¿Venir adónde?

Achara no había mencionado qué, exactamente, se suponía que Thane y Cassidy debían hacer con la casa o sus ocupantes. ¿Apinya y sus Paragones querían que destruyeran a estos chicos? La idea parecía ridícula, y Cassidy no lo haría de todos modos. Criminal o no, matar a niños al azar no entraba en el rango de Cassidy.

Thane podría ser otro asunto, si lo enfadaban lo suficiente.

El trío susurró entre sí durante unos segundos antes de que la mujer tomara el centro de atención nuevamente, dando un paso adelante. Detrás de ella, en la puerta, Cassidy captó destellos, los reflejos reveladores de otros ojos que espiaban.

—Hay más niños dentro —susurró Cassidy.

—Piezas para el rompecabezas —respondió Thane.

La líder habló de nuevo, esta vez más fuerte. Repitiendo las palabras anteriores, pero añadiendo otra frase al final.

—Ahora nos está amenazando —dijo Thane—. Si no nos vamos, pagaremos un precio.

—¿Vas a hablar con ellos? Porque no creo que me entiendan.

—No puedo —Thane negó con la cabeza—. En esta etapa, puedo entender, en general, pero no sabría cómo formar una frase. Si me debilito más, entonces tal vez...

En el porche, los tres adolescentes se separaron, dejando unos metros entre ellos. Cassidy no vio ningún arma, pero hizo la conexión. Si los Paragones querían a estos chicos, entonces probablemente eran anomalías. Y eso significaba que cualquier cosa podía pasar.

Cassidy levantó las manos, bien altas y abiertas. Se puso una sonrisa que esperaba no fuera amenazante.

—Por favor, Thane —dijo Cassidy—. No quiero pelear con estos chicos, y no creo que Apinya quiera que lo hagamos tampoco.

Thane asintió y, al hacerlo, el cuerpo del hombre se encogió. Los músculos se atrofiaron, sus rodillas se doblaron y el cabello de Thane se cayó, dejando solo unos mechones grises. Los adolescentes en el porche lo miraron boquiabiertos, el chico parecía que iba a vomitar.

Pero nadie conjuró bolas de fuego, disparó rayos láser con los ojos ni se teletransportó para apuñalar a Cassidy en los riñones.

—Dadle un segundo —dijo Cassidy, probando el inglés antiguo con los adolescentes. Estos centraron su atención en ella, con miradas estrechas que sugerían que solo habían captado su tono—. No estamos aquí para haceros daño.

Intentó darle un toque maternal, desempolvando un estilo que Cassidy no había empleado en una década.

Cuando Thane habló, su voz salió como un susurro ronco. Las palabras sonaban correctas, aunque Cassidy no podía entenderlas. Los adolescentes se acercaron, su líder dejó el porche para pisar la hierba llena de maleza, abriendo más la boca a medida que Thane continuaba hablando. Cuando se detuvo, ella respondió, rápida y clara, casi ansiosa.

—¿Qué les estás diciendo? —preguntó Cassidy.

Thane no le respondió, sino que siguió hablando con la adolescente. Cuando la joven comenzó a asentir y luego hizo un gesto al chico para que volviera a la casa, Cassidy sintió un escalofrío recorrer su espina dorsal. En la isla, Thane tenía una forma de atraer a la gente hacia sus intereses, construyendo una coalición con una combinación de sueños imposibles y determinación.

—Thane —repitió Cassidy, interrumpiendo su último discurso—. ¿Qué está pasando?

Thane le dio a la joven una lenta sonrisa, levantó una mano y luego giró su deformado cuerpo hacia Cassidy como si fuera una niña impaciente exigiendo atención.

—Las aldeas de los alrededores envían sus anomalías aquí —dijo Thane—. Directamente a esta casa. Los aldeanos les tienen miedo, pero les traen comida y agua, dejándolas en el sendero. Los cobardes no pueden obligarse a matar a sus propios hijos, pero tienen demasiado miedo para vivir con ellos. Creo que Achara y sus Paragones quieren recoger las anomalías para sí mismos.

—¿Y no quieren irse?

La sonrisa de Thane se ensanchó.

—La reputación de los Paragones les precede. Estos niños prefieren su libertad a lo que Achara promete. Han visto lo que sucede cuando atan sus vidas a adultos que creen saber más.

Entonces, ¿por qué Achara enviaría a Thane y Cassidy aquí? ¿Para ver si los niños los matarían? ¿Para asustar a los niños y hacerles ver quién podría venir por ellos sin la protección de los Paragones?

—Creo que vendrán con nosotros —continuó Thane, devolviendo la atención de Cassidy hacia él—. Varios son bastante fuertes, según esta. Con ellos de nuestro lado, no necesitaríamos la cooperación de Achara. Podríamos forzar la situación.

—Y atraer a Apinya sobre nosotros.

La joven frunció el ceño ante las palabras de Cassidy, probablemente captando el nombre de la Campeona. Habló rápidamente, diciendo el nombre de Apinya más de una vez, y la sonrisa de Thane creció.

—Dice que no tienen miedo. Apinya es una molestia que no los entiende. Nosotros sí, Cassidy. Sabemos lo que es ser perseguidos por los Paragones. —Thane miró a la joven y le habló.

Cassidy vio movimiento hacia la casa, miró en esa dirección y se quedó boquiabierta. Al menos veinte adolescentes estaban en el porche y en el césped alrededor. Más asomaban las cabezas por las ventanas de arriba. Esto no eran solo unas pocas anomalías.

Con razón Apinya no había intentado usar la fuerza bruta. ¿Quién sabía qué cataclismos podrían acechar allí dentro?

—Ahora lo entiendo —dijo Cassidy, tomando una profunda bocanada de aire.

—Un regalo inesperado —coincidió Thane—. Pensé que tendríamos que escondernos, esperar una oportunidad. Apinya, en cambio, nos ha dado el instrumento de su propia caída. Vendrán con nosotros y, juntos, obligaremos a estos Paragones a tratarnos como iguales.

—No puedes. No son luchadores, son niños. —Cassidy asintió hacia los adolescentes—. Apinya nos matará, a ellos también. No quiero su sangre en mis manos, Thane.

La sonrisa de Thane se desvaneció en una línea recta. Dijo unas palabras a la joven, quien asintió y gritó un nombre hacia la casa. Los adolescentes se apartaron hasta que uno salió, un chico caminando con un bastón, una pierna parecía más pequeña. Sin embargo, si eso molestaba al chico, Cassidy no pudo notarlo. Su atención, en cambio, se dirigió al pecho del muchacho. No llevaba camisa, y serpenteando por su piel, como serpientes, había líneas verde musgo.

—Mira a este —dijo Thane—. Tiene el poder de un Campeón. Entregarlo a los Paragones, otra gema en su colección...

Cambiando de idioma nuevamente, Thane llamó al chico a través del patio, quien parecía más joven que los demás.

El chico, sin expresión, alcanzó con su mano libre y tanteó entre su pecho. Cuando sus dedos tocaron una de las líneas, esta se enroscó alrededor del punto, formando un punto terroso en su piel morena.

Cassidy quedó ciega.

No, no ciega. Aún veía colores. Formas, pero cambiantes e indistintas, como si Cassidy hubiera caído en una prueba de manchas de tinta. El aire húmedo de la selva pesaba sobre ella, el parloteo de los niños llenaba sus oídos, pero por todo lo que Cassidy podía ver, estaba de pie en un mar blanco vacío con nubes negras a su alrededor, debajo y sobre ella.

Los vacíos saltaron a la punta de sus dedos, y Cassidy trató de recordar dónde estaba el chico. Parecía que había creado alguna ilusión, lo que significaba que estaba donde había estado antes. Si Cassidy pudiera poner un vacío en el lugar correcto, podría...

—No lo hagas —dijo Thane, su voz llegando de la nada—. Terminará pronto.

Habló de nuevo, llamando al chico.

Sin un destello, sin un parpadeo, el patio, la casa y todos los adolescentes volvieron. La mayoría se frotaba los ojos, un par brillaba en diferentes colores, habilidades surgiendo cuando se sentían amenazados. Sin embargo, nadie parecía entrar en pánico, incluso cuando el chico movió sus dedos a una línea oscura diferente. Como antes, se arremolinó alrededor de su dedo, fusionándose en un círculo oscuro.

Un dulzor a coco inundó la boca de Cassidy, casi abrumador, como si se hubiera atascado de caramelos. Le costaba respirar, su cuerpo tan convencido de que estaba lleno. Tosidos resonaron por todo el patio, y Thane se rió.

—Los sentidos —dijo Thane—. Puede retorcer cualquiera de ellos a su voluntad. Tal vez podríamos ganarles tiempo, alejarnos y comenzar de nuevo más adentro en la selva. Preservar este tesoro.

Un nuevo sonido vino desde atrás, el crujir y rozar de botas sobre roca. Cassidy se giró para ver a Achara, flanqueada por un escuadrón de Paragones.

—Todos son tesoros —dijo Achara—. Merecen algo mejor que esto. Necesitan entrenamiento, atención médica y un camino hacia adelante.

Los adolescentes se retiraron ante la aparición del Parangón, resguardándose hacia la casa y su interior. Sin embargo, el chico con el bastón y las líneas oscuras permaneció allí, junto a la joven que había estado desde el principio. Parecían decididos, se veían pequeños, demasiado jóvenes para esto.

—¿Por qué? —preguntó Cassidy, interponiéndose entre los Parangones y los adolescentes—. ¿Por qué enviarnos aquí?

—Para ver si podían entender —respondió Achara.

—¿Entender qué?

—Que a pesar de los Parangones, el mundo no es un lugar amable —dijo Achara—. Estamos en un punto de inflexión. Si nos presionan un poco más, caeremos, dejando anomalías como esta. Perseguidos, abandonados.

—Temidos —añadió Thane.

Achara asintió. —Thane sabe que nuestra supervivencia depende de reunir a todas las anomalías que podamos, unirlas y mantenernos unidos contra aquellos que quieren destruirnos.

—¿Y quiénes son esos? ¿Los normales? —preguntó Cassidy.

—Los que nos atacaron al otro lado del océano. Los que asesinaron a un Campeón y, ahora, han robado a otro. Mostramos amabilidad con una mano y fuerza con la otra.

Thane caminó hacia la casa, tambaleándose en su forma débil. Cassidy se mantuvo de lado, moviéndose con la anomalía mientras vigilaba a los Parangones. Achara tenía una mirada de acero que sugería que la fase de intercambio de su encuentro había terminado.

—Convéncelos de que vengan con nosotros, Thane —dijo Achara—, y Apinya te dará una oportunidad.

—Armas —murmuró Thane mientras la pareja se acercaba a la casa—. Eso es lo que buscan, lo que siempre buscan. La chica de allí me lo dijo.

—¿Qué te dijo? —preguntó Cassidy mientras Achara repetía el nombre de Thane.

Con un gesto de la mano de Achara, los Parangones se desplegaron detrás de ella, obteniendo líneas de visión claras hacia la casa.

—Después —dijo Thane—, te lo explicaré. Por ahora, necesito contarles una historia a estos niños.

—¿Una historia? —preguntó Cassidy.

—Los Parangones no son un monolito, como cualquier grupo —dijo Thane—. Si estos jóvenes entienden cómo pueden moldear el futuro de los Parangones desde dentro, quizás decidan no morir fuera.

Los vacíos flotaban cerca de los dedos de Cassidy. Con un par de gestos rápidos podría derribar a un par de Parangones, pero quién sabía a qué se enfrentaría. Las anomalías impredecibles convertían cada conflicto en un lanzamiento de dados, un experimento aleatorio con resultados fatales.

Peor aún, ¿quién sabía qué podría pasarles a los niños? ¿Intentarían los Parangones mantenerlos a salvo? ¿Lo haría Thane, si explotaba en su mejor versión furiosa?

Thane llegó a los escalones del porche y extendió una mano hacia el chico. La joven puso su mano en el hombro del chico, reteniéndolo. Thane habló, la mujer respondió, acalorada y enojada. Cassidy se cuadró detrás de Thane, enfrentando a los Parangones con los brazos extendidos.

—No cometas este error —dijo Achara—. Nadie tiene que morir hoy.

—Los Parangones siempre dicen eso, y nunca es cierto —replicó Cassidy.

Achara no negó la acusación. Su mano derecha se levantó, y Cassidy pensó que, cuando bajara, todo se iría directamente al infierno. Detrás de ella, Thane y los dos adolescentes continuaban hablando, las palabras volaban rápidamente.

—Vendrán con nosotros —dijo Thane en voz alta—. Haz que tus soldados se aparten, Achara. No habrá lucha aquí hoy.

Cassidy se movió un paso a un lado, el chico se unió a Thane al pie de la escalera, luciendo desafiante y... ¿aliviado?

La sonrisa de Achara parecía tan genuina como la confusión de Cassidy.

Los niños habían sido desgastados, explicó Thane. Viajaban por un camino accidentado en una esbelta cápsula Parangón, diseñada para grandes grupos y terrenos irregulares. Achara y el chico compartían los asientos delanteros mientras Thane y Cassidy ocupaban la parte trasera. Los demás seguirían, así lo prometió Achara, en los próximos días y semanas.

Primero sus padres, sus aldeas habían apartado a los niños. Los llevaron a la ladera y la casa destartalada y los dejaron donde, esperaban los aldeanos, las habilidades de anomalía no destruirían sus medios de vida. Cuando llegaron los Parangones, ofrecieron salvación a cambio de lealtad, de separación.

—Pero los niños no cedieron entonces —dijo Cassidy.

—Tenían poder y un hogar —respondió Thane—. Yo solo mantuve a raya a muchos Parangones con unos pocos mercenarios y un buen lugar para defender. Sospecho que los Parangones también temían la imagen que presentaría luchar contra niños.

—Entonces nos usaron para, ¿qué? ¿Mediar?

—Exactamente —dijo Thane—. Les dije a los niños que lo perderían todo si se resistían, que podrían obtener algo de ayuda si se sometían ahora.

—¿La obtendrán?

Thane, ya no tan arrugado, negó con la cabeza. —No confío en que los Parangones cumplan nada una vez que se elimina una amenaza. Los niños serán tratados como cualquier otra anomalía capturada. Enviados a campos de entrenamiento, educados e inmersos en la doctrina Parangón.

—Entonces, ¿por qué hicimos esto?

Ahora Thane tenía la mirada confusa. —Para llegar a Apinya. Nuestros objetivos ahora dependen del Campeón. Todo lo demás es inmaterial.

Cassidy se recostó en el suave asiento de la cápsula, sintió las vibraciones del camino subir y bajar por su columna. Al menos aquí no había mosquitos, y el aire acondicionado se encargaba del calor. La comodidad le dio espacio para pensar, para preguntarse qué había estado haciendo.

—En la isla, hablaste sobre el cambio —dijo Cassidy—. Hablaste de venganza, pero por un mundo mejor. Te importaba. ¿Qué pasó?

Thane puso su mano sobre la de ella, y Cassidy empezó a apartarse, pero él la agarró con fuerza. —Soy el mismo hombre que era entonces. En la isla, soñábamos. Ahora, estamos actuando.

—Palabras suaves.

—Apinya tendrá más dulces. Cuando lleguemos, lo convenceremos de que vea las cosas a nuestra manera.

—Thane, ya ni siquiera sé cuál es "nuestra manera".

Thane retiró su mano de la de ella y la puso en el asiento entre ellos, sobre un parche metálico entre los cojines. Dio unas palmaditas en la superficie plateada.

—El mundo es la isla de Mynx a gran escala —dijo Thane —. Es hora de que traigamos orden al caos.

CAPÍTULO 21
JUEGOS DE MÁQUINAS

ATERRIZARON a las afueras de la ciudad, antes del amanecer. Varias horas de sueño robadas con bebidas energéticas y sustancias más fuertes. Las cápsulas de espera lanzaron a Wexley, Rhimes y su pequeño equipo —con Mynx apretujada junto a ellos— hacia la Fábrica. Mientras Rhimes se encargaba de la logística, Wexley mantenía los ojos fijos en su Tama. Hasta el momento, los Paragones no informaban de la captura de Mynx. Lo ocultaban tras una noticia mejor: que un equipo había recuperado el dron desaparecido al sur de Chicago.

A ese dron no le quedaba mucho que lo recomendara salvo la chatarra que componía su piel, pero confiemos en que los Paragones le den una vuelta a la derrota.

Mynx, sentada frente a Wexley en la cápsula, mantenía los ojos fijos en él y la boca cerrada. Al principio, la mirada constante hacía que Wexley se inquietara, pero había lidiado con molestias peores por menos beneficio. Después de otra hora, Mynx y su mirada fulminante ya no serían un problema.

La noche de Los Ángeles no había cedido terreno cuando las cápsulas se detuvieron en la entrada principal de la Fábrica. Una puerta gigante servía como muelle de carga, luciendo el audaz emblema azul de los Paragones en su centro. A ambos lados se alzaban dos drones gladiadores, con un aspecto más nuevo y mortal que el que el equipo de Wexley había derribado en Chicago. Más allá, la puerta en sí se erguía sólida y resuelta.

¿Detrás de eso?

La respuesta de Adriana llegó cuando las cápsulas se estacionaron. Wexley le echó un vistazo, vio el signo de interrogación y sonrió. Había enviado un mensaje críptico en el avión, pidiéndole que preparara a los otros jugadores para un gran anuncio. Estarían prestando atención cuando llegara el momento, y con su apoyo junto a la Fábrica, Wexley tendría todo lo que necesitaba.

—Mynx primero —dijo Wexley mientras salían de la cápsula—. Ella es la clave.

El aire del Pacífico mantenía su frescura, seco y sin viento en el valle de la Fábrica. Sobre ellos, algunas estrellas lograban abrirse paso a través de las luces de la ciudad, que se elevaban desde el sur. A su alrededor, los mercenarios salían de sus cápsulas, incluido Rhimes, y revisaban sus armas. Ninguno pisó la calle para entrar en la Fábrica, siguiendo estrictas instrucciones.

Los dos drones que custodiaban la puerta no reaccionaron, según sus propias reglas.

—No te ayudaré —dijo Mynx mientras dos mercenarios la sacaban de la cápsula.

—¿No lo harás? —respondió Wexley, palpando sus diversas fundas, asegurándose de no haber olvidado nada—. Leí sobre tus encuentros con la Dra. Jones, Mynx. ¿Cómo trabajaron juntas antes de su accidente?

—¿Qué pasa con ella?

—Ideas fascinantes. ¿Extensión de la vida a través del ADN de anomalías? Lástima que no funcionara. —Wexley se acercó al rostro de Mynx. Dejó que viera que no estaba bromeando—. No es difícil adivinar por qué tenías curiosidad. Los Campeones se están haciendo viejos, Mynx. El tiempo, un villano que ni siquiera tú puedes vencer.

Mynx mantuvo un feroz silencio.

—Pero estás dispuesta a luchar contra él —continuó Wexley. No era muy dado a los monólogos, prefiriendo el chasquido de un disparo, pero necesitaba a Mynx aquí. Entrar en la Fábrica por la fuerza no funcionaría—. Así que te haré un trato. Llévame dentro de la Fábrica y vivirás. Sin disparos en la nuca, sin veneno en la copa.

—Mentiroso.

—¿Lo soy? ¿Cuándo te he mentido a ti o a alguien? Puede que no te caiga bien, pero digo la verdad, Mynx. No tengo motivos para hacer otra cosa.

Mynx negó con la cabeza.

—Puedo adivinar lo que vas a hacer ahí dentro. No va a suceder.

—¿Incluso a costa de tu propia vida?

—He engañado a la muerte un millón de veces. Ya era hora de que me alcanzara.

Rhimes, de pie detrás de Mynx, levantó un solo dedo. El plan de respaldo. Wexley miró hacia la puerta, hacia esos drones, e hizo un leve gesto de asentimiento a Rhimes. Los mercenarios se cerraron rápidamente alrededor de ellos, cortando cualquier vista directa desde el exterior.

—¿Qué es esto, un círculo de baile? —preguntó Mynx.

Wexley extendió una mano y alguien le puso la jeringa en ella. Antes de que Mynx pudiera hacer algo más que apartarse, le clavó la aguja en el cuello. Presionó el émbolo, observando cómo se vaciaba el líquido naranja acuoso. Mynx balbuceó algunas maldiciones y luego se derrumbó en los brazos de un mercenario que la esperaba.

—Vamos —dijo Rhimes, con voz que se elevaba sobre el grupo—. Llegamos tarde.

El mercenario que sostenía a Mynx encabezó la delegación, acercándose a la puerta y a los drones gladiadores con la Campeona en sus brazos como una mártir. Los drones gladiadores se dieron cuenta tan pronto como las botas pisaron el patio de entrada de la Fábrica, las baldosas beige-gris enviando alguna señal a las máquinas. Hicieron lo que los drones de Mynx solían hacer: erizarse de armas, con ojos rojos ardiendo mientras observaban al grupo que se acercaba.

—Manos fuera de las armas —dijo Wexley mientras el grupo se acercaba—. Somos amigos aquí.

Cuando se acercaron a la puerta, ambos drones se movieron en sincronía para bloquear el paso. Iluminando al mercenario que llevaba a Mynx, ambos drones extendieron las manos, con las palmas hacia arriba. Al mismo tiempo, con voces igualmente profundas y exigentes, ordenaron al grupo que se detuviera.

—Hagan lo que piden —dijo Wexley—. Ahora, esperamos ayuda.

No tuvieron que esperar mucho. Wexley contó cien segundos antes de que la puerta de la Fábrica se estremeciera y se abriera. Detrás de los drones, de pie sola en el enorme vestíbulo de entrada, estaba la persona que Wexley esperaba que se hubiera quedado.

Rhimes y su equipo de inteligencia se estaban ganando todo tipo de bonificaciones últimamente.

La Campeona de Sudamérica dividió a los drones, caminando hacia Mynx y los mercenarios con una confianza furiosa. Mila no tenía por qué tener miedo con los gladiadores cubriéndole las espaldas. No tenía que preocuparse cuando cualquiera que la tocara se encontraría inmolado, disparado y aplastado en ningún orden particular.

Era hora de correr otro riesgo.

Wexley fue hacia la izquierda, poniéndose entre Mynx y Mila que se acercaba. Los drones se centraron en él, una exhibición cegadora que su mano levantada no pudo repeler.

—Te conozco —habló primero Mila, a un metro de distancia. Con la luz de los drones detrás de ella, Mila parecía más una sombra que una persona.

—Sospecho que sí —respondió Wexley—. Ella no está herida. Gravemente.

Mila inclinó la cabeza, mirando más allá de Wexley hacia el cuerpo inconsciente de Mynx.

—No hay salida de esto para ti. Atacar a una Campeona solo termina de una manera.

—Entonces, juguémoslo, ¿de acuerdo? —Wexley asintió detrás de Mila—. ¿Si nos haces pasar?

—¿O la matarás?

—Más rápido de lo que los drones podrían detenernos, me temo.

—Morirías.

—Como dijiste, ya estoy muerto. Solo estoy eligiendo cómo.

Con mentalidad de jugador, Wexley calculó las probabilidades mientras hablaba. Cuando él y Rhimes habían ideado el plan esa noche en el bar de jazz, la lista se alargó. Tantas cosas necesitaban salir a su favor que Rhimes solo se convenció de toda la idea cuando ya había bebido bastante, la hora lo suficientemente tardía como para borrar las dudas.

La presencia de Mila cumplía una medida, y la relación de la Campeona con la Fábrica y sus sistemas era la siguiente incógnita. Mynx debía tener defensas avanzadas en su lugar, trucos desagradables para usar contra personas lo suficientemente tontas como para intentar un ataque. Muchos lo habían intentado a lo largo de los años, desde anomalías rebeldes hasta facciones humanas que competían por hacer, bueno, exactamente lo que Wexley intentaba ahora.

¿La diferencia? Él tenía a Mynx. Los otros siempre la dejaban como una reina en su castillo para ser derribada en la lucha.

¿Podría Mila desempeñar el mismo papel, dirigiendo la Fábrica en ausencia de Mynx?

—¿Qué esperas hacer dentro? —preguntó Mila, la inocencia de la pregunta desconcertando a Wexley por un segundo.

¿Realmente no lo adivinaba?

—Quiero ver cómo lo hace —dijo Wexley, apoyándose en un poco de honestidad para ocultar todo lo demás—. Una vez que sepamos cómo funciona la Fábrica, podremos replicarla.

Mila negó con la cabeza.

—No puedes dirigir esto sin ella...

—Con todo respeto, déjanos decidir eso —Wexley tocó su Tama, mirando a Mila—. El tiempo corre.

Los engranajes giraban. Los resultados se jugaban detrás de los ojos de la Campeona. Wexley no se molestó en proyectar nada más que una determinación impasible. Esto ya no se trataba de farolear, solo de un trato.

—Las armas se quedan fuera —dijo Mila—. Déjenlas caer.

Hmm. No era exactamente el plan, pero Wexley podía adaptarse. Los soldados de Rhimes podían arreglárselas cuerpo a cuerpo, y si se llegaba a un tiroteo, los drones los destruirían a todos de todos modos.

—Ya escucharon a la Campeona —dijo Wexley, desenganchando sus propias fundas—. Desháganse del equipo.

Ni una sola voz se alzó en protesta. ¿Era porque los mercenarios estaban bien entrenados, o porque todos sabían que sus rostros ya habían sido capturados por las cámaras de la Fábrica? Los Paragones tendrían sus identidades pronto, sus cuerpos no mucho después si este intento no tenía éxito.

El fatalismo a veces engendra obediencia.

—Guíanos —dijo Wexley después de que el ruido de las armas muriera, un cementerio de armamento esparcido frente a la Fábrica.

Mila se dio la vuelta, caminando de regreso hacia la entrada de la Fábrica sin que ningún estrés cayera sobre sus hombros. Wexley comprobó, asegurándose de que el mercenario que llevaba a Mynx tuviera una mano en el cuello de la

Campeona. Listo para un chasquido, tan rápido que ni siquiera un dron se arriesgaría a un disparo mortal.

—No la sueltes —advirtió Wexley, luego siguió a Mila.

Los drones de guardia siguieron al grupo de mercenarios como si estuvieran entrando a una gala. Wexley seguía a Mila, mientras intentaba asimilar lo que podía mientras pasaban bajo la enorme puerta de la Fábrica.

Resultó que Mynx no era la mejor decoradora del mundo. El interior de la Fábrica revelaba paredes de acero limpio sin arte, diseño o nada que se asemejara a la emoción. No había señales que ofrecieran direcciones en ninguna parte. La iluminación blanca azulada y limpia brillaba en las paredes, los pisos y nada más.

—Esto es... algo —dijo Wexley, llegando a oídos de Mila.

—Es suyo —respondió Mila, sin agregar nada más.

No iban a ser amigos rápidamente, entonces.

Más allá del área de carga, a través de otra puerta de dos pisos de alto y ancho, la Fábrica se abrió a su interior mamut. Tallada en las colinas, la Fábrica se expandía como una colmena oculta, explotando en niveles por encima y por debajo de donde estaban, con enormes montacargas sentados como hojas metálicas cerca del balcón al que salieron.

Lo que había sido silencioso salvo por sus botas ahora estalló en un coro de fabricación sin melodía, con silbidos, golpes, zumbidos y más combinándose en una estática productiva. Wexley vio líneas de montaje funcionando debajo de él, ensamblando más drones en un proceso que enviaba las máquinas cada vez más alto a medida que crecían, dejándolas finalmente al otro lado del espacio desde el muelle de carga.

Allí, alineados en filas, se sentaban drones gladiadores en colores brillantes. El estilo negro de Chicago cubría algunos, pero más se erguían en verdes y blancos, en el azul de los Paragones y un rojo profundo que Wexley reconoció de las facciones africanas.

—Toda la protección del mundo, justo aquí —dijo Wexley mientras el grupo lo seguía por la pasarela.

—Pronto te estarán cazando —dijo Mila—. Ya estamos dentro. ¿Qué quieres?

—El corazón —respondió Wexley, indicando a Rhimes que trajera a Mynx adelante—. Quiero ir a donde se controlan los drones.

—Nosotros no... —comenzó Mila, pero Wexley la interrumpió con un dedo levantado.

—Reciben parches como cualquier otro programa de computadora —dijo Wexley—. Lo sabemos, porque hemos desarmado uno. Mynx debe tener una forma de enviar estas actualizaciones. Eso es lo que quiero.

—Entonces pregúntale —dijo Mila—. Oh, espera. No puedes, porque está inconsciente.

¿Despertar a la Campeona y arriesgarse a volver la Fábrica contra Wexley y su equipo, o dar tumbos dentro del edificio gigante hasta que activaran las defensas de todos modos?

—Despiértala —le dijo Wexley a Mila—. Ese es tu don, ¿no?

Mila no se molestó en responder. En su lugar, se dirigió hacia Mynx y el mercenario que sostenía a la Campeona. Wexley vio la espalda de Mila, la vio inclinarse sobre Mynx, y se preguntó si iba a representar una escena de cuento de hadas y besar a la Campeona. En cambio, unas tenues líneas brillantes surgieron de Mila, extendiéndose hacia Mynx como telarañas sueltas. Los filamentos se introdujeron en la ropa de Mynx, deslizándose a través de las costuras del uniforme Paragon.

Rhimes ordenó a la tripulación que vigilara los alrededores, no el espectáculo, una orden que Wexley ignoró. Quizás despreciara a las anomalías, pero eso no significaba que sus poderes no fueran fascinantes. Wexley se movió hacia un lado, obteniendo una mejor vista mientras las telarañas de Mila continuaban conectándola con Mynx. Por supuesto, la habilidad de Mila tomaría su propia energía, o fuerza vital, o algo así y la usaría para recomponer a Mynx. Muchas anomalías funcionaban de esa manera, sus dones absorbiendo la voluntad del anfitrión.

Las telarañas cambiaron. Lo que había sido un flotador suelto en el aire se convirtió en una embestida dirigida, los puntos atados a Mila se desprendieron y fluyeron hacia el mercenario que sostenía a la Campeona. Antes de que el soldado pudiera reaccionar, esos filamentos se anclaron en su cuello, su rostro y el espacio entre sus guantes y sus mangas. El hombre se estremeció mientras Wexley buscaba una pistola que ya no tenía.

El soldado dejó caer a Mynx al suelo, luego se desplomó junto a ella.

—¡Deténgase! —dijo Wexley, agitando un brazo a través de los filamentos, tratando de romper la conexión entre Mynx y el soldado. Sin embargo, como si fueran una aparición, las hebras esquivaron los manotazos de Wexley, manteniendo siempre sus suaves lazos plateados—. Mila, corta esto o...

—¿O qué, Wexley? —dijo Mila, mientras Rhimes y los demás volvían su atención—. Necesitas a Mynx para encontrar tu corazón. Así es como la recuperas.

Ante la mirada de Wexley, Rhimes tenía su brazo firmemente alrededor del cuello de Mila, listo para un rápido chasquido. La Campeona no flaqueó, pero miró hacia abajo a Mynx, a sus ojos parpadeantes mientras la conciencia regresaba mientras la misma huía del soldado.

La líder de la Fábrica despertó. Y eso presentaba un problema.

—Ni una palabra —dijo Wexley, arrodillándose sobre Mynx—. Si empiezas a decir o hacer algo, Rhimes se encargará de tu amiga.

—Un rehén por otro —dijo Mila, con la voz tensa por la presión de Rhimes—. Eres todo un líder, Wexley.

—Estoy desesperado. Esto es lo que se necesita.

El grupo quemó minutos en ese balcón mientras Mynx se recuperaba, Wexley dirigiendo a otro mercenario para que se mantuviera cerca de la Campeona. Los filamentos de Mila se desvanecieron a medida que Mynx volvía a la vida. El soldado que sufría no perdió la suya, aunque parecía que el hombre estaría inconsciente por un tiempo. Wexley no necesitó ordenar que lo dejaran atrás: esa directiva se había emitido mucho antes de que comenzara la misión.

Una expedición de todo o nada no tenía espacio para bajas.

—Bienvenida a casa —dijo Wexley, ayudando a Mynx a ponerse de pie—. Ahora muéstrenos el centro, si eres tan amable.

Mynx miró a Mila. Rhimes había liberado a la Campeona de su agarre, pero se mantenía justo detrás de ella de todos modos. Desde esa distancia, Wexley calculó que el hombre tenía al menos tres formas de derribar a su objetivo.

—¿Te han hecho daño? —preguntó Mynx.

—Amenazas. Como niños pequeños —respondió Mila.

—Son así —Mynx miró a Wexley—. ¿Quieres el corazón de la Fábrica?

—Por eso estás despierta.

Una vez más, Mynx miró a Mila. La Campeona sudamericana le devolvió la mirada con un lento asentimiento. Un gesto interesante. Wexley sacó dos dedos hacia su derecha, y todos los mercenarios captaron la orden y se dispersaron. Si ese asentimiento había sido una señal para una emboscada, el equipo de Wexley estaría listo.

—¿Nervioso, Wexley? —dijo Mynx—. ¿Tienes tanto miedo a morir como crees que tengo yo?

—Ambos tenemos trabajo que hacer antes de irnos, Mynx —respondió Wexley—. Vamos.

Mynx no discutió más, sino que llevó al grupo a un ascensor cercano y lo puso en marcha hacia abajo. La plataforma al aire libre se hundió en el ruidoso abismo de la

Fábrica, cada nivel que pasaba proporcionando un vistazo tentador a las líneas de montaje que pronto pertenecerían a Wexley. Sí, los drones gladiadores formaban la columna vertebral de la Fábrica, pero otras armas, robots más pequeños, también se producían aquí. Cada uno podría ser ajustado para servir a sus necesidades, armando a los mercenarios de Wexley con las herramientas que necesitaban para destruir a los Paragons.

Y asegurar un futuro mejor y más brillante.

Un nivel por encima del fondo, Mynx detuvo el ascensor. A diferencia de sus ruidosos hermanos, este piso se mantenía en silencio, con una brisa fresca moviéndose a lo largo de un desembarco iluminado de color turquesa. Las paredes de vidrio mostraban bancos de servidores más allá, torres negras de tres metros de altura, con luces parpadeantes al unísono.

—¿Todo fluye a través de esos? —preguntó Wexley.

—No olvides mis copias de seguridad —dijo Mynx, guiándolos desde la plataforma—. También necesitarás tomarlas si quieres el control total.

—¿Me dirás dónde están?

—Suponiendo que mi vida siga bajo tu amenaza, por supuesto —dijo Mynx—. Como mencionaste, preferiría vivir —Puso una mano en el brazo de Wexley, atrayendo su mirada hacia ella—. Porque, ¿cómo voy a ejercer una terrible venganza sobre ti si estoy muerta?

Wexley enfrentó la acusación con el mismo hielo que había desplegado en tantas reuniones, tantos encuentros tensos donde su carrera y, más tarde, su vida estaban en juego.

—Estoy ansioso por ver lo que puede hacer una Campeona —susurró Wexley en respuesta.

—No lo harás.

Más allá de los bancos de servidores, en una sala circular por lo demás simple, se encontraba el corazón de la Fábrica. Una terminal gigante con un monitor tan grande como la pared de la oficina de Wexley, el lugar se iluminó cuando el grupo entró. El monitor mostró diagnósticos que parecían cubrir toda la Fábrica, dando una mirada general a toda la destrucción que se generaba cada minuto en el lugar. Destrucción que podría ser controlada por Ziran, por él.

—Es hora, Mynx —dijo Wexley—. Entrégalo.

Mynx dio un paso adelante hacia la terminal, antes de girar para enfrentar a Wexley.

—No lo creo, hombrecito. Tu juego termina aquí.

Mientras la Campeona hablaba, las paredes del centro se movieron. Tres paneles se desplazaron a un lado, revelando drones más pequeños, del tamaño de un humano. Cayeron alrededor de Wexley y su equipo, erizados de armas, iluminando a los mercenarios con sus luces.

La sonrisa triunfante de Mynx duró lo que tardó en notar la propia sonrisa de Wexley. Él esperó un latido más allá de eso, dejando que la confusión se hundiera mientras su equipo se negaba a declarar cualquier rendición.

—Lo siento, Mynx —dijo Wexley—, pero aún me quedan algunos movimientos.

Esta vez, mostró tres dedos.

CAPÍTULO 22
ENSOÑACIONES ÁRIDAS

FRÍO, oscuridad, soledad. Un apartamento perfecto para navegar por los recuerdos y buscar respuestas. Celice, con el reloj avanzando hacia el cierre del bar, proyectó la pantalla de su Tama en el televisor de la habitación y se sumergió en el pasado. Acercarse tanto a Zhan-Yo había rasgado el manto que cubría sus hombros, exponiendo la herida aún sangrante que dejó la muerte de su padre.

Le ordenó al Tama que empezara desde el principio, y este obedeció.

El complejo tenía un sabor peculiar. Los acres de Vermont adquiridos por un gobierno decidido a maximizar el potencial recién descubierto en sus ciudadanos especiales. Ni siquiera los llamaban anomalías entonces. Los medios populares los apodaban "héroes", y Celice atesoraba esos primeros recuerdos cuando los repartidores y los amigos que los visitaban llamaban así a sus padres. Un matrimonio con una hija pequeña.

El pináculo etiquetado para servir como cimiento de la iniciativa Paragon.

No es que Celice recordara mucho. Asistentes con nombres y apariencias siempre cambiantes venían a todas horas para despertarla, llevarla a la guardería donde Celice se acurrucaba en una colchoneta o jugaba en la tierra afuera con otros niños de Paragon mientras sus padres se enfrentaban a amenazas en todo el mundo.

El Tama desplazaba las imágenes, tomadas de los archivos de Paragon, mostrando la guardería, la extensa base. Normales y anomalías trabajando codo con codo en aquel entonces para... Celice miró por la ventana hacia la noche lluviosa. ¿Cuántas veces les habían lanzado esas palabras a sus padres al final? Como cuchillos acusadores, el antiguo gobierno decía que estaban protegiendo el mundo juntos.

¿Y cómo había respondido su padre?

Ah, sí.

Vamos a proteger al mundo de ustedes.

Celice tenía cuatro años entonces. Comía su cena mientras sus padres se desdibujaban en una llamada telefónica tras otra, sus voces cada vez más agitadas hasta que sonó el timbre, hasta que la cerradura se abrió sola y mostró no uno, no dos, sino un escuadrón completo armado fuera.

Esas fotos no llegaron a los archivos de Paragon, pero Celice no necesitaba las imágenes del Tama para volver a esa noche, o a las que siguieron cuando Aegis y los otros Campeones iniciaron su rápida toma de control. En aquel entonces, parecía lo correcto. Eliminar a los gobiernos corruptos, aquellos tan empeñados en lanzar fuerzas de anomalías cada vez más peligrosas unos contra otros, e instalar un liderazgo de los justos, los fuertes.

—Los arrogantes —dijo Celice.

Su vaso contenía agua cuando quería algo más fuerte. El alcohol no era un buen compañero en el espionaje, así que Celice mantenía el apartamento seco. El Tama parpadeó. Un nuevo lugar ahora.

Nueva York, Aegis y la madre de Celice mudándose a la gran ciudad como su centro de mando. Los Campeones en pleno apogeo, abrazando la adulación mientras reclutaban anomalías de todo el mundo en la nueva organización Paragon. Celice subía y bajaba en los ascensores, miraba boquiabierta desde los pisos superiores de la torre de oficinas alquilada a la metrópolis de abajo.

Los tutores iban y venían, bombardeando a Celice con clases individuales. Por la noche, desmembraba las aventuras de sus padres, insertando sus propias ideas, adorando sus risas y deseando que le contaran toda la historia. Incluso entonces, Celice captaba las pausas, los vacíos. Los villanos se rendían mágicamente, las ciudades bajo amenaza salían con poco daño.

El Tama exponía esas mentiras. Los titulares salpicaban mostrando el peligroso ascenso de Paragon. Dictadores y democracias por igual contraatacaron, y se vieron aplastados por enemigos que no seguían ninguna regla. Aegis y sus Campeones eran despiadados y eficientes, sus habilidades hacían del combate normal un juego trivial.

Aegis le relataba los resultados a Celice durante la cena o, si un compromiso nocturno lo retenía, durante el desayuno de la mañana siguiente. Cada país que se rendía marcaba una muesca en la columna de victorias. ¿Los que aún no se habían rendido?

Ya verían la luz.

Los beneficios llegaron rápido. Celice los vio de primera mano cuando Aegis la llevaba a las declaraciones, cuando él o la madre de Celice daban un discurso u otro haciendo desaparecer una industria depredadora y reemplazándola por algo mejor, con la protección de Paragon, o un flujo constante de rep para mantener en buena salud financiera a los expulsados de sus trabajos. Celice no lo entendía entonces, pero veía las sonrisas en esos rostros.

Mirándolos ahora, en la pantalla del Tama, Celice veía algo menos que alegría pura en esas multitudes que vitoreaban. Eran gritos forzados, banderas de Paragon ondeando con demasiada brusquedad en las manos, sus portadores quizás temerosos de que Aegis los descubriera y los declarara no lo suficientemente solidarios.

Pero el mundo mejoró, ¿no es así? Celice le preguntó al Tama y la computadora obedeció, apartando sus fotos y videos para mostrar estadísticas. Medidas de cualquier manera posible, las muertes en todo el mundo se desplomaron bajo el control de Paragon. La esperanza de vida aumentó. Nadie luchaba por la atención médica o los déficits presupuestarios.

Todo zumbaba con supervivencia garantizada, con protección garantizada, con barandillas impulsadas por Paragon.

—¿Entonces por qué estoy aquí? —preguntó Celice al apartamento, sin recibir más respuesta que el ruido de la ciudad exterior.

Si sus padres habían creado tal paraíso, ¿por qué su madre había muerto tan joven? ¿Por qué la había seguido su padre? ¿Por qué estaba sentada en un apartamento oscuro, sola, deseando haber matado a un hombre horas antes?

Los tutores continuaban día tras día, sin cesar incluso después de la muerte de su madre. Cuando llegaron y pasaron los cumpleaños adolescentes de Celice, sin que sus habilidades anómalas hicieran acto de presencia, Aegis se alejaba una y otra vez. Construyó Bastion, una lanza clavada en el corazón de Manhattan, solo para abandonar el edificio a cada momento por una pelea más, una oportunidad más de perderse en el heroísmo.

Y ella le había ayudado, le encantaba hacerlo. La primera llamada llegó cuando cumplió catorce años, un simple golpe y detención que involucraba a unos traficantes de drogas que no sabían lo que hacían. Aegis podría haberlo dejado en manos de los drones, pero quería que Celice le cubriera las espaldas. Ella entró con él, observando a través del Tama de Aegis cómo desmantelaba a los criminales a puñetazos y patadas.

Celice llamó a los medios cuando Aegis se lo indicó.

Llamó a un equipo de limpieza de Paragon para recoger los cuerpos.

Después, él le compró una pulsera con una fecha grabada en la plata.

—Para recordar cuándo te convertiste en una Paragon —dijo Aegis, abrochando la pulsera en su muñeca.

Celice pensó que se estaba uniendo a la luz guía del mundo. ¿Alguna vez había sido así?

El Tama volvió a parpadear, dirigiéndose al último mensaje de la lista. Uno que había recibido antes de que Mynx la llamara con la noticia en aquel terrible día. Aegis comenzó a hablar, contando una simple historia sobre su esposa, la madre de Celice, y momentos con y sin violencia. Sobre atardeceres y amaneceres, amor y anhelo de un mundo mejor para su hija.

Ese único mensaje se sentía más real que cualquier cosa en este lugar, que cualquier cosa que estuviera sucediendo en el mundo. Dos personas enamoradas mirando hacia el resto de sus vidas. Si cerraba los ojos, Celice podía incluso fingir que todo había resultado así.

Por un segundo.

—Noticias importantes —dijo Celice, levantándose y rellenando su vaso de agua, cogiendo una barrita energética. El sueño no iba a llegar esta noche—. Necesito un descanso.

La respuesta del Tama no ayudó. Titulares competitivos se amontonaron en la pantalla montada en la pared. A la izquierda, letras blancas sobre fondo rojo declaraban en negrita y con pánico que Mynx, la única Campeona que quedaba para Pacifica y Atlantis, había desaparecido después de una pelea en el sur de Chicago. Eso mereció un ceño fruncido.

Pero las palabras de la derecha? Esas merecieron una maldición.

Gatete se había hecho público días antes de lo que había dicho. Celice le dijo al Tama que reprodujera el discurso del

Paragon, Gatete llevaba la misma ropa que tenía puesta en el apartamento de Zhan-Yo. En un discurso breve, ardiente y demasiado arrogante, Gatete declaró que tenía bajo custodia al asesino de Aegis. Si aquellos que se llevaron a Mynx no la liberaban antes del mediodía hora de Londres, la cabeza de Zhan-Yo caería.

Los Paragons, dijo Gatete, no tolerarían la intimidación. Ni las amenazas.

—¿Quién dijo que tú puedes hablar por los Paragons? —murmuró Celice.

—¿Ves a alguien más haciéndolo?

Celice se levantó de un salto de su silla, girando el vaso en su mano para agarrarlo como si fuera a lanzarlo. El agua dentro se salpicó por todas partes, gotas frías desfilando por su cara mientras miraba a Benny, de pie dentro de la puerta abierta del apartamento. Con las manos en alto, Benny entró, cerrando la puerta tras de sí.

—¿Vas a responder a mi pregunta, Celice? —dijo Benny, cruzando esas manos levantadas.

El hombre se veía como la otra noche, con sombrero hongo y abrigo de cuadros, pantalones y zapatos que lo hacían parecer una mezcla entre un escocés desaliñado y un trabajador portuario inglés. La pipa colgando de un labio no ayudaba a la situación.

—Creo que tú debes empezar primero —respondió Celice—, y rápido, antes de que consiga algo más peligroso que este vaso.

—¿En serio vas a recurrir a las amenazas? —dijo Benny, aunque mantuvo su distancia—. Después de dejar que Zhan-Yo, el objeto de tu intensa obsesión, se fuera con un pequeño rasguño, pensaría que ya habrías dejado de hablar con tanta arrogancia.

Celice preparó una réplica pero la mató rápidamente. Los comentarios mordaces de Benny no eran importantes.

—No te desvíes del tema —dijo Celice, tanto para sí

misma como para el intruso—. ¿Cómo entraste aquí, y por qué?

Benny se tocó la sien cerca del ojo, —Tengo mis métodos, y te los contaré más tarde, pero hay algo más importante que debemos hacer ahora.

—¿Qué es?

—Irnos. —Benny se movió de vuelta hacia la puerta—. Viste el intento de Gatete por tomar el poder. Él va a querer que estés presente y disponible, dispuesta a decir lo que él quiere que digas.

Celice no movió ni un músculo. —Si Gatete quiere que llame a Zhan-Yo el asesino de mi padre, puedo hacerlo.

—¿Y estás dispuesta a coronar a Gatete como el próximo Campeón de Europa también?

—¿Qué quieres decir?

—La hija de Aegis, codo a codo con Gatete, es una imagen muy poderosa —dijo Benny—. Nadie se opondría a eso.

—Lo dices como si hubiera alguien que fuera mejor opción.

—Ven conmigo, y quizás los conozcas. —Benny miró más allá de Celice hacia la televisión en la pared, ahora en blanco —. O puedes seguir con tu fiesta de autocompasión. — Sacudió la cabeza mirando su vaso de agua—. Aunque creo que tampoco sabes cómo organizar una de esas.

El pasillo crujía, olores a piedra húmeda se filtraban por la escalera del apartamento mientras Benny y Celice se dirigían de vuelta hacia las empapadas calles de Londres. Siguiendo el consejo de Benny, Celice había guardado armas en sus lugares habituales. Cuando le preguntó al hombre por qué, él mencionó que Gatete era conocido por tomar lo que quería.

—¿Y qué hay de ti? —dijo Celice—. ¿Entrando a mi apartamento sin permiso?

—Ah, yo no forcé nada —respondió Benny—. Tú misma me mostraste el código de la puerta.

—No te mostré una mierda.

Benny se tocó la sien de nuevo cuando llegaron a la planta baja. Afuera, las puertas de cristal del edificio daban vista a la oscura calle.

—Has vivido tu vida rodeada de anomalías, ¿y aún no eres buena entendiéndolas, verdad? —preguntó Benny.

—No tienen sentido, así que he dejado de intentarlo —contraatacó Celice, volviendo a la fría llovizna.

Si no otra cosa, el agua helada ahuyentaba cualquier agotamiento.

—No puedo discutir contigo en eso. Vamos por aquí. Hay un lugar abierto toda la noche, hacen los mejores flat whites.

—Pensé que nosotros-

—He estado viendo lo que haces desde hace un par de días, y eso es suficiente para saber que te gusta tu café —dijo Benny—. Así que, ¿por qué no te preparamos para hacer lo correcto primero antes de exigírtelo?

—¿Me has estado observando?

—No observándote, no realmente. —Benny se rio de la mirada de destripar-como-a-un-pez de Celice—. Tienes tus ojos, ¿verdad? Excepto que ahora también son míos. Como una de esas pequeñas imágenes dentro de una imagen en la televisión.

Benny aclaró durante las siguientes tres manzanas, dando un alcance a su habilidad: ilimitado, hasta donde podía decir, un número: un alma desprevenida a la vez, y un comienzo: un simple toque. Entonces Benny tenía una película que podía ver cuando quisiera, una lente de cámara continua en la cabeza de otra persona.

—No puedo oír nada, ni oler ni sentir nada —dijo Benny mientras se sentaban en un pequeño reservado, un escondite tenuemente iluminado bajo un puente que servía como su destino milagroso. Tal como había prometido, los aromas de crema y café se derramaban intensamente, mezclándose con el pan recién horneado—. Así que no es como si estuviera viviendo tu vida ni nada, pero para un espionaje ligero...

—Espeluznante.

—¿Te parezco un pervertido?

—¿De verdad quieres que responda a eso? —dijo Celice, dejando caer un terrón de azúcar en la espuma blanca.

Desde el momento en que Benny apareció en su apartamento hasta que el café llegó a la mesa, Celice no dejó de examinarlo en busca de respuestas. El hecho de que el hombre fuera una anomalía añadía más arrugas, más preguntas. Peor aún, Celice no podía sacudirse la creciente preocupación de que no era tan buena en esto del espionaje.

Aegis y otros Paragones habían enseñado a Celice las técnicas, y ella había sobresalido en todo lo relacionado con las computadoras. Pero había pasado de poco trabajo de campo a embarcarse en una cacería a través del mundo del asesino más buscado del planeta. El propio estatus de Celice y su objetivo elegido garantizaban atención, y tal vez ella no era lo suficientemente buena para manejarlo.

—¿Sabes? —dijo Benny—. Acepté este trabajo porque me gustaba lo que tu padre intentó hacer. No en lo que acabó, claro, pero el objetivo con el que empezó.

—¿Qué?

—Soy lo suficientemente mayor para recordar aquellos primeros días. Era un niño entonces, pero la gente estaba tan asustada. Tu amigo podría estornudar y volar una manzana entera. Aegis quería cambiar todo eso, y lo hizo. —Benny golpeó suavemente su taza contra el platillo—. Luego se perdió a sí mismo. Todos lo hicieron.

—Según tú.

—Te estás escondiendo en un apartamento horrible, Celice. No creo que eso sea lo que tu papi tenía en mente.

—No es su culpa que Zhan-Yo lo apuñalara por la espalda. —Celice levantó su Tama, revisó el reloj. El amanecer se acercaba—. Tu tiempo se está agotando, Benny.

—Nah. Dale unos minutos. Mirarás por la ventana a tu derecha y verás exactamente para qué te he traído aquí.

Celice miró en esa dirección ahora, vio un paso subterráneo sucio, vacío bajo las luces de la calle excepto por un contenedor de basura lleno.

—Tu padre quería que las anomalías fueran tratadas correctamente. Zhan-Yo quiere lo mismo para los normales —dijo Benny—. Ha caído, pero tú podrías levantarlo. Piénsalo, Celice. ¿Cuántos se unirían si te pusieras de su lado?

—No voy a 'ponerme del lado' del hombre que apuñaló a mi padre. Dijiste que esto era un trabajo. Que lo aceptaste. ¿De quién?

Benny levantó un dedo, y en menos respiraciones de las que Celice creía posible, dos nuevos cafés aparecieron frente a ellos. El hombre no había dicho una palabra.

—¿Vas a responder? —dijo Celice.

—No debería tener que hacerlo. Seguiste el rastro hasta aquí, ahora únelo todo.

Las piezas se presentaron, la cafeína haciendo su trabajo para contrarrestar una noche sin dormir, y Celice se enfrentó al desafío de Benny. Los hechos se alinearon en la mesa frente a sus manos, cajas imaginarias llenándose de detalles y deslizándose unas contra otras.

Una anomalía, alguien que sabía que Celice había llegado a la ciudad. Sin uniforme y aparentemente desconocido para Gatete y su banda. Tampoco trabajando con Zhan-Yo, o Mathieu habría mencionado al hombre. O, al menos, no trabajando directamente con el asesino. Al mismo tiempo, simpatizaba con las opiniones del hombre, pero no era un lobo solitario.

Solo una organización tenía los recursos y la actitud para encajar estas piezas.

—Eres un Elemental —dijo Celice, sin hacer nada para ocultar la acusación en su voz. Las malditas anomalías solo llevaban el caos al mundo—. Lo que significa que no tengo nada que decirte.

—¿Por qué?

—Tú sabes por qué.

—Me gustaría oírtelo decir —Benny se inclinó hacia adelante, juntando las manos. La parte inferior de su barba se enredó en la espuma de su café.

Celice se levantó en su lugar. Apartó el café. Ya había perdido suficiente tiempo aquí. Gatete tenía una ejecución en unas horas, y aunque a Celice no le gustara el enfoque, ver rodar la cabeza de Zhan-Yo sería satisfactorio a un nivel profundo.

Benny no intentó detenerla.

El pod, esperando fuera de la entrada del restaurante, sí lo hizo. Roger y Sydney estaban junto a él, gruesas chaquetas cubriendo ropa de calle y luciendo nada pacientes. Bolsas se asentaban bajo sus ojos como probablemente lo hacían bajo los de Celice.

—¿Lista? —preguntó Roger cuando Celice salió.

—¿Un viaje gratis? —respondió Celice—. Qué amable.

—No te estaba hablando a ti —dijo Roger—. Traidora.

—¿Traidora?

—¿Elementales, conversando con los asociados de Zhan-Yo? —Sydney negó con la cabeza—. Es triste ver a la hija de Aegis darle la espalda a los Paragones.

—Ella *es* una normal —dijo Roger mientras Celice tomaba una profunda bocanada de aire.

Las luces de la calle salpicaban destellos dorados en los adoquines mojados a sus pies. El letrero blanco iluminado del café brillaba sobre sus cabezas, y el primer tráfico de Londres retumbaba sobre el puente. El aroma suave del café colgaba denso. En general, un escenario hermoso para darles una paliza a estos punks.

Sydney fue primero, el resplandor verde tomando sus manos y bloqueando las de Celice a sus costados. Roger metió la mano en su chaqueta, sacó un cuchillo y fue directo a una puñalada limpia. Celice retrocedió bailando, pero Sydney liberó la mano izquierda de Celice por su pie izquierdo, inmovilizándola a mitad de movimiento y enviándola al suelo.

—Apenas es justo, chicos —dijo Celice, tratando de levantarse solo para perder su mano izquierda de nuevo y caer de vuelta.

—Trágico —respondió Roger, el cuchillo acercándose por lo bajo.

Benny salió disparado por las puertas, embistiendo a Roger y rodando ambos por el suelo. El agua salpicó mientras la pareja se golpeaba, Sydney manteniendo las manos de Celice inmovilizadas. Intentó mover sus pies, ponerlos de nuevo bajo ella, luego abandonó esa idea: las piedras resbaladizas hacían imposible levantarse sin ayuda.

Así que gateó. Rodando hacia adelante, Celice se impulsó hacia Sydney. El cuchillo de Roger destelló y Benny maldijo.

—¿Qué estás haciendo? —dijo Celice, pateando sus pies para acercarse a Sydney—. ¡Esto no eres tú, ni lo que crees!

—¡Este es el mundo que tu familia creó! —respondió Sydney, retrocediendo un paso para poner el pod a su espalda —. Sobrevivimos, Celice, haciendo lo que necesitamos.

—¡Y perdiendo quienes son!

Sydney se rio, un ladrido sombrío.

—Según tú.

Cuando Benny volvió a gritar, esta vez con más dolor, Celice resbaló en las piedras. Sintió que su rostro golpeaba con fuerza mientras Sydney intercambiaba de nuevo las extremidades, barriendo las piernas de Celice. Pero peor que el dolor fue la comprensión.

El mundo de su padre no la quería.

CAPÍTULO 23

UN RASTREADOR Y UNA ANOMALÍA

BETH BOMBARDEÓ A KAT y Calvin con preguntas, llenando las últimas horas hasta que el plan de Wexley y su éxito quedaron claros. Mientras hablaban, Calvin no podía creer que no hubiera visto todo esto en el momento. Si él, Weed y los demás hubieran advertido a los Paragones sobre lo que les esperaba alrededor de ese granero, entonces Mynx podría haber contrarrestado la emboscada.

Entonces, en lugar de estar sentado en un sótano escaso de un café mientras la noche avanzaba hacia la hora de ir de bares, Calvin podría estar celebrando o, más probablemente, disfrutando de una merecida noche de sueño.

—Lo hicisteis bien —dijo Beth, interrumpiendo el descenso desenfrenado de Kat hacia la estrategia. La rastreadora había dirigido la conversación hacia una misión de rescate, una señal enviada a los Paragones de Los Ángeles para que atacaran duro la Fábrica—. Ambos. Esto resultó ser lo mejor.

—¿Qué? —preguntó Calvin mientras la boca de Kat quedaba abierta, aparentemente incapaz de saltar al nuevo rumbo.

—Os salvasteis a vosotros mismos y dejasteis que se desarrollara el mejor escenario para nosotros. Puedo ver por vuestras caras que esto no es lo que esperabais oír, pero entended: si Wexley y los Paragones pueden destruirse mutuamente, solo nos beneficiaremos.

Las palabras de Beth asesinaron el ambiente de la habitación. Kat aún parecía aturdida, pero Calvin giró esa vieja y desconfiada rueda. Todos buscaban su propio beneficio, ¿y por qué los Elementales serían diferentes?

—¿Sabíais que intenté destruir a Wexley hace apenas dos noches? —dijo Beth, sentándose detrás de su escritorio, con luces blancas brillando desde arriba. Sin ventanas que mostraran la noche de Chicago, un detalle claustrofóbico que hacía que el cuello de Calvin picara—. Conseguí una invitación para un evento benéfico y casi lo tenía. Es un hombre horrible, con demasiado poder.

—Lo sabemos —logró decir Kat—. Por eso...

—Pero incluso los hombres horribles tienen su utilidad. Aegis, por ejemplo. Wexley y los otros Campeones pueden luchar entre sí mientras las filas de los Paragones pierden su rumbo. Podemos ofrecerles un hogar, un lugar nuevo.

Calvin resopló. No pudo evitarlo. Cada vez que Kat lo traía con estos Elementales, pensaban que eran los más malos de los malos. Un gran jugador listo para irrumpir y agarrar el mundo con sus manos. Sin embargo, él había visto ambos lados. Había estado en la torre de los Paragones en Chicago, había tocado los drones de Mynx de cerca.

Y había estado en ese maldito almacén siendo zarandeado por anomalías jugando a ser héroes.

—¿Te parece gracioso el destino? —preguntó Beth, con el mismo tono que usaban los antiguos maestros de Calvin cuando se aburría en clase.

—Me parece hilarante —dijo Calvin—. ¿Crees que vas a entrar como si nada en esa torre y conseguir que los Paragones te ayuden? Haz eso y te encontrarás de vuelta en la calle o enterrada bajo ella en cinco minutos.

Beth se puso rígida. De nuevo, igual que aquellos maestros. Alguien no acostumbrada a que le llevaran la contraria.

—No lo estás entendiendo —dijo Beth, luchando por mantener su calma habitual y usando su habilidad para proyectarla. Calvin lo sintió cuando Beth lo miró. Como si le golpeara música de salón y una dulce calada a la vez—. Los Paragones son una amenaza. Necesitamos liberarnos de su control, y eso no sucederá hasta que estén destruidos.

Sin embargo, lo de la calma de Beth funcionaba mucho mejor cuando no sabías lo que estaba pasando. Calvin se deshizo de la manta de Beth, despegándola de su personalidad como quien se sacude un estornudo.

—Entonces todos vosotros entráis pavoneándoos, declaráis a las anomalías libres de todo, ¿y qué obtenemos? ¿Una gran fiesta en las calles mientras los normales ven a todos estos semidioses a medias sin reglas? —dijo Calvin, poniéndose de pie—. Kat, creo que hemos terminado aquí.

Kat miró a Calvin, frunció el ceño y dijo:

—Beth, no creo que esto sea lo que quieres.

—Oh, lo es, y mucho —dijo Beth—. Cuando te conocí por primera vez, quería tu ayuda para encontrar a Calvin y hacer nuestras propias filas más fuertes. Quería su ayuda para derribar a los Paragones de su pedestal. Puede que no sea así como imaginé que comenzaría nuestro ascenso, pero no dejaré pasar el momento.

Moviendo sus ojos más allá de Kat y Calvin, Beth asintió hacia otro Elemental en la puerta.

—Que todos lo sepan —continuó Beth—. Estamos comenzando la toma de control. Ahora mismo.

—¿Toma de control? —preguntó Kat.

—Dijiste que los Paragones están dispersos, que sus drones están caídos. Es hora de que tomemos su torre y salgamos a la luz. Todas las anomalías del mundo nos están esperando.

—Puedo decirte que eso no es cierto —murmuró Calvin, luego miró hacia Kat—. Creo que nos vamos ahora. Pareces decidida con todo esto de conquistar el mundo, y eso no es realmente lo mío, así que...

Mientras hablaba, Calvin se quitó los guantes de cuero de las manos, abrazando la sensación del aire viciado, las partículas que podía separar. No había nada terriblemente mortal que pudiera agarrar aquí —los diminutos granos de café flotando alrededor no presentaban muchas opciones—, así que Calvin esperaba que las señales de advertencia que leía en los rostros de los Elementales fueran una exageración.

Pero la forma en que la puerta se cerró cuando los Elementales siguieron la orden de Beth de difundir la noticia, la manera en que Beth llevaba una sonrisa desgastada, la sensación de trampa en la habitación, todo se unía para decir que las cosas en el café estaban a punto de ponerse difíciles.

—Odio cuando termino ayudando a la gente equivocada —dijo Kat, empujando su silla hacia atrás.

—Entonces debes haber odiado ser rastreadora durante tanto tiempo. Todas esas anomalías que encadenaste —Beth se burló—. Sentaos, los dos. Habéis jugado vuestro papel esta noche.

Calvin hizo un recuento rápido. Tres Elementales en la habitación, contando a Beth. Kat tenía su equipo puesto, lo que la hacía al menos igual a una anomalía. Con un poco de sorpresa, podrían tener probabilidades iguales o mejores aquí.

—De acuerdo —dijo Calvin, sentándose y provocando una expresión de *¿qué diablos?* de Kat—. ¿Podemos tomar un café entonces, si nos vas a retener aquí?

La esperanza de que un Elemental saliera a buscarlo se desvaneció cuando Beth usó su Tama en su lugar, apareciendo una taza en segundos mientras Kat se consumía. Beth permaneció en su Tama mientras llegaba el café, enviando mensajes a quién sabe quién.

Calvin tomó la taza caliente con su mano izquierda, sintió cómo la cerámica le quemaba la piel y notó la ceja levantada de Farrah, la entrenadora Elemental que se la había entregado.

—Lamento que no haya funcionado lo nuestro —le dijo Calvin.

—¿Qué?

Calvin absorbió el calor de la taza y lo envió en una ráfaga abrasadora directamente a la cara de Farrah. La Elemental retrocedió tambaleándose y gritando, mientras Calvin lanzaba la taza helada y su contenido hacia Beth. La habilidad de la líder Elemental no parecía ser muy útil en una pelea, pero mejor no arriesgarse.

Se oyeron pasos apresurados detrás y Calvin se adelantó, apoyando su mano derecha en el escritorio de Beth y sintiendo el delgado metal. Beth, maldiciendo mientras se quitaba el café de encima, parecía ocupada. Extendiendo su mano izquierda hacia atrás, en dirección a los pasos que se acercaban, Calvin extrajo el metal y lo lanzó como una lanza. Un impacto fuerte y rígido sacudió el arma improvisada de Calvin, y cuando miró hacia atrás, vio a Anthony, agrandado por su habilidad tras su carrera, mirando fijamente la púa de metal que sobresalía de su pecho.

—Lo siento —dijo Calvin, soltando el metal mientras Anthony se tambaleaba y caía hacia un lado—. No intentaba matar a nadie hoy.

Se habría sentido más apenado por el anomalía, excepto que, bueno, se habían comprometido totalmente con el plan de Beth para arruinar un mundo ya destrozado. La compasión de Calvin escaseaba y, además, los Elementales tenían gente que podía traer de vuelta del borde de la muerte a un hombre como Anthony.

Un estruendo llamó la atención de Calvin hacia la única

salida de la habitación, donde Kat estaba de pie sobre la cerradura destrozada. Con un tirón, abrió la puerta chirriante para encontrar otros dos anomalías esperando afuera.

—¿Les importa dejarnos salir? —preguntó Kat mientras Calvin se movía para reforzar.

—¡No lo harán! —gritó Beth desde detrás del escritorio.

—Quédate abajo, por favor. —Calvin agarró la silla en la que había estado sentado, chasqueó su muñeca izquierda para enviar una serie de astillas hacia Beth. Ella gritó y hizo lo que Calvin le pidió, zambulléndose bajo su escritorio.

Farrah no tenía tales preocupaciones.

La entrenadora Elemental embistió a Calvin con un placaje a la altura de la cintura, arrastrándolo al suelo. Al caer, Calvin intentó girarse, agarrar a Farrah para poder empezar a drenar lo que la hacía ser ella. En su lugar, atrapó el aire. Vio a Farrah corriendo hacia él de nuevo, como si nunca hubiera realizado el placaje.

Esta vez, ella pateó hacia la cara de Calvin, un golpe que él bloqueó con las manos rápidamente, solo para que estallaran estrellas en su cráneo cuando algo le golpeó la cabeza. Rodando lejos, Calvin vio la silueta de Farrah acercándose de nuevo. ¿Cuál era su habilidad, de todos modos? ¿Cómo se movía tan rápido?

Sintió el suelo de hormigón bajo sus manos, y Calvin extrajo su fuerza, enviando el duro compuesto químico a su alrededor mientras Farrah se acercaba corriendo. Ella golpeó, chocando contra el hormigón que lo bloqueaba. Una fracción de segundo después, Farrah reapareció de nuevo en su aproximación, esta vez apuntando a los riñones de Calvin, pero deteniéndose cuando estos también desaparecieron detrás de una delgada pared de hormigón.

—¿Te escondes? —dijo Farrah, retrocediendo mientras Calvin completaba su escudo.

—Nah, solo espero a una amiga.

Detrás de Farrah, Kat, que regresaba corriendo de los

anomalías en la puerta, agitó su muñeca y lanzó dos esferas plateadas hacia adelante. Golpearon a Farrah en la espalda, provocando que la anomalía mirara lo que acababa de golpearla. Calvin cerró los ojos y cubrió su rostro con hormigón para estar seguro.

A Kat le encantaba este truco, ¿y por qué no?

Siempre funcionaba.

El destello se filtró más allá de los párpados cerrados de Calvin, pero cuando los abrió y dejó caer su barrera de hormigón, la habitación parecía normal. Bueno, normal excepto por los Elementales que se retorcían en el suelo. Los dos nuevos habían perseguido a Kat hasta la habitación antes de que sus retinas fueran abrasadas por las esferas, y se unieron a Farrah frotándose los ojos, tratando de recuperar algo de visión.

—¿Hora de irnos? —preguntó Kat, recogiendo las esferas gastadas y dirigiéndose hacia la salida.

—Ya pasó la hora —respondió Calvin, pasando junto a Farrah. Pensó en empujarla, tal vez sellar un tobillo en hormigón, pero ¿para qué desperdiciar energía?

—¡No importará! —gritó Beth mientras la pareja salía—. ¡No pueden detener esto ahora!

—Es una dramática —dijo Calvin, cerrando la puerta del café detrás de él. Kat ya había llamado a un pod con su Tama. Ningún otro Elemental se presentó en la oscuridad del amanecer.

Aun así, Calvin se volvió y puso sus manos en la puerta, moldeando y retorciendo el vidrio, el metal y el plástico para sellar la puerta a las ventanas de vidrio que la rodeaban. Los Elementales podrían romper el vidrio o tomar una salida trasera, claro, pero tendrían que pensarlo primero.

—Es una mentirosa —dijo Kat—. Como todos los demás.

—Así que ahora ves de dónde vengo.

—¿No confiar en nadie, el mundo es basura? Supongo que sí.

El pod se acercó traqueteando, deslizándose hasta el

bordillo. Su puerta se deslizó hacia arriba y hacia atrás, presentando dos asientos elegantes. Deslizándose dentro, los dos pusieron el pod en un curso vertiginoso hacia la torre Paragon en el centro de la ciudad. En el camino al café, Kat había echado la cabeza hacia atrás para echar una siesta. Ahora era su turno de presionar la cara contra la ventana del pod, mirando hacia la noche de la ciudad.

Calvin repasó una docena de frases arrogantes, listo para redoblar la apuesta sobre la porquería de la sociedad. Cada facción solo quería poder, así que confiar en cualquiera de ellas te prepararía para la decepción.

—He estado sola durante tanto tiempo —dijo Kat, Calvin mirando más su reflejo en el cristal que su cara—. Beth y los Elementales parecían ofrecer algo diferente. Un equipo que no tenía toda esa... vibra de los Paragon. No estoy tratando de conquistar el mundo, Calvin. Me *gusta* pasar el rato con Seeker. Caminar por los parques, comer comida para llevar. Pero cada vez que intento relajarme últimamente, todo se va al infierno.

—Amén —respondió Calvin.

—¿No te sientes así? Eres como *el* anomalía errante.

—¿Yo? No estoy errando por ninguna parte. Voy donde quiero, y la gente siempre parece tener un problema con eso. Esa es la cosa, Kat. Somos demasiado importantes. Nadie nos va a dejar en paz.

—¿Somos demasiado importantes?

—Sí —Calvin estiró los brazos, los colocó sobre el respaldo del pod y sacudió la cabeza—. Somos tan geniales que todos quieren un pedazo.

Kat se rio y volvió a mirar por la ventana. Calvin la observó, sin estar muy seguro de qué decir. Ahí estaban, corriendo para advertir a los Paragon que la Fábrica de Mynx podría estar bajo ataque y, ahora, que los Elementales podrían estar sedientos de sangre. Una rastreadora y un anomalía fugitivo tratando de mantener el mundo unido.

Por loco que pareciera, Calvin podía recordar demasiadas noches como esta quemadas escondiéndose en depósitos de chatarra, usando sus habilidades para romper las cerraduras de las habitaciones de moteles y robar lo que podía, y haciéndolo todo solo. Todas tenían el mismo filo que esta noche, un equilibrio donde las cosas no serían las mismas por la mañana, pero al menos Calvin no estaría cayendo de ese filo en solitario.

Al menos, cuando llegara el amanecer, tendría alguien con quien compartirlo.

—Oye —dijo Calvin—. Gracias.

—¿Gracias?

—Por no irte con Beth allá atrás. Como dijiste, parecían ser tus amigos.

—Eran mis amigos, pero tú también lo eres.

—¿Cómo elegiste?

Kat se apartó de la ventana y miró a Calvin. Una leve sonrisa iluminó aquel rostro duro. —¿Estás bromeando? Una vez que compartes el ring de combate en *Carver's*, es un vínculo que no se puede romper.

Calvin deslizó su brazo hacia abajo, llegando al de Kat antes de darse cuenta de lo que hacía. Su mano encontró la de Kat, entrelazando sus fríos dedos. Todos esos años de soledad se desvanecieron con el toque eléctrico, y Calvin *sintió* la esencia de Kat como sentiría la tierra, el vidrio, cualquier cosa. Ella fluía a través de él, en fragmentos y como un todo, inundándolo con la descarga.

Había tocado a otras personas antes, había retorcido sus cuerpos para salvarse, pero no así. Nunca así.

Kat tosió y Calvin levantó la mirada, vio ojos abiertos de par en par, una boca abierta y atónita. En un segundo, Calvin había liberado su mano y empezaba a disculparse. Entonces notó el rojo. Filtrándose a través del traje de Kat, formando un charco en el asiento a su alrededor.

—¿Qué demonios? —dijo Calvin—. ¿Qué está pasando?

Kat intentó decir algo, pero solo salió sangre de su boca, derramándose sobre su barbilla, y la Rastreadora se desplomó hacia adelante. El hielo estalló dentro de Calvin, su mente volando entre opciones. ¿Primeros auxilios? Todas las cápsulas tenían botiquines, pero esto no parecía algo que se pudiera arreglar con gasas y vendas. Kat necesitaba mejor ayuda, necesitaba un hospital.

Necesitaba asistencia de Paragon.

—Cápsula —dijo Calvin—. ¡Emergencia, hospital más cercano. Ya!

La orden puso la cápsula en acción, la sacudida lanzó a Calvin contra el asiento. El cinturón de seguridad mantuvo a Kat estable. La sangre seguía acumulándose, pero el arranque de la cápsula ayudó a disipar el pánico. El entrenamiento de Paragon se activó, un paso tras otro, diseñado para mantener con vida a las anomalías en situaciones peligrosas.

Calvin tecleó la secuencia rápida en su Tama, un comando de cinco dígitos que activó su propia baliza de emergencia médica de Paragon. Se desabrochó el cinturón y le arrancó la capa a Kat. Tenía que llegar a lo que la estaba lastimando, tenía que encontrar la fuente.

Debajo de la capa, la mancha roja dejaba claro que la herida provenía del estómago de Kat. Mientras la cápsula daba otra vuelta brusca, Calvin presionó su mano sobre el área más oscura y cálida por encima de su cintura. Pellizcando las fibras, Calvin extrajo el uniforme, apilando su tela y plásticos en un montón inútil a su derecha.

Un agujero de bala. Uno malo, justo en el vientre.

Y Calvin supo, entonces, por qué Kat se estaba desangrando frente a él. Supo quién sería responsable si ella moría esa noche, justo allí.

Y quién pagaría por ello.

—Quédate conmigo, Kat —dijo Calvin entre maldiciones. Presionó su mano izquierda contra la herida, puso la derecha sobre el plástico apilado y comenzó a reconstruir las fibras—. No dejes que ganen.

Rehaciendo el uniforme, Calvin selló la herida, colocando la tela, el material grueso bien apretado alrededor del agujero. Kat podría estar sangrando también dentro de su cuerpo, pero Calvin no podía hacer mucho al respecto. Tenía que mantenerla con vida, tenía que mantener su corazón latiendo.

Solo un poco más.

CAPÍTULO 24
COMIDA REAL, MUNDO REAL

LA EXPANSIÓN urbana los recibió con una tormenta. Cualquier atisbo de atardecer se desvaneció en el aguacero gris, aunque Cassidy pensó que cambiaría la belleza por las temperaturas más frescas que traía el agua. La cápsula serpenteó a través del creciente tráfico, con cápsulas de carga integrándose para crear un río de movimiento lento que se dirigía a Bangkok. Los edificios de la ciudad, que parecían robar el cielo, brillaban, provocando el asombro de Cassidy con sus alturas, sus lados curvos que se unían a muchos metros sobre el suelo. Como si la mitad de la ciudad hubiera decidido vivir por encima de la otra.

—Una decisión curiosa, ¿no crees? —dijo Thane a su lado—. ¿Adivina quién comenzó el esfuerzo?

Thane hizo la pregunta con su habitual veneno lento.

—¿Los Paragones?

No es que Cassidy tuviera idea, pero con Thane, cualquier cosa mala parecía remontarse a las anomalías.

—Difícilmente —Thane se rio—. Los Paragones no son arquitectos. Una mujer propuso el cambio. Ella lideró los planes, convenció a las empresas en cuestión para que gastaran sus reputaciones en estas estructuras masivas. Poco prácticas, pero hermosas a su manera.

—¿Simplemente los convenció? —Cassidy señaló uno que pasaban por la derecha, que parecía tener cuatro torres en zigzag que se fusionaban en una bola en la parte superior—. ¿Para construir algo así? ¿Cómo?

—Sobornos, amenazas —reflexionó Thane, con los ojos brillantes mientras hablaba. Parecía mucho más feliz desde que habían convencido a los huérfanos, desde que se unieron a la patrulla de Paragones que se dirigía a la ciudad—. No usó ninguno, porque podía torcer sus mentes con una pluma.

—Así que sí hubo una anomalía involucrada.

—Por supuesto. Cualquier cosa que ella escribiera, una vez leída, se convertía en la idea más fascinante para el lector —dijo Thane, sacudiendo la cabeza ante algún recuerdo—. Las cosas que podía hacer creer a la gente, que firmaran.

—¿Y?

—No todos los enemigos que los Paragones destruyeron murieron en una pelea —dijo Thane, su sonrisa convirtiéndose en un suspiro—. Apinya cambió las reglas. No más copias en papel. Los tamas se convirtieron en la norma, y nadie usaba papel para nada. La última vez que supe de ella, se las arreglaba bastante bien, revolcándose en alguna mansión del sur.

—Qué destino tan terrible.

—¿Ser despojado de tu poder, tu propósito? Yo consideraría eso un destino terrible, ciertamente.

Cassidy le lanzó a Thane lo que esperaba fuera una mirada significativa de reojo.

—¿Un destino terrible, en serio? Desde que dejamos la isla, no paras de hablar como un profeta melancólico. Habla normal.

—Pasé décadas atado a una silla en una instalación subterránea, Cassidy. Cuando me enojo, me convierto en un monstruo imparable. Cuando estoy feliz, me marchito hasta convertirme en una cáscara arrugada y frágil. Nada en mí es normal.

—Tú, yo y todos los demás.

La cápsula los llevó directamente a la sede de los Paragones en el lado oeste de la ciudad, al otro lado del río desde el Gran Palacio. Apinya tenía algo de decoro, porque había hecho de su trono una esbelta y suave hermana de la opulencia dorada y tradicional. La P azul de los Paragones brillaba en la noche cada vez más profunda, una pequeña luz contra el abrumador resplandor de Bangkok.

Achaya y los huérfanos salieron primero, llevados rápidamente al interior de la sede mientras otros cuatro Paragones, todos uniformados y con aspecto demasiado serio, mantenían a Thane y Cassidy bajo un alero de entrada. Cuando Cassidy preguntó, los Paragones declararon que se les permitiría entrar cuando Apinya lo decidiera y no antes. Thane, siendo Thane, se fue a parar bajo la lluvia, levantando la cara hacia las gotas y dejando que la naturaleza lo golpeara.

—¿Normalmente hace eso? —un chico Paragon que no podía tener más de quince años le preguntó a Cassidy. La apariencia y el acento del chico lo marcaban como local, aunque los otros tres podrían haber sido de cualquier parte.

—Thane no hace nada *normalmente* —respondió ella, cruzando los brazos y poniendo los ojos en blanco—. Es dramático.

—También ha masacrado a docenas —gruñó un Paragon mayor, su inglés suave y practicado—. Thane merece la muerte.

—Me gustaría verte dársela —replicó Cassidy.

—Apinya ha ordenado lo contrario —dijo el Paragon mayor—, o lo haría.

—Tu Campeón te está protegiendo de ti mismo.

Achaya apareció de nuevo en las puertas cuádruples del edificio, llamando a Cassidy y Thane para que entraran.

Thane, empapado, entró sin decir una palabra, y Cassidy lo siguió, esquivando los charcos.

—Cuando llegue el momento, no mueras defendiendo a un asesino —dijo el Paragon mayor a la espalda de Cassidy.

El Campeón estaba sentado en una silla bien acolchada en una habitación color granate, enterrado en túnicas y mantas a pesar de la temperatura moderada. El arte cubría las paredes, pinturas enmarcadas y colocadas cerca unas de otras en filas en cascada. En lo alto, linternas colgantes parpadeaban con lo que parecía ser fuego real, reflejando sus sombras y calidez por toda la estancia. El incienso ardía, una fragancia que picaba la nariz y que desenredaba los nervios de Cassidy mientras respiraba.

—Todo local —habló Apinya, su voz gastada como una caña fina—. Al igual que cada pieza en las paredes de este edificio.

A medida que avanzaba, emparejándose con Thane en su aproximación, Cassidy notó algo más. Dos bolsas de suero colgaban de postes junto a Apinya, sus tubos conducían de vuelta al hombre. Una bandeja estaba a su lado, con una tetera de cerámica negra y agua con limón. Fruta del dragón, con su interior blanco y moteado de negro, se extendía en un plato. Apenas el imponente e impresionante despliegue adecuado para un Campeón.

—El ataque en Los Ángeles fue peor de lo que esperaba —dijo Thane a modo de saludo—. Lamento que se hayan perdido tantos.

—No, no lo estás —replicó Apinya—. Nunca fuiste dado al dolor ni al duelo.

Thane no lo negó, en su lugar hizo un gesto hacia Cassidy. —Esta es la Nada.

—Sé quién es —dijo Apinya, mirando hacia Cassidy. Con la escasa luz, ella tenía dificultades para leer su rostro—. Mynx te trató con demasiada dureza, Cassidy. Me disculpo en su nombre.

—No acepto. Ella puede disculparse por sí misma.

—Eso puede ser difícil de conseguir. Parece que Mynx ha sido capturada por un enemigo de todos nosotros.

Apinya siguió esa revelación con más detalles, que Thane recogió con interés analítico. Cassidy podía ver la mente de Thane trabajando, su velocidad creciente evidente mientras su cuerpo se debilitaba a su lado. Apinya pareció sintonizar con el interés de Thane, y los dos cayeron en una charla que dejó atrás la conversación normal en una confusión lingüística que Cassidy no tenía ni el interés ni el deseo de seguir. Como estar atrapada en una cena con dos viejos amigos y sus historias, Cassidy sabía que esta conversación no era para ella.

Los Campeones, los Paragones y sus juegos de poder político no importaban siempre que ella pudiera ser libre, siempre que Cassidy tuviera la oportunidad de volver con su familia.

—¿Tienen una computadora que pueda usar? —anunció Cassidy, aprovechando un momento de silencio.

Apinya la tenía, y Achaya dirigió a Cassidy directamente hacia ella. Una oficina prestada, sin ventanas y encajada en un espacio libre en la planta baja. Bajo dos animados cuadros de la selva, rodeada de paredes verde musgo, Cassidy usó el inicio de sesión de Paragon proporcionado y se encontró una vez más intercambiando mensajes con su familia.

Excepto que, esta vez, sus hijos respondieron instantáneamente a las respuestas de Cassidy. La mañana en Pacífica, lo que los Paragones etiquetaban como la costa oeste de Norteamérica, significaba que sus hijos estaban tomando su café, tropezando mientras se preparaban para la escuela.

Les pidió que avisaran que estaban enfermos, que se conectaran a través de la magia de Internet para aparecer en su pantalla en video de cristalina claridad. Hasta el instante en que aparecieron los rostros de su hijo y su hija, Cassidy no creyó que sucedería. Algo se interpondría, un fallo técnico o un ataque de los Paragones. Mynx, capturada o no, enviaría sus drones para llevar a Cassidy de vuelta a la isla prisión.

Pero no. Ahí estaban, con aspecto algo somnoliento, sonriendo a través de la cámara. A Cassidy se le cortó la respiración mientras distinguía las facciones, los ojos, el cabello, las pecas en las mejillas de su hija. Habían crecido, sí, pero seguían siendo suyos.

Las palabras fluyeron titubeantes al principio, pero pronto ganaron velocidad. Cassidy dirigió la conversación, excavando detalles como una arqueóloga en una excavación llena de fósiles. Se enteró de pasiones, captó aficiones y peculiaridades. Colores, deportes y canciones favoritas.

Los espacios se abrieron más a medida que avanzaba la conversación, brechas alrededor de las cuales los hijos de Cassidy seguían dando vueltas. El impulso inicial cayó en tropiezos mientras todos se daban cuenta de cuánto quedaba por contar, cuánto se había perdido.

Y cuando Cassidy intentó hablar sobre la isla, sobre los colectivos formados entre las anomalías, las peleas de ida y vuelta, la lucha por los recursos mientras los drones observaban en el horizonte...

Sus hijos negaron con la cabeza, dijeron "vaya" y "eso suena horrible". Ahora la miraban de manera diferente, con las mismas expresiones que tenían cuando los Paragones vinieron por Cassidy por primera vez. No era su madre, sino una extraña, alguien que hacía cosas, a quien le habían hecho cosas que estos dos normales —había preguntado eso directamente: sin poderes de anomalía— no podían entender.

La llamada se cortó.

El programa redirigió a un rostro diferente, uno que Cassidy conocía y a la vez no. Él había criado a sus hijos, había sido la pareja de Cassidy, y cuando se enteró, la condenó a la isla. Filip había envejecido peor que Cassidy, con arrugas trepando por sus grandes mejillas y empujando hacia atrás una línea de cabello entrecano. La barba incipiente corría desenfrenada, escondiéndose en los pliegues del mentón que habían crecido con los años. Un cuello alto negro ocultaba todo lo demás, la cámara web mostrando una pared color crema detrás de su cabeza.

—Mantente. Alejada. —La voz de Filip tenía una ira cansada, como un dragón tratando de despertar de su sueño.

—Siempre tan educado —replicó Cassidy, tragando la bilis que le subió por la garganta—. ¿Cómo te aguanté durante tanto tiempo?

—Mentiste.

—No, nunca lo hice. Nunca preguntaste si era una anomalía. No nos afectaba.

—Hasta que destruyó todo lo que habíamos construido.

—Fue tu culpa.

Filip extendió la mano, agarró ambos lados de su cámara, como si quisiera estrangularla. —Tu maldita sangre. Deberías haberte quedado en esa isla, Cassidy. Habría sido mejor para todos nosotros. No vuelvas a llamar.

Esta vez, cuando la llamada terminó, no volvió. Cassidy intentó inmediatamente otra, encontró el número bloqueado. Qué bastardo.

El cambio había sido inmediato aquella tarde. Un minuto, una familia feliz en su mejor momento. Al siguiente, Filip perdiendo la cabeza. Desesperado porque sus hijos pequeños pudieran ser anomalías. Que su esposa pudiera destrozarlo sin pensarlo dos veces.

Quién sabe qué lo rompió, pero Cassidy no tuvo la oportunidad de despedirse y por eso nunca perdonaría al hombre.

Cassidy necesitaba un baño, necesitaba algo de agua. Después de eso, proporcionado sin comentarios por dos Paragones —el joven y el viejo de antes— que esperaban fuera de la pequeña oficina que Cassidy había tomado prestada, la Nada volvió al salón de Apinya. Volver con su familia seguía siendo una prioridad, pero Cassidy necesitaba aclarar algunas cosas primero.

A saber, quién era ella: ¿una madre, o la compañera de Thane en su búsqueda para remodelar el mundo?

Antes de la llamada, Cassidy se había inclinado hacia lo primero. Volver patinando al pasado y encontrar a su familia esperando, lista para hacer caso omiso del tiempo intermedio y abrazar el regreso de Cassidy. Ahora, sin embargo, su madre tenía la etiqueta de una criminal, nunca volvería a tener un trabajo normal. No podría caminar por el campo de fútbol, ir a un fin de semana de padres en la universidad de sus hijos sin atraer el tipo de atención equivocada.

Thane, sin embargo, no ofrecía mejores ideas. Él y Apinya seguían en lo suyo, salpicando la conversación de un lado a otro, colegas sumergidos en su propio mundo. Cassidy escuchó a Thane lanzar frases fuera de la entrada de la sala sobre algún esquema de propaganda multifacética para ganarse la confianza de la gente y decidió que no podía soportarlo. No en este momento.

En su lugar, con esos mismos dos Paragones siguiéndola, Cassidy se dirigió a la salida del edificio. La lluvia repiqueteaba afuera, pero había paraguas a mano en un cubo en la entrada. Cassidy tomó uno, desplegó su escudo azul Paragon con un botón y se dirigió hacia el río cercano. Las luces de Bangkok se enfrentaban al tormentoso crepúsculo, sus zapatos salpicando con cada paso.

De vuelta en la isla, cuando las tormentas azotaban, las anomalías se refugiaban en las pocas chozas disponibles. Algunos tenían habilidades para mitigar el impacto —la propia Cassidy podía crear vacíos para atrapar el granizo—, pero por lo demás, sobrellevaban los tifones como lo hacían con todo lo demás: con un tedio insípido. Mañana sería otro día, con más peces que pescar, más árboles que cultivar y talar, y ahora más chozas que reparar.

Aquí, Cassidy podía regresar al edificio, podía encontrar un hotel y desaparecer del clima. No tendría que arreglar nada de lo que la tormenta dañara. La comida estaría allí por la mañana, siempre y cuando Cassidy tuviera los reps para pagarla.

Hablando de eso...

—¿Ustedes dos conocen algún lugar donde pueda comer bien? —preguntó Cassidy a la pareja de Paragones que la seguían.

—¿Qué tal es tu tolerancia al picante? —intervino el joven, mientras el viejo solo la fulminó con la mirada.

Tres cuencos repletos de carne de laboratorio, huevos, verduras y especias se colocaron sobre mesas metálicas minutos después. El lugar elegido, una línea delgada encajada entre oficinas, se escondía bajo un enorme voladizo donde las ollas de cocina se derramaban sobre la acera, permitiendo que el aroma sabroso atrajera a cualquiera que pasara. Daw, el Paragon más joven, se lanzó sobre su cuenco, salpicando salsa picante sobre la mezcla humeante. Kamnan frunció el ceño, optando por picar su comida con los palillos mientras mantenía un ojo en Cassidy. Ella imitó la postura más lenta de Kamnan, tanteando la comida incluso cuando su estómago protestaba por el ritmo, exigiendo más comida ahora.

Cassidy se contuvo: tener indigestión aquí, ahora, sería complicado.

De hecho...

—¿Apinya nos está alojando en algún sitio? —preguntó Cassidy.

—No lo sé —respondió Kamnan, y Daw, con un trozo de huevo colgando del labio, frunció el ceño a su compañero—. No es nuestra decisión.

—Entonces, ¿hasta cuándo me van a estar cuidando?

—Hasta la mañana —respondió Daw más rápido esta vez —. Nos turnamos.

Cassidy se rio.

—Así que tenemos protección las veinticuatro horas, ¿eh?

—Podrías llamarlo así —replicó Kamnan.

—¿Hay alguna razón por la que tú estés tan molesto, mientras él se lo está pasando bien? —preguntó Cassidy, dos bocados después.

—Él extraña a su propia familia —dijo Daw, atrayendo otra mirada fulminante de Kamnan. Daw esbozó una sonrisa burlona—. Es perezoso. Bangkok no ha visto mucha acción, así que se ha ablandado.

—Daw —gruñó Kamnan.

—Lo siento —se disculpó Cassidy—. Puedes irte si quieres.

—¿Y dejar que una asesina ande libre por nuestras calles? No lo haré.

Asesina. La palabra debería haber herido a Cassidy más de lo que lo hizo. Tal vez no quería dejar que Kamnan se metiera bajo su piel, tal vez la habían llamado villana durante tanto tiempo que la etiqueta ya no le molestaba. Las implicaciones de Kamnan coincidían con su propia percepción sombría: Cassidy no era libre. Nunca lo sería. No podía subirse a un avión e ir tras su familia. No podía elegir volver a la escuela, visitar un lugar nuevo. Había cambiado la isla por una celda más grande, con mejor comida.

Cassidy buscó consuelo en sus palillos, sacando otro bocado del cuenco. Y otro.

Y otro.

Sus palillos golpearon el cuenco, y solo el cuenco, antes de que Cassidy se detuviera. Sintió ojos sobre ella, levantó la mirada para ver a Daw y Kamnan observándola fijamente. El primero mezclaba confusión y preocupación, mientras que el segundo mostraba una firme resolución y nada más.

—Ha sido una década difícil —dijo Cassidy, apartando el cuenco y poniéndose de pie.

Los otros dos no parecían haber terminado, pero ¿a quién le importaba? Podían conseguir más cuando quisieran. Cassidy tenía otros problemas más importantes, y resolverlos comenzaba afuera. La lluvia continuaba, pero Cassidy no dejó que eso la detuviera. También dejó el paraguas, aunque Daw y Kamnan abrieron los suyos.

Se dirigió al centro de la calle, las cápsulas pasaban veloces a su alrededor mientras los algoritmos funcionaban a la perfección. Todo en su lugar, excepto Cassidy. Encarcelada, arrastrada, olvidada y prohibida.

—He terminado —gritó Cassidy a los dos Paragones—. Díganle a Thane y Apinya que pueden hacer lo que les dé la gana, pero yo he terminado.

—¿Terminado con qué? —preguntó Daw.

—Con todo.

Los vacíos acariciaron sus dedos, esperando. La llamaban villana, asesina. Sus hijos aún la llamaban mamá.

No descubriría cuál era ella aquí.

CAPÍTULO 25
UN SABOR A VICTORIA

WEXLEY FUE directo hacia Mynx en el centro más profundo de la Fábrica. La pequeña habitación, iluminada por monitores y globos en el techo, los apretujaba a todos, lo suficientemente cerca como para dar una sorpresa. Su señal de tres dedos se transformó en un golpe recto al riñón. Mynx se dobló y Wexley aprovechó para agarrarla del cuello con la mano izquierda y empujar a la Campeona contra los monitores. A su alrededor y detrás de él, Rhimes y el equipo entraron en acción, recibiendo fuego de los drones mientras desplegaban las habilidades que Wexley esperaba que tuvieran.

Wexley no esperaba que derrotaran a los drones, ni que resistieran un ataque por mucho tiempo. Tenía una apuesta diferente, una que dependía del cuerpo que sostenía frente a él.

—Detenlos —dijo Wexley, presionando a Mynx contra las pantallas. Llevó su segundo brazo al estómago de ella, ayudando a mantener sus pies fuera del suelo.

Mynx lo miró fijamente, con los ojos desorbitados. Las venas pulsaban mientras su cuerpo intentaba lidiar con el agarre de Wexley. No podía hablar, pero Wexley no necesitaba, ni quería, que Mynx se involucrara.

Detrás de él, un soldado gritó. Un arma de dron disparó. Rhimes gritó más órdenes. Una mano metálica cayó sobre el hombro de Wexley, con pesados dedos clavándose en él.

—Reeves, ¿verdad? —dijo Wexley, sujetando a Mynx con más fuerza. Si perdía el agarre sobre ella, Wexley estaría muerto antes de que tocara el suelo—. Ella muere si no retrocedes. Sigue tu programación.

—¿Y cómo sabrías tú lo que requiere mi programación? —La voz vibrante del dron zumbó en el oído de Wexley.

Pero, aparte de ese sonido, la otra pelea se detuvo. Un soldado maldijo para sí mismo por una herida que Wexley no podía ver.

—Llámalo corazonada —dijo Wexley—. Todas las historias tienen IAs protegiendo a sus dueños.

Eso, y Mynx tenía un historial de salvarse a sí misma por encima de todos los demás. ¿Qué pasó en la explosión del estadio de Los Ángeles? Ah, claro, Mynx se había disparado por encima del estadio en una cápsula protectora mientras todos los demás sufrían abajo. ¿Qué pasó en Chicago cuando estuvo al borde de la muerte?

Los drones aparecieron de todas partes para rescatarla.

—¿Entonces qué propones? —preguntó Reeves.

Wexley abrió la boca, a punto de hablar, cuando notó que los ojos de Mynx se vidriaban. Sabía cómo mantener una llave, sabía que no había cortado todo el oxígeno. Lo que significaba que Mynx podría estar intentando algo diferente.

Así que apretó más fuerte. Mynx jadeó, sus ojos volvieron a Wexley, estrechos y enojados. Como debían estar. Wexley le devolvió la sonrisa. Era asombroso lo rápido que desaparecían los nervios una vez que había cruzado la línea. Todo pendía de un hilo, pero Wexley solo podía moverse en una dirección.

—Salva a las anomalías. Protégelas —dijo Wexley—. A todas ellas. Sabes cómo hacerlo.

El dron permaneció en silencio. Wexley no tenía idea de si la IA podría llegar realmente a la conclusión correcta, pero usó una lógica sólida. El tipo de lógica que una máquina conocería, que llevaría a los extremos más lejanos.

—De lo contrario, ella morirá —añadió Wexley.

—Las promesas humanas son volubles —respondió finalmente Reeves.

—Son todo lo que tienes.

—¡Reeves, no lo escuches! —gritó Mila, antes de que un soldado la silenciara.

Wexley sintió que la mano del dron se retiraba de su hombro, escuchó el chasquido cuando el dron dio un paso atrás. ¿Preparándose para una ejecución? Tal vez, pero cualquier disparo podría arriesgarse a golpear a Mynx. Wexley no podía detenerse ahora, no podía titubear.

—Toma tu decisión —dijo Wexley.

Reeves anunció su decisión con un zumbido decreciente, los drones desplomándose alrededor de los soldados mientras la IA cortaba su energía. Wexley apretó su agarre sobre Mynx lo suficiente, entonces, para que sus ojos se pusieran en blanco y la Campeona cayera inconsciente.

No tenía sentido darle la oportunidad de anular la muy buena decisión de Reeves.

—Ahora —dijo Wexley, entregando el cuerpo de Mynx a un mercenario que esperaba y sacudiéndose el dolor de los brazos. Sostener cualquier cuerpo durante tanto tiempo había dejado sus músculos tensos y adoloridos—. Reeves, discutamos cómo podemos mantener vivos a nuestra querida Campeona y sus Paragones.

Los planes se armaron rápidamente, con Wexley actuando como guía mientras Reeves, extrayendo secretos de las bóvedas de los Paragones, orquestaba los siguientes pasos. Mynx, aparentemente, ya tenía una isla reservada para anomalías criminales. Había otras como esa, espacios santuario que podían convertirse en hogares aislados para los Paragones. Se les mantendría alejados de los civiles, se les llevaría comida y suministros médicos.

Las anomalías tendrían su oportunidad de vivir en paz, mientras el mundo podría hacer lo mismo.

Wexley dio su bendición a Reeves, le dijo a la IA que los Paragones no verían las cosas a su manera. Los drones tendrían que ser armados, tendrían que ser persuasivos. Cualquier anomalía que se resistiera, bueno, no se les podía permitir arriesgar a todas las demás, ¿verdad?

Pequeños sacrificios por el bien mayor.

¿Y Mynx?

Wexley acompañó a los mercenarios que sostenían a Mynx y a Mila hasta el espacio médico más seguro de la Fábrica. Mila se movía por su cuenta, con la mano de un mercenario en su garganta para recordarle que la libertad de expresión tenía sus consecuencias. Mynx llegó en brazos, un hombre fuerte cargando a la Campeona como a una niña.

A esta profundidad en la roca, la Fábrica abandonaba sus pretensiones de alta tecnología. En su lugar, Mynx había optado por un aspecto natural: la piedra servía como pared y techo, aunque decorada con luces. No había obras de arte a la vista, y con el omnipresente zumbido de la Fábrica silenciado por las profundidades, el espacio resultaba inquietante y misterioso.

—¿Se supone que esto es para sanar? —dijo Wexley mientras avanzaban por el único pasillo—. ¿No hay jardín? ¿Ni estanque con carpas koi?

A ambos lados, las puertas se dividían hacia la infraestructura. Los letreros indicaban cosas como el horno, las salas de servidores y el control del agua. Todos los engranajes que Wexley entregaría a su empresa y a quienes lo apoyaban. Los líderes cuyos rostros lo habían dudado en Chicago ahora se arrojarían a los pies de Wexley, deseosos de asegurar su lugar en el nuevo mundo.

Un nuevo mundo que, Wexley debía admitir, había llegado más fácilmente de lo esperado. Un dron capturado sirviendo de cebo, un Campeón demasiado confiado, y ahora las armas más poderosas del planeta estaban bajo el control de Wexley. Probablemente había una lección allí, una que Wexley podría desentrañar cuando tuviera un minuto para respirar.

Reeves los dirigió al final del pasillo, a una habitación azul oceánico con tres tanques en su interior. Cada uno parecía lo suficientemente grande para albergar a cinco personas, con al menos cuatro metros de altura. Un espeso líquido color turquesa llenaba dos de ellos, mientras que el otro par estaba oscuro y vacío.

—Los preparé para su llegada —dijo Reeves.

Wexley frunció el ceño ante el segundo tanque.

—Mila no necesita uno.

—La Fábrica no contiene celdas de detención. Para mantenerla a salvo, solicito que la ponga dentro.

—¿Oíste eso, Mila? —dijo Wexley, volviéndose hacia la Campeona—. Reeves quiere mantenerte a salvo. ¿No es amable?

La respuesta de Mila habría hecho sonrojar a la madre de Wexley. A él le hizo reír. La idea, la mera idea de que un tipo normal como él pudiera llevar a una Campeona a hablar así... Wexley se había enfrentado a un dios, ¡no, a dos!, y había salido victorioso.

Sus palabras ya no significaban nada.

Reeves abrió los dos tanques, sus tapas siseando. En el lado derecho de la habitación, trajes especiales esperaban a los afortunados que serían sepultados. Un dron que parecía todo brazos relucientes hizo los honores, manejando primero a Mynx con suavidad mientras deslizaba el traje y sus extremidades con cremallera alrededor de la Campeona. Wexley podría haber temido que Mynx despertara, excepto que había hecho que Reeves le administrara sedantes de la reserva privada de Mynx.

Incluso los Campeones necesitaban ayuda para dormir a veces.

El dron extendió sus dos brazos superiores como una planta creciente para colocar a Mynx en la cuba elegida. La Campeona se hundió lentamente hasta el fondo, con burbujas subiendo a su alrededor. Una expresión pacífica se asentó en el rostro de la mujer, sin duda la más tranquila que Wexley había visto jamás en la Campeona.

—Quizás le estoy haciendo un favor —le dijo Wexley a Mila—. Parece más feliz ahora, ¿no crees?

—Deberías probarlo tú mismo —contraatacó Mila.

—Tal vez lo haga. Hay tanques extra.

Wexley frunció el ceño cuando se dio cuenta de que el tercer tanque tenía un fondo más oscuro, con marcas de agua alrededor de su base. Haciendo un gesto a Mila —empujada por un mercenario— para que lo siguiera, Wexley se acercó al tanque vacío. Definitivamente estaba húmedo, aunque aquí abajo, ¿quién sabía cuánto tiempo podría durar el agua?

—¿Esto estaba en uso? —le preguntó Wexley a Mila.

—¿Crees que te voy a decir algo?

Wexley se enderezó y cerró el puño. No era muy dado a golpear prisioneros, pero Mila había sido una frustración todo el día. Y ella iría directamente a un tanque de curación.

—No lo harás —dijo Reeves, la voz de la IA proveniente del dron con brazos—. Estamos protegiendo a los Paragones, no hiriéndolos. Tócala y nuestro acuerdo llegará a su fin.

—Por supuesto —respondió Wexley, relajando los dedos. Traería especialistas en informática aquí tan pronto como pudiera para eliminar a Reeves y los malditos principios de la IA. Hasta entonces, Wexley podía mantener su ego bajo control—. Mila, te lo preguntaré una vez más. ¿Qué había en este tanque?

—Lo estábamos probando para ti, Wexley —escupió Mila —, pero ¿sabes qué? Después de esto, creo que simplemente te arrojaremos al océano.

Qué pérdida de tiempo.

—¿Reeves? Responde mi pregunta —Wexley asintió hacia el tanque—. Es importante.

—En realidad, es irrelevante —dijo Reeves—. Por favor, si fueras tan amable, Mila. El traje te espera.

—Esto es una locura, Reeves —dijo Mila—, y lo sabes.

—Sé que te estoy manteniendo con vida. Por ahora, eso será suficiente.

—¿Y si no voy voluntariamente?

—Serás sedada.

Wexley no podía creer lo que estaba oyendo. La propia IA de Mynx, volviéndose contra ella y los otros Paragones. Todo lo que tuvo que hacer fue poner a Mynx en peligro, y la Fábrica cedió. Adriana estaría asombrada. La llamaría después de esto, saborearía la historia y planearía lo que vendría después, una conclusión con la que no se había atrevido a soñar hasta ahora.

—¿Qué pasará después, Reeves? —preguntó Mila, caminando hacia el traje en aparente rendición—. ¿Qué pasará cuando este tipo decida que ya no eres necesario?

—Me ocuparé de eso a su debido tiempo.

—¿Y cuando te borre?

—Eso no sucederá.

Wexley mantuvo el rostro impasible ante eso. Definitivamente borraría, o al menos reconfiguraría a Reeves tan pronto como pudiera. De ninguna manera confiaría en algo leal a Mynx.

—Prométeme que no nos abandonarás —le dijo Mila al dron mientras este comenzaba a ponerle el traje.

—Te lo prometo, Mila.

Tan conmovedor que Wexley casi derramó una lágrima.

Dejó a dos soldados junto a los tanques, instruyéndoles

que buscaran formas fáciles de desconectar las dos cámaras burbujeantes de la red de Reeves. La IA se negaba a cortar la conexión con los Campeones, y Wexley no confiaría en que la mente mecánica los dejara en paz.

De vuelta por el pasillo —ahora solo—, Wexley repasó los mensajes con Rhimes en su Tama. Rhimes tenía a su equipo limpiando la Fábrica, asegurándose de que no hubiera Paragones escondidos en los rincones. Mientras tanto, recursos leales de Ziran estaban en camino. Especialistas técnicos que podrían empezar a tomar el control de Reeves. Tendría que ser un esfuerzo sutil al principio, sin darle a la IA idea de lo que estaba sucediendo hasta que hubiera perdido el control.

Wexley planeó cómo daría la noticia a todos. Primero, por supuesto, involucraría a su consejo, los pondría al tanto de la inminente captura y contención de la anomalía. Luego, Wexley lo haría público, utilizaría las capacidades de transmisión de Ziran para conectarse con cada teléfono, cada computadora y enviar una alerta de que la humanidad tenía una posición de control en su propio futuro una vez más.

Habría pánico, pero la preparación de Zhan-Yo serviría aquí. Habría personas en todo el mundo esperando este momento para tomar el poder. Los países reclamarían sus gobiernos, las fronteras reaparecerían y, antes de que pasara una semana, el mundo entraría en una nueva era.

¿Y dónde estaría Wexley? ¿En la cima? ¿Gestionando a todos mientras corrían de un lado a otro, tratando de sacar provecho del cambio?

No. La danza se desarrollaba mientras caminaba por el pasillo de piedra, sus pasos resonantes coincidiendo con la fiesta en su imaginación. Wexley se quedaría justo aquí, en su preciada Fábrica. Vigilaría el mundo, sus drones imponiendo la tan deseada democracia de Zhan-Yo mientras se aseguraba de que las anomalías nunca más amenazaran a la humanidad. Un guardián atento y amado.

Justo lo que le prometió a su hermana.

Y, quién sabe, Wexley no era tan viejo. Adriana tampoco. Quizás podrían encontrar un momento para conocerse adecuadamente. Una familia, incluso.

No.

Ese pensamiento no tenía cabida. Su hermana demostró que los genes de Wexley tenían potencial de anomalía, podrían surgir en una nueva generación. No era un riesgo que pudiera correr.

¿Pero la adopción?

Rhimes envió un mensaje justo cuando Wexley llegaba al ascensor central de la Fábrica. A pesar de toda la sofisticación de la instalación, como esas plataformas al aire libre en su gigantesca área de ensamblaje, Mynx optó por lo básico como todos los demás para lo esencial. Wexley presionó el botón de llamada y leyó el mensaje de Rhimes. Los técnicos de software habían llegado. Los drones los dejaron entrar.

El ascensor zumbaba. Wexley tecleó una respuesta, diciéndole a Rhimes que les hiciera encontrar una forma de desconectar a Reeves de los drones lo más rápido posible. Y, después de eso, encontrar una manera de eliminar la IA.

Nada leal a los Paragones podía estar tan cerca del poder.

El ascensor dejó de zumbar. Las puertas no se abrieron. El contador de pisos no había cambiado. Wexley alzó la mirada hacia una pequeña cámara que se cernía sobre la puerta.

—Reeves —dijo Wexley—. No me digas que ya te estás acobardando.

La IA no respondió. Wexley miró hacia atrás por el corredor rocoso hacia la cámara médica, esas dos cubas. Sacó su Tama, lo cambió a la señal de corto alcance, intentó enviar un mensaje al par de mercenarios que Wexley había dejado atrás.

Captó estática.

De hecho, su Tama no encontró ninguna señal en absoluto. Su conexión a la red interna de la Fábrica parecía cortada.

—¿Creí que teníamos un trato? —dijo Wexley, volviendo hacia la cámara médica.

Mynx y Mila eran su única ventaja. Si las perdía, Reeves no tendría razón para contener a los drones. No tendría razón para no masacrar a Wexley y su equipo.

El CEO de Ziran, el último líder de la revolución, corrió a toda velocidad por el suelo áspero, dejando caer su chaqueta para ganar algo de velocidad. Pasó como un rayo junto a las salas de servidores, los calentadores de agua, las entrañas zumbantes y parpadeantes de la Fábrica. Giró bruscamente en la esquina.

Los dos mercenarios estaban caídos. Peor aún, a los ojos entrenados de Wexley, ambos parecían muy muertos. Sobre ellos, cubierto de un rojo húmedo y brillante, se alzaba el dron brazo de Reeves. Detrás de él, al menos, ambas cubas seguían llenas, con sus Campeonas selladas en sus trajes.

—Hombre contra máquina —dijo Reeves, su voz proveniente del dron brazo—. Hasta ahora, voy ganando por dos puntos.

Wexley no tenía armas. Habían entregado las pistolas temprano, y no había querido arriesgarse a pasar cuchillos de contrabando por los escáneres de la Fábrica. Tendría que ser ingenioso.

El dron se abalanzó hacia adelante, sus diez brazos chasqueando y embistiendo a Wexley como una hidra metálica. Al principio, Wexley retrocedió bailando, dándose espacio. El dron lo siguió fuera de la puerta de la sala médica, hacia el corredor más amplio. Cada segundo traía más golpes, todos cortos.

Pero Reeves reveló a Wexley los movimientos del dron. Los brazos atacaban en un patrón, cada uno necesitando unos segundos para recomponerse antes de hacer otro golpe chasqueante con los dedos. También alternaban los lados, atacando a la izquierda y derecha de Wexley para mantenerlo centrado. Los brazos se extendían alrededor del dron como un halo, dejando un centro sin mucho más que un tallo plateado.

Su único objetivo.

Wexley retrocedió de un golpe hacia la izquierda, luego se lanzó hacia adelante, cargando con su pie derecho hacia el mismo brazo que había disparado. Mientras se movía, Wexley vio un brazo en la derecha del dron cruzarse rápidamente, lo suficientemente rápido como para rozar el hombro de Wexley y rasgar su chaleco táctico, lacerando la piel debajo. El golpe no desvió a Wexley de su curso, el ardor impulsando un empuje extra en la patada con el pie izquierdo de Wexley.

El golpe dio en el tallo central del dron, resonando fuerte y enviando una onda por el pie de Wexley, su pantorrilla, y todo el camino hasta su columna. El dron mismo, sin embargo, no se movió. El golpe sin efecto, Wexley dejó que su pie derecho se deslizara para caer de espaldas. El siguiente golpe del dron, una bofetada hacia la izquierda que habría cortado el centro de Wexley, voló sobre su cara.

Rodó hacia la izquierda, encogiéndose y metiéndose debajo de los brazos mientras el dron giraba para seguirlo. Poniendo sus pies debajo de él, Wexley se impulsó y volvió hacia la sala médica. Cualquier esperanza que quisiera encontrar allí no se mostró: los mismos dos cuerpos muertos, las mismas dos Campeonas suspendidas en sus cubas de curación.

Y ahora, detrás de él, el dron bloqueando la única salida de la habitación.

CAPÍTULO 26

TRIPLE AMENAZA

DE TODAS LAS reglas que Aegis le enseñó a Celice, su padre siempre volvía a un principio fundamental:

Cuando tu vida está en juego, haz lo que sea necesario para sobrevivir.

Con Sydney zarandeando a Celice y Benny siendo acuchillado por Roger, Celice recurrió a su Tama. Pronunció una palabra que nunca quiso usar, una a la que todos los Paragons tenían acceso. El Tama emitió una alerta, llamando a todos los drones y Paragons cercanos a la escena.

Los Tamas de Roger y Sydney también sonaron, su proximidad dando mayor prioridad a la alerta. Sydney miró de reojo al oír el sonido, el hábito entrenado tomando el control y dando a Celice la oportunidad de lanzar su ataque con una pierna y un brazo:

Botas de combate, punta de acero.

Celice se quitó la suya y la lanzó, un tiro que no debería haber funcionado, excepto que Sydney tenía su atención en el Tama y había menos de dos metros de separación. La bota golpeó fuertemente a Sydney, echándole la cabeza hacia atrás y rompiendo la concentración de la anomalía.

Con un calcetín y un zapato, el cuerpo magullado por

todas partes, Celice se abalanzó sobre la Paragon. Fue directamente a por la garganta de Sydney, las sienes, los riñones, cualquier cosa que pudiera evitar que la anomalía se concentrara. Celice no sabía cómo funcionaban las habilidades de Sydney, pero las anomalías solían funcionar así: mantén sus mentes hechas un lío y no podrán hacerte daño.

Aunque, en realidad, esa filosofía funcionaba con casi todo el mundo.

Sydney demostró estar mal preparada para una pelea cuerpo a cuerpo, derrumbándose bajo los precisos puñetazos de Celice. La Paragon se desplomó tan rápido, cayendo hacia atrás en la cápsula abierta, que Celice casi se desplomó encima. En su lugar, con la mano derecha agarrándose al frente inclinado de la cápsula, Celice metió la mano en la chaqueta de Sydney, agarró la pistola paralizante de la Paragon y disparó a quemarropa.

El grito de Sydney ni siquiera llegó a empezar.

El de Benny se oyó alto y claro.

Girando a la izquierda, Celice captó una imagen sombría: Benny, sangrando por todas partes, estaba acorralado en una esquina. Roger, ignorando la alerta del Tama y con el cuchillo en la mano, se acercaba a su presa.

Demasiado concentrado en el objetivo como para vigilar su espalda.

Apretar el gatillo de la pistola paralizante por segunda vez fue muy satisfactorio.

Roger cayó hacia delante, su cara aplastándose contra el estómago de Benny antes de que el Elemental lo empujara hacia la acera. La anomalía cayó con fuerza, y Benny le arrancó el cuchillo.

—Maldito cortador —dijo Benny, arrojando el cuchillo por una rejilla de alcantarilla y reuniéndose con Celice en la cápsula. Ella arrastró a Sydney fuera del vehículo y la dejó caer en la acera—. Aunque fue amable de su parte traernos una cápsula.

—Están siguiendo órdenes —dijo Celice, frunciendo el ceño ante los dos, pero subiendo a la cápsula con Benny de todos modos.

El Elemental tecleó una dirección y el vehículo se puso en marcha con su característico zumbido. Benny, siseando mientras rebuscaba en el botiquín de primeros auxilios obligatorio de la cápsula, logró negar con la cabeza.

—No les pongas excusas ahora —dijo Benny—. Ellos tomaron sus decisiones igual que tú.

—¿Lo hicieron? —preguntó Celice, observando la llegada del brillante amanecer en Londres.

Un hermoso día para una ejecución.

—¿De qué hablas? —replicó Benny—. Tú misma lo dijiste. Están aceptando lo que Gatete les da sin quejarse.

—Porque si no lo hicieran, los enviarían de vuelta a las calles. Si quieres ascender en los Paragons, haces lo que tu comandante te dice.

—¿Hasta que estás bajo un Campeón y entonces qué, esperas la muerte?

—O el traslado. —Celice miró su Tama. Aún faltaban un par de horas para el momento señalado por Gatete. Descartó la alarma de emergencia y los drones que rastreaban en lo alto se alejaron como nubes que se disipan.

—Qué organización tan saludable tenemos liderando nuestro pequeño planeta.

—Ha funcionado bien durante décadas.

—Si crees que eso es cierto, entonces tu padre hizo un mejor trabajo contigo de lo que podría haber imaginado.

Había discusiones que valía la pena tener y otras que no. Los Paragons y su reputación no llegarían a ninguna parte con un Elemental, así que Celice se quedó callada.

Benny se aplicó vendas con loción sobre los cortes donde los ungüentos unirían su piel a su estado previo a los cortes. Celice encontró un analgésico en el botiquín, consideró tragárselo, pero lo dejó allí. Sus rasguños dolían —la forma en que Sydney le había doblado las manos y los tobillos enviaba punzadas erróneas a lo largo de sus nervios—, pero Celice pensó que necesitaría todos sus sentidos funcionando bien adonde iban.

—¿Cuál es la dirección? —dijo Celice, asintiendo hacia la consola de la cápsula.

—Cerca de donde necesitamos estar —respondió Benny—. Mathieu tiene a su equipo preparando una última incursión, intentando salvar a su líder. Pensé que podríamos ayudar.

—¿Lo pensaste?

—Intuí que cuando aturdiste a tus dos amigos Paragon ya no estabas en el equipo de Gatete. ¿Me equivoco?

Celice miró por la ventana, vio cafeterías abriendo, londinenses subiendo y bajando de las estaciones del Underground. La mayoría parecían estar bien, dirigiéndose a un día estable sin miedo, sin guerras.

¿Realmente estaba dando la espalda a todo eso para rescatar al hombre que había apuñalado a su padre?

—¿Estoy loca? —preguntó Celice.

—No es una respuesta a mi pregunta, pero es justo. ¿Confías en que te diagnostique?

—Es retórico.

—Lo tomaré como un sí —Benny se recostó en el asiento, aparentemente terminando de atender sus cortes—. Eres la hija huérfana del héroe más famoso del mundo, que también fue un dictador. Has estado en una vengativa cacería del asesino de tu padre, y ahora la organización para la que has trabajado toda tu vida está tratando de eliminarte. Me parece que es el momento perfecto para que te estalle la cabeza, si me lo preguntas.

—Cosa que no hice.

La cápsula cruzó el Támesis, el río lucía majestuoso. A la derecha, Celice vislumbró la Torre de Londres y su puente adyacente, aún antiguos e imponentes. Sobre el monumento, como si se prepararan para el momento, cinco drones negros y azules flotaban en un cielo despejado. Al menos un dron de noticias se les unió, su forma plateada más pequeña moviéndose en busca de la toma perfecta.

Una cosa no había cambiado a lo largo de los siglos de la humanidad: las ejecuciones públicas seguían atrayendo a las masas.

Mathieu y su equipo se escondían en la trastienda de un supermercado, poniéndose chalecos antibalas entre comidas congeladas y pilas de pintas. Los pocos empleados que atendían el lugar evitaban a los mercenarios, sin cruzar miradas con Celice y Benny mientras pasaban directamente a la parte de atrás. ¿Quién los había sobornado y por cuánto?

—No te lo diré —respondió Benny cuando Celice preguntó—. Secreto del oficio.

—Eso no...

—Ah, supéralo —dijo Benny mientras atravesaban la puerta oscilante de color gris pizarra que conducía a Mathieu y su equipo—. Estás a punto de unirte a un montón de normales en un ataque a una vieja prisión para salvar al hombre que apuñaló a tu padre de un tipo con superpoderes. Quién esté soltando unos billetes a los reponedores no es asunto tuyo.

Visto así, Celice tuvo que estar de acuerdo.

Mathieu los saludó con más entusiasmo, posible porque el hombre parecía haber dormido algo después de su noche tardía. Mientras Celice se debatía entre las náuseas y la sobreexcitación por la cafeína, Mathieu le estrechó la mano con el vigor propio de alguien que había disfrutado de su colchón. Esperaba que sus celos no se notaran demasiado.

—Benny dijo que cambiarías de opinión, pero no le creí —dijo Mathieu—. Siempre está prometiendo cosas.

—¡Y cumpliendo esas promesas! —Benny palmeó el hombro de Mathieu—. Aunque nos metimos en un lío. Gatete envió a sus perros tras nosotros, y Celice demostró por qué pertenece aquí, y por qué yo pertenezco a la retaguardia.

Mathieu le devolvió el gesto y Benny se marchó, saliendo de la tienda con la promesa de que volvería pronto con refuerzos.

—¿Elementales? —preguntó Celice—. ¿Confías en ellos, después de todo lo que ha hecho Zhan-Yo?

—El enemigo de mi enemigo, ¿no? —respondió Mathieu, entregándole a Celice un grueso chaleco negro. Su equipo reunido sumaba ocho, y tenían extras—. Por lo que hemos oído, Lukas no pasó mucho tiempo en Londres, y Gatete no se hizo muchos amigos. La gente hizo la vista gorda con nosotros, y los Elementales tienen una fuerte presencia aquí. Saben, como nosotros, que los Paragones podrían acabar con ellos si quisieran.

—Eso no va a cambiar —dijo Celice, siguiendo los movimientos mientras examinaba las armas disponibles. Chalecos, pero sin armas de fuego. Porras, algunos sprays de pimienta. Esto no era una fuerza armada preparándose para un asalto, era un grupo heterogéneo en sus últimas.

Mathieu hizo un valiente esfuerzo, esbozando una sonrisa y señalando al equipo con un gesto del brazo—. No quedaron muchos después de tu redada de ayer. Seremos suficientes, y una vez que Zhan-Yo esté fuera, con tu ayuda, podremos dejar todo esto atrás.

Celice se puso el chaleco, haciendo una mueca cuando su pelo se enganchó en una correa—. Si ganamos, y es un gran si, es solo el principio. Los Paragones pueden recuperar todo esto.

—Lo sé. Por eso tenemos que hacer esto bien.

—Yo no...

—Sin matar —continuó Mathieu—. Ni una sola alma si podemos evitarlo. Por eso no hay armas aquí, ni cuchillos. Zhan-Yo ha aprendido, y nosotros también. El mundo no va a seguir a un grupo de asesinos hacia un futuro más brillante.

—¿Como hicieron con los Paragones?

—Eso fue impuesto por el miedo.

Celice se rio—. Si me dices que esta revolución vendrá a través del amor, me voy ahora mismo.

Mathieu negó con la cabeza.

—Con elección, Celice. Por primera vez en la historia, todo el mundo va a elegir a sus líderes, entre normales y anomalías por igual.

—Zhan-Yo os tiene a todos viendo las estrellas.

Mathieu le entregó a Celice una porra, el corto y pesado garrote se sentía peligroso en sus manos. La cosa parecía bastante amenazante, pero comparada con todas las habilidades de anomalía que había visto...

—Servirá —Mathieu leyó su expresión—. Tendrá que hacerlo. De lo contrario, estamos muertos y no importará.

—Ahí está el optimismo que necesitaba. ¿Cuándo nos vamos?

La Torre se cernía sobre ellos cuando el reloj se acercaba a las diez. Celice no podía ver el Big Ben desde el callejón donde ella y Mathieu estaban parados, pero su Tama marcaba la hora con precisión. Al otro lado de una amplia calle, cerrada por Paragones de azul y blanco, se encontraban los jardines que rodeaban la Torre. En algún lugar dentro del edificio, nada pequeño, estaría Zhan-Yo.

Mathieu guió a su grupo en un paseo casual por el callejón. Actuar con secretismo cuando los drones ya tenían los ojos puestos en ellos solo levantaría sospechas. Traer a Celice cerca de la torre significaba que de todos modos tendrían toda la atención de Gatete.

Mathieu contaba con ello.

—Se van a preguntar por qué luché contra dos Paragones solo para entrar aquí caminando —murmuró Celice.

—Una pregunta que responderé en exactamente diez segundos —replicó Mathieu.

La porra descansaba en un lazo en la parte alta de la chaqueta marrón de Celice, una prenda enorme y cálida que le llegaba hasta las rodillas. Un suéter debajo ocultaba el chaleco protector de una inspección superficial, y hacía que Celice se sintiera como un embutido. Mathieu afirmaba que se veía elegante, pero Celice confiaba tanto en el ojo cosmético del hombre como en el de su padre.

Tan pronto como Celice tuvo el dinero y la capacidad de comprar su propia ropa, Aegis nunca se molestó y Celice nunca preguntó.

Tres Paragones los encontraron en la boca del callejón, con los muros de la Torre a un amplio patio y un espacio verde de distancia. El líder, un tipo fornido con una pipa colgando de sus labios, iba acompañado de dos mujeres más jóvenes, ambas terminando y tirando sus tés mientras se acercaban. Un dron se cernía en posición detrás del trío, sus cámaras furiosas mirando fijamente a la pareja intrusa. Celice saludó con la mano a la máquina.

—Vino pidiendo ayuda —Mathieu inició la conversación después de que el Paragón líder levantara la palma de la mano para que se detuvieran—. Pensé que podríamos llegar a un acuerdo.

—¿Un acuerdo? —preguntó el Paragón, con una voz espesa como gelatina que sugería que la pipa había hecho su trabajo—. ¿Como cuál?

—Tú te quedas con la hija de Aegis, nosotros con Zhan-Yo.

Celice pensó que una falsa indignación sería apropiada aquí, así que se apartó de Mathieu y gritó:

—¡Mentiroso! ¡Eso no es lo que prometiste!

En realidad, su voz chillona y acusadora era bastante buena. Particularmente con toda la piedra alrededor para hacer eco de la ira.

—No te prometí nada —replicó Mathieu, poniendo su propia calentura en ello—. Intentaste matar a mi amigo, ¿recuerdas? ¿Qué pensabas que iba a hacer?

Celice avanzó, pareciendo que iba a usar su puño para algún propósito nefasto, cuando un color verde neón se interpuso entre los dos. Al principio Celice no notó la línea fina como un cabello, pero le resultó bastante difícil ignorarla cuando el rayo, similar a un láser, engendró zarcillos serpenteantes arriba y abajo. Como hiedra con fertilizante agresivo, los zarcillos se enroscaban entre sí, extendiéndose hasta el suelo del callejón y elevándose un metro por encima de la cabeza de Celice. Aparte de la forma y el color, nada más sugería que la creación tuviera propiedades vegetales.

Particularmente el zumbido y las chispas que salían disparadas de esas mismas líneas verdes.

—Vamos, vamos —dijo el Paragon portador de la pipa—. No hace falta que estalle ninguna pelea. No creo que Gatete vaya a aceptar vuestro trato, pero supongo que no hay daño en entregaros a los dos y preguntar.

—¿Entregarnos? —Celice dirigió su mirada fulminante hacia la pipa esta vez—. Yo no voy a ninguna parte.

Una mujer detrás del Paragon de la pipa agitó dos dedos hacia Celice. Todos esos zarcillos se dispararon hacia Celice a la vez, una red verde que se cerraba. Las líneas no tenían peso, pero Celice tampoco podía luchar: nada movía las restricciones color lima.

—Podrías haber usado eso hace un rato —dijo Mathieu, cruzando los brazos como un cliente satisfecho—. Vamos. No quiero que tu jefe se emocione y mate a Zhan-Yo antes de tiempo.

El trío de Paragons escoltó a Mathieu y Celice a través del patio, pasando por los jardines —con aspecto empapado— y entrando en la Torre. Celice interpretó su papel, maldiciendo aquí y allá y manteniendo el ceño fruncido todo el camino. Hasta ahora, sin embargo, Mathieu y su plan se mantenían fieles.

De hecho, Celice se preguntaba si podría funcionar demasiado bien: Gatete podría simplemente añadir a Mathieu al patíbulo y dejar a Celice embotellada hasta que pudiera cosechar las recompensas por "salvarla".

El interior de la Torre tenía algo de espacio alrededor del

edificio central. Celice captó el habitual despliegue del entorno en los puestos de comerciantes, las placas del museo histórico esparcidas por todas partes. Hoy no había civiles, su papel suplantado por una mezcla variopinta de Paragons y drones que revoloteaban alrededor de una horca montada, al parecer, con algunas rápidas visitas a una tienda de bricolaje.

Madera prístina formaba un rectángulo de medio metro de alto, sobre el cual se asentaba una tabla achaparrada puesta de lado. Una pequeña escalera portátil se apoyaba contra el extremo izquierdo de la plataforma, elevándose desde las piedras grises y llenas de hierbajos. El propio Zhan-Yo estaba no muy lejos detrás de su perdición, esposado y tirado en el suelo como un niño en un severo tiempo fuera. Dos Paragons estaban cerca de él, ambos sosteniendo cafés y donuts recogidos de la gran mesa de desayuno buffet dispuesta a unos pasos de distancia.

Una ejecución y un brunch, ¿qué más se puede pedir?

Celice se habría enfadado por la escena, excepto que los Campeones habían estado haciendo cosas así durante mucho tiempo. No tanto las ejecuciones públicas, pero reflejar el castigo y la fiesta había sido un elemento básico de Aegis. Todo parte del proceso de relaciones públicas de los Paragon: poner una imagen mostrando el feo final de un criminal y emparejarla con el paraíso comparativo para aquellos que seguían las reglas, y tenías una forma efectiva de disminuir la disidencia.

Si Zhan-Yo hubiera sido un alborotador local, o una anomalía que rechazaba el rastreo de los Paragon y sus responsabilidades acompañantes, Celice dudaba que Gatete tuviera la Torre bajo guardia. Más probable, cualquier turista que pasara por allí podría ver la disciplina, una humillación pública antes de que algún dron enviara la anomalía a la isla de Mynx, o a alguna celda polvorienta muy lejos.

—Justo cuando crees que conoces el curso del día, te sorprende —anunció Gatete, emergiendo de un grupo envolvente de Paragons con los brazos tan abiertos como su sonrisa.

Mathieu y Celice, firmemente asegurados en medio de sus escoltas, no podían hacer mucho más que observar cómo se acercaba el líder Paragon. Los espectadores circundantes, tanto drones como Paragons, dejaron espacio, dejando a los seis centrados entre las piedras, con la propia Torre bloqueando la vista del sol. La sombra trajo un escalofrío, uno que se enroscó dentro de la chaqueta de Celice mientras sus ataduras verdes se disolvían.

Gatete, chasqueando la lengua a sus captores Paragon, hizo desaparecer cada línea con su habilidad desempolvadora, sin duda sintiéndose muy superior mientras lo hacía.

—Vengo con un trato —dijo Mathieu, alargando la mano y tomando el brazo de Celice, y no de manera amable—. La hija de Aegis por Zhan-Yo.

—¿No erais amigos anoche? —preguntó Gatete, con los ojos vagando entre los dos, todavía brillantes con risa contenida—. ¿Qué se ha agriado tanto para que esto suceda?

—Quiero a Zhan-Yo muerto —respondió Celice.

Mathieu asintió, como si esa respuesta contara toda la historia. Gatete tomó una profunda respiración y luego levantó su Tama.

—¿Sabes? Recibí un mensaje interesante hace no muchos minutos. Mis dos asociados, a los que conoces bien, Celice, fueron encontrados inconscientes y ensangrentados fuera de la misma tienda donde habían sido enviados a buscarte. —Gatete deslizó el dedo por su pantalla mientras los ojos de Celice se estrechaban—. Londres tiene una vigilancia tan maravillosa. Luchaste bien, pero ayudar a un Elemental conocido a herir a Paragons...

—Roger y Sydney intentaron secuestrarme —dijo Celice—. No quería ir. Siento que estén heridos.

—¿Así que ayudaste a un enemigo y luego corriste a otro para encontrar santuario? —dijo Gatete, ignorando la disculpa—. Un trágico paso en falso. Lamento que hayas elegido el camino equivocado, Celice, pero supongo que esperábamos demasiado de una normal.

Celice parpadeó. Eso no era lo esperado. Gatete debería haberse deleitado con su presencia, ponerla frente a la cámara como testigo de una ejecución que cumplía la venganza. Celice habría pedido empuñar el arma asesina, dar el golpe final, y en ese momento señalar el ataque para liberar a todos.

—Parece que nuestro propio Campeón de Campeones fue traicionado —dijo Gatete, elevando su voz para que todos en el patio, y los que miraban en línea, pudieran oír—. Su propia hija, una normal sucumbiendo a sus celos, buscó que su padre fuera asesinado y lo logró.

—¡Eso no es cierto! —gritó Celice, leyendo el viento.

—Protesta si quieres —dijo Gatete, con esos ojos chispeantes volviéndose muy sombríos—. Tus gritos no te salvarán. —Se volvió hacia la multitud—. ¡Hemos triplicado nuestro número para hoy! Tres normales, todos actuando contra los Paragons. Justicia impartida aquí y ahora, por vuestro Paragon, Gatete.

Celice movió una mano hacia la porra, considerando sacarla y golpear a Gatete en la cabeza en ese mismo instante. Quizás lo hubiera hecho, si Mathieu no le hubiera tocado el brazo de nuevo, encontrando su mirada con su propio rostro preocupado, y dicho:

—Confía en mí.

¿Qué más tenía que perder?

CAPÍTULO 27
UNA PEQUEÑA INSURRECCIÓN

EL HOSPITAL ARRANCÓ a Kat de la cápsula y la llevó al quirófano en cuestión de minutos. Chicago de noche tenía sus problemas, pero la identificación de Parangón de Calvin los resolvió rápidamente. Dejando a un lado la moralidad del momento, los proveedores acudieron en ayuda de Kat, deshaciendo el vendaje improvisado de Calvin y yendo a por la bala. Los drones médicos de asistencia revoloteaban alrededor de los cirujanos humanos y sus enfermeros asistentes, un torbellino que Calvin presenciaba a través del cristal desde fuera.

Solo, hasta que llegó Gordon.

El antiguo amor y actual amigo de Kat tenía un aspecto ajetreado, con ropa puesta a toda prisa mientras luchaba contra el sueño. Trajo café consigo, e incluso le llevó uno a Calvin. El rastreador sabía cómo tratar a sus aliados. La barba desaliñada que Gordon se había dejado durante sus días de reposo en cama —crisis que Calvin podría haber causado— estaba descuidada y desordenada, distrayendo la atención de la pesada chaqueta con bolsillos en todos los lugares correctos.

Cuando Calvin llamó a Gordon desde la cápsula, le dijo al

rastreador que trajera protección.

—¿Cómo está? —preguntó Gordon, ocupando un lugar junto a Calvin.

—Está luchando —dijo Calvin—. Esos cabrones están haciendo trampa, pero ella no va a dejar que ganen.

—¿Qué le hicieron?

—Wexley le disparó a Kat hace semanas —dijo Calvin—. Los Elementales la salvaron, pero de una manera anómala. Parece que revirtieron el trabajo.

Gordon asintió, como si esa explicación lo aclarara todo. Calvin no tenía una mejor manera de explicarlo: las habilidades anómalas tendían a evadir historias simples y sensatas.

En la sala, algún monitor se disparó y el ajetreo aumentó. Calvin probó el café y se quemó la lengua. Usó su poder para absorber ese dolor y expulsarlo a través de sus dedos hacia el cristal, donde empañó un pequeño parche.

—¿Puedes quedarte? —preguntó Calvin.

—Mírame, tío. ¿Tú qué crees?

Calvin no respondió. La actuación de Gordon no encajaba con un anómalo que había pasado su vida huyendo y escapando, siempre agarrando lo que podía y echándoselo a la espalda. Calvin no asumiría nada por la camisa de alguien.

—No —respondió finalmente Gordon, tropezando con la palabra—. No tengo nada que hacer a las tres de la mañana. Ni mañana. Los Parangones son un desastre, y sin ellos, los rastreadores tampoco tienen mucho que hacer.

—Genial. Llámame si tienes que irte. —Calvin echó un último vistazo a Kat, con la máscara de oxígeno sobre su rostro y la bata quirúrgica cubriendo todo lo demás. Canalizó el arrebato de ira en una palmada agresiva en el hombro de Gordon al pasar junto a él—. Diablos, llámame si pasa algo.

—Claro —Gordon observó la zancada de Calvin hacia la salida—. ¿Adónde vas?

—A trabajar.

Calvin no se deleitó con la mirada confusa de Gordon: ya tenía sus dedos llamando a una cápsula.

La torre de los Parangones en Chicago recibía la madrugada como cualquier otro lugar de la ciudad en ese momento: luces y acción. Calvin abandonó la cápsula a una manzana de distancia cuando se topó con los bloqueos de carretera y los Parangones que los vigilaban. Sin su uniforme, Calvin mostró su Tama para pasar junto a los guardias cansados, advirtiéndoles que estuvieran atentos a los Elementales mientras pasaba.

No es que fuera a ayudar.

Calvin sabía que los Parangones que hacían guardia de noche como esta serían los más bajos en el tótem del entrenamiento. Si Beth y sus escuadrones de anómalos lanzaban su ataque, los pardillos que sorbían cafés a altas horas de la noche y hacían alarde de sus poderes en la oscuridad no durarían mucho. No sin ayuda.

—Pero la ayuda está en camino —murmuró Calvin mientras entraba directamente al vestíbulo.

Particle esperaba al otro lado. Como antes —y Calvin se preguntó si Particle habría cambiado siquiera— lucía todo su equipo táctico. Armas mezcladas con cuchillos de aspecto desagradable, todo cubierto por un uniforme azul oscuro de Parangón destinado al trabajo sucio.

—Hola —dijo Calvin, y luego echó una mirada significativa alrededor del vestíbulo desierto.

—Arriba —dijo Particle—. Weed está tratando de convencer a Pixie de que eres digno de confianza. Smoke y Lob están con él.

—¿Pixie?

—Voló rápidamente después de que Mynx desapareciera —dijo Particle, guiando a Calvin hacia los ascensores—. Es la Campeona de facto de Atlantis en este momento. —Particle le lanzó una mirada de reojo a Calvin—. ¿No deberías saberlo?

—He estado ocupado. —Calvin intentó cambiar de tema —. ¿De dónde salió ese uniforme?

—Es más fácil conseguir el material bueno cuando estamos haciendo trabajo oficial —dijo Particle—, y no corriendo a un granero aleatorio en el campo.

Mencionar la misión de rescate ensombreció a Calvin, un cambio que Particle notó mientras llegaba el ascensor. Los dos entraron en silencio, Particle enviándolos al último piso.

—Está herida —dijo Calvin—. Kat.

—¿Los Elementales?

Así que Weed se lo había contado al equipo. Bien. Le ahorraría tiempo a Calvin.

—Le jugaron una mala pasada —dijo Calvin—. Ahora está en el hospital siendo operada. Intenté conseguir que el Parangón de allí viniera, pero están ocupados con las consecuencias de lo de Mynx.

—Weed, Lob y Smoke también necesitaban ayuda —dijo Particle—. Un día sangriento.

El piso superior de la Torre hacía lo que solían hacer los pisos superiores en la ciudad: maximizar la vista. Chicago se extendía a su alrededor, con ventanas del suelo al techo mostrando un resplandor brillante en el cielo oscuro. Los drones a la deriva parpadeaban con sus luces amarillas, rojas y blancas a través de las calles hasta el horizonte, cazando a quien hubiera hecho algo estúpido.

El piso en sí tenía poco, restos de un giro traicionero no hace mucho que dejó las paredes acribilladas de balas y la alfombra empapada de sangre. Después, Mynx hizo que arrancaran los muebles, derribaran las paredes y quitaran la alfombra. Ahora, la cúspide de la Torre servía como un oasis, vacío y aislado.

—El próximo líder de Chicago puede remodelarlo —murmuró Particle mientras Calvin miraba alrededor—. Qué buen regalo de bienvenida, ¿no?

Weed y los demás predicaban a Pixie a través del piso en

una esquina. Pixie, con un atuendo clásico de Paragon, mantenía la espalda vuelta hacia Weed mientras el hombre explicaba el posicionamiento de los Elementales por todo Chicago. Smoke y Lob respaldaban las afirmaciones de Weed, aportando la credibilidad que pudieran tener a sus argumentos.

—Ya está aquí —dijo Particle al unirse a la reunión improvisada.

Calvin sintió que el foco lo apuntaba con fuerza. De vuelta en la cápsula, corriendo hacia aquí, había llamado a Weed esperando que sonara alguna alarma. Paragones y drones por igual corriendo a tomar posiciones, listos para una guerra total. Resultó que los Paragones no se movilizaban por simples corazonadas, especialmente las provenientes de un miembro taciturno, en el mejor de los casos.

—Calvin, ¿verdad? —dijo Pixie, girándose. Tenía las manos sobre un collar que colgaba de una cadena de oro. Cada piedra parecía diferente, sin ninguna consideración por el diseño. Por lo demás, Pixie tenía la mirada apática que todos compartían a esta horrible hora—. ¿Tú estás dando esta alerta?

—Por lo que está sirviendo —respondió Calvin—. ¡Esas son patrullas estándar ahí abajo, Pixie! ¿Qué demonios van a hacer cuando los Elementales se les echen encima?

—Lo que se les ha entrenado para hacer —replicó Pixie, y aunque Calvin esperaba frialdad, escuchó paciencia y calidez en su lugar—. No puedo movilizar a Chicago basándome en rumores, Calvin. Demasiados Paragones se fueron con Mynx hace solo unas horas. Están cansados, heridos o los han llamado para perseguirla.

—¿Entonces qué, jugamos a la defensiva con novatos?

—Jugamos a la defensiva como los Paragones lo han hecho durante años —Pixie asintió hacia las ventanas—. Los drones no se cansan —Pixie vio que Calvin abría la boca y agitó un dedo. Calvin se sorprendió a sí mismo callándose—.

Conozco muy bien a los Elementales. No están hechos para la guerra abierta, sino para ataques quirúrgicos. Trucos y engaños. Sus anomalías se desmoronarán si los drones atacan.

—Así que estás diciendo que nosotros... —Calvin rompió el encanto de Pixie, pero ahora Weed intervino, agarrando el hombro de Calvin y apretando.

—Cálmate, capitán —dijo Weed—. Solo hace unas horas que nos dispararon. Pixie tiene el mando, dejémosla trabajar. Puedes volver con tu chica.

Como si diera por terminada la sesión, el ascensor sonó al otro lado del piso, dejando salir a otro grupo de Paragones.

—Si te sirve de consuelo, Calvin, estás lejos de ser el único al que decepcionaré esta noche —Pixie suspiró, ofreciendo una sonrisa cansada.

—Se llevaron a Mynx a la Fábrica —dijo Calvin mientras el ascensor bajaba de vuelta, haciendo que le estallaran los oídos en el camino—. Malditos Elementales me hicieron olvidarlo.

—¿Quiénes son "ellos"? —preguntó Weed, con el quinteto apretujado en el ascensor—. ¿La gente del granero?

—Un tipo llamado Wexley. Le disparó a Kat.

—¿Esta noche? —dijo Smoke—. El hombre se mueve rápido.

—No, larga historia —respondió Calvin—. ¿Podemos ponernos en contacto con los Paragones de Los Ángeles? Necesitarán llegar rápido.

—¿Esto es una corazonada —dijo Weed—, o tienes evidencia escondida en esa chaqueta?

Mientras el grupo se aventuraba de vuelta al vestíbulo, Calvin expuso su caso. Particle, al menos, se lo tomó lo suficientemente en serio como para sacar su Tama y enviar la sugerencia a un amigo en la costa oeste. La respuesta llegó rápido, mientras Calvin, moviéndose hacia una cápsula todo el tiempo, revelaba la historia de fondo sobre Wexley y Kat.

—Creo que llevamos vidas aburridas —dijo Lob cuando la

historia terminó, con los bloqueos de Paragones alrededor de la Torre cerca—. Ellos corren por todas partes, les disparan. Pelean en los muelles. ¿Qué hicimos nosotros ayer, Smoke?

—Miramos una calle vacía durante diez horas.

—Os lo cambio —dijo Calvin, luego asintió hacia su cápsula llamada—. Ya sabéis dónde encontrarme.

—Espero que se recupere —dijo Weed, y los demás se hicieron eco del sentimiento.

—Mantened la guardia alta. Beth no dice cosas por decir.

Los dos Paragones que habían dejado pasar a Calvin hace media hora lo despidieron. Arriba, el cielo mostraba las primeras señales de que el amanecer estaba en camino. Un tren zumbaba a lo lejos. Alguien gritó a unas calles de distancia, seguido de una risa. Las cápsulas de reparto se dirigían hacia sus restaurantes, hoteles y tiendas. Todo normal para una gran ciudad terminando su noche.

Tal vez Beth lo había cancelado.

Calvin sacó su Tama mientras se acercaba a la cápsula, cuya pequeña puerta se abría para él. Tecleó un mensaje a Gordon, diciendo que Calvin estaría de vuelta en el hospital pronto. Preguntó cómo estaba Kat. Calvin se acomodó en el asiento, dejó que sus ojos se cerraran para el trayecto al hospital.

Y voló por los aires.

La cápsula se lanzó de la calle como si un martillo la hubiera golpeado, el estómago de Calvin cayendo en picado en la fracción de segundo que tardó la cápsula en chocar contra un edificio cercano, atravesando ventanas y aplastándose contra el suelo. Una lluvia de cristales cayó mientras el techo de la cápsula se derrumbaba, el pequeño vehículo girando a través de una oficina. Calvin, atado al asiento, se encogió e intentó no morir.

Luces tenues recibieron al vehículo detenido, parpadeando al encenderse cuando el movimiento de la cápsula activó sus respuestas automatizadas. Las cosas caían de los escritorios alrededor de Calvin, ruidos sordos graduales mientras las consecuencias del choque se desarrollaban. Quitándose los cristales de encima, Calvin se estiró hacia adelante, desabrochó el cinturón y aterrizó sobre su hombro izquierdo. Su cabeza tocaba un concierto estruendoso, pero los ojos de Calvin estaban lo suficientemente claros para sacarlo de la cápsula, sus pies lo suficientemente firmes para ponerlo de pie.

Afuera, de vuelta por el rastro de devastación, Calvin captó por qué había hecho un tour destructivo por la oficina: Los Elementales habían llegado.

Como una fuerza callejera desaliñada, los Elementales irrumpieron desde callejones y detrás de coches, lanzando todo lo que podían contra los Paragones. Calvin captó algunos poderes llamativos activándose, pero más sombras oscuras corriendo por la calle mientras él se arrastraba de vuelta hacia ella. Los Elementales no tenían poder bruto, pero tenían el elemento sorpresa físico, y lo usaban.

Los dos Paragones que hacían guardia ya habían desaparecido. Calvin no vio sus cuerpos, tampoco vio su barricada mientras se asomaba desde detrás de un cubículo medio roto. Una enorme cápsula de construcción en modo manual se precipitaba por la calle, con Elementales aferrados a ella mientras el vehículo pasaba a toda velocidad junto a sus compañeros que corrían por las aceras.

Puede que Beth no tuviera un ejército, pero tenía suficientes idiotas para causar un daño real.

La lucha comenzó rápidamente hacia la Torre, con destellos reveladores, gritos y explosiones concusivas que llegaban cuando los Elementales impactaban contra sus hermanos legales. Calvin miró hacia atrás, hacia la calle que estaba a punto de tomar para ir al hospital. Con los Elementales pasados, Calvin podría alejarse del accidente y dirigirse hacia Kat. Esquivar el conflicto.

Dejar a Weed, Particle y los demás a merced de lo que los

Elementales pudieran hacer antes de que los drones tomaran el control.

—Lo siento, Kat —dijo Calvin.

Agarrando una pared del cubículo, Calvin le quitó su fuerza y la colocó sobre el cristal dentado. El puente improvisado permitió a Calvin salir sin cortarse los pies, poniéndolo de vuelta en la calle, detrás de toda la acción.

Mirando de frente, Calvin vio que la estrategia de shock y conmoción de los Elementales les había comprado una carrera directa hacia la Torre. Las patrullas de Paragones se acercaban desde los lados, enfrentándose con las filas de Elementales mientras las anomalías de Beth luchaban contra la resistencia en la puerta de la torre. El gran vehículo gruñía en el medio, un objetivo enorme que, sin embargo, evitaba cualquier fuego entrante.

Una anomalía se erguía sobre el módulo de construcción como un antiguo comandante, su cuerpo destellando en blanco como un estroboscopio cada vez que un rayo, un disparo o algo peor se dirigía hacia el módulo. En lugar de golpear el módulo, el ataque se desvanecía, sin impactar nada.

O, pensó Calvin mientras se dirigía hacia el vehículo, golpeando algo que los Paragones realmente querían evitar.

El módulo de construcción usaba su invulnerabilidad para balancear brazos mecánicos, cavar trincheras en el suelo a su alrededor y lanzar chatarra a los grupos de Paragones cada vez que se atrevían a salir al descubierto. Calvin vio a un trío, con el Paragón líder segregando una sustancia verde y asquerosa de sus puños, mientras corrían hacia la línea de los Elementales. Los Elementales rompieron filas, y el módulo de construcción barrió con su pala principal en un arco hacia los Paragones. Los tres se detuvieron, retrocedieron, y en el proceso se expusieron al contraataque de los Elementales.

Rayos azul-verdosos, una bola de energía amarilla chispeante y lo que parecía un cuchillo negro se lanzaron contra los Paragones, derribándolos rápidamente. Los Elementales no se detuvieron: el módulo de construcción comenzó a girar de vuelta, apuntando a terminar el trabajo.

Solo para detenerse cuando Pixie se lanzó en picada, atrapando el gran brazo y apartándolo con su impulso descendente. El módulo de construcción se tambaleó, su estructura compensando y arrastrándose de vuelta a una posición estable. Pixie se movió velozmente, sus alas demasiado rápidas para verlas, permitiéndole esquivar el fuego de los Elementales.

Una danza que no podía durar mucho.

Salvar a Paragones al azar no había estado en la lista de tareas de Calvin, y no lo estaba ahora, pero fastidiar a Beth y a los Elementales se había convertido en su objetivo número uno. Mientras el brazo del módulo de construcción volvía a su tarea original de triturar, Calvin clavó su mano izquierda en el duro suelo y echó hacia atrás la derecha.

Revelaría su posición, pero no se podía esconder en las sombras todo el tiempo.

—¡Pixie! —gritó Calvin, las palabras mezclándose con el ruido de la batalla. Pixie, sin embargo, captó la llamada, sus ojos mirando en su dirección mientras una ola rojo rubí se deslizaba sobre su hombro—. ¡Atrapa!

Calvin lanzó la brillante y afilada hoja que había formado del cemento de la calle. Delgada, fuerte y pequeña, la daga de cemento voló. Pixie se deslizó por debajo del brazo del módulo, atrapó la daga mientras giraba sobre su espalda. Y cortó.

El arma hizo su trabajo, cortando los cables que mantenían la gran pala excavadora en su lugar. El arma del módulo de construcción se tambaleó, luego colgó a un lado mientras la máquina la aplastaba. Golpeó el patio de concreto en un ángulo, los Paragones a menos de un metro de distancia, cubiertos de arena y tierra, pero vivos.

Calvin vio más ataques converger sobre Pixie, pero nuevas

formas girando en su dirección robaron su atención. Dos Elementales venían hacia él, dos que conocía.

—¡Deberías haber muerto en ese módulo! —gritó Anthony, aparentemente recuperado de la lección de empalamiento de Calvin en el lugar de Beth.

Ese golpe debería haber sido fatal, o al menos haber dejado inconsciente a Anthony por una noche. Tal vez ese tipo, el sanador con los tatuajes, había reemplazado el de Kat con uno nuevo para Anthony.

Calvin tenía una o dos palabras escogidas para todos ellos.

Della, la compañera habitual de Anthony, se detuvo mientras Anthony pasaba de largo. Iluminada por el amarillo dorado de la calle, Della tomó una gran bocanada de aire. Calvin sabía lo que vería a continuación, y una vez era suficiente para ese maldito truco.

—Deberían habernos dejado ir —replicó Calvin, manteniendo su mano izquierda en la superficie de la calle mientras Anthony daba su salto.

El anomalía se elevó, creciendo más grande mientras avanzaba con el viento de Della impulsando su velocidad. En la sala de entrenamiento, Calvin había optado por el escudo. Esta vez, con el rostro pálido y asustado de Kat destellando en su mente, fue a por los pinchos. Agitando su mano derecha a través de su cuerpo, Calvin extrajo una línea de concreto y levantó una empalizada frente a él, con puntas afiladas apuntando justo donde Anthony, ya en el aire, se dirigía.

Calvin retrocedió mientras Anthony, su rugido de carga convirtiéndose en un grito, se estrellaba contra los pinchos. La chaqueta y los vaqueros del anomalía no fueron rival para la defensa de Calvin, y aunque el enorme tamaño de Anthony derribó el muro, empujando a Calvin hacia atrás, Anthony no tuvo continuación. No tuvo un segundo golpe para convertir a Calvin en mantequilla.

En su lugar, el anomalía, ralentizado y encogiéndose mientras su velocidad disminuía, tropezó y cayó, con siete lanzas de concreto clavadas en su estómago, pecho y piernas. Calvin se levantó, vio a Della acercándose a él, ya pidiendo ayuda.

Esta vez no. Podrían haber matado a Kat, y lo iban a pagar.

A su izquierda, Calvin vio un poste de luz. Lo agarró, extrajo el metal del interior en una larga púa, estriada para cortar a través del viento de Della. Calvin la levantó, la lanzó y observó cómo un brazo metálico interceptaba el lanzamiento y lo derribaba al suelo. Della detuvo su carrera, igualando la mirada de Calvin hacia el dron gladiador que ahora separaba a la pareja.

—Deténganse —habló el dron, sus compartimentos deslizándose hacia atrás para revelar demasiadas armas.

Por encima y alrededor de la lucha, más drones llegaron en enjambre desde los alrededores de Chicago, estrellándose en la pelea. Órdenes de rendirse resonaron a través de los cañones de acero, y donde no había conformidad, fuertes crujidos siguieron mientras los drones obedecían su programación.

Calvin tomó su propio aliento, alejó su mano del poste de luz. La pequeña insurrección de Beth podría haber tomado a los Paragones por sorpresa, pero nada engañaba a los drones.

Bien.

CAPÍTULO 28
SIN VUELTA ATRÁS

CASSIDY NO DIO ADVERTENCIAS, simplemente echó a correr.

Sus zapatos salpicaban en los charcos mientras Cassidy se lanzaba entre el tráfico de cápsulas, confiando en que los vehículos se apartarían a su paso. No tenía una dirección fija, solo quería alejarse. Escapar de sus perseguidores y desaparecer en la inmensa ciudad. Ya encontraría una nueva identidad de alguna manera, sobreviviría en las calles —no podía ser más difícil que en la isla, ¿verdad?— y luego tomaría un vuelo de regreso a Pacífica, de vuelta a casa.

Se presentaría en la puerta de sus hijos y, al diablo con su marido, se los llevaría de vuelta.

—¡Cassidy! —gritó Daw, el más joven, tras ella.

La voz del Parangón silbaba entre las cápsulas, cuyas formas cubiertas de anuncios rociaban agua al esquivar a Cassidy. Cada una le ofrecía cobertura, aunque también revelaba su posición. Un trato que Cassidy aceptaría porque no creía ni por un segundo que pudiera superar en velocidad a un Parangón en forma y veinte años más joven que ella.

Por encima y a su alrededor, los edificios de Bangkok ofrecían un escenario empapado de neón, con letreros que anunciaban que Cassidy había entrado directamente en algún distrito comercial. Un cangrejo gigante agitaba una pinza de un rojo cegador, mientras que más allá una botella de cerveza varias veces más alta que Cassidy se inclinaba de un lado a otro. En las aceras, la gente que se aventuraba a salir en la lluviosa noche abría sus paraguas y miraba boquiabierta a la extraña mujer que corría por la calle.

Una intersección a la derecha de Cassidy le ofreció una salida, y la aprovechó. La calle lateral más pequeña carecía de cápsulas, y Cassidy aprovechó la oportunidad para cambiarse a la acera menos concurrida. Sus pulmones trabajaban en la humedad, cada bocanada parecía llevarse tanta agua como aire. Ya le ardían las piernas y los brazos al bombear, sus años en la isla y tantos días pasados languideciendo junto a las olas cobraban su perezoso tributo.

La sensación hizo vacilar la convicción de Cassidy. ¿Había sido precipitada al huir tan rápido de Thane? Los Paragones la atraparían y la enviarían de vuelta a la isla de Mynx. Toda la aventura habría sido en vano, excepto que ahora sus hijos sabrían que su madre aún vivía, solo para que ella desapareciera de nuevo.

—¡Cassidy! —gritó Daw de nuevo, esta vez mucho más cerca.

Cassidy echó un vistazo atrás y vio a Daw y su compañero corriendo por la calle tras ella. Un paso en falso en el bordillo hizo que Cassidy tropezara, el tobillo le hizo saber que no estaba nada contento con sus decisiones. Otro paso le dejó claro que no podría correr mucho más.

—Dejen de perseguirme —dijo Cassidy, reduciendo el paso a una caminata y dándose la vuelta.

Las pocas personas en la calle lateral vieron los uniformes de los Paragones y se esfumaron, desapareciendo en los edificios de ambos lados. La lluvia arreció, ahogando cualquier otro sonido. Se colaba por el cabello de Cassidy, corría por su nariz y goteaba. Sus zapatos chapoteaban, su ropa se le pegaba al cuerpo.

Daw y Kamnan se acercaron con seca confianza, sus uniformes haciendo su trabajo. Kamnan tenía una pistola aturdidora desenfundada y apuntando hacia Cassidy, mientras que Daw tenía las palmas hacia fuera y hacia adelante, como si intentara calmar a un perro enfurecido.

Los vacíos saltaron a las puntas de los dedos de Cassidy. Si lanzaba unos cuantos, se calentaría bastante.

—No puedes irte —dijo Kamnan—. Apinya no lo permitirá.

—Me importa un comino lo que Apinya permita —replicó Cassidy. Necesitaba otra salida, una vía de escape. No había callejones disponibles, y el sistema de alcantarillado de Bangkok no había puesto una tapa de alcantarilla en esta calle —. No trabajo para él.

—¿No era ese el trato? —preguntó Daw—. Te trajeron aquí con esas anomalías del norte. ¿No vas a ayudar con eso?

—Daw —gruñó Kamnan.

—¿Ayudar? —preguntó Cassidy—. ¿Qué?

Daw leyó algo en el rostro de Kamnan y se calló, encogiéndose de hombros ante la pregunta de Cassidy.

—Solo digo, supongo, que no es como si te fuéramos a meter en una celda.

La idea de ser encerrada en una jaula después de la isla hizo reír a Cassidy, decidiendo. Moriría antes de entrar en una prisión de los Paragones. Moriría antes de volver a esa isla.

Detrás de los dos Paragones, una cápsula se desvió hacia la calle lateral. El vehículo aceleró sobre el agua, dirigiéndose hacia el trío. Su programación de seguridad se activaría pronto, pero hasta entonces...

—...ahora mismo —hablaba Kamnan—. ¿Estás escuchando, Cassidy?

Ella volvió a prestar atención al Parangón, se secó el agua por un segundo con el brazo izquierdo.

—No, no lo estoy.

Incluso con el cielo nublado, Cassidy vio cómo el hombre se sonrojaba. Oyó suspirar a Daw. Con su mano derecha, Cassidy decidió que aumentaría su miseria y lanzó un vacío. El poder invisible se deslizó entre los dos Paragones, golpeando el espacio cinco metros detrás de ellos, justo donde la cápsula comenzaba a reducir la velocidad. El vacío se abrió sobre el suelo, succionando y desgarrando la base de la cápsula.

El sonido chirriante hizo que ambos Paragones se dieran la vuelta, permitiéndoles ver la cápsula que se acercaba a toda velocidad, ahora incapaz de frenar, estrellándose por la calle hacia ellos. Kamnan dejó caer su pistola aturdidora, gritando a Daw que corriera. El joven Parangón se dio la vuelta, resbaló y cayó de bruces sobre el asfalto.

Su ojo se abrió un poco más y Cassidy lanzó un segundo vacío, uno pequeño justo a la izquierda de Kamnan, a la derecha de la cápsula. El pequeño agujero negro succionó la cápsula, desviando su trayectoria de choque lejos de Daw y hacia su compañero mayor, que aún estaba de pie.

Distracción, no muerte.

Cassidy se dirigió al lado derecho de la calle, abriendo otro vacío en la cerradura de una puerta y atravesándola. Detrás de ella, un destello naranja iluminó la calle cuando la cápsula colisionó con Kamnan. Siempre era interesante ver lo que una anomalía podía hacer, pero Cassidy centró su atención en el ascensor del edificio de apartamentos.

Pulsó el botón de llamada, oyó un sonido a su izquierda, mientras Daw le gritaba de nuevo a Cassidy que dejara de correr.

Por qué creía que eso funcionaría, Cassidy no lo sabía.

Una apuesta más segura llegó cuando Daw, sin Kamnan a la vista, se levantó y se abalanzó hacia el edificio de apartamentos. El ascensor no respondió de inmediato a la llamada de Cassidy, así que, con las gotas de lluvia convirtiéndose en sudor en su frente, invocó otro vacío. Lo plantó justo en la entrada.

—¡No te acerques más! —gritó Cassidy mientras el vacío dejaba claro el riesgo: partió el marco de la entrada, se tragó el cristal y la cerradura, y dobló la luz exterior alrededor de su círculo.

—¡No quiero hacerte daño! —respondió Daw, pero detuvo su avance.

El ascensor, por fin, abrió sus puertas.

—¡Entonces no lo hagas y déjame en paz! —dijo Cassidy, entrando en la caja de color gris verdoso apagado.

Tocó el piso más alto disponible, luego pasó la mano por todos los demás para tener un buen margen. Cuando las puertas del ascensor empezaron a cerrarse, Cassidy lanzó otro vacío al suelo del ascensor, uno pequeño. Abrió un agujero, muriendo rápidamente.

Cuando el ascensor empezó a subir, Cassidy se dejó caer por el agujero, aterrizando con una caída y rodada al suelo del sótano. Su hombro golpeó uno de los puntales destinados a detener el ascensor, un feo moretón, pero por lo demás el duro hormigón no la mató. Tuberías y señales de emergencia la rodeaban, junto con paredes manchadas de amarillo grisáceo. Algunos diodos de emergencia brillaban, iluminando las puertas del sótano.

Otro vacío las arrancó, y Cassidy, con la frente caliente y sudorosa, se levantó y entró en el área de mantenimiento del apartamento. Todas las piezas que mantenían el edificio en funcionamiento estaban esparcidas por allí, sus vidas mecánicas zumbando. Por un segundo, la pura multitud necesaria para sobrevivir en una ciudad moderna desconcertó a Cassidy, que había vivido durante tantos años con una fogata y poco más.

Un cartel de salida, brillando en verde en la esquina

lejana, más allá de un carrito cargado de herramientas, le ofreció una dirección y la tomó. El tobillo se portó mejor mientras Cassidy avanzaba, el leve esguince sugiriendo una velocidad de caminata, si no más. Tendría que escapar con astucia, no con velocidad.

Factible.

La salida conducía al nivel inferior de un estacionamiento. Un remanente del período anterior a las cápsulas, el garaje conservaba algunos coches de modelo antiguo, con pegatinas que Cassidy no podía leer pero, por las imágenes de las ruedas y el chasis, asumió que estaban autorizados para su uso. Si Cassidy aún recordara cómo conducir, podría haber intentado robar uno.

En su lugar, caminó por el hormigón marcado, manteniéndose junto a la pared interior y dirigiéndose hacia la salida a nivel de calle. De vuelta bajo la lluvia, se mezclaría con la multitud y desaparecería. Caminó más rápido, haciendo una mueca para ignorar el dolor de su hombro. Cassidy estaba tan cerca. Por primera vez en mucho, mucho tiempo, casi había tenido éxito con su propio plan.

La multitud en la acera se dispersó antes de que el dron aterrizara, bloqueando su salida. Un modelo más antiguo y pequeño, la pintura amarilla y negra no hacía nada para ocultar las armas de la máquina. Cuatro brazos, dos piernas, todos terminaban en peligro. El torso, tan grande como un armario, albergaba los propulsores de plasma que permitían volar a la máquina.

—No te he echado de menos —dijo Cassidy, disminuyendo la velocidad—. ¿Diez años y vuelvo a verte?

—Ríndete —ordenó el dron.

Eso es todo lo que decían siempre.

—La última vez tenías amigos. Qué pena.

Cassidy sabía dónde lanzar los vacíos. Su mano derecha, su mano izquierda, lanzaron uno cada una. El primero golpeó el centro del dron, devorando su fuente de energía. El segundo, una cuchilla fina y larga, succionó y partió las piernas del dron cerca de su cintura.

El dron disparó mientras moría, sus disparos fuera de blanco. Dos dardos aturdidores y un rayo de energía amarillo dorado que habría derretido la piel del rostro de Cassidy golpearon las paredes en su lugar. Alguien fuera del garaje gritó.

Cassidy siguió caminando, pasando junto al dron muerto y chispeante y adentrándose en la lluvia torrencial. Esta vez, el neón no era lo único que la recibía: luces más duras, cohetes ardientes. Tres drones más, llegando desde diferentes direcciones.

Todos querían un pedazo de ella.

Que lo intentaran.

—¿Me recordáis? —gritó Cassidy a las máquinas. La multitud en la calle captó el tono y desapareció por mil agujeros diferentes—. ¿Recordáis cómo arruinasteis mi vida?

—Ríndete —dijeron los drones al unísono, descendiendo a la calle, rodeando a Cassidy.

—No creo que lo haga —respondió Cassidy, sintiendo la fría lluvia correr por su piel.

Sus vacíos estaban listos.

Con un rápido movimiento a izquierda y derecha, Cassidy creó círculos giratorios y succionadores tan altos como ella y el doble de anchos. Los dos drones en esos lados escupieron fuego aturdidor, los dardos desapareciendo en los vacíos. El tercero, el que estaba justo frente a Cassidy, no tenía tal barrera.

Pero entonces, tampoco tenía cuerpo. Extendiendo sus manos hacia adelante, Cassidy lanzó dos vacíos más, sintiendo el calor subir por su cuerpo, los espasmos mientras sus músculos, su energía, su voluntad corrían hacia sus manos y salían. Su cabello chisporroteó, la lluvia apagando el fuego que amenazaba con comenzar. Los dos vacíos se lanzaron hacia adelante, partiendo el tercer dron y juntando sus mitades en la nada.

Cassidy mantuvo sus dos primeros vacíos vivos y ardiendo, pero los drones no eran estúpidos. Después de vaciar otra ronda en los círculos succionadores, ambas máquinas saltaron de vuelta al aire, buscando mejores ángulos de tiro. Cassidy dejó morir los primeros vacíos, agachándose y creando un nuevo y amplio vacío sobre su cabeza.

Un error. El esfuerzo hizo que aparecieran manchas en su visión, y el vacío atrapó la lluvia que caía, dejando a Cassidy luchando mientras sus pulmones hervían. Demasiados vacíos grandes, demasiado rápido.

Rodó mientras el aire sobre ella crepitaba, los drones cambiando de los ineficaces dardos aturdidores a sus armas de energía más letales. Cassidy se agachó, dejando que la calle fría y mojada sirviera para refrescarla. Abandonó el vacío cuando los drones agotaron su fuego, sin cobertura durante el instante entre disparos.

Cassidy lanzó su mano izquierda, alcanzando y extrayendo otro vacío de un cuerpo que ya no estaba tan dispuesto a enviarlos. Como si corriera una última vuelta, Cassidy explotó sus músculos y envió el vacío girando hacia el dron más cercano, manteniendo su vacío más antiguo, el que giraba sobre su cabeza, entre el dron más lejano y ella misma. Una cobertura descuidada, pero cualquier ayuda era bienvenida.

Su vacío, pequeño y chisporroteante, cortó los cohetes derechos del dron. La máquina intentó compensar, pero su estado de vuelo estacionario la hizo tambalearse hacia la izquierda, estrellándose contra el edificio de apartamentos. El cristal y la pared se hicieron añicos mientras el dron atravesaba con fuerza.

—Uno más —murmuró Cassidy, girándose hacia el tercero.

Se lanzó en picado, aparentemente decidiendo que la distancia no era una ventaja en la pelea. Mientras caía, las patas de la máquina atravesaron el vacío residual de Cassidy, arrancándoselas. Cassidy intentó crear otro vacío, cualquier cosa para detener la masa metálica que se precipitaba hacia ella.

Sus manos se dispararon hacia adelante, con los dedos apuntando, el calor quemándola por dentro. El dron amarillo y negro, borroso por la lluvia, se estrelló y sus vacíos no aparecían, no podían aparecer. Vacilaron en las puntas de sus dedos, conteniendo el aliento en el último momento.

El Vacío encontró su límite.

El naranja floreció, una flor expandiéndose frente a Cassidy. El dron se estrelló contra los pétalos crecientes, planos y resplandecientes, volviéndose más brillantes a medida que el impulso del dron empujaba la máquina más lejos. Cassidy retrocedió, salpicando en la carretera, mientras la flor ardía, deteniendo al dron en su resplandor.

—El dron no sobrevivirá —dijo Kamnan, caminando junto a Cassidy. Le agarró el brazo, luego lo soltó con un siseo, sacudiendo su mano—. Deberías estar en llamas.

—Si no fuera por la lluvia, lo estaría —dijo Cassidy, con los ojos fijos en la flor mientras sus pétalos se cerraban alrededor del dron, derritiéndolo—. ¿Eso es obra tuya?

—Mi maldición, sí.

Cassidy miró hacia Kamnan. La absoluta devoración del dron por parte de la flor, junto con su abrasador interior, aniquiló cualquier plan de escape adicional. Más importante ahora era encontrar un lugar seguro para descansar, para reparar el daño que había causado con Daw y Kamnan.

Otro escape podría venir después, siempre que se mantuviera viva para intentarlo.

—No muchas anomalías llaman a sus habilidades una maldición —dijo Cassidy.

—La mía no es como la mayoría —respondió Kamnan—.

Ven ahora, cobarde. Es hora de que vuelvas a donde Apinya te quiere.

A su alrededor, los ciudadanos más valientes de Bangkok volvían a las calles, algunos dedicando miradas a los drones caídos que chisporroteaban en la calzada. Sin embargo, la mayoría se apresuraba sin mirar dos veces, contentos de evitar los asuntos de los Parangones. Cassidy entendía ese instinto, ella misma lo había seguido antes.

—¿Dónde está Daw? —preguntó Cassidy, dejando que Kamnan la ayudara a llegar a la acera.

Ese tobillo iba a doler mañana.

—Donde necesita estar —respondió Kamnan.

—Eso es críptico.

—No revelo nuestros secretos al enemigo.

Cassidy no podía culpar al hombre por eso. La flor, y cómo disolvió el dron en su ardiente abrazo, se quedó con ella mientras Kamnan los guiaba de vuelta al edificio de los Parangones. Nuevos Parangones estaban afuera, reemplazando a Kamnan y Daw al terminar sus turnos.

Kamnan entregó a Cassidy con una advertencia a los demás de que la vigilaran de cerca, una advertencia que Cassidy reconoció con un fuerte giro de ojos. Empapada, exhausta y con un hombro y un tobillo dañados, Cassidy no iba a hacer nada pronto.

Al menos sus nuevos captores no parecían tan susceptibles como Kamnan. Thane y Apinya aún estaban sumidos en discusiones, así que a petición de Cassidy la llevaron a los pequeños aposentos reservados para los Parangones visitantes. Una cama, un lugar para cargar un Tama y acceso a una ducha. Un armario que contenía uniformes de Parangón de repuesto.

Cuando Cassidy pidió algo más para vestir, volvieron con camisetas holgadas y pantalones cortos, ambos con la P azul de los Parangones. Se rieron cuando Cassidy sugirió algo neutral. Luego la puerta se cerró, el cerrojo hizo clic.

Dos cuadros colgaban en las paredes, junto a una pantalla de televisión. El más grande, una pieza en blanco y negro, mostraba a los Parangones originales formando el... ¿puesto avanzado? ¿Base? Cassidy no lo sabía, no le importaba cuál era el término correcto. Treinta anomalías sonrientes, de todo el espectro de edad y demografía, alineadas en filas en algún muelle junto al agua.

Apinya justo allí en el medio, su propia sonrisa la más zen. ¿Cuántos seguían vivos? ¿Cuántos se habían retirado, o habían sido abrasados en alguna misión por alguien como Cassidy?

No era de extrañar que a los Parangones les gustaran tanto esos drones. Cassidy había desmantelado tres máquinas —dos, en realidad, pero ¿quién cuenta?— que podrían haber sido tres vidas. Había matado antes, en la isla, donde mantenerse en buenos términos con todos los bastardos y canallas requería mancharse de sangre. Había intentado cortar a un Parangón en el avión hacia aquí. Podría haber apagado esas sonrisas.

Una persona normal, los sujetos sobre los que había enseñado tanto en su antigua vida, habría sentido algo ante ese pensamiento. Se habría mareado, tal vez se habría estremecido mientras el miedo a sus propias habilidades recorría sus nervios. Cassidy solo encontró frustración.

Cassidy miró sus propias manos. Frías ahora, los vacíos susurraron de nuevo, pidiendo otra liberación.

Aún no.

La otra imagen, Cassidy la había visto suficientes veces: los Campeones originales, dispuestos en su mejor atuendo de Parangón. Todo optimismo, todos listos para cargar hacia adelante y causar una miseria incalculable para tantos. Esta vez, cuando los vacíos susurraron, Cassidy escuchó. Envió uno pequeño justo al centro de la imagen, justo donde la gran cabeza de Aegis dominaba.

El vacío lo destrozó.

CAPÍTULO 29

VISIÓN ALCANZADA

WEXLEY SE APOYÓ contra las dos cubas que contenían a los Campeones. El dron no lo siguió, optando por mantener su posición en la entrada. No había oportunidad, entonces, de que Wexley pasara.

—Podría esperar —dijo Reeves, con su voz de IA tan inexpresiva—, y morirías aquí. Te descompondrías mientras Mynx y Mila viven. Encontrarían tus huesos cuando las despierte.

Manteniéndose alerta, Wexley observó al dron y a la IA detrás de él. Reeves era un programa, no encontraría satisfacción en burlarse de Wexley, lo que significaba que tenía una razón para dialogar. Reeves quería algo, necesitaba algo.

—¿Qué buscas? —preguntó Wexley.

—Que ordenes a tu gente que abandone este lugar —respondió Reeves—. Diles que desistan de sus esfuerzos y se vayan. A cambio, podrás conservar tu vida.

—Hasta que liberes a Mynx y ella envíe todos los drones que tiene tras de mí.

—Un futuro posible. Tu muerte está asegurada en el presente si te niegas.

Wexley lo consideró, luego agitó su Tama.

—Si quieres que hable con ellos, tienes que darme una red para hacerlo.

—Hecho.

Reeves operaba rápido. El Tama de Wexley emitió un pitido alegre al reconectarse con la sociedad civilizada justo cuando Reeves terminó su respuesta de una palabra. Wexley levantó el dispositivo y comenzó a teclear con su mano derecha mientras leía los mensajes entrantes y retrasados.

Solo habían pasado unos minutos, pero Rhimes tenía a los técnicos trabajando a toda velocidad. Todas las salvaguardas de Mynx estaban configuradas para prevenir intrusiones externas, no ataques internos. Desde la sala de control de la Fábrica, el equipo de Ziran inyectaba un virus tras otro, cada uno rompiendo cerraduras y abriendo puertas para el uso de Wexley.

Solo necesitaban, porque por supuesto que sí, más tiempo.

—Muy bien —dijo Wexley, bajando el Tama—. He enviado el mensaje.

—Mentiroso. Puedo leer el tráfico de red aquí. Enviaste lo contrario.

—Ups.

El dron se movió bruscamente de su posición, cuidando de mantenerse entre Wexley y la salida.

¿Cómo luchar contra una máquina sin armas? Wexley miró alrededor de la habitación, las cubas y las paredes de piedra no ofrecían mucho con qué trabajar. El dron avanzó más. Un brazo se lanzó hacia adentro, un golpe tentativo. Wexley lo esquivó, preguntándose por qué Reeves no era más agresivo.

La razón presionaba fuertemente contra la espalda de Wexley, fría y suave. Las cubas. Reeves no se arriesgaría a romper sus cargas.

Wexley se colocó entre las cubas en el estrecho espacio lleno de tuberías frente a la pared de piedra. El dron se acercó más, dirigiendo sus brazos para ataques de inmersión. De nuevo eran lentos. Demasiado lentos. Wexley fingió ir a la derecha, fue a la izquierda, pasando por detrás de la cuba de Mynx. Justo antes de llegar al otro lado de la cuba y al espacio entre esta y la siguiente, vacía, Wexley se detuvo.

Otro brazo golpeó donde Wexley habría estado, chocando contra la roca. Volaron chispas cuando el metal golpeó la piedra lisa. Retrocediendo, Wexley encontró más garras aferradas al otro lado de la cuba. El dron podría moverse lento para mantener la cuba a salvo, pero la máquina tenía a Wexley atrapado de todos modos.

A menos que...

—¿Qué pasa si la rompo? —gritó Wexley, con la espalda contra la pared de piedra mientras los brazos del dron se arrastraban más alrededor de la cuba.

—¿Romper qué? —preguntó Reeves, y Wexley se apartó de otra garra.

—La bañera de tu Campeón.

Wexley tanteó con los pies mientras esquivaba, evitando las garras que se acercaban. Cables corrían hacia la cuba, de energía y drenaje, tuberías de bombeo. Si Wexley podría realmente hacer algo con las conexiones, no lo sabía, pero ese no era el punto.

Reeves tenía que creer que podía.

La IA no respondió al comentario de Wexley, en su lugar envió brazos desde ambos lados. Sus ángulos se ajustaron a mitad del ataque, uno hacia abajo y el otro hacia arriba. Wexley recibió un arañazo en el hombro, se retorció y se contorsionó tanto como pudo. Más brazos siguieron.

—¡Detente o romperé el cristal! —gritó Wexley, cayendo contra el vidrio y manteniendo una mano dentro de su chaqueta—. Ella morirá si lo hago.

—Las probabilidades están en contra —dijo Reeves, pero las garras se detuvieron.

—¿Así que estás dispuesto a arriesgarte? —preguntó Wexley—. ¿Todo por mí?

¿Cuántos cálculos estaría haciendo la IA ahora, cuántos escenarios simularía? Si Reeves supiera lo que Wexley haría, si la IA pudiera comprender lo que podría pasar con Wexley al mando de la Fábrica, la IA no tendría más remedio que atacar.

Mynx, sin embargo, había sido pura arrogancia. Cada acción basada en la creencia de que ella y sus Paragones, sus Campeones eran imbatibles. Que nadie se atrevería a atacarla de esta manera. Reeves provenía de Mynx, y sería como ella. *Tenía* que serlo.

Wexley golpeó con el puño la cuba, el cristal produciendo un fuerte golpe en toda la habitación. El agua en el interior onduló, su verde limón moviéndose alrededor del Campeón inconsciente en su interior.

El Tama emitió un pitido.

—Algunos riesgos deben tomarse —dijo Reeves, y las garras se lanzaron.

Wexley intentó moverse, no tenía a dónde ir. Sacó su mano vacía de la chaqueta, golpeó con el codo contra el cristal. Sin grietas, sin amenaza. Los brazos lo encontraron, las garras agarrando y clavándose en los hombros de Wexley, sus brazos, sus piernas. El dron, con su cuerpo al otro lado de la cuba, levantó a Wexley, presionándolo contra la cuba todo el camino.

A un metro del suelo, el dron detuvo su ascenso, dejando a Wexley frente a la pared de roca negra. Por un segundo, no pasó nada excepto el suave zumbido mientras el dron se recalibraba. Wexley intentó apartarse, liberarse, pero no pudo romper el agarre de la máquina. Una garra agarró la muñeca izquierda de Wexley y movió su Tama hacia la mano derecha de Wexley.

—Una última oportunidad —dijo Reeves—. Ellos se van, o tú mueres.

Wexley miró la pequeña pantalla, cuyo teclado táctil llamaba a sus dedos. Unas pocas palabras y sería libre, capaz de volver a sumergirse en la oscuridad e intentarlo de nuevo. Wexley sabía que habría tecleado el comando, de no ser por el último mensaje de Rhimes:

Estamos dentro.

—Reeves, ¿sabes por qué has perdido? —preguntó Wexley.

—Eso no es... —La voz de la IA tartamudeó mientras su control vacilaba, los técnicos de Wexley cortando las habilidades de Reeves una a una—. Eso es...

Los brazos del dron se apretaron con fuerza, expulsando el aire de los pulmones de Wexley. Aplastándolo. Reeves haciendo un último esfuerzo. Una jugada obvia y desesperada para destruir a un enemigo en su salida. Los ojos de Wexley se hincharon, su lengua se inflamó y aparecieron manchas en su visión.

¿Incómodo? Sí. ¿Doloroso? Por supuesto.

¿Valía la pena?

Absolutamente.

Reeves no tuvo una última palabra. La voz de la IA dejó de hablar, y el dron soltó a Wexley sin previo aviso. Cayó al suelo, se recostó contra la pared de piedra y se quedó allí sentado, recuperando el aliento, mirando el cuerpo flotante de Mynx. Una Campeona cautiva, su fortaleza ahora suya.

—¿Wexley? —habló Rhimes en la habitación—. ¿Estás bien?

—Nunca mejor —jadeó Wexley, haciendo una mueca por sus costillas magulladas—. Tu sincronización podría mejorar.

—La IA nos combatió a cada segundo —respondió Rhimes—. Y tampoco se ha ido. Según el equipo, Reeves se ha aislado en la red.

Wexley se agarró a las tuberías y se puso de pie.

—¿Puede hacernos daño?

—No sin ayuda —respondió Rhimes—. La estamos atrapando. Cuando terminemos, necesitará a Mynx para volver.

—¿Y los drones?

—Son nuestros, Wexley. Tenemos acceso completo a cada uno de ellos en todo el planeta. —Rhimes silbó—. Hay muchos más de los que esperaba.

—¿Eso realmente te sorprende? —dijo Wexley, rodeando el tanque. Miró al dron ahusado, con los brazos sin energía y colgando.

Un Wexley más joven lo habría pateado o destrozado por lo que le había hecho. ¿Ahora? Ahora podía mirar al dron y saber que era suyo. Todo en la Fábrica era suyo, y solo un tonto dañaría sus propias posesiones.

—Voy a subir —anunció Wexley—. Estate listo para mostrarme todo.

Los técnicos de Ziran invadieron la sala de control de la Fábrica, conectándose a los terminales principales de Mynx con sus Tamas y otras computadoras portátiles. Rhimes supervisaba la toma de control, asignando a cada técnico una tarea, especialidad y objetivo específicos. De pie cerca de la única salida de la habitación, ahora armados con armas reales, había dos mercenarios más.

Ningún técnico saldría de la habitación sin supervisión. Ninguno abandonaría la Fábrica hasta que Wexley tuviera el control total. La revolución no se tomaría descansos.

—Poned en marcha la Fábrica tan pronto como podáis —dijo Wexley—. Quiero que los drones salgan tan rápido como puedan ser construidos. Poned en marcha también a los proveedores.

Rhimes tecleaba en su Tama mientras Wexley hablaba, enviando mensajes a los mandos intermedios. Aquellas almas cuyas carreras se habían pasado fichando horas ahora tenían la oportunidad de ascender y asegurar que la Fábrica tuviera un suministro ininterrumpido. Otros recibirían los esquemas de la Fábrica, en todo el mundo. Se construirían nuevas copias lo más rápido posible, sin contar costos.

La deuda no importaba cuando Wexley, cuando Ziran salvaría al mundo de las anomalías. Cualquier banco perdonaría el precio, cualquier trabajador estaría contento de dar su tiempo a la revolución. ¿Y si no? ¿Qué podrían hacer? ¿Enfrentarse a miles de drones?

Wexley se esforzó por no reír, logrando contenerse con una sonrisa.

—¿Y los Paragones locales? ¿Qué saben? —preguntó Wexley.

Después de Reeves, la mayor amenaza para esta operación venía de otras anomalías que pudieran sospechar. Sin los drones en funcionamiento, las pocas docenas de mercenarios de Rhimes serían la única protección.

—Nuestro apagón mantiene las cosas en silencio —dijo Rhimes—. Ziran ha dado todas las excusas habituales. Por lo que saben los Paragones, no está pasando nada.

—Hermoso.

—Tengo que decir, señor —habló Rhimes, sacudiendo la cabeza—. No creí que esto funcionaría.

—Aún no lo ha hecho. —Wexley dio una palmada en la espalda de hombros anchos de Rhimes—. Pero estamos cerca. Hace unas horas el futuro del mundo era la tiranía. Ahora, podemos elegir un destino diferente.

—Ahora suenas como Zhan-Yo.

—¿En serio? —Wexley se rio, abrazando el dolor de los moretones—. Fue mi mentor durante mucho tiempo. —Levantó un dedo y lo agitó—. Esa es una buena idea, Rhimes. Envía un mensaje, mándalo a todos los dispositivos de Ziran. Hazles saber que el sueño de Zhan-Yo se está cumpliendo.

Rhimes entrecerró los ojos.

—No estoy seguro de que alguien vaya a entender lo que eso significa.

—Lo entenderán, Rhimes. Lo entenderán. —Wexley sintió los desgarros en su ropa, se dio cuenta de que los medios querrían hablar con él pronto—. Ese dron atinó unos cuantos golpes de suerte. ¿Alguna idea de dónde podría asearme?

—La tengo. Creo que te gustará.

Mañana en la costa de California. Wexley inhaló la sal marina en la terraza de Mynx, sus manos sobre una gran mesa de cristal. Las olas rompían, la luz del sol hacía lo suyo. Había buscado café y no había encontrado, e incluso conseguir un vaso para agua requirió hurgar en armarios que parecían poco usados. Como si Mynx no se molestara en tocar su propia cocina con las manos.

Al menos la Campeona tenía analgésicos por cajas.

Rhimes bombardeaba el Tama de Wexley con actualizaciones conforme pasaban los minutos, cada marcador dando a Ziran mayor control. Drones aquí, listas de Paragones allá, y el tablero de seguimiento, con todos los objetivos que el ejército contratado de Mynx rastreaba. Wexley no podía saber cuántas anomalías existían entre la humanidad en ese momento, pero tenía que suponer que Mynx tenía los ojos puestos en la mayoría.

Y ahora Wexley también las veía.

—Has ganado —dijo Adriana, su voz llegando a través del Tama. Ya había tomado un avión y estaba en camino a Los Ángeles—. Después de todo esto, realmente lo hiciste.

—No solo yo —dijo Wexley. La gracia en la victoria era un rasgo admirable, o eso siempre decía Zhan-Yo. Más importante aún, servía para mantener a la gente leal, comprometida—. Rhimes y su equipo lo hicieron bien. Nuestra inteligencia sobre Mynx fue buena.

—Mejor que buena. ¿Cuándo fue la última vez que alguien capturó a una Campeona?

—Y la retuvo —respondió Wexley. Los Paragones, incluidos los Campeones, tenían sus días malos, pero cualquier problema solía ser corregido por enjambres de anomalías acudiendo al rescate. Esta vez no—. Cuando llegues, haremos el llamado a los demás.

—¿Me estás esperando? Qué amable.

—Somos un equipo ganador, Adriana. Date prisa, no deberíamos hacer esperar al nuevo mundo.

No pasaron ni cinco minutos después de que terminó la llamada cuando Rhimes se unió a Wexley en la terraza. El luchador parecía tan cansado como Wexley se sentía, pero Rhimes tomó medidas para resolver su problema cuando pidió al aire dos cafés calientes y algo de desayuno.

—¿Hay alguien aquí que me haya perdido? —preguntó Wexley, arqueando una ceja somnolienta hacia su amigo.

—No alguien, sino algo.

Sonaron tres pitidos, como los de un alegre pájaro. Rhimes le dijo a Wexley que se sentara, que esperara un segundo. Wexley se acomodó en la silla rígida, disfrutando de la brisa, hasta que olió el inconfundible aroma a tierra de un café de tueste oscuro. Un pequeño dron flotante colocó una taza espumosa frente a Wexley, y un segundo le dio una a Rhimes. Se alejaron zumbando y luego regresaron con huevos revueltos espumosos, algo de tocino sintético y un tazón de frutas rebosante de bayas.

—Los drones —dijo Wexley, mirando fijamente el festín—. ¿Los tienes?

—En pedazos —respondió Rhimes—. Los estamos tomando territorio por territorio. Nuestros hombres calculan que tendremos el mundo para el almuerzo.

—¿Cuáles tenemos ahora?

Rhimes hizo un gesto hacia la casa. —Aquí, Atlántida. El hemisferio occidental.

Wexley podía esperar. Adriana estaría aquí pronto. Pero cada minuto perdido sería otro cedido a los esfuerzos de rescate de los Parangones. Las redes de Ziran volverían a estar en línea pronto, y con ellas, los Parangones sabrían lo que había sucedido, dónde contraatacar.

—Entonces, ¿qué estamos esperando? —dijo Wexley—. Hemos llegado hasta aquí. Sigamos adelante.

—¿Señor?

—Dale a los drones su nueva misión prioritaria: encontrar

y eliminar todas las anomalías, empezando por los Parangones.

Rhimes dudó. —¿Eliminar? Eso podría suponer... problemas.

—¿Esperas que los Parangones hagan algo menos cuando vengan por nosotros? Las anomalías deben desaparecer, Rhimes. Todas ellas.

Rhimes miró a Wexley a los ojos, y los dos se escrutaron mutuamente en esa mirada. Rhimes era un buen soldado, capaz de tomar decisiones difíciles en el campo de batalla. ¿Aquí, ahora? Esto ya no era un campo de batalla.

Era un matadero. Rhimes se adaptaría, o Wexley tendría que encontrar un reemplazo.

Con suerte, las cosas no llegarían a ese punto.

CAPÍTULO 30
MONTANDO UN ESPECTÁCULO

TRES BLOQUES compartían la plataforma del verdugo. Las viejas piedras parecían auténticas, excavadas de quién sabe dónde, Celice lo desconocía. Zhan-Yo, el verdadero premio, ya ocupaba el centro. Vestido con el mismo atuendo que llevaba la noche anterior, aunque sin espada, el líder de la revolución tenía los ojos cerrados mientras se arrodillaba ante la piedra. Detrás de él se erguía un Parangón, con una pistola aturdidora en la mano apuntando a la cabeza de Zhan-Yo.

Gatete envió a Mathieu a ocupar el lugar más alejado. El hombre, con las manos atadas, caminaba con la cabeza en alto, como un viejo héroe aceptando su noble sacrificio. Otro Parangón, joven como el guardia de Zhan-Yo, lo seguía. Sus pasos crujían en la plataforma de madera, haciendo eco en el silencioso patio. Celice no podía oír ni un susurro de la multitud callada.

El viento y el zumbido de los motores de los drones eran el único contrapunto al tráfico amortiguado por los muros de Londres. Arriba, las nubes se despejaban para dar paso a un sol melancólico, cuyos rayos disipaban la última niebla matutina. Los aviones dejaban estelas en el cielo azul, y Celice deseaba poder subirse a uno de ellos.

Había mantenido la mirada en alto porque mirar a cualquier otro lado significaba ver a los Parangones estudiando su rostro, buscando a la traidora que Gatete proclamaba que estaba justo allí. Una vergüenza y una deshonra para los Parangones de todo el mundo, un fracaso humano. Ni siquiera un padre tan grande como Aegis podía rescatar a una persona normal de su horrible existencia.

Gatete podía ir a tirarse al río, pero Celice no tenía ganas de tener esa discusión con el grupo reunido. De todos modos, no verían las cosas desde su perspectiva.

El tercer supervisor de la ejecución pinchó la espalda de Celice con una pistola aturdidora. Celice se levantó, un poco inestable con las manos atadas a la espalda, y se dirigió hacia la corta escalera que llevaba a la plataforma. Mientras se movía, Gatete se colocó frente al escenario, cuya elevación ponía la cabeza arrodillada de Zhan-Yo cerca de la de Gatete.

El líder Parangón dominaba el momento, extendiendo sus brazos y lanzándose a un discurso preparado para la multitud. Y, lo que es más importante, para todos los espectadores que sintonizaban las transmisiones de los drones.

—No hemos recibido noticias de Mynx —dijo Gatete, dejando que un toque de tristeza se deslizara en su voz—. Por lo tanto, no tenemos otra opción que llevar a cabo nuestra amenaza. Estos criminales deben pagar, y quizás su fin persuada a nuestros enemigos de abandonar sus imprudentes caminos.

Gatete siguió hablando, pero Celice lo ignoró para concentrarse en los escalones y la piedra cerca de la cual se había arrodillado. Mathieu le había dicho que confiara en él, y esa confianza hasta ahora le había costado a Celice su porra y su libertad. Ahora, la actuación de un idiota parecía ser el capítulo final de su vida. A menos que pudiera encontrar una salida.

La piedra en sí tenía peso. Blanqueada por el sol y más beige que gris, la roca tenía hoyos, pero nada catastrófico. No había posibilidad de agrietarla con un cabezazo para retrasar lo inevitable. Celice, con la pistola aturdidora presionando sus hombros, se arrodilló junto a los otros dos y evaluó la madera. Vieja y fuerte. No había forma de romper las tablas con una rodilla o una palanca bien colocada.

Lo cual dejaba una opción.

Gatete no había revelado quién o qué llevaría a cabo la ejecución. Celice supuso que habría un momento allí, una oportunidad cuando el Parangón detrás de ella podría estar distraído. Podría...

El líder Parangón interrumpió su discurso con un gruñido frustrado. Los drones de noticias siguieron la mirada de Gatete, girando hacia unas formas que se acercaban por encima de los muros. Se escucharon estallidos más allá de esas mismas piedras, y Celice captó destellos: tecnología de asalto trabajando contra los guardias que Gatete había dejado más allá de la Torre.

—Parece que las plagas no se irán en silencio —dijo Gatete, señalando hacia los comandos de Mathieu mientras escalaban el muro—. Destrúyanlos.

A pesar de la proclamación villana, los Parangones operaban como la fuerza para la que habían sido entrenados. Celice sintió un molesto orgullo cuando los Parangones se dividieron rápidamente en sus equipos, con sus habilidades de anomalía surgiendo en concierto. Los comandos de Mathieu, coronando el muro y lanzando más granadas aturdidoras hacia el patio, se encontraron bajo una lluvia de rayos de luz, ráfagas de viento y al menos un enjambre de murciélagos de brillo amarillo conjurado de la nada.

El caos era, entre otras cosas, exactamente lo que Celice necesitaba.

Sintió que la presión de la pistola aturdidora en sus hombros se aflojaba, una señal segura de que su captor tenía la atención en otra parte. Celice se balanceó hacia atrás sobre sus talones, agachándose y levantándose para colocarse debajo de la pistola aturdidora y estrellar su cráneo contra la barbilla del Parangón. Levantándose y girando, Celice hizo una patada rápida que alcanzó a su guardia, cuyo uniforme de Parangón ya estaba arruinado por una nariz que manaba sangre, en el estómago.

El golpe envió al Parangón volando fuera de la plataforma y le consiguió a Celice dos nuevos amigos: los Parangones que sujetaban a Zhan-Yo y Mathieu apuntaron sus armas hacia ella.

—¿Me rindo? —ofreció Celice, esperando contra toda esperanza que sus dos compañeros condenados no fueran unos idiotas.

Zhan-Yo actuó primero, pero de la manera equivocada. El revolucionario se lanzó hacia adelante, levantando las piernas y saltando en un clavado fuera de la plataforma, directamente hacia la espalda de Gatete. Los dos se desplomaron en el suelo en un enredo, con el barro volando mientras Zhan-Yo aprovechaba sus piernas, su cabeza y sus codos para mantenerse en el espacio de Gatete.

Mathieu, al menos, optó por la jugada más inteligente. Al igual que Celice, reaccionó bruscamente, golpeando con la cabeza a su Parangón. Este, sin embargo, recibió el golpe de Mathieu sin moverse. Mathieu rebotó contra el Parangón, maldiciendo y cayendo de costado. El Parangón se descongeló, volviendo a apuntar su arma aturdidora hacia su objetivo.

Y dejando a Celice frente al verdugo de Zhan-Yo, quien no dudó.

El arma aturdidora disparó, lanzando un dardo que se clavó directamente en el hombro de Celice. El dolor agudo se transformó rápidamente en un entumecimiento que se extendía, lo cual no era una buena señal. Sin embargo, le quedaban unos segundos, y los aprovechó bien: Celice dio dos pasos adelante y lanzó una patada a la entrepierna del Parangón. El hombre aparentemente no sabía pelear sucio, y su mano se movió demasiado lento para interponerse.

El primer golpe lo aturdió, y el segundo movimiento de Celice barrió las piernas del Parangón y lo derribó al suelo. Ella no podía sentir su brazo izquierdo y no sabía si estaba respirando o no. Lujos.

El enemigo de Mathieu apuntó el arma aturdidora al rostro del comando. Celice se lanzó, no hacia el Parangón, sino hacia el arma. Golpeó el arma con una carga de hombro, y su dardo salió desviado, clavándose con fuerza en la tierra. El impacto con el arma no detuvo el impulso de Celice, y ella voló por el lado opuesto de la plataforma, cayendo en el barro y la hierba.

Si se había raspado una rodilla o mordido el labio, Celice no tenía idea. Tumbada de espaldas, solo podía ver el cielo azul. Eso, al menos, lucía hermoso, salvo por un pequeño triángulo negro que lo atravesaba por el medio.

Y se detuvo, aparentemente justo encima de ella, aunque muy arriba.

Cualquier curiosidad amortiguada por el aturdimiento se desvaneció cuando el Parangón de nariz rota apareció sobre ella, extendiendo las manos y empujando a Celice hacia un lado. La nueva vista le mostró a Celice que la rebelión de Mathieu había terminado como solían hacerlo las peleas cuando los normales se enfrentaban a los Parangones y sus drones.

Celice había pasado tantos años sacudiendo la cabeza ante los criminales indefensos mientras disparaban sus pistolas, blandían sus bates o estrellaban sus coches contra su padre y sus aliados Parangones. Le había preguntado a Aegis tantas veces: ¿cuál era el punto?

Supervivencia.

Gatete se había liberado de Zhan-Yo, y ahora dos Parangones sujetaban al antiguo líder de Ziran contra el costado de la plataforma. El propio Gatete extendió una mano, y un tercer Parangón le presentó un hacha de aspecto amenazante. Gatete se inclinó cuando el mango del hacha, de un metro de largo, encontró su agarre. La cabeza de hierro negro del arma brillaba, sin duda lista para cobrar otra vida. La historia de la Torre volvió de golpe, sus ejecuciones a punto de sumar otra a su número.

Celice debía admitir que Gatete tenía talento para el teatro.

—Quédese quieta —dijo su captor Parangón, como si Celice tuviera otra opción.

Arriba en la plataforma, a Mathieu no le había ido mucho mejor. A pesar de estar desarmado, el Parangón invulnerable lo tenía inmovilizado contra la piedra y lo mantenía allí, con las manos apretadas alrededor del cuello del hombre. En cuanto a los refuerzos de Mathieu, Celice los vio llegar en pedazos, ensangrentados y golpeados mientras los Parangones los arrojaban contra la Torre misma. Gatete probablemente los añadiría a su alineación, postres para el plato principal de la matanza.

Las jugadas estaban hechas. La apuesta de Mathieu había fracasado. Los Elementales de Benny ni siquiera habían penetrado el campo hasta donde Celice podía ver. Zhan-Yo tenía un hacha apuntando a su cabeza. Si algún otro plan esperaba para atacar, Celice no lo conocía.

De alguna manera, ser la hija de Aegis había puesto a Celice en una burbuja, una que ahora se tambaleaba en el suelo. Con los Campeones del mundo como amigos cercanos, enjambres de Parangones y drones listos para ayudar, Celice no se había sentido vulnerable ni un solo día en su vida. Ni siquiera durante esta última semana en Londres, corriendo sola por los callejones.

Los Parangones siempre estaban a una llamada de distancia.

¿Y ahora?

Su Tama vibró. Celice sintió la vibración, pero no podía

ver la pantalla del aparato. Su brazo izquierdo estaba demasiado entumecido para moverse. Detrás de ella, Celice percibió la sombra de su guardia que se cernía sobre ella.

Una ligera presión se hizo sentir a través de su espalda, atravesando el efecto del dardo aturdidor.

—Dale un minuto a la adrenalina —murmuró su captor Parangón, maldiciendo suavemente para sí misma—. Estoy tratando de ayudar.

Celice abrió mucho los ojos. Estúpida. Era la hija de Aegis. Gatete no comandaría la lealtad absoluta de todos los Parangones, particularmente no de aquellos que, a diferencia de Roger y Sydney, no se beneficiarían del ascenso de Gatete a Campeón de Europa.

La adrenalina inyectada hizo su trabajo mientras Gatete alineaba su golpe de hacha. Zhan-Yo le lanzó una mirada desafiante, digna de una leyenda. Las cámaras de los drones se acercaron.

—Tu revolución termina hoy —declaró Gatete, levantando el hacha sobre su hombro.

El ángulo haría difícil conseguir un golpe limpio. Una ejecución desordenada. Gatete debía haber decidido no dejar que lo perfecto fuera enemigo de lo bueno. Celice sintió que su garganta y sus pulmones volvían a la vida con un hormigueo.

Una oportunidad para detener un error, para salvar al asesino de su padre.

—¡No lo hagas! —gritó Celice, su llamado elevándose por encima de los murmullos, los gemidos, las últimas escaramuzas entre los Parangones y los posibles rescatadores de Zhan-Yo—. ¡Aegis no querría esto!

Gatete detuvo su golpe y le lanzó a Celice una mirada hirviente.

—¿Que su asesino pague por sus crímenes? Creo que Aegis querría exactamente esto.

Oh, ahora Celice lo tenía.

—¿Cómo lo sabrías? —preguntó Celice, tomando valor de sus extremidades mientras volvían a la vida. Mientras el Parangón, con la espalda de Celice contra un puesto de vendedor vacío, se arrodillaba y le desabrochaba las esposas —. ¿Has preguntado a los Campeones, sus mejores amigos, qué hacer?

Con los drones transmitiendo en vivo, Gatete tenía que jugar. Tenía que complacer a la hija de Aegis en la conversación. No podía ignorarla y esperar ser ungido. No podía-

—Tráiganla aquí —dijo Gatete al potencial rescatador de Celice—. No voy a andarme con rodeos con una traidora.

El Parangón levantó a Celice, manteniendo sus manos anteriormente esposadas quietas.

—Lo siento —susurró el Parangón—. Hice lo que pude.

—Es suficiente —dijo Celice.

—¿Qué? —preguntó Gatete mientras el Parangón llevaba a Celice—. ¿Qué es suficiente?

Celice se movió en ese momento. Liberó sus manos del Parangón y cargó contra Gatete. Un buen golpe en la garganta del hombre, en su cráneo, en su entrepierna, y todo el espectáculo se arruinaría. Tal vez no se detendría por mucho tiempo, pero cualquier tiempo ofrecía una oportunidad para que algo cambiara.

Algo duro y metálico le golpeó el hombro. Un dron, el precursor del gladiador. Con la mitad de la estatura de Celice, pero pesado y fuerte, el robot la derribó al suelo y clavó sus patas en la tierra para mantenerla allí, una vez más mirando hacia el cielo.

Esta vez, un hacha llenaba la vista.

—Una traidora o una asesina —dijo Gatete—. No importa quién muera primero.

Gatete levantó el arma, sosteniéndola en alto sobre su cabeza. Más allá, en aquel azul, el triángulo negro se hacía más grande. Celice lanzó otra pregunta, preguntando si Gatete quería matar a la única hija de Aegis.

El Parangón la ignoró. El hacha descendió.

Celice no vio la bala. Vio el mango roto, oyó la cabeza del hacha volar hacia adelante y clavarse junto a Zhan-Yo con un crujiente *tunc*. La plataforma no duró ni un segundo más: algo golpeó con fuerza y destrozó la madera, dispersando a Mathieu y su escolta Parangón, enviando astillas que se clavaron en la piel de Celice.

Gatete frunció el ceño, su habilidad convirtiendo toda la madera que volaba hacia él en menos que polvo. Celice, parpadeando para quitarse la porquería de los ojos, vio cómo el ceño del hombre se profundizaba, su cabeza se giraba a un lado y comenzaba a sacudirse.

—Siento arruinar tu momento —dijo una voz que Celice escuchaba todos los días, a todas horas. Una que había perseguido sus sueños y acechado sus pensamientos—. Resulta que este hombre no es un asesino, porque no estoy muerto. —Una mano se extendió sobre Celice, agarró el dron y lo sujetó con fuerza. El dron reconoció a su amo, porque la máquina soltó a Celice, tras lo cual la mano enguantada en zafiro lanzó el dron hacia el cielo—. Y si vuelves a llamar traidora a mi hija, Gatete, vamos a tener más que palabras.

Aegis, el hombre, el mito, el *padre* se inclinó y ayudó a Celice a ponerse de pie. La hija intentó conciliar lo que veía con lo que recordaba. Su padre se había ido en una última misión a Chicago pareciendo agotado, tratando de capturar algo de gloria desvanecida. El Campeón que estaba aquí de pie lucía un nuevo uniforme, reconociblemente Parangón pero con un brillo metálico a lo largo de todas las líneas, y Celice adivinó que más que tela componía esa ropa.

Las arrugas de su padre se habían atenuado, su cabello brillaba donde antes había estado en sus extremos débiles. Aegis siempre había estado en forma, pero ahora sus músculos se tensaban contra su traje, como si se hubiera sometido a un régimen de entrenamiento agresivo o hubiera encontrado el esteroide adecuado. Incluso tenía un maldito bronceado.

—¿Papá? —dijo Celice, haciendo eco del sentimiento, si no de la palabra, de todos los que observaban.

Los Parangones en el patio tenían la boca abierta. Mathieu y sus comandos golpeados igualaban el asombro boquiabierto, aunque algunos aprovecharon el momento y comenzaron a escabullirse, solo para que los drones los tomaran de la mano. Zhan-Yo, a la derecha de Celice, parecía tan incrédulo como Gatete, quien seguía sacudiendo la cabeza.

—Los milagros de Mila —dijo Aegis—. Es hora de terminar este espectáculo, Gatete. Retira los drones. Envía a todos a casa y no lo tendré en cuenta. Ahora tenemos problemas más grandes.

—¿Terminar el espectáculo? —respondió Gatete—. ¿Qué espectáculo? Esto era una demostración de lealtad, hacia ti y todo lo que representabas. ¿Enviarlos a casa? ¿A estos criminales y traidores?

—¿Te lo he pedido?

Gatete movió los labios, sin decir nada mientras buscaba una salida. Celice se la dio: pasó junto a su padre y puso sus manos sobre los hombros de Gatete, sus ojos al nivel de los de él.

—Te estamos ofreciendo perdón. Lo tomas —susurró Celice—, o celebramos una ejecución después de todo.

Eso, al menos, atravesó el estupor de Gatete. Celice soltó al hombre, y el líder Parangón de Londres hizo desaparecer sus anomalías con un gesto. Celice notó, con cierta satisfacción, que los Parangones alrededor de la Torre ya se habían alejado de sus prisioneros. Se retiraron ante la orden de Aegis, como debía ser.

Los drones, sin embargo, no obedecieron. Uno mantuvo su cámara rodando mientras otros, sus cuerpos metálicos deslizantes erizados de armas, flotaban más alto. Las máquinas se colocaron en ángulos que cubrían todo el patio.

Más allá y más arriba, modelos de gladiadores más grandes aparecieron a la vista, viniendo de otros distritos de Londres.

—Gatete, los drones —repitió Aegis.

—Les di la señal —balbuceó Gatete, luego tocó su Tama, sacudiendo la cabeza de nuevo—. No están obedeciendo, Aegis, y no puedo comunicarme con nuestro comando central. —Gatete miró hacia algunos Parangones—. ¡Vuelvan a la base, díganles que apaguen los drones!

Una saltó, su cuerpo sostenido como por una mano invisible. Se elevó en el cielo, zigzagueando entre los drones y dirigiéndose hacia el oeste. Otro apareció. Simplemente desapareció y reapareció metros más allá, como una señal parpadeante.

Los drones atacaron.

La que volaba murió primero, desapareciendo cuando seis drones rotaron como uno solo y la bombardearon con energía y proyectiles sólidos. En llamas, se precipitó al suelo. El otro elegido de Gatete tuvo una fracción de segundo más para reaccionar, deformándose hacia la puerta de la torre en un patrón errático. Celice no pudo ver lo que sucedió, pero todos oyeron el grito, vieron los destellos.

—¡Código Acero! —gritó Aegis, activando un gatillo Parangón muy entrenado, aunque poco esperado.

Los Parangones de Gatete conocían sus manuales y entraron en acción. El propio Gatete, agitando los brazos, tomó un dron que flotaba a varios metros de distancia y disolvió sus extremidades metálicas en polvo. Mientras sus motores se desintegraban, el dron encontró a su enemigo y se lanzó en picado, directo hacia el cráneo de Gatete. Celice saltó sin pensar, agarró a Gatete por la cintura y lo apartó.

El dron se estrelló, lanzando tierra chisporroteante. Un fallo. Celice se alejó de Gatete y vio otro dron acercándose a ellos, las armas gemelas del pequeño robot girando para prepararse. Un hacha, esa reliquia antigua, se estrelló contra la máquina desde atrás, mordiéndole la espalda y desviándola de su curso. Aegis completó la acción, alcanzando el nuevo hoyo y agarrando el dron estrellado. Lo lanzó tras el hacha, los sonidos de golpes y explosiones demostrando un impacto.

Aegis no se dio cuenta de un gladiador que descendía detrás de él, cuatro brazos alineando disparos.

—¡Papá! —gritó Celice, poniéndose de pie y echando a correr—. ¡Arriba y lejos!

El Campeón obedeció las órdenes, plantando sus pies y juntando sus manos en su cintura. Celice saltó, agarró el agarre y sintió a Aegis lanzarla al aire. El suelo se encogió debajo de ella, reemplazado en otro instante por el volumen amarillo-negro del gladiador. Celice aterrizó sobre el gran dron, enganchando sus dedos en las bahías de misiles abiertas de la cosa.

Reaccionando a su presencia, el dron abandonó su embestida y se volteó, poniendo a prueba el agarre de Celice y dejándola colgada sobre el patio. Ella se aferró, contemplando la guerra que se desarrollaba debajo y a su alrededor. Los Paragones aéreos se elevaron para enfrentarse a los drones en su propio terreno, mientras otros disparaban rayos, alteraban la gravedad o creaban nuevos elementos y los arrojaban desde abajo. El despliegue de poderes debería haber sido increíble, una declaración de que las anomalías gobernaban el mundo, no estas máquinas.

Pero los Paragones no se habían entrenado contra los drones de Mynx. Los Paragones de Gatete no esperaban una lucha como esta, y los drones golpeaban con una precisión que ningún humano podía igualar. Sus balas destrozaban los huecos en los uniformes de los Paragones, impactando en rostros, cuellos y pies. Los drones más grandes recurrían a métodos de combate cuerpo a cuerpo, embistiendo contra sus blandos objetivos.

Una facción destacaba en la refriega, aunque solo fuera porque huía de ella: Mathieu, ayudando a Zhan-Yo y flanqueado por sus comandos, se dirigía hacia la salida de la Torre. Ningún dron los perseguía.

Un silbido devolvió la atención de Celice al dron del que colgaba. Había estado sacudiéndola, girando a gran velocidad, y había llegado a la opción más extrema: la descarga eléctrica.

—Te tengo —murmuró Celice, sintiendo cómo el cuerpo del dron se calentaba mientras sus baterías se preparaban para el movimiento.

Tirando con fuerza, Celice alzó las piernas y las apoyó contra el casco del dron. El momento tenía que ser perfecto.

Y papá tenía que estar mirando.

La chispa impulsó la patada, Celice saltando al aire libre mientras un rayo azul recorría el dron gladiador. Mientras ella volaba hacia atrás, el dron caía más rápido que una piedra, precipitándose mientras el rayo anulaba sus propios motores. Cualquier enemigo aferrado al dron habría quedado aturdido o ya muerto, y el impacto resultante sepultaría al objetivo bajo toneladas de metal.

En cambio, el dron se estrelló contra un muro de la Torre, derrumbando piedras sobre sí mismo mientras rodaba hasta el suelo. Celice vio el impacto mientras caía, el viento agitando su cabello, su estómago dando un vuelco, y finalmente aterrizando en los brazos extendidos de su padre.

Celice no vio orgullo en esos ojos, sin embargo. Solo ira y miedo.

Sobre ellos, el cielo del mediodía se oscureció: los drones de Londres obedecían la llamada de algún nuevo amo.

CAPÍTULO 31

ASEDIO

RODEADOS Y REPELIDOS de la torre de los Paragones, Beth y sus Elementales formaron un círculo en el patio alrededor de los restos de su cápsula de construcción. Calvin encontró su camino hacia una desgarrada línea de Paragones: las anomalías dispersas alrededor de la torre no llegaban a veinte, pero Pixie y los drones hacían parecer que eran un ejército. La líder de Atlantis flotaba sobre los Elementales reunidos, con drones flanqueándola a ella y a todos los demás, armas listas.

—No me había dado cuenta de que teníamos tantos —dijo Calvin a Particle, que estaba de pie junto a él y tenía una quemadura sangrienta en la pierna derecha—. Me refiero a los drones.

—No los teníamos —dijo Particle—. Míralos. Los más pequeños. Son las unidades más antiguas, retiradas, que teníamos almacenadas. Alguien pensó en activarlas todas.

—Inteligente.

Particle no respondió. Calvin igualó su mirada, sintonizando el intercambio entre Beth y Pixie. La líder de los Elementales negociaba por sus vidas, por una oportunidad de dar libertad a las anomalías. Pixie respondió con algo más simple.

—Nos atacaron —dijo Pixie—. Perdieron cualquier derecho a pedir algo. En cambio, haré una oferta aquí y ahora a su gente: únanse a los Paragones, comprométanse con nuestra visión, y tendrán la oportunidad de redimirse. O no saldrán de este patio.

Calvin hizo una mueca. Los ultimátums solían ser una mierda sin importar quién los diera, y aunque los Paragones forzaban a las anomalías al servicio todo el tiempo, ver la fealdad expuesta directamente tocó un viejo nervio. ¿Cuántas veces había huido de familias de acogida cuando la disciplina superaba las comidas y la cama caliente?

Los Paragones no serían tan fáciles de dejar, sin importar el disgusto que revolvía el estómago de Calvin. Ahora enviarían drones, rastreadores y otros Paragones tras él. La deserción no estaba permitida, solo el retiro después de servir durante décadas.

Felicidades por tus poderes, aquí tienes tu vida planeada.

Beth parecía estar teniendo los mismos pensamientos. La mano de la mujer se deslizó bajo su chaqueta, hacia lo que podría haber sido otra arma. El desafío en su rostro se desvaneció, sin embargo, cuando un Elemental detrás de ella gimió. El hombre, cerca de Calvin y Particle, tenía las manos sobre una herida brutal en el estómago. Una púa bronceada sobresalía, producción de algún Paragón.

Otra cosa que merecía una mueca.

—Tomen sus decisiones entonces —dijo Beth. Bajó los brazos, miró al suelo—. No juzgaré a ninguno de ustedes por lo que hagan ahora. Hicimos nuestra posición.

—Y fracasaron —murmuró Particle.

—Ya la escucharon —gritó Pixie—. Tomen sus decisiones, levanten una mano y los ayudaremos.

El ruido de la ciudad de Chicago pareció desvanecerse después de que Pixie habló, la tensión amortiguando cualquier sonido exterior. Calvin sintió que sus manos hormigueaban, listas para cualquier ataque de último momento. Habían acorralado a los animales Elementales, y aquí es donde la desesperación encontraría su asidero.

El disparo llegó con un chasquido. Pixie cayó, zambulléndose al suelo y golpeando las baldosas de concreto con fuerza. Calvin procesó el momento, comenzó a mirar quién podría haber disparado una bala que golpeó a Pixie por detrás —¿Wexley, de alguna manera volviendo a sus viejas costumbres de francotirador?— cuando más fuego llovió. Los ojos de Calvin se clavaron en un dron, empujado allí por la fuerza de Particle.

—¡Código Acero! —La voz de Particle resonó mientras todos se dispersaban.

Una lista se abrió paso en la mente de Calvin, diagramando exactamente lo que los Paragones deberían hacer si los drones alguna vez decidieran que las anomalías ya no eran sus amos. ¿Lo primero y más importante?

Retirarse y reevaluar.

Particle agarró el brazo de Calvin y lo alejó, de vuelta hacia el edificio de oficinas destrozado y las calles más concurridas de Chicago. Una estrategia con la que Calvin habría estado de acuerdo, excepto por lo que vio cuando apartó los ojos de los drones.

Pixie, caída en el centro del patio, con Beth de pie sobre ella, disparando una pequeña pistola contra las máquinas.

—Aún no vamos a huir —dijo Calvin, liberando su brazo.

Particle protestó, pero Calvin echó a correr hacia el centro del patio. Arrastrando su mano derecha sobre el concreto, Calvin absorbió la arenilla y la escupió por su izquierda, creando un escudo de concreto desmoronado. Las balas golpearon la barrera improvisada y chispearon, lanzando rocas contra la cara de Calvin mientras corría.

Luces, gritos, explosiones, golpes y cosas peores estallaron alrededor de Calvin mientras los Paragones ponían en efecto el Código Acero. Los Elementales se dieron cuenta rápidamente, poniendo en juego sus propios poderes. Aparecieron portales mientras las anomalías se teletransportaban sobre los drones. Lob, haciendo su trabajo, arrojó a Weed contra un gladiador cercano que llovía fuego sobre un cuarteto de Elementales. El cuerpo de Weed se replicó, pequeños clones sumergiéndose en las armas y propulsores del gladiador, destrozándolos desde adentro.

La bola de fuego del gladiador rompiéndose debería haber caído en el patio, debería haber aplastado a Calvin en su carrera, pero otro Elemental agarró los escombros y los disparó como meteoros contra otros drones, perforándolos. Alguien conjuró un rayo, pero desde el suelo, el láser dentado azul y blanco se lanzó hacia arriba contra un gladiador y lo partió en dos.

Humo encontró a Calvin y Particle en el medio, la mujer empujando a Beth lejos de Pixie y haciendo aparecer una niebla borrosa. De un paquete en su cintura, Humo sacó una jeringa, estaba a punto de lanzársela a Calvin hasta que vio que sus manos estaban ocupadas.

—Mantenlos ocupados —dijo Humo, volteando a Pixie con la ayuda de Particle—. Si los drones entran en mi capa, no tendremos nada.

El disparo del dron había alcanzado a Pixie justo en la espalda, justo debajo de su cuello. La bala debería haberla matado, excepto que Pixie llevaba un uniforme de Paragón, uno diseñado para evitar que esas balas lo atravesaran. En su lugar, tenía un feo moretón y pulmones que no funcionaban del todo bien.

—Tú —dijo Beth, notando a Calvin y apuntándole con su pistola.

—Sorpresa —dijo Calvin.

Calvin blandió el escudo de concreto, derribando a Beth al suelo y haciendo volar su arma. Dejando que el escudo de concreto se desmoronara sobre la Elemental, enterrando todo debajo de su cuello en roca grumosa, Calvin dejó a Smoke al cuidado de Pixie y fue a buscar una manera de llamar la atención.

Y la encontró a sus pies. El patio tenía luces incrustadas en el suelo cada pocos metros para lograr ese brillo mágico tan importante para la imagen de los Paragon. Calvin robó un poco más de concreto, formó un martillo puntiagudo en su mano izquierda y rompió la luz.

—¿Qué estás haciendo? —dijo Smoke mientras los cristales rebotaban contra su cara.

—Siendo creativo. Solo despiértala rápido, porque vamos a necesitar una salida después de esto.

—No va a volar a ninguna parte pronto. Necesitamos apagar estas cosas, ahora.

—Déjamelo a mí.

Debajo de él yacía una bombilla rota, con chispas mostrando el flujo de energía donde se necesitaba. Calvin miró su mano izquierda, tomó aire y agarró los cables expuestos.

La descarga lo golpeó al instante. Todo su cuerpo ardía mientras la mano de Calvin absorbía energía eléctrica pura. Como una botella de champán llena hasta rebosar, Calvin estalló. Levantó su mano derecha y miró a través de la barrera de Smoke tres manchas de drones juntas.

Si el Paragon anterior había convocado un rayo, Calvin desató una tormenta. Canalizando un cable conectado directamente al circuito devorador de energía de la torre Paragon, Calvin bebió todo lo que la red eléctrica de Chicago podía enviar. Líneas amarillas abrasadoras surgieron de la mano de Calvin hacia los drones, la electricidad encontrando su conductor en las construcciones metálicas.

Estallaron incendios en las máquinas mientras los rayos hacían su trabajo, saltando como un insecto de un objetivo a otro. Calvin movió su mano derecha, continuando lanzando fuego a los drones, derribando esos tres. Quería buscar más, pero el brillo le quemaba los ojos mientras avanzaba, obligando a Calvin a enviar la tormenta directamente hacia arriba mientras cerraba los párpados con fuerza.

—Te tengo —dijo Particle.

Calvin, incluso con los ojos cerrados, sintió que su cabeza daba vueltas mientras Particle dirigía su atención. Con la mano extendida, Calvin canalizó la electricidad, enviando la energía de un punto a otro, dondequiera que Particle lo dirigiera. Girando en la oscuridad, con la cabeza, el corazón y todo su ser zumbando, Calvin se desconectó, se convirtió en un objeto que Particle podía manejar a voluntad.

Hasta que lo alejaron de la luz, rompiendo la bobina. Calvin tropezó, cayó al suelo, abrió los ojos y vio manchas. Más allá de ellas, destellos anaranjados. Las balas ya no llenaban el aire, pero sí los gemidos y los gritos. Sus músculos se estremecían, la sangre llenaba su boca por haberse mordido la lengua.

Pero vivía, maldita sea.

—Oye —dijo Particle, arrodillándose a su lado—. ¿Estás bien?

—No realmente —gimió Calvin—. No puedo ver.

—Una bendición —respondió Particle, derritiendo su típico hielo con preocupación—. Los drones que no derribaste huyeron. No sabía que podían hacer eso. También llegaron las ambulancias, hay cuerpos por todas partes.

—¿De nuestro lado?

—De ambos. Espera un segundo.

Calvin se incorporó mientras Particle desaparecía en la bruma. El calor lo envolvía, las ondas parpadeantes sugerían fuego más que un cambio de temperatura. Su mano izquierda también dolía. Calvin la alcanzó, la tocó con la derecha y suspiró cuando la piel quemada y con costras se ampollaba al contacto. Un precio pagado por los Paragon.

Kat dijo que era peligroso unirse al azul.

Kat.

Calvin se levantó de golpe, sintió una réplica recorrer un cuerpo demasiado agotado y casi vació su estómago allí mismo. En su lugar, sintió un brazo envolverse bajo sus hombros, sosteniéndolo.

—Buen trabajo, novato —dijo Weed—. No pensé que lo tuyo fuera volverse loco, pero me gusta.

—No te acostumbres.

—Nunca me acostumbro a nada en este mundo. ¿Necesitas ayuda? Puedo llamar a un médico.

—Necesito ir al hospital.

—Entendido. —Weed, manteniendo su agarre firme, gritó pidiendo ayuda.

—Pixie, ¿ella va a estar bien?

—Como todos nosotros, ha tenido mejores días —respondió Weed—. A diferencia de algunos aquí, ella verá más.

Para cuando la cápsula llegó al hospital, Calvin podía ver más que manchas. Aún bailaban puntos, pero algunas infusiones de acción rápida llevaron a Calvin hacia la normalidad. Lo habían apilado en una cápsula de ambulancia con varios otros anómalos, dos Paragon y un Elemental. Los otros tres tenían heridas de bala y cosas peores, por lo que fueron los primeros en salir.

Calvin salió último, dijo que estaría bien y le pidió a una enfermera ajetreada que lo dejara irse caminando. Con otras ambulancias llegando tanto antes como después de la de Calvin, la enfermera no se opuso, dejando a Calvin en la acera fuera de la entrada de emergencias del hospital.

Las luces parpadeantes, las llamadas entre enfermeras, proveedores y personal de transporte creaban un caos más tranquilo mientras Calvin escribía un mensaje de Tama para Gordon. El rastreador respondió con el piso y la habitación de Kat, un área de recuperación.

Había sobrevivido, entonces.

Por una vez, Calvin tenía buenas noticias. Por una vez,

quería compartirlas con alguien, pero su equipo Paragon no había hecho el viaje. Estaban ayudando con la evacuación, sacando cosas críticas de la Torre mientras los anómalos partían hacia casas seguras ocultas. En su lugar, Calvin le dio una palmada en el hombro a un guardia de seguridad cercano, dejando al hombre confundido a su paso.

El día había ido cuesta abajo, un viaje sombrío hacia un mal final, pero ahora Calvin sentía el ascenso. Kat estaría bien, Pixie y los Paragon más importantes resolverían lo de estos drones, y, con Beth volviéndose fea, Calvin nunca más tendría que hacer nada relacionado con los Elementales.

No estaba mal.

La habitación de Kat tenía todas las características de hospital: olor esterilizado, fotos enmarcadas de flores en las paredes, un televisor que parecía tener una década de antigüedad colgado en la pared. Kat, dormida, ocupaba la posición central en su camilla, con sábanas blancas apretadas alrededor de su cabello suelto. Se veía más fantasmal de lo habitual, con los labios de un rosa pastel. Un goteo colgaba de su brazo derecho.

Gordon estaba encorvado en una frágil silla cerca de la ventana, absorto en su Tama. Se le habían formado ojeras en las horas desde que Calvin lo había dejado aquí. Una taza de café de papel descansaba en el alféizar de la ventana, con vapor escapando por su tapa negra.

—Acogedor —susurró Calvin, deslizándose alrededor de la camilla y sentándose frente a Gordon.

—Está profundamente dormida, no la vas a despertar —dijo Gordon—. Quizás haga una broma por la mañana, probablemente no antes si las enfermeras se salen con la suya.

—¿Está bien?

—Los cirujanos eran optimistas. No hay garantías, pero es fuerte.

—Como si fuera a dejar atrás a Seeker.

Gordon se rió, algo cansado, y luego volvió su mirada

hacia Calvin—. Justo estaba leyendo sobre la pelea en la torre...

Calvin se abalanzó sobre los detalles. Los Elementales, los drones, los malos presagios. Gordon lo unió todo como si fuera el rompecabezas más fácil del mundo, lanzando preguntas de seguimiento a Calvin sobre Wexley y su grupo paramilitar que hicieron que el anomalía levantara las manos.

—Ve más despacio y dime adónde quieres llegar —dijo Calvin—. Si esto sigue así, voy a necesitar mi propio café, quizás con un chorro de lo que sea que esté tomando ella.

—¿No crees que es una coincidencia que Mynx haya sido capturada por un tipo que odia a los anomalías y luego sus drones se volvieran traidores?

—Hombre, he estado luchando por mi vida todo el día. No he tenido mucho tiempo para jugar a ser detective.

Gordon hizo un gesto abarcando la habitación.

—Eso nos hace uno. El punto al que quiero llegar, si estoy en lo cierto, es que los drones no se van a detener.

—Lo hicieron después de que les pateáramos el trasero.

—Por un minuto, tal vez. Y eso fue aquí, en Chicago, cuando tenías un montón de Paragones y Elementales listos para pelear. ¿Qué pasa en Cleveland o en Little Rock, donde tienes cinco Paragones y cincuenta drones?

Nada bueno, eso es lo que pasaba. Aun así, no era como si Calvin pudiera hacer mucho al respecto. Pixie, o quien fuera que desempeñara su papel en Pacífica, tendría que resolverlo. Gordon debió haber leído la expresión de Calvin, porque el hombre se sumió en un mal humor.

—Es como si ni siquiera te importara —dijo Gordon.

—Me importa, pero me importa más ella.

—¿Ah, sí? ¿Qué pasa cuando despierte y todos los anomalías estén muertos, eh? ¿Qué pasa cuando tú ya no estés, cuando su trabajo se haya ido al garete y todos vivamos bajo el control de quien sea que tenga los drones de su lado?

—¿Acaso suena diferente con los Paragones?

Eso hizo callar al rastreador. Si el tipo quería soltar un discurso sobre monstruos imparables apoderándose del planeta, debería mirar a su alrededor. Calvin podría haberse unido a sus filas, pero no se hacía ilusiones sobre lo que realmente eran los Paragones. Dictadores, conquistadores, una fuerza de ocupación. Benévolos para algunos, no tanto para otros.

Calvin interrumpió la filosofía con una revisión de su Tama. Particle le envió una actualización, proporcionó coordenadas para reagruparse y una sesión de estrategia. Si Calvin no estaba muerto, querían que se pasara por allí.

—Entonces no quiero que te quedes aquí —dijo Gordon, captando la atención de Calvin.

—¿Qué has dicho?

—Dijiste que los drones fueron tras los anomalías —continuó Gordon, manteniendo su voz baja y uniforme—. No se detendrán y te encontrarán aquí. Kat no está lista para eso.

—Qué demon... —Calvin se detuvo, cerró los ojos y la boca por un momento, respiró.

Él y Gordon estaban lejos de ser amigos, pero el hombre podría tener razón. Un drone disparando a través de este cristal hacia Calvin podría alcanzar a Kat. Los Paragones querían reagruparse. Podría irse, otra vez.

—Te avisaré tan pronto como su condición cambie —dijo Gordon—. No me apartaré de su lado. Lo prometo.

—¿Sí? —dijo Calvin, sin moverse, aún no. Había luchado tanto para volver aquí—. Sabes que casi murió protegiéndome.

—A mí también. Por tu culpa.

Calvin asintió.

—¿Vas a hacer lo mismo por ella?

—Si tengo que hacerlo.

—Buena respuesta. —Calvin se levantó de la silla, luchando contra su propia confusión y molestia—. En el momento en que despierte, me avisas.

—Lo haré.

El Tama de Calvin volvió a vibrar. Particle, aumentando la prioridad. Los Paragones querían atacar primero, evitar que los drones se organizaran. Calvin echó una última y larga mirada a Kat. Al menos parecía estar en paz.

Mejor que él.

De camino a la calle, Calvin cogió un café, una barrita energética y una sudadera con capucha con el nombre del hospital. Se puso la ropa encima del uniforme de Paragon y volvió a salir a la oscuridad, tratando de esconderse de las cámaras.

Los programas detrás de esos ojos metálicos ya no eran amistosos.

CAPÍTULO 32
EL VACÍO REGRESA

EL TEMBLOR DESPERTÓ A CASSIDY. Un estremecimiento sacudió la cama, haciendo que le castañetearan los dientes y la impulsara hacia la oscuridad. Cassidy agitó una mano, pidió a la habitación que encendiera las luces, y no recibió respuesta alguna. Nada, excepto otra sacudida que le hizo estremecer hasta los huesos. El polvo se desprendió del techo, invisible pero perceptible al acumularse sobre los hombros desnudos de Cassidy.

Tanteando en la oscuridad, el Vacío se vistió apresuradamente. Intentó encender el televisor sin éxito. Las luces seguían sin responder. Al menos el Tama de Cassidy tenía energía, aunque una triste pantalla indicaba que no había conexión de red. El resplandor del Tama ayudó a Cassidy a encontrar la puerta y ponerse los zapatos correctamente.

Intentó girar el pomo de la puerta. Cerrado. Cassidy puso los ojos en blanco.

No hay confianza en este lugar.

Un tercer retumbo, seguido de más golpes. ¿Muebles cayendo al suelo? ¿Un techo derrumbándose? ¿Algunos Paragones teniendo un episodio de anomalía arriba?

Cassidy miró fijamente la puerta, tratando de decidir si

volver a dormir o no. Sus nervios, su instinto le decían que las sacudidas no eran naturales, que esto no era lo habitual en la fortaleza de Bangkok de Apinya. Podría acostarse, pero sería difícil conciliar el sueño con los temblores.

—Y no quiero quedarme aquí —murmuró Cassidy, sintiendo cómo los vacíos se despertaban junto con ella.

Lanzó uno, pequeño y giratorio, hacia el pomo de la puerta. Con un chillido, un desgarro y una única chispa escapando, el metal desapareció. Dejando que el vacío se disipara, Cassidy empujó la puerta para abrirla, esperando que Apinya perdonara el gasto.

Aunque, probablemente, él había ordenado que la encerraran. Su culpa.

El pasillo, suavemente iluminado cuando Cassidy había llegado hacía unas horas, tenía la misma oscuridad muerta que su habitación. Los ruidos se intensificaron: gritos, alaridos y el crepitar staccato de las balas. La mayoría provenía de su izquierda, el camino que conducía al centro del edificio.

Cassidy dudó.

¿Quién atacaría una fortaleza de Paragones, y más aún una con un Campeón dentro? Nadie sería tan estúpido, tan suicida.

Peor aún, por lo que Cassidy podía deducir, los atacantes parecían estar ganando. Por un momento de confusión, Cassidy se preguntó si Thane habría decidido arrasar con todo, pero el sonido de los disparos descartó esa idea.

Thane podría decidir matar a algunos Paragones, pero no usaría balas para hacerlo.

Dio medio paso hacia el edificio principal y se detuvo. Sintió otro temblor, más pequeño y desde atrás. Se giró, no vio nada. Por ese pasillo, según le habían dicho sus anfitriones Paragones, había más habitaciones, la mayoría ocupadas por los recién llegados. Todos esos niños del puesto de huérfanos.

Cassidy contuvo la respiración. Escuchó. Oyó los latidos de su corazón. Y algo más.

Un paso, ligero y preciso, como el clic de un bolígrafo. Luego otro. Más cerca.

—¿Hay alguien ahí? —preguntó Cassidy a la oscuridad.

Nada respondió, salvo más clics. Detrás de ella, en el edificio principal, retumbó un estruendo más profundo, seguido de más gritos. Estos, aterrorizados.

Ajustando su muñeca, Cassidy iluminó el pasillo con el Tama. Justo hacia la embestida brillante de un dron rastreador. La máquina, un ciempiés de acero de un metro de largo, saltó hacia Cassidy, con las patas repiqueteando en el aire.

Tal vez gritó.

Definitivamente lanzó un vacío.

El poder de Cassidy partió el dron en dos, la mitad delantera de la máquina escupía chispas mientras se estrellaba contra Cassidy y la derribaba. Sintió cómo sus afiladas patas le laceraban los brazos y el costado mientras Cassidy rodaba, quitándose la máquina de encima. La mitad rota golpeó la pared y comenzó a orientarse antes de que Cassidy lanzara otro vacío en su centro, destrozando el dron.

Haciendo una mueca por los nuevos arañazos, Cassidy usó otro vacío para aniquilar la otra mitad del dron rastreador mientras se preguntaba qué demonios había salido mal. Los drones rastreadores se usaban precisamente para eso, rastrear y destruir Paragones rebeldes u otras anomalías peligrosas con las que sus compañeros humanos no querían enfrentarse.

¿Habría decidido Apinya asesinar a Cassidy y acabar de una vez? No parecía su estilo, ni tampoco explicaba lo que estaba sucediendo en el edificio principal.

Un grito diferente interrumpió el interrogatorio interno de Cassidy. Este provenía de más cerca, del pasillo hacia donde vivían los niños.

No dudó.

Corriendo por el pasillo, Cassidy empuñó su Tama como

una linterna, iluminando puertas y buscando drones. Encontró otras habitaciones ya destrozadas desde fuera hacia dentro, al menos una salpicada de sangre y un cuerpo que probablemente era su fuente.

Ella no había sido la primera presa del dron rastreador.

Los niños tenían un bloque cerca del final del pasillo, grandes habitaciones reservadas para los refugiados que los Paragones procesarían para convertirlos en nuevos héroes. Dos puertas parecían abiertas, sus habitaciones vacías. La tercera, ocupando la pared del final del pasillo, yacía en el suelo, arrancada de sus bisagras.

Del interior provenían voces de niños. Cassidy reconoció a los mayores, los valientes que se habían enfrentado a ella y a Thane fuera de la casa. Estaban ordenando a los otros que retrocedieran, diciéndoles que fueran valientes.

Entró.

Con la luz de su Tama, Cassidy vio cuatro drones rastreadores, dos en el techo y dos en el suelo. Acechaban a los niños, agrupados detrás de una pareja mayor. La chica y el chico que habían hecho de guardianes en el orfanato retomaban ahora su papel, de pie con sus pijamas de Paragones, sus rostros llenos de una valentía pura y angustiada.

—Déjenlos en paz —dijo Cassidy.

Los dos drones del techo giraron hacia ella, mientras que los dos de abajo permanecieron enfocados en los niños. Cassidy dejó volar los vacíos, enviando dos hacia los drones superiores. Sin embargo, estos rastreadores aún no habían saltado, y Mynx los había diseñado bien. Se apartaron bruscamente cuando los vacíos de Cassidy golpearon el techo de la habitación, atrapando las baldosas y el cableado más allá de ellas. Volaron chispas y los niños gritaron de nuevo.

Los drones se arrastraron hacia las paredes, acercándose a Cassidy desde lados opuestos. Sus patas chasqueaban, las muescas en su piel metálica se abrieron para revelar armas paralizantes y sus primas letales. Cassidy se quedó quieta, esperando que los chasquidos se acercaran. Sacando los pies de debajo de ella, Cassidy se deslizó sobre su espalda cuando los chasquidos cesaron.

Levantó las manos, lanzando los vacíos donde había estado su cuerpo, donde volaban los drones. El Tama atrapó su destrucción mutiladora, los vacíos deformando y rompiendo las patas, carcasas y núcleos de los drones. Cassidy rodó, cuidando de no incorporarse hacia sus propios vacíos, y miró hacia los otros dos drones rastreadores.

Los insectos metálicos avanzaron hacia los niños, sin prestar atención a Cassidy. La chica mayor hizo el primer movimiento, dando un paso hacia los drones y plantando su pie derecho. Una línea irregular se agrietó a lo largo de la baldosa, bordes oscuros dividiendo a los dos drones. Las máquinas esquivaron la línea, avanzando rápidamente, solo para que el chico levantara sus manos, como si rezara al cielo.

El suelo bajo los drones se estremeció, luego se cerró alredededor de ellos antes de aplastarlos contra el techo, los cimientos del edificio se elevaron formando una muñeca y un antebrazo debajo de la mano de baldosas grises. Un dron recibió el golpe y explotó, mientras que el otro se liberó, corriendo por encima y aterrizando sobre la chica que lideraba.

Sus patas inmovilizaron a la adolescente en el suelo, sus armas, sobresaliendo de su caparazón como tantas púas, encontraron objetivos en la multitud acurrucada detrás de ella. El chico, su demostración desmoronándose de vuelta a la tierra, respiraba con dificultad desde el suelo, aparentemente exhausto.

El dron fue a matar.

También lo hizo Cassidy.

Las armas de la máquina dispararon, dardos paralizantes y balas letales se dirigieron hacia los niños y desaparecieron al pasar por la cabeza del dron. El primer vacío de Cassidy, un óvalo amplio y poco profundo, atrapó el ataque. Su segundo vacío atravesó el centro del dron, apagando la vida de la máquina en un final crepitante.

—No te levantes —dijo Cassidy a la chica, con los restos moribundos del dron sobre ella—. Dame un momento.

Disipar los vacíos se sentía un poco como atrapar un cuchillo lanzado: Cassidy tenía que acertar justo en el punto o se encontraría cortada. Empezó con la muerte giratoria sobre la chica, luego, después de ayudar a la niña asustada a alejarse, eliminó el vacío protector frente a los otros niños.

Todos esos rostros miraban boquiabiertos a Cassidy ahora sin el desafío que habían mostrado en el orfanato. Los adolescentes se acurrucaban juntos, unos pocos valientes se mantenían apartados y parecían dispuestos a intentar usar sus poderes si Cassidy seguía adelante.

—No voy a hacerles daño —dijo Cassidy, extendiendo la mano para ayudar a la chica líder a levantarse—. Pero esos drones sí lo harán. Tenemos que irnos de aquí.

—¿Y a dónde iremos? —dijo el chico de las manos, recuperado y de pie después de su ataque—. Esos eran drones Paragon, ¿verdad? Seguirán viniendo.

—Apinya sabrá lo que está pasando —dijo Cassidy, sin estar muy segura de creer en sus propias palabras mientras las pronunciaba.

El chico tenía razón. Los Paragons o bien enviaron los drones para matar a los niños, lo cual no tenía ningún sentido, o algo peor estaba sucediendo. Dado todo el ruido proveniente del centro del edificio, Cassidy sabía hacia qué lado se inclinaría.

—¿Crees que podemos confiar en él? —preguntó ahora la chica—. ¡Él nos puso aquí! Estábamos bien en la casa.

—No tenemos otra opción —dijo Cassidy, luego lanzó una mirada severa y maternal alrededor del grupo. El tipo de mirada que les daría a sus hijos antes de decirles que no crucen la calle sin mirar a ambos lados—. O esperamos aquí y vemos qué más viene por nosotros, o nos vamos. Yo sé qué camino voy a tomar.

Cuando ella se fue, los niños la siguieron.

La base principal apareció antes de lo que Cassidy esperaba. El pasillo se volvía cada vez más acre a medida que el grupo caminaba, Cassidy y sus vacíos liderando el camino. Los incendios y su combustible impregnaban el aire con olores punzantes, los retumbos continuaban sacudiendo el suelo bajo sus zapatos. Las balas hacían sus ruidos estrepitosos, terminando en *golpes secos* o cristales rompiéndose. Más de un grito desgarró la oscuridad.

Pero ningún dron rastreador encontró al grupo. La pausa permitió a Cassidy enfriarse, su sudor persistiendo en el aire húmedo de Bangkok, ahora entregando su pesada humedad al edificio violado.

—Esperen hasta que despeje el camino —dijo Cassidy cuando llegaron al final del pasillo. La puerta, una cosa de madera de doble ancho, estaba entreabierta en sus bisagras, con un escáner y un mecanismo de cierre arrancados de la pared y tirados en el suelo—. Si no vuelvo en cinco minutos... —Cassidy se interrumpió.

¿Qué podía decir? ¿Atraviesen las paredes? ¿Arriésguense por su cuenta? Sus protegidos respondieron al silencio de Cassidy con miradas mezcladas, pero los mayores mostraban abiertamente su desafío.

—Hemos sobrevivido mucho tiempo —dijo la chica—. Ve.

Cassidy aceptó la invitación y se dirigió a la puerta, se inclinó y echó un vistazo al amplio centro de la base. Apinya había construido su hogar como una araña gigante, con un salón central y su cámara de audiencias —Cassidy podría haber puesto los ojos en blanco ante eso— dando paso a al menos veinte ramificaciones, algunas terminando en oficinas, otras en salas de entrenamiento, literas, áreas de reunión y más. Escaleras y pequeños ascensores conectaban los diversos segmentos, todos con posibilidad de cerrarse.

Apinya no había explicado por qué quería que cada sección fuera sellable, pero cuando trabajabas con seres poderosos como estos, podría tener algo de sentido. Si algo salía mal, Apinya podría atrapar al infractor donde estuviera, o al menos retrasarlo un minuto o dos.

Sin embargo, mirando el salón, Cassidy y su grupo podrían haber sido los últimos en llegar.

Drones y Paragons salpicaban la cámara. Placas metálicas humeantes, brazos, piernas, propulsores y más chamuscaban la alfombra y quemaban agujeros en las paredes. Los cuerpos de los Paragon se mezclaban con los restos de las máquinas, las anomalías arruinadas con tanta fuerza implacable que Cassidy apartó la mirada de lo peor para salvar su estómago.

La entrada principal del edificio, cuando Cassidy la verificó, no ofrecía ninguna solución. Varios drones gladiadores grandes se encontraban bloqueando la salida, con las armas listas, aunque en silencio. Impidiendo una retirada. A su izquierda, Cassidy miró más profundamente en el edificio, donde continuaban los ruidos de lucha.

Más drones rastreadores, complementados por los tipos voladores contra los que Cassidy había luchado en las calles la noche anterior, presionaban a un equipo Paragon mientras las anomalías se retiraban hacia el salón de Apinya. Con los Paragons manteniendo la atención de los drones, Cassidy pensó que podrían hacer una carrera a través del salón, llegar al otro lado y atravesarlo. La base Paragon bordeaba el río, lo que significaba que atravesar el otro lado podría llevar a los niños al agua y fuera de la vista.

Si sabían nadar.

—Oye, eres tú.

Cassidy oyó el susurro, se esforzó y vio, en medio del pedestal en ruinas de una estatua, una forma maltrecha que reconoció. Daw, el nuevo Paragon de antes. Su brazo parecía atrapado bajo una piedra caída, y su rostro y uniforme de Paragon mostraban más manchas de sangre de lo que podía ser saludable. Cassidy hizo una mueca, luego le dio la espalda a Daw y regresó al grupo que esperaba.

—Acérquense a la puerta —dijo Cassidy—. Necesito ayudar a alguien. Mientras lo hago, corran detrás de nosotros.

—¿Correr hacia dónde? —preguntó la chica.

Cassidy la llevó a la puerta y señaló hacia el pasillo opuesto.

—Por allí. Al otro lado, pueden atravesar la pared y escapar.

—Ajá.

—Tendrán una mejor oportunidad con eso que con esos gladiadores —respondió Cassidy, asintiendo hacia las puertas principales del edificio y los monstruos que había más allá—. Ahora vayan.

Al lado de Daw en un segundo, arrodillada sobre la alfombra amarilla ensangrentada, Cassidy examinó al joven. Creó un pequeño vacío y lo usó para romper la piedra que atrapaba el brazo de Daw. Detrás de ellos, con la chica y el chico a la cabeza, los niños comenzaron su odisea, corriendo a través del amplio pasillo mientras la lucha continuaba más adentro.

Daw parecía haber perdido el conocimiento, sus ojos cerrados y su respiración débil no eran una señal alentadora. Cassidy recordó las advertencias básicas de primeros auxilios sobre no mover a alguien con lesiones desconocidas, pero dejar a Daw aquí le daría al Paragon un final más permanente. Deslizó sus brazos bajo Daw, agradeciéndole por ser un flacucho, y lo levantó.

Con los brazos y piernas del Paragon colgando sobre ella, Cassidy entró en el pasillo central, llegando detrás de la fila de adolescentes. La última anomalía apareció cerca de ella, materializándose como una pequeña ventisca antes de atravesar la cámara y reformarse en el extremo opuesto, los ojos azul hielo del chico observando a Cassidy y su carga.

No eran los drones.

Las puertas de entrada de la base, ya destruidas por lo que Cassidy suponía que había sido el asalto inicial, no resultaron ser ni barrera ni alarma para los gladiadores. Sus tremendas piernas entraron con fuerza, luces brillantes fijándose en Cassidy y Daw. Tres máquinas, cada una de más de un piso de altura, todas enfocando sus armas en la pareja.

Cassidy podría soltar a Daw, lanzar algunos vacíos, pero no podía contar las armas apuntadas hacia ella. En el pasado, cuando los drones se habían llevado a Cassidy hace tanto tiempo, habían lanzado advertencias. Consecuencias que podían evitarse, en cierta medida, si se rendía.

En aquel entonces, Cassidy no quería que sus hijos vieran a su madre ser aniquilada. Ahora, Cassidy tampoco quería que estos adolescentes lo vieran.

—¡Corran! —gritó Cassidy, sin mirar hacia los adolescentes, sin hacer nada para atraer la atención de los drones hacia ellos.

Tendría tiempo para un vacío. Uno solo.

Se arrodilló en un movimiento suave, dejando caer a Daw de sus brazos. Con un giro de muñeca, Cassidy creó un vacío ancho y plano entre ella y los drones. Los gladiadores hicieron lo que estaban diseñados para hacer y abrieron fuego contra Cassidy, enviando balas, dardos aturdidores y al menos un láser supercalentado directamente hacia ella.

El vacío los atrapó todos, absorbiendo el asalto en su abrazo aplastante de gravedad. Cassidy sintió que el calor comenzaba de nuevo, como si le diera fiebre. Mantuvo el vacío, como recordar mantener un músculo flexionado. No tan malo con un solo vacío, pero los gladiadores no eran estúpidos.

Separándose, los drones flanquearon a Cassidy. Ella creó rápidamente dos vacíos más, cubriendo los lados izquierdo y derecho de Cassidy. Los ataques continuaron, y Cassidy se arrodilló sobre Daw, sudando, respirando con dificultad mientras mantenía los vacíos arremolinados haciendo su trabajo defensivo sucio.

A pesar de las barreras, los gladiadores seguían disparando. Cassidy pensó que intentarían una estrategia diferente, pero los drones la mantuvieron allí. ¿Esperarían hasta que se desmayara?

Una nueva vibración respondió la pregunta. Cassidy no podía oír nada sobre el ensordecedor fuego de los drones, pero podía sentir los pasos deslizantes mientras se acercaban. Con el cabello empapado de sudor pegado a su frente, Cassidy echó un vistazo atrás y vio dos drones rastreadores acercándose apresuradamente. Debían haber abandonado la otra pelea, o la habían terminado, y ahora venían por el postre.

Cassidy intentó crear otro vacío, lo intentó y falló. Sus otros vacíos temblaron, se encogieron lo suficiente para que una bala pasara rozando el hombro de Cassidy y golpeara el suelo detrás de ella. No podía hacerlo, no podía crear otro.

En su lugar, miró a Daw, los ojos del Paragon aún cerrados, y esperó a que las máquinas lo terminaran.

CAPÍTULO 33
EL FUTURO

LOS ACTORES clave del mundo se fueron conectando uno a uno. Eran rostros, nombres, empresas que habían trazado el rumbo de la humanidad durante generaciones hasta que los Paragones los detuvieron. Zhan-Yo había elaborado la lista, utilizando la influencia de Ziran para incorporarlos a su revolución, y ahora Wexley, por fin, podía cumplir.

Los saludó desde la cubierta de Mynx, con el rugido del océano de fondo. ¿O era la Fábrica, que ya estaba acelerando el ritmo?

—Tenemos el control —dijo Wexley al principio—, y lo estamos utilizando.

Al principio, algunos se quejaron. Las ciudades estallaron mientras drones y Paragones, drones y anomalías, drones y personas que no sabían nada mejor luchaban en las calles, campos y azoteas. Las acciones de Wexley sacudieron la economía, generaron incertidumbre y crearon pánico.

—Como ha ocurrido con cada cambio importante —respondió Wexley—. Los Paragones se encontraron con lo mismo cuando llevaron a cabo su toma de poder. Prometieron un futuro mejor. Ahora nosotros podemos ofrecer uno. Hemos planeado esto. Todos conocen sus roles. Comiencen.

Lo habían planeado. Documentos elaborados hace mucho tiempo y abandonados cuando la promesa de Zhan-Yo flaqueó bajo el peso de sus propias aspiraciones. Wexley y Rhimes habían apostado hace tiempo que, si Zhan-Yo alguna vez lograba desmantelar el dominio de los Paragones, el caos sería inevitable.

Por eso, reunir un ejército instantáneo se había convertido en el único curso de acción verdadero, la única forma en que alguien que no fuera un Paragon pudiera tomar el control del mundo establecido.

Pidieron tiempo, estos líderes. Querían revisar lo que habían redactado, querían profundizar y encontrar las constituciones muertas de naciones hace mucho desaparecidas. Programar elecciones, prometer reformas, nombrar representantes para todos los diversos pueblos, incluidas las anomalías.

—A su debido tiempo —dijo Wexley—. Por ahora, hagan lo que puedan. Los drones establecerán el control, y una vez que hayan expulsado a los Paragones de sus puestos, las máquinas se asegurarán de que no puedan regresar. Su gente se despertará mañana libre de su control, lista para comenzar vidas nuevas y emocionantes.

Cuando uno preguntó qué pasaría con esos drones, si se convertirían en propiedad del país que albergaba su presencia armada, Wexley eludió la respuesta. Descartó la pregunta por prematura, alegando que él y su equipo aún estaban aprendiendo cómo funcionaban los sistemas de la Fábrica y de Mynx.

Hasta entonces, hasta que el mundo se estabilizara, Wexley mantendría el control. Esa declaración envió las previsibles ondas de choque a través del grupo, los ojos entrecerrados y las cabezas negando anticipadas por el CEO de Ziran.

—Mis amigos, todos tenemos nuestras habilidades —dijo Wexley—. La mía es eliminar anomalías. Les sugiero que me dejen concentrarme en eso, mientras ustedes diseñan el hermoso futuro de nuestro planeta.

Con un gesto, Wexley dio por terminada la llamada y los rostros sorprendidos. La mayoría se conectaría entre sí, comenzando a formar sus alianzas y a tramar lo que realmente significaban los movimientos de Wexley. No importaba. La economía continuaría a pesar de la interferencia. La gente seguiría trabajando, cultivando sus alimentos y criando a sus familias.

Mientras los Paragones, mientras las anomalías no estuvieran en el panorama, todo lo demás podría resolverse.

—El vencedor de pie entre sus despojos —dijo Adriana, saliendo a la cubierta con dos copas frescas de champán.

—Y listo para compartirlos —Wexley aceptó la oferta, chocando su copa. La sonrisa inquisitiva de Adriana mostraba que no había presenciado la reunión—. Se sumarán. Están sorprendidos.

—No te conocen como yo.

Wexley se rio. Adriana había estado tan sorprendida como el resto. Nadie vio venir esto, incluso Wexley dudó del plan hasta que tuvo éxito.

—Estoy acabando con los Paragones ahora mismo —dijo Wexley, el champán una nota brillante en la mañana—. Los drones los están persiguiendo desde sus torres y bases hacia los bosques, las alcantarillas y cualquier agujero en el que esas anomalías puedan meterse.

—Los Paragones se rendirán. Deben hacerlo.

—Eso no los salvará.

—¿Qué?

Wexley hizo un gesto hacia la Fábrica, construida en la montaña detrás de ellos.

—¡Mira lo que Mynx construyó, Adriana! Esto es dominación global, este es un ejército que no necesita comida ni descanso. Los Campeones podrían haber perdido todas sus habilidades y aun así haber hecho lo que quisieran.

—Pero tú los derrotaste.

—No. Tomé lo que construyeron y lo volví en su contra. —Wexley tocó la mesa, mostrando los videos más populares de todo el mundo. Todos mostraban drones causando destrucción en las principales ciudades, aniquilando Paragones—. Tomamos su arma definitiva, y nunca tendrán la oportunidad de hacer otra.

Adriana inclinó la cabeza.

—Entiendo matar a los Campeones. Nunca te perdonarán. ¿Pero a todos ellos?

—No soy cruel, Adriana —respondió Wexley—. Solo preciso. Cualquier anomalía es una amenaza para nosotros, pero no tiene por qué serlo. Una solución simple: mantén tus habilidades ocultas y los drones te dejarán en paz.

Adriana no parecía entenderlo del todo, así que Wexley lo dijo de otra manera, para asegurarse de que lo tuviera claro.

—Una anomalía que no usa sus poderes es un ser humano. La vida vuelve a lo que era. Sin Campeones, sin Paragones, solo nosotros.

Esta vez, Wexley notó que el brindis de Adriana no fue tan entusiasta.

—¿No es eso un poco corto de miras? —dijo Adriana mientras sus copas chocaban.

—¿Por qué lo dices?

—Tú mismo dijiste que ganaste robando lo que los Campeones hicieron. —Adriana agitó su copa hacia la casa de Mynx—. ¿Por qué detenerse ahora?

Wexley trazó las palabras, intentando encontrar el significado de Adriana. Cuando lo encontró, confirmándolo en la sonrisa que se formaba lentamente en el rostro de Adriana, Wexley frunció el ceño.

—No se puede hacer —dijo Wexley.

—Hubo alguien que estuvo cerca. En esta misma ciudad, nada menos. Podemos comenzar con su investigación y, con tantos sujetos potenciales, hacerla avanzar.

—¿Con qué fin? Ya gobernamos el mundo.

—Pero, ¿por cuánto tiempo? Si logramos que esto funcione, tendremos esta vista para siempre.

Wexley terminó su champán sin decir otra palabra, observando las olas y meditando. Adriana lo dejó pensar, pero él sentía su mirada sobre sí de todos modos. Simplemente borrar las anomalías del mapa sería la solución más limpia.

Pero, ¿controlar su poder?

Eso aseguraría la posición de Ziran. Aseguraría su propia vida contra algún asesino anómalo. Y quizás, solo quizás, Adriana podría encontrar las respuestas para esas anomalías autodestructivas. Un objetivo noble, sin duda.

—Otra ronda —llamó Wexley al pequeño dron de servicio y la máquina zumbó de vuelta a la casa.

—¿Oh? —preguntó Adriana.

—No creo que hayamos terminado de celebrar aún. Ahora, cuéntame más sobre esta idea.

El amanecer rompió sobre los acantilados orientales, una explosión púrpura y naranja. La luz del sol centelleaba sobre el océano. Un hermoso comienzo para un mundo completamente nuevo.

CAPÍTULO 34

ACORRALADOS

LA EMBARCACIÓN no tenía mucho que ofrecer salvo su tamaño. Contenedores de carga apilados en pisos de altura en todos los colores insípidos que Celice pudiera imaginar. El anochecer y algunos sobornos bien colocados alejaron a guardias y trabajadores mientras el grupo se acercaba, veinte en total apresurándose a través del Puerto de Londres. Zhan-Yo, Mathieu y Benny lideraban el séquito, todos vestidos con ropas anodinas y poco llamativas robadas del gran alijo de los Elementales. Celice sentía la picazón, el peso de su propia chaqueta sobre ella. Sus zapatos le quedaban demasiado apretados, con ampollas formándose alrededor de sus pies.

Pero lo aceptaría, porque significaba no morir, significaba no enfrentarse a esos malditos drones otra vez.

Dejaron cuerpos atrás cuando huyeron de la Torre. Eso era lo que Celice no podía descartar mientras pasaban los minutos y las horas después. Esos rostros, retorcidos en un dolor efímero mientras los drones acababan con cualquier Parangón, cualquier persona que lograban alcanzar.

Aegis ordenó la retirada y Gatete disolvió un agujero en la pared exterior de la Torre más cercana a ellos. Los Parangones que podían moverse proporcionaron la cobertura que pudieron para Zhan-Yo, Mathieu y los agentes. Una batalla perdida y pírrica mientras más drones continuaban llegando, convocados desde las afueras de Londres y dispuestos a gastar todas las armas que tenían contra los héroes a los que deberían haber ayudado.

Cápsulas se detuvieron fuera de la Torre, llamadas por los Elementales para ayudar en la evacuación. Si Celice no hubiera esperado a su padre, habría estado en la primera, con Gatete. Habría quedado atrapada como el líder Parangón cuando los drones hicieron lo que pudieron y sellaron el vehículo, inmovilizándolo. Gatete intentó borrar un camino hacia la libertad solo para encontrarse con el fuego de los drones esperándolo.

Los Elementales, sin embargo, demostraron su ingenio: uno, vestido con el uniforme de un barista, corrió al centro de la calle y golpeó el suelo. Mientras todos huían de la Torre, apareció un círculo en medio del golpe, ensanchándose y vaciando la superficie de la calle como un cuchillo raspando un topping. El Elemental señaló un punto cerca del borde creciente de su creación: una alcantarilla que conducía a las cloacas de la ciudad, su tapa borrada por la anomalía.

Celice, esta vez, lideró el llamado, gritando a todos que la siguieran en una loca carrera hacia el agujero. Se negó a mirar cualquier otra cosa que no fuera el objetivo mientras corría, saltaba y caía a través del círculo. La propia habilidad del Elemental se desvaneció cuando los drones la encontraron, un objetivo que habría sido mortal si Aegis no hubiera envuelto a la mujer en sus brazos y caído con ella en la inmundicia.

A partir de ahí, Benny tomó la delantera, con otro Parangón usando sus habilidades para colapsar la abertura detrás de ellos en una explosión sibilante de tuberías rotas. Un lamentable grupo comparado con los números que habían estado vivos una hora antes, pero más que cero.

Más que cero.

Todos esos trabajos, todas esas misiones que Celice había

dirigido desde las salas de control del Bastión, involucraban enviar Parangones como estos para detener anomalías malignas o prevenir desastres naturales. A veces, los Parangones habían resultado heridos. Algunos murieron. Pero no así. No despedazados por supuestos aliados sin piedad.

Ni siquiera Thane había matado de esta manera.

Mientras avanzaban penosamente, Aegis, Zhan-Yo y Benny se centraron en lo que sucedería a continuación. Celice dejó que la conversación rebotara por el túnel, todavía tratando de encontrar una manera de reconstruir lo que acababa de suceder.

Y cómo.

—Mynx —dijo Aegis más tarde, cuando habían llegado al refugio seguro del Elemental. Dos duchas sirvieron para el grupo, junto con ropa fresca—. Ella es la única con control global, la única que podría hacer algo así.

—Necesitaría a Reeves para hacerlo —objetó Celice. Los cinco estaban sentados en una mesa de cartas de metal y goma, una que parecía haber visto muchas más décadas que cualquiera de los presentes. La habitación a su alrededor tenía paredes manchadas, un reloj que hacía tictac incesantemente, y suficientes miradas vacías para agotar el alma—. De ninguna manera la IA le permitiría volver los drones contra todos sin una advertencia.

—Ella no lo hizo —respondió Aegis, con ambos puños cerrados y apoyados sobre la mesa—. La capturaron y la obligaron.

—¿Ellos? —preguntó Benny—. ¿Quiénes son ellos?

—Mis amigos —dijo Zhan-Yo, inclinándose sobre una taza llena de té. Su vapor flotaba alrededor de su cabeza, pero Zhan-Yo lo bebía a sorbos de todos modos—. Los drones eran un plan. Un último recurso.

—¿Para tu revolución? —dijo Aegis, con ácido en la lengua.

Benny se levantó de la mesa sin decir una palabra y salió de la habitación. Nadie lo siguió, a nadie le importó.

—Para nuestra libertad —respondió Mathieu a Aegis—. Si no aceptabais ninguna otra forma, entonces tendríamos que usar la fuerza.

—Ya lo hicisteis, ¿recuerdas? —dijo Celice—. ¿El atentado de Los Ángeles? ¿O lo habéis olvidado?

—Un error desesperado —respondió Zhan-Yo—. Pensamos que un empujón más podría llevaros a cambiar.

—Porque el terrorismo siempre funciona.

Celice vio el hilo que colgaba entre todos ellos. Un buen golpe y podría cortarlo, hacer que Aegis volteara la mesa y comenzara una pelea aquí y ahora. Zhan-Yo no tenía sus espadas con él —las hojas estaban en algún lugar en la base de Gatete— y Mathieu no tenía armas visibles. Una venganza fácil por todos los que habían perdido la vida en Los Ángeles.

—Respirad hondo todos —dijo Benny, volviendo a entrar en la habitación con un viejo paquete de seis cervezas.

El Elemental dejó la cerveza barata sobre la mesa y luego repartió una a cada uno.

—Ya no bebo —dijo Zhan-Yo.

—Entonces escúpela, pero brindarás con el resto de nosotros —respondió Benny.

—¿Brindando por qué? —preguntó Aegis.

—Por nuestra supervivencia. Puede que ustedes sean más nuevos en este juego, pero los Elementales hemos estado en las sombras durante mucho tiempo. Se celebra la gran victoria para que las pequeñas batallas no te destruyan.

Celice fue la primera en levantar su vaso hacia el de Benny. No porque sintiera un deseo abrumador de suavizar el ambiente, sino porque no tenía energía para nada más. Otra pelea sería demasiado, demasiado pronto. No había procesado todos esos cuerpos, ni leído los nombres que le resultarían familiares: personas que nunca conoció pero con las que intercambió mensajes, sobre las que leyó en los boletines de Paragon.

Mathieu se unió después, un movimiento nada sorprendente para él. Había jugado sus cartas astutamente todo el tiempo y ¿por qué cambiar ahora, con Aegis listo para arrancarle la cabeza?

Zhan-Yo y el Campeón se miraron fijamente durante un largo momento, lo suficiente como para que Benny tosiera y agitara su lata. Zhan-Yo fue primero, asintiendo al Elemental y haciendo chocar el aluminio. Aegis, asegurando su último lugar, completó el brindis. Benny bebió durante más tiempo.

—Para detener a los drones, necesitamos llegar a Mynx —declaró Aegis, con espuma aún en sus labios—. Eso significa ir a Pacifica. Supongo que las máquinas estarán vigilando o destruyendo nuestros transportes de Paragon.

—Usaremos métodos normales —dijo Zhan-Yo—. Un avión de pasajeros.

—No. —Mathieu extendió la mano, sacó su Tama y lo colocó en el centro de la mesa. Con un deslizamiento, el Tama proyectó lo que parecía un gran barco—. Los drones tendrán acceso a cualquiera que aborde un avión, y a menos que Benny haya sido más proactivo que yo, las identificaciones falsas no estarán listas por un tiempo. Voto por que vayamos en una caja.

—¿En una caja? —preguntó Celice—. ¿Un contenedor de carga?

—Sin escaneos que no podamos controlar, sin interés de los drones —dijo Mathieu—. Es seguro, y el tránsito por el Atlántico no toma mucho tiempo a las velocidades actuales.

—Podemos conseguirles uno —dijo Benny—. Hemos estado moviendo material dentro y fuera de esos muelles durante mucho tiempo.

Aegis frunció el ceño al Elemental, pero no objetó. En su lugar, se puso de pie, sosteniendo su lata de cerveza. —Necesito hacer correr la voz a los demás, asegurarme de que mis

Paragons sepan que deben mantener un perfil bajo. Hagan los arreglos. Celice, confío en ti.

El Campeón le dio un apretón en el hombro a su hija. Un buen gesto.

Un contenedor gris marcaba su objetivo. Estaba abierto, esperando con una grúa encima para ser cargado en el barco. Las provisiones para el viaje de varios días habían sido apiladas por la gente de Benny en la parte trasera, cajas sosas llenas de comida, agua y otros elementos esenciales.

El cuarteto se acercó, Benny marcando su propia despedida en el borde del muelle. Se reuniría con su pareja favorita, Roger y Sydney, para organizar una resistencia. Cuando Celice le preguntó a Benny cómo manejaría trabajar con un hombre al que había apuñalado, Benny se encogió de hombros, dijo que el pasado era el pasado, y cambió de tema.

Si Celice hubiera sentido lo mismo, quizás habría evitado el viaje a Londres por completo. Podría haberse quedado con Mynx en Los Ángeles y haber estado allí para evitar que ocurriera este desastre.

—¿Aguantando? —dijo Mathieu, y Celice se dio cuenta de que se había quedado unos pasos atrás. Aegis y Zhan-Yo habían llegado al contenedor y lo estaban inspeccionando en busca de sorpresas.

—Lo siento, estaba distraída —dijo Celice—. Esto es mucho.

—Te acostumbras —respondió Mathieu.

—¿Acostumbrarse a qué? ¿A correr en la oscuridad? ¿A ver a amigos acribillados?

—Desafortunadamente, sí. —Mathieu lanzó una mirada sombría hacia Aegis—. Tu padre mató a mi hermana. Trabajaba para Zhan-Yo, y la noche que él llevó a cabo el...

—Lo siento, pero también no —interrumpió Celice—. Lo entiendo. Nuestras vidas no tienen espacio para la autocompasión. Solo existe lo necesario para sobrevivir.

Aegis les hizo señas. El contenedor estaba seguro, sin emboscadas ocultas.

—No exactamente —dijo Mathieu mientras daban los últimos pasos sobre el hormigón—. Es difícil, pero eso no significa que no puedas divertirte un poco.

—¿Como qué?

—Tenemos tres días por delante que pasaremos asándonos en una caja de metal. —Mathieu metió la mano en el bolsillo de su chaqueta—. Pensé que necesitaríamos una forma de pasar el tiempo.

Sacó la mano, sosteniendo una baraja de cartas.

El rugido del barco proporcionaba la banda sonora de sus vidas en el contenedor. Mathieu y Zhan-Yo, con las cartas en la mano, se atrincheraron en un lado mientras Celice se sentaba con su padre en el otro, tecleando mensajes en sus Tamas. Durante horas estrategizaron, superaron los impactos que seguían llegando de que Aegis aún vivía mezclados con el horror causado por los drones. Campeones y otros líderes de Paragon de ciudades grandes y pequeñas buscaban dirección.

Aegis les dijo que se escondieran. Que esperaran hasta que se pudieran hacer mejores planes. Las vidas de los Anomalía eran lo más importante. Finalmente, después de presionar enviar una vez más, Celice no pudo evitarlo. Puso su mano sobre la pantalla de su padre, atrayendo su atención hacia ella.

—Volviste —dijo Celice—. No entiendo cómo, pero volviste.

Las palabras parecían obvias, incluso estúpidas, pero seguían siendo ciertas. Celice había crecido rodeada de tantas anomalías, había visto poderes que abarcaban casi todo, pero la muerte seguía siendo inviolable. Nadie podía alcanzar el más allá y traer una vida de vuelta.

—Mila puede responder a eso —dijo Aegis—. Ella y Mynx, juntas, me trajeron de vuelta.

—¿Cuándo? ¿Hace cuánto tiempo?

—¿Un día? Mynx me despertó, me dijo que Gatete tenía a Zhan-Yo y que tú podrías estar en problemas. —Aegis sonrió—. Le dije que si Gatete se metía contigo, él sería el que estaría en problemas, pero Mynx me dio su jet de todos modos. Le dijo adónde llevarme.

Celice negó con la cabeza. —Deberíamos haber tomado ese jet de vuelta.

—Lo intenté. Dejó de responder tan pronto como los drones se volvieron. No sé dónde terminó. No es que importe. Apresurarnos a volver a la Fábrica solo nos matará.

—¿Mi padre, negándose a correr directamente hacia el peligro?

—La última vez que hice eso casi me costó todo. Quien sea que haya tomado la Fábrica no es débil. Saben quién viene por ellos, lo que significa que tenemos que ser mejores.

Celice miró a los jugadores de cartas. —Los tenemos a ellos.

—Normales —dijo Aegis, luego captó la mirada de Celice y suavizó su expresión—. Normales habilidosos. Ayudarán, pero necesitamos a los Campeones, o a tantos como aún vivan. A los Paragons también.

¿Cuántas veces había salvado su padre el mundo? Hablaba como si el inminente asalto de la Fábrica fuera solo otro problema por resolver. Otro obstáculo en el camino para los Campeones. Celice quiso dudar de la confianza del hombre, de su sombría determinación, pero se contuvo.

Aegis vivía. Tenían el comienzo de un plan.

Y, durante los próximos días, Celice tendría a su padre solo para ella. Podía vivir con eso.

CAPÍTULO 35
LA INCURSIÓN

LOB LLEVÓ AL ESCUADRÓN, uno por uno, hasta la azotea del edificio. El sol de la tarde cortaba la brisa primaveral y ofrecía una buena vista, con la orilla del lago a la izquierda y el objetivo justo enfrente. Un centro cuadrado y cercado, la instalación local de reparación de drones zumbaba con actividad. La pelea de la madrugada había enviado drones allí por docenas, las máquinas se alineaban mientras marchaban hacia la entrada del centro.

Calvin no sabía qué algoritmos allí dentro ordenarían, definirían y dividirían los drones en las líneas de servicio adecuadas, pero podía ver los resultados zumbando por las puertas del fondo del centro. Como insectos abandonando un nido, los drones reparados salían volando a cumplir sus misiones.

—Lo llaman libertad —murmuró Smoke, mirando su Tama mientras el grupo revisaba su equipo—. Ziran hizo una declaración sobre recuperar la humanidad de las anomalías, y todo el mundo se lo está tragando.

—¿Todo el mundo? —replicó Particle, asegurando varias armas de aspecto desagradable en su cinturón.

—Todos los comentarios sobre esto, la noticia de portada, están enloqueciendo —dijo Smoke.

—Son idiotas —señaló Weed, el líder imitando la postura agachada de Calvin para mirar hacia el centro.

—Son bots —añadió Particle—. Ziran es dueño de las redes de noticias. Pueden generar lo que quieran.

—La gente lo creerá —contrarrestó Smoke.

Un silbido cortó la conversación cuando todos se volvieron hacia Lob, que estaba bebiendo de un trago una bebida energética de aspecto rancio. Lob terminó la lata de un tirón, soltando un eructo devastador como final. Calvin se rio a pesar de sí mismo.

—Concentraos, gente —dijo Weed, chasqueando los dedos. El hombre, con un grueso vendaje bajo el uniforme cubriendo la herida de bala, tenía un aspecto pálido. El agotamiento rodeaba sus ojos brillantes. Manchas de café fresco teñían sus dientes—. Ya es hora de empezar. Nuestros compañeros atacarán a los drones dondequiera que los encuentren, lo que significa que nos llegarán los rezagados. Para cuando lleguen aquí, necesitamos tener este lugar dominado. Todos conocéis vuestros trabajos. Hagamos que los Paragones se sientan orgullosos.

Calvin miró hacia otro lado para que Weed no captara su gesto de exasperación.

Lob dio inicio a todo, lanzando a Calvin primero. Calvin nunca había sido disparado desde un cañón, pero supuso que así debía sentirse: un segundo con los pies en el suelo, cómodo, y al siguiente volando por el aire en un arco perfecto. Las casas dispersas se extendían debajo de ellos, los patios escarchados lucían bonitos, algunas almas estaban fuera en la tarde. Una incluso miró hacia arriba y vio a Calvin volando.

El lanzamiento elevó a Calvin, pero no le ayudaría a aterrizar. El almacén de drones tenía cinco pisos de altura, pero eso aún significaba una larga caída desde el lanzamiento de Lob. Weed le dijo a Calvin que no necesitaba hacer este movimiento, pero la sorpresa lo sería todo en la incursión, y después de lo que le pasó a Kat anoche, Calvin sentía ganas de lucirse.

Así que agarró el aire con su mano izquierda, sintió sus partículas y las atrapó, disparando su suelta colección a través de su cuerpo y saliendo por su mano derecha, alcanzando debajo de él. Mientras Calvin caía, creaba aire cada vez más denso debajo de él, ralentizando su descenso poco a poco hasta que aterrizó en el techo de la instalación de reparación con una voltereta.

Las placas metálicas ofrecían poco confort y menos protección, y los tres drones que custodiaban a sus compañeros averiados giraron sus cuerpos arácnidos hacia Calvin. Sus cuerpos de metal negro, sucios, absorbían la luz del sol mientras se elevaban sobre los lados del edificio buscando a Calvin.

Demasiado lentos.

Calvin plantó su mano derecha en el techo, agarró el metal y lo arrancó, enviando la estructura en cintas a su alrededor. El metal se reformó en un círculo endeble, no lo suficiente para proteger contra nada, pero sí para ocultar a Calvin.

Cuando los drones dispararon, sus balas atravesaron la barrera y rebotaron directamente al otro lado. Calvin se dejó caer por el agujero que había creado, aterrizando en una viga de acero dentro de la estructura.

—Estoy dentro —dijo Calvin a través de su Tama—. El agujero está listo y esperando.

—Voy —respondió Lob—. Te has hecho algunos amigos.

—Contaba con ello.

Calvin estaba de pie sobre una gran viga transversal rojo oscuro. Otras tres iguales se extendían por la instalación reconvertida de un extremo a otro. Vigas verticales más cortas se alzaban cada pocos metros, conectando las vigas transversales con el techo. Abajo, los drones se filtraban en sus filas, marchando junto a aún más drones con brazos giratorios, soldadores rociadores, y más, todos empeñados en reparar a sus compañeros máquinas. El aire apestaba a cables quemados y metal fundido, y Calvin se encontró sudando por todas partes. Las chispas crepitaban, se oían ruidos de corte mientras se ensamblaban las piezas.

Por un breve momento, Calvin imaginó el mundo entero cubierto de lugares como este, máquinas haciendo más máquinas haciendo a los humanos extintos.

Sus perseguidores drones voladores adivinaron el destino de Calvin, entrando en picado por la entrada principal de la instalación, cazándolo con esas luces de búsqueda. Con su entrada hecha, Calvin cambió de táctica.

Con su mano izquierda, Calvin agarró la viga vertical, manteniéndose estable y extrayendo su duro acero. Su mano derecha transformó el acero en afiladas púas, que Calvin lanzó a los drones que se acercaban. Cada una como una daga, las púas dieron en el blanco, clavándose en los drones y enviando a los dos primeros en espiral. Los drones mantuvieron el control suficiente para esquivar las líneas de reparación, desplomándose en las esquinas del edificio.

El tercero vino por detrás.

Calvin se giró, vio al drone disparar, y esperó que las balas lo derribaran. En su lugar, se desviaron hacia la derecha, silbando y fallando por centímetros. La razón cayó junto a Calvin, Smoke gritándole que acabara con la máquina.

Otra púa hizo el trabajo.

—No es fácil engañarlos —dijo Smoke, agachándose para agarrar la viga con ambas manos—. Estoy difuminando una salida para nosotros.

—Eh, funcionó —dijo Calvin, y luego dirigió su atención a la línea debajo de ellos.

Su viga vertical, saqueada para obtener picos, se partió cuando Calvin extrajo un poco más. Convirtió el acero en un cúmulo de fragmentos y luego lo dejó llover sobre la línea de montaje. Cada astilla, extremadamente afilada, se deslizó a través de las máquinas y cortó cables, bloqueó circuitos y causó aún más daños. La línea de montaje se tambaleó, algunos drones murieron de inmediato mientras que otros volvieron a funcionar a trompicones.

—Vamos a por esa —dijo Calvin, señalando hacia la siguiente viga vertical.

Un golpe sordo arriba indicó que Lob había dejado caer otro miembro, y Particle se hizo notar con una llamada a través del agujero que Calvin había hecho en el techo.

—El vigía está en posición —dijo Particle—. Pueden empezar a destrozar.

—Ya estamos en ello —respondió Smoke mientras los dos se apresuraban hacia la siguiente viga.

Calvin repitió su trabajo, raspando microfragmentos y enviándolos a cortar las máquinas de abajo. Aunque no eran tan devastadores uno por uno como los picos, las astillas lo compensaban dándole a Calvin más cobertura. Lanzó las astillas por toda la instalación, cortando drones en todos los pequeños lugares que hacían funcionar las máquinas.

Como si jugara algún juego, pura práctica de tiro al blanco.

—Más en camino —dijo Weed, minutos después. Él, Lob y Particle vigilaban el tejado mientras Calvin continuaba aniquilando los drones—. Por todos lados.

—Contenerlos —respondió Calvin, corriendo junto con Smoke hacia otra viga transversal más adentro de la instalación—. No falta mucho.

A pesar de correr por una estrecha viga muy por encima de un suelo repleto de robots que no dudarían en desmembrarlo, Calvin mantuvo un ritmo rápido. No se inmutó, no se detuvo para tomar respiraciones profundas y armarse de valor. Había sentido esta calma determinada antes, con Kat en sus misiones para encontrar y eliminar a Wexley. Ahora, con un equipo completo operando a su alrededor, Calvin dejó a un lado sus ansiedades y se centró en el objetivo.

Destruir estos drones significaba mantener Chicago a salvo. Los Paragons podrían restablecerse, podrían fortificar la ciudad hasta que alguien averiguara qué había hecho Wexley con Mynx. Kat podría sanar, Calvin podría pasear a Seeker y hacer de protector.

Calvin sonrió mientras golpeaba la siguiente viga vertical, dando una palmada contra ella y absorbiendo otra lluvia de astillas. Sonaba como si tuviera un hogar.

—¡Rastreadores! —gritó Smoke, atrayendo la atención de Calvin hacia la pared más cercana a ellos.

Cinco drones parecidos a insectos se escurrían por su superficie, dirigiéndose hacia las vigas transversales. Debían haber sido reparados momentos antes, atacando de inmediato. No es que importara. Calvin giró su muñeca derecha, rotando las astillas, cada una conectada a su mano por el más fino filamento de metal. Como un látigo, Calvin agitaría su muñeca y soltaría los filamentos, lanzando los diminutos pinchos en sus extremos.

Los rastreadores debían haber aprendido.

Tan pronto como Calvin movió las astillas, los drones rompieron filas. Dos se dispararon hacia arriba tan rápido como sus patas se lo permitían, dirigiéndose hacia el techo. Los de los lados se separaron en esas direcciones, apuntando hacia otras vigas transversales. Y uno decidió jugar al mártir, cargando directamente hacia la viga de Calvin. El Paragon lanzó sus astillas, enviando la lluvia hacia adelante.

El drone se sacudió cuando sus articulaciones encontraron sus cables cortados, sus sensores destrozados. Una pata colocó mal un paso y el drone se tambaleó hacia la derecha de Calvin, luego cayó, desprendiéndose de la viga en una caída chispeante para estrellarse contra alguna máquina desafortunada abajo.

—¡Muévete! —gritó Smoke, y Calvin estuvo de acuerdo.

Los dos drones rastreadores estaban casi sobre sus cabezas, y el otro par tendría a los Paragons atrapados en segundos—. Cruza y sal. Hemos hecho suficiente daño, ¿verdad?

Siguiendo a Smoke mientras hablaba, Calvin corrió a través de la viga que cortaba el medio de la instalación. Los incendios se elevaban debajo de ellos, los cables cortados encontrando oportunidades en lubricantes derramados y baterías con fugas. Esas llamas se propagarían, posiblemente lo suficiente como para consumir todo el edificio. De cualquier manera, el centro no estaría reparando nada durante un tiempo.

—Creo que estamos bien —dijo Calvin, mirando hacia arriba para ver a Smoke completamente al otro lado.

Un drone rastreador cayó del techo mientras Calvin hablaba, estrellándose contra la viga detrás de Smoke, separándola de Calvin. La Paragon sacó una pistola estándar de su cinturón y disparó, la bala provocando una chispa y nada más en el drone. El rastreador tampoco se volvió hacia ella, eligiendo en su lugar mantener su foco en Calvin.

Detrás de él, Calvin escuchó a los otros dos rastreadores acercándose rápidamente. Arriba, el que no había caído parecía estar apuntando a la posición de Smoke.

—¡Necesitamos un rescate! —gritó Calvin en su Tama, dando una palmada con su mano izquierda en la viga transversal.

El drone rastreador de enfrente cargó, con garras de acero tratando de agarrar a Calvin. Daba miedo, seguro, pero el drone no era nada comparado con la amenaza blanca y gruñona de Seeker. En aquel entonces, Calvin había absorbido algo de metal del depósito de chatarra para apartar al perro.

Esta vez, optó por un enfoque diferente.

Extrayendo todo lo que pudo de la viga, Calvin lanzó su mano derecha hacia atrás, rociando el metal en un tejido apretado. Mientras el drone corría desde el frente, la viga desapareció bajo sus patas hasta que sus garras no pudieron encontrar un punto de apoyo. Con un último embiste, las garras del drone rozaron el uniforme de Calvin, cortando una buena línea a través de su pecho.

Luego cayó al creciente infierno.

Los disparos de pistola arrancaron la atención de Calvin hacia Smoke, que disparaba contra el último drone. La máquina cayó cerca de la sigilosa Paragon, ignorando sus impactos. Ella retrocedió hacia Calvin, se tambaleó en la viga y soltó su arma para recuperar el equilibrio.

Calvin lanzó el pico de acero sobre su cabeza. La lanza, larga, delgada y lo suficientemente afilada como para poner a prueba a los diamantes, golpeó y se hundió en el drone. La cosa se abalanzó hacia adelante de todos modos, pero Smoke se recuperó lo suficiente como para atrapar la pata delantera del drone y apartarla de la viga. Desequilibrado, el drone se desplomó, sus extremidades agitadas atraparon la pierna de Smoke y la enredaron.

O lo habrían hecho, si no fuera porque Calvin, usando el más mínimo hilo restante de la viga, lanzó una línea de seda de acero en dirección a Smoke.

—¡Agárrala! —gritó Calvin, tratando de mantener el equilibrio sobre la delgada lámina bajo sus pies. La viga que atravesaba tenía poco soporte después de los movimientos de drenaje de Calvin, y podía sentir que la extensión debajo de él se doblaba—. ¡Rápido!

Smoke agarró el hilo, lo envolvió alrededor de su muñeca izquierda mientras colgaba sobre el fuego rugiente. El humo, la sustancia oscura y maloliente, se elevó a su alrededor. Calvin renunció a su mano izquierda, usándola en su lugar para cubrir su boca para poder respirar. Smoke puso sus manos una sobre otra, trepando mientras Calvin avanzaba paso a paso hacia la parte más gruesa de la viga.

—Buen lanzamiento —dijo Smoke, poniendo sus dedos sobre la viga. Calvin la subió con su mejor apoyo—. La próxima vez que necesite que destruyan algunos drones, ya sé a quién llamar.

—Ayuda cuando tengo buenas armas —dijo Calvin, asintiendo hacia los frágiles restos de la viga.

Smoke tosió.

—Creo que hemos terminado aquí.

—Ya estoy buscando una salida.

El agujero del techo, su entrada y mejor oportunidad de salida, quedaba a la izquierda. El calor y las cenizas que se acumulaban en la instalación hacían que el corto trayecto fuera un ejercicio desalentador, con Calvin tanteando la viga más que viéndola. El humo servía como guía, la oscura materia flotante se dirigía hacia el agujero como una conveniente vía de escape.

Calvin quería preguntar dónde estaban los demás, pero abrir la boca cuando sus ojos ya ardían, cuando su uniforme parecía que podría fundirse con su piel, no parecía una buena idea. Ya no podía saber si Smoke le seguía. Si ella se había caído o asfixiado, Calvin no tenía forma de saberlo.

Algo llamó su atención, tirando de sus ojos hacia arriba y a la derecha. Calvin estaba a punto de pasar de largo el agujero, invisible con el humo negro que surgía a su alrededor. Una mano se extendió, tocando el hombro de Calvin y luego dirigiéndose a su brazo. Desde arriba llegaban toses, pero la mano le dio un fuerte agarre, así que Calvin se impulsó hacia arriba.

No importaba lo que hubiera al otro lado, sería mejor que morir quemado en ese edificio.

Mientras la primera mano levantaba a Calvin, otras se extendieron y agarraron sus hombros. Eran pequeñas, cientos de motas que lo rodeaban como una red viviente para encontrar agarres y tirar de él hacia arriba. A Calvin le tomó un momento caliente darse cuenta de lo que estaba pasando, la idea solo se confirmó cuando alcanzó el borde del techo, pasando al otro lado y viendo a Weed, un millar de él, agrupados alrededor del círculo. Sus clones, creciendo a diferentes ritmos, se sumergieron de nuevo para sacar a Smoke mientras Calvin, tumbado sobre las placas metálicas, tosía hasta vaciar sus pulmones, y luego una vez más.

—Buen trabajo ahí dentro —dijo Particle, de pie sobre él con un rifle de asalto, disparando tiros certeros.

—Tú vas después —jadeó Calvin.

La pequeña cadena humana de Weed encontró a Smoke y la sacó de las llamas, dejándola caer en el techo junto a Calvin. Su uniforme parecía chamuscado, con brasas brillando en su cabello. Dos Weeds del tamaño de un niño pequeño corrieron y las apagaron mientras Smoke tosía y Calvin se ponía de pie.

Formas abarrotaban el cielo matutino alrededor de la instalación: drones volando o surgiendo del suelo aún no quemado. Mientras Particle apuntaba cuidadosamente y disparaba, el ataque parecía tener poco impacto en la armada entrante.

—¿Qué están esperando? —preguntó Calvin—. Deberían habernos matado ya.

—Estrategia de drones —respondió Weed, el original acercándose mientras sus copias se desplegaban por el techo, convirtiéndose en objetivos. Lob seguía al líder, poniendo su brazo bajo Smoke y ayudándola a ponerse de pie—. Cortan toda vía de escape, disparan juntos. No hay posibilidad de que escapemos.

—No pareces preocupado por ello.

—Lob —dijo Weed—, vámonos.

—En ello. —Lob no esperó la aprobación de Smoke, simplemente saltó del techo con ella, desapareciendo en el cielo.

—Así que ya van dos de nosotros —replicó Calvin mientras Particle disparaba otro tiro. Este destrozó la cámara frontal de un dron cercano, su cristal negro cayendo al concreto de abajo como confeti irregular.

—Volverá —respondió Weed—. Solo necesitamos mantenernos con vida hasta entonces.

En mejores tiempos, Calvin habría lanzado una respuesta sarcástica a Weed. Aquí, en este techo abrasado por el sol con drones cerrando por todos lados, mantuvo la boca cerrada y dejó que sus manos hablaran. Con su izquierda, Calvin sintió el aire a su alrededor, las moléculas uniéndose se hacían conocer a su tacto. Encontró lo que quería y tiró de ello, un tirón que salía de su piel y enganchaba el nitrógeno que flotaba por todas partes.

Un dron se acercó por el lado derecho de Calvin, deslizándose sobre el borde del techo con sus armas listas. Particle tenía su rifle apuntando a lo largo de la instalación, hacia la ciudad y otros enemigos que se acercaban. La horda de Weed bailaba por el techo, proporcionando cobertura y saltando hacia los drones lo suficientemente tontos como para acercarse.

Calvin atrapó este con su derecha, agarrando el nitrógeno y enviándolo en una lanza estrecha hacia el dron. El aire comprimido golpeó la nariz del dron, empujándolo hacia abajo mientras la máquina disparaba. Balas y cosas peores se descargaron en el costado de la instalación, abriendo un agujero en la pared y enviando humo ardiente. La neblina ocultó al dron, obligando a Calvin a enviar más ondas de aire, cada una despejando el humo lo suficiente para rastrear la máquina mientras se reposicionaba. Calvin apuntó al ala del dron, la golpeó y envió al pájaro metálico girando.

Sin bajas, solo retrasos.

El rifle de Particle resonó, coincidiendo en ese momento con el estruendoso regreso de Lob. El hombre canoso aterrizó entre sus compañeros anómalos y, sin un momento de indecisión, agarró a Particle. Los dos saltaron, el rifle de Particle cayendo de sus manos en el movimiento y repiqueteando fuera del techo.

Sin el fuego de Particle y la constante redirección, los

drones se abalanzaron. Weed gritó una advertencia —todos sus pequeños yos gritaron al unísono— y Calvin se lanzó hacia el agujero humeante. No es que quisiera entrar en el fuego, pero mientras las balas acribillaban el techo a su alrededor, el chorro negro proporcionaba un poco de cobertura.

Calvin metió la mano en el humo, encontró el hollín y lo esparció, dejando que el hollín ardiente se lanzara a su alrededor en una bola gris-negra. Rodó dentro de ella, apuntando hacia el borde del techo. Todo en este punto volaba por instinto, sin palabras o pensamientos reales más allá de escapar. Habían cumplido la misión, ahora Calvin solo tenía que sobrevivir.

El techo se combó. En un momento, Calvin tenía una sólida placa de metal bajo él, y al siguiente se sintió a la deriva, ingrávido. Crujidos y gemidos inhumanos rugieron detrás del constante fuego mientras las vigas se partían y las paredes perdían su apoyo. El humo nubló sus ojos, dejando a Calvin tambaleándose, sus manos extendidas mientras el edificio se desmoronaba.

Manos lo agarraron, cuerpos, pequeños, se apretaron alrededor de Calvin mientras su placa comenzaba su caída final, deslizándose del techo hacia el suelo. Al salir del humo, Calvin vislumbró el cielo azul arriba, salpicado de drones. Y una figura: Lob volviendo a estrellarse.

Pero no hacia Calvin. El curso de Lob lo llevaba hacia el frente de la instalación, hacia Weed, incluso mientras los pequeños clones del líder de los Paragon enterraban a Calvin en su ajetreo.

La razón se hizo clara cuando golpearon el suelo.

La placa golpeó primero, chocando contra los escombros ardientes y deslizándose, haciendo rebotar a Calvin con ella. Los clones de Weed se aferraron con fuerza, manteniéndose en silencio mientras cada golpe los maltrataba, arrancando la armadura viviente de Calvin. Cuando la placa golpeó el concreto, se detuvo, lanzando a Calvin hacia adelante y perdiendo sus últimos clones restantes. De espaldas, Calvin, jadeando por aire, vio el regreso de Lob al cielo, con Weed colgando de su agarre.

Algunos drones persiguieron a esos anómalos. Los otros vinieron por él. Calvin sintió el concreto bajo sus palmas, comenzó a absorberlo y levantó su mano derecha.

El primer dardo golpeó su pecho. El segundo su estómago. Quemaban al contacto, luego adormecían. Un gladiador se agachó junto a la cabeza de Calvin, con las armas listas. Un brazo metálico, con garras en su extremo con un dispositivo destinado a arrancar puertas y cosas peores de sus bisagras, se extendió hacia él. Lo que le haría a su cuerpo, Calvin no quería saberlo.

Afortunadamente, los dardos hicieron su trabajo, y Calvin no vio, no sintió.

CAPÍTULO 36
DE VUELTA AL PASADO

UN RUGIDO sin palabras llenó el arruinado salón Paragon, ahogando las balas en su ira reverberante. Agachada sobre Daw, Cassidy sintió que sus vacíos se le escapaban y sonrió. Conocía bien ese sonido, sabía lo que vendría después. Los drones podrían atraparla, pero lo pagarían caro.

El suelo tembló, esta vez no por una explosión que sacudiera los cimientos, sino por golpes profundos y trituradores de huesos pertenecientes a una anomalía particular. El cristal estalló y siguieron estallidos más pequeños cuando las decoraciones no diseñadas para terremotos cayeron.

Cassidy sintió un pellizco en el tobillo, se giró y vio un dron rastreador, las garras del insecto mecánico se colaban bajo sus vacíos para apuñalar. Los cuchillos de metal arañaron buscándola mientras Cassidy encogía las piernas. Las balas continuaban lloviendo, manteniendo sus vacíos en su lugar. Convocar otro pondría a Cassidy en cuatro vacíos a la vez, un número que nunca había alcanzado y que parecía tan probable que la matara como que la salvara.

—¿Qué está pasando? —preguntó Daw, con los ojos parpadeando al abrirse.

—Quédate quieto. Tengo vacíos envolviéndonos.

El rastreador se abalanzó, abriendo un corte en la pierna de Cassidy, rasgando una costura a lo largo de su pantorrilla. Ella gritó, luego cortó el sonido. Intentó una patada que rebotó en el metal del dron.

—Pero si tienes algún otro truco, chico, ahora es el momento.

Daw desvió la mirada más allá de Cassidy, parpadeando al ver el dron rastreador. Cassidy, con el calor del vacío lanzando sudor por su rostro, escuchó buscando un descanso, cualquier pausa en el tiroteo. Tal vez pudiera, en el segundo que un dron gastara recargando o cambiando de arma, enviar un nuevo vacío al rastreador y...

El Paragon *parpadeó*. El cuerpo de Daw, con la mano de Cassidy descansando sobre su hombro, apareció y desapareció, su mano moviéndose al espacio y luego siendo empujada hacia atrás, con fuerza, cuando Daw reapareció.

—Intenta patearlo de nuevo —dijo Daw.

Cassidy no necesitaba mucho aliento con el dron rastreador acercándose de nuevo, esta vez ambas garras delanteras buscando un corte. Lanzó una patada, su bota parpadeando a través del morro del rastreador. La habilidad de Daw hizo que Cassidy volviera a ser sólida, la fuerza doblando la máquina que cargaba como si fuera de madera de balsa. La máquina ciempiés se replegó sobre sí misma, el metal inflexible golpeando, chasqueando, rompiéndose. Las articulaciones se agrietaron, las chispas encontraron libertad y el refrigerante silbó en una fría ráfaga gris.

Los vacíos se quebraron ante la sorpresa de Cassidy, su concentración rompiéndose cuando su bota envió al dron rastreador cayendo hacia atrás. Los vacíos colapsados provocaron un inmediato escalofrío helado a través de los nervios de Cassidy, y el pánico se encendió mientras rodaba fuera de Daw, tratando de traer de vuelta otro vacío.

Tres gladiadores rodearon al Paragon y su protectora, todos asimilando la desaparición de los vacíos. Cassidy esperaba que sus balas encontraran nuevos hogares en el siguiente segundo, pero el trío de máquinas no iluminó a la pareja de anomalías. En su lugar, los tres giraron para enfrentar el pasillo.

Otro rugido dio la razón. Cassidy sintió el aire del aullido de Thane soplar su cabello, sintió sus huesos sacudirse cuando la anomalía aterrizó sobre ella, el suelo de madera crujiendo a su llegada. El hombre gigante, su pelo fino coincidiendo con el atuendo desgarrado de Thane, siguió moviéndose, saltando sobre un Daw parpadeante para tacklear al gladiador del medio en una carga apresurada.

Cassidy no podía llamarse a sí misma una experta en drones, pero los gladiadores tenían tamaño y fuerza de sobra. Este casi igualaba la altura de Thane, y chasqueó sus articulaciones en posición para encontrarse con Thane en un agarre. Los dos titanes deberían haberse chocado y quedado pegados, pero en su lugar Thane atravesó al gladiador como si hubiera reemplazado su acero por seda. La gran máquina se partió en dos, cada mitad en una mano de Thane.

Daw parpadeó de nuevo.

Las balas volaron desde los otros dos gladiadores, golpeando y dibujando marcas rojas en la piel musculosa de Thane. La anomalía enfurecida giró, aún sosteniendo las mitades del dron destruido, y lanzó una a cada uno de sus dos atacantes restantes. Lejos de ser el material débil y fino que Thane acababa de destruir, las mitades rotas golpearon a sus compañeros drones con estruendos crepitantes. El gladiador a la derecha de Cassidy perdió su cabeza en una lluvia de chispas, mientras que el de su izquierda tenía las piernas dobladas de forma extraña mientras la máquina intentaba esquivar.

Un vacío susurró en la punta de sus dedos, y Cassidy lo lanzó mientras Thane rugía al gladiador restante. El pequeño vacío, con su nexo de medio metro de ancho, se precipitó hacia el dron tambaleante y atrapó el centro de la máquina, destrozando cables, articulaciones y bobinas. Con un gemido eléctrico, el gladiador se asentó en el suelo, oscuro y muerto.

Con los hombros agitados, Thane giró de un lado a otro, buscando más drones para destrozar. Cassidy no vio ninguno, no escuchó más gritos desde lo profundo de la instalación. Tal vez todos habían sido destruidos, o...

—Una retirada, nada más —anunció Apinya desde detrás de Cassidy.

El Campeón se acercó, flanqueado por varios escuadrones Paragon. Las anomalías no estaban ilesas, muchos sostenían sus brazos o se apoyaban entre sí. La mayoría tenía un brillo aterrorizado en sus ojos, sus pasos lentos.

Cassidy sintió una oleada de ira y reivindicación: ahora estos altos y poderosos maestros sabían lo que se sentía al ser atacados por drones. Ella había vivido bajo esa sombra durante tanto tiempo...

—Oye —dijo Daw, su voz trayendo a Cassidy de vuelta mientras Apinya daba órdenes a sus Paragones. Un escuadrón se fue por el lado, siguiendo a los niños de Cassidy, mientras que otro se dirigió a las habitaciones que Cassidy había despejado antes—. Gracias por salvarme.

—No lo hice —dijo Cassidy, arrastrándose junto a Daw. Miró su pierna desgarrada e hizo una mueca. El dolor golpearía con más fuerza cuando la adrenalina se desvaneciera—. Fue Thane.

—No. —Daw se sentó, se llevó una mano al estómago y gimió, luego se volvió a acostar. Cassidy logró poner una mano detrás de la cabeza del joven, suavizando su caída—. Me compraste tiempo. Yo ayudé a tu amigo. Trabajo en equipo, ¿no?

Más allá de ellos, Apinya se acercó a Thane, el Campeón extendiendo las manos mientras su último escuadrón Paragon se dividía a los lados del pasillo, lanzando miradas cautelosas. Thane gruñó cuando Apinya se acercó, y Cassidy se preguntó si el pasado de Thane volvería aquí, ahora, y arrancaría la cabeza de Apinya del cuerpo del hombre.

En cambio, Thane se encogió. Sus músculos se marchitaron, su piel se aflojó antes de tensarse alrededor del cuerpo más pequeño del hombre. Donde antes se erguía un gigante, en cuestión de segundos, un hombre delgado y ligeramente encorvado, apenas más alto que Cassidy, encontró las manos de Apinya con las suyas.

—Trabajo en equipo —dijo Cassidy—. Los Paragones te lo darán, siempre y cuando juegues según sus reglas.

—Claro, pero ¿qué otra opción tienes? —preguntó Daw.

Thane soltó información mientras Apinya guiaba a sus Paragones restantes fuera de la instalación. Sin tener a dónde ir, Cassidy se quedó con el grupo, Thane ayudándola a caminar con su pierna herida, aprovechando la ligera protección contra futuros ataques de drones. El grupo heterogéneo siguió la ruta de los niños, manteniéndose cerca del agua y bajo los puentes tanto como fue posible mientras se dirigían hacia las afueras de Bangkok y los bosques más allá.

Las sirenas de emergencia resonaban a través del tráfico nocturno de Bangkok mientras los drones de prevención de incendios y sus compañeros humanos convergían en la instalación dañada. Cada paso retumbante al principio empujaba al grupo en evacuación a esconderse en los arbustos en busca de protección, antes de que la frecuencia obligara a Apinya a mantenerlos en movimiento de todos modos.

Afortunadamente, quienquiera que hubiera enviado a los drones Paragon en un curso de ataque no había hecho lo mismo con robots más domésticos. Ninguno se desvió de su curso de respuesta para actuar contra las anomalías que acechaban entre la maleza, espantando mosquitos e intentando reconciliar sus vidas destrozadas.

Las máquinas habían cambiado de opinión sin preámbulos, dijo Thane. Él y Apinya estaban bien encaminados en un nuevo plan para remodelar la sociedad —Cassidy pudo haber puesto los ojos en blanco aquí, a pesar del agotamiento— cuando dos drones guardianes más antiguos cercanos levantaron sus armas y atacaron a los Paragones en el pasillo exterior.

—No me dejó suelto —dijo Thane, y Cassidy no necesitó preguntar a quién se refería—. Incluso mientras su propia gente moría, Apinya me mantuvo restringido. Me puso en un prado, me rodeó de mariposas bajo un cielo azul despejado.

—¿Eso funcionó?

—Sigo siendo humano, por mucho que todos quieran creer lo contrario. Convénceme de que estoy en un lugar pacífico, y permaneceré en paz.

Ese encanto se mantuvo hasta que el propio Apinya fue atacado, rompiendo la concentración del Campeón y sumergiendo a Thane de un día dichoso a una guerra desgarrada por el fuego y las balas. Ceder a su lado enojado no le tomó más que unos segundos, y Thane tenía objetivos de sobra. Había avanzado, destrozando un dron tras otro, y casi acabando con algunos Paragones al mismo tiempo.

—Los habría matado a todos, pero Apinya encontró una manera de manipularme —dijo Thane, y donde Cassidy esperaba un ceño fruncido, la anomalía en cambio esbozó una sonrisa—. Se concentró de nuevo, me puso en un nuevo lugar. No pacífico esta vez, pero disfrazó a cada Paragon con algo que yo no atacaría ni en mi peor momento.

—¿Me atrevo a preguntar qué?

—Tú, Cassidy.

El hombre dijo las palabras como si esperara que sonaran dulces. Alguna muestra cariñosa de que Thane aún sentía afecto por Cassidy. Y tal vez lo habría sido, excepto que Thane acababa de abandonarla, dejando a Cassidy a su suerte después de llevarla a una ciudad que no conocía, arrastrándola fuera de la isla. Claro, el lugar había sido una prisión, pero ella tenía una vida allí.

Un hogar.

—Estás callada —dijo Thane mientras la columna se agachaba bajo otro puente y encontraban que el paisaje urbano de Bangkok por fin disminuía.

La luna, al menos, proporcionaba un agradable resplandor blanco brillante. Algo que Cassidy podía mirar mientras intentaba averiguar cómo decirle al villano más infame del mundo que era un imbécil. Mirar hacia el cielo impidió que Cassidy notara una piedra, y pisarla torció su pierna de manera desagradable. Quería maldecir, gritar, pero nada de eso habría ayudado, así que se contuvo mientras Thane la ayudaba a estabilizarse.

Hora de cambiar de tema.

—Este era tu gran plan, ¿no? —preguntó Cassidy—. ¿Tomar todos esos drones y convertirlos en tu ejército privado e imparcial?

—Un plan que aún puede funcionar —respondió Thane, sin mostrar indicios de que el desaire de Cassidy hubiera herido sus sentimientos—. Las manos equivocadas están en los controles ahora. Si acaso, esto ha demostrado cuán efectiva sería mi idea.

—Sí, todo terror y sangre. Suena maravilloso.

—Pero esta no sería nuestra sangre, nuestro terror. Solo aquellos que lo merecen sufrirían las consecuencias.

—Dijo el hombre loco.

—¿No me crees?

—Quería hacerlo —dijo Cassidy—. En esa isla, quería creer que había algo mejor en el mundo real. Qué error fue ese.

Thane no respondió mientras navegaban por un pantano lleno de juncos. Apinya, al frente, les hacía evitar las carreteras principales y pasar tanto como fuera posible por la nada. El progreso era lento y húmedo.

—Apinya dijo que te habías puesto en contacto con tu familia —dijo Thane una vez que encontraron terreno seco, bajo árboles tan densos que la luna desapareció, su presencia evidente solo en haces plateados que se colaban por los huecos—. ¿No están aquí, en el "mundo real" como tú lo llamas?

—Al otro lado de él, y con más problemas que la distancia además —dijo Cassidy—. Thane, no sé si puedes entender lo que es ser uno de nosotros. Ser yo.

—¿Qué?

—Un padre. Una anomalía con una vida y una carrera que lo ha perdido todo. Crees que has tenido un giro brusco, intenta que te arrebaten todos tus sueños en la secundaria cuando despiertas y tus dedos quieren destrozar la realidad. Fui a la universidad como una fugitiva, ocultando mis poderes de todos.

Thane pareció lo suficientemente inteligente como para permanecer en silencio mientras la tropa marchaba a través de los árboles, así que Cassidy siguió hablando.

—Después de un tiempo, hice las paces con ello. Me gradué, encontré un trabajo que amaba, formé una familia con alguien que creía entender. Pero nunca desaparece, ¿sabes? Los susurros.

—Lo sé.

—Cuando lo perdí todo, cuando Mynx me llevó a esa maldita isla, pensé que ya había tenido que reiniciar mi vida una vez, podía hacerlo de nuevo. —Cassidy se apartó el cabello de los ojos, apelmazado por el sudor porque, incluso de noche, este maldito país era demasiado caluroso para ella —. Y lo hice, pero aquí estamos, y tengo que destrozarme y reconstruirme una vez más, y no sé si puedo hacerlo.

—No estás sola esta vez —respondió Thane—. No te estás escondiendo, no estás atrapada.

—¿Es así como llamarías a esto?

—Sabes a qué me refiero. Tienes aliados.

—Que me dejarán sola en el momento en que sea hora de perseguir algo brillante.

Thane no recogió esa, sino que dejó que la conversación se

enfriara. Cassidy sintió que su toque se volvía más ligero, más frágil. Miró en su dirección y vio a un hombre más arrugado y débil a su lado.

—¿Yendo al modo cerebro galáctico? —preguntó Cassidy.

—La próxima vez, te quedarás en la habitación. Ofrecerás tus opiniones, y nos beneficiaremos de tu perspicacia.

—¿Tuviste que volverte más inteligente solo para eso?

—No —dijo Thane—. Necesitaba entender a dónde quiere llevarnos Apinya, y creo que lo sé.

—¿Está cerca?

Thane la miró, sonrió y volvió a su forma normal.

—Para nada.

Caminaron durante la noche, haciendo pausas a lo largo del camino. Los Paragones más saludables se separaban del grupo para asaltar tiendas de conveniencia y otros lugares por los que pasaban, usando sus habilidades para mantener el saqueo en secreto. Apinya supuso que cualquier Paragon sorprendido usando sus Tamas para comprar cosas legítimamente activaría una respuesta de los drones. Era mejor mantener las cosas seguras.

Con el amanecer bien avanzado, el grupo se tambaleó hasta llegar a un colectivo junto al lago. Chozas de paja flotaban sobre balsas de bambú a lo largo de la orilla del lago, mecidas por las suaves ondulaciones provocadas por la brisa matutina. Los Paragones parecían conocer el lugar, dividiéndose en escuadrones, con algunos apresurándose a llevar a los adolescentes rescatados por Cassidy a lugares seleccionados.

—Ustedes dos se quedarán conmigo —dijo Apinya, esperando a Thane y Cassidy en la orilla del lago—. Necesitamos discutir qué sucederá a continuación.

—¿Discutir? —preguntó Thane—. Nuestros próximos pasos están claros.

Apinya alzó las cejas.

—Él hace eso —dijo Cassidy.

—Aparentemente —respondió Apinya—. ¿Te importaría entonces, Thane, iluminarnos?

—Mynx controla los drones desde su Fábrica —dijo Thane—. Quienquiera que controle los drones debe haberla tomado. Nada de lo que hagamos importa hasta que recuperemos la Fábrica y destruyamos a los que la capturaron.

—Tan simple —dijo Apinya.

—Lo es. Todo lo que necesitamos es un avión que pueda volar sobre la estructura. Déjenme caer dentro y yo me encargaré del resto.

Apinya miró a Cassidy. —No tendrás un avión, ¿verdad?

De vuelta en la isla, un avión parecía un sueño en una prisión de drones. Aquí, mientras el sol se alzaba sobre el agua brumosa, Cassidy se encontró de nuevo donde había comenzado: siluetas oscuras flotando en el horizonte y poca esperanza de escape.

Y sin embargo, a su alrededor veía algo diferente que en aquellas playas. Rostros, voluntades que decían que lucharían y seguirían luchando, sin importar cuánto tiempo tomara, cuán dura fuera la lucha.

—No tengo uno —dijo Cassidy—. Pero apuesto a que podemos encontrar uno.

———

En cada calle, en cada ciudad, los Paragones son cazados. Drones y equipos mercenarios desgarran familias y capturan a cualquiera con un indicio de poder. Susurros en la oscuridad insinúan su destino: una sombría prisión donde crueles experimentos buscan extraer los secretos en los genes de los Paragones.

Continúa la aventura de Cassidy con *Liberator's Light*:

AGRADECIMIENTOS Y NOTA DEL AUTOR

El Ascenso de la Revolución continúa una serie que explora algo que siempre me ha parecido interesante: qué sucede cuando personas que solían ser físicamente imparables se encuentran muy detenibles. Cuando tu identidad está envuelta en algo que cae víctima del tiempo.

¿Podrías cambiar? ¿Lo harías?

Como siempre, esta historia se hace realidad gracias al apoyo infinito de Nicole, que me permite jugar en universos fantásticos. Mis hermanos, padres y suegros aportan una alegría y maravilla a mi vida que me anima a explorar los vastos confines de la ciencia ficción y la fantasía. Su apoyo lo es todo.

Los lectores, también, avivan el horno creativo. Ya sea a través de reseñas de cinco estrellas (¡o menos!), mensajes transmitidos por la red infinita de las redes sociales, o simplemente un repunte en la tabla de ventas que indica que alguien está dando una oportunidad a mis historias, eso alimenta el impulso para seguir adelante. Así que gracias, y espero que hayan disfrutado de esta novela y del resto de la serie.

SOBRE EL AUTOR

A.R. Knight teje historias en una casa helada en Madison, Wisconsin, principalmente gobernada por un par de gatos. Después de verse atrapado en la rutina laboral durante la crisis económica de 2008, se encontró sobrevolando el espacio y embarcándose en grandes aventuras durante aburridas reuniones.

Con el tiempo, dedicándose a podcasts, guiones, relatos cortos y otras novelas, encontró una historia en la que sumergirse y un elenco de personajes tanto entretenidos como llenos de corazón.

A.R. Knight planea saltar a otros mundos y encontrar nuevas historias que contar en los límites infinitos de nuestra imaginación.

¡Gracias, como siempre, por leer!

Para más información:

www.blackkeybooks.com

Para Alex